Emily Scott

„Das Geheimnis von Aquanta“

Für Chris, weil du immer an mich geglaubt hast.

Prolog

Leise umschlich der Wind die Ecken der rauen Hausfassaden, die sich von beiden Seiten in die schmale, gepflasterte Gasse drängten, durch die ich mit eiligen Schritten hastete.
Wolken aus glitzernden Schneeflocken stoben durch die kalte Winterluft und die schwachen, rotgoldenen Lichter der Straßenlaternen flackerten unruhig. In den Fenstern der Häuser leuchteten warme Lichter und Ketten aus schimmernden Eisblumen rankten sich über die beschlagenen Glasscheiben, hinter denen sich die Silhouetten dunkler Gestalten abzeichneten.
Ich hatte meine Hände tief in die flauschigen Innentaschen meiner Winterjacke geschoben und dennoch fuhr ein leichtes Zittern durch meinen Körper. Der Dezember war erst vor wenigen Tagen hereingebrochen und trotzdem hatte ich das Gefühl, dass London schon lange unter den eisernen Händen des Winters begraben lag. Wenn es nach mir gegangen wäre, hätte ich den Abend gemütlich zuhause verbracht, mit einer dampfenden Tasse Tee und einer Schüssel Kekse und so warm in Decken eingepackt, dass ich von dem frostigen Wind außerhalb der schützenden Hauswände nichts mitbekam.
Dazwischen gekommen war die Inhaberin eines kleinen Antiquitätenladens am Rande der Stadt.
Meine Mutter war begeisterte Sammlerin von kuriosen Antiquitäten, zu denen auch eine Gruppe unheimlicher Stoffpuppen gehörte, die bei uns Zuhause auf dem Kamin saßen und mir den Eindruck gaben, als würden sie mich mit ihren gläsernen, rosmaringrünen Augen verfolgen.
Mum hatte der alten Dame, die alleine in einer Wohnung über dem kaum besuchten Laden wohnte, eine dieser Puppen zur Reparatur mitgebracht. Eine Puppe, die aus unbekannten Gründen von einem Tag auf den anderen eines ihrer

funkelnden Augen losgeworden war, was ich, zumindest vermutete ich das, der Katze unseres Nachbarn zu verdanken hatte.
Meine Mutter hatte mich gebeten, die Puppe kurz abzuholen, da ich ohnehin schon in der Stadt unterwegs gewesen war und der Laden nicht allzu weit entfernt sei, was ich so nach über einer halben Stunde Fußmarsch nicht hundertprozentig unterschreiben konnte. Ich bog um die Ecke und atmete erleichtert aus, als ich das verrostete, malzbraune Ladenschild erblickte, das schräg über der Tür des kleinen Antiquitätengeschäfts hing. Hinter den klobigen Glasscheiben türmten sich Berge aus verstaubten Büchern, Blechspielzeug, Körben voll bunter Wolle und einigen alten Plüschtieren, die schlapp und träge auf morschen Holzkisten zusammengesackt waren. Ich drückte die Tür vorsichtig auf.
Während über mir eine Traube aus Messingglöckchen leise aneinander klirrten, wehte mir ein seltsamer Duft entgegen. Es roch nach Staub, altem, vergilbten Papier und nach Holz, das schon lange nicht mehr gepflegt worden war. Und dieser Gedanke spiegelte sich auch in dem Chaos wieder, das im Inneren des Ladens herrschte. Die hölzernen Regale waren von oben bis unten vollgestopft mit allerlei Krempel, der ungeordnet in den einzelnen Fächern lag und zu Teil auch auf dem Boden, der von dicken, staubigen Teppichen verdeckt war. Die Dielen knarzten angestrengt unter meinem Gewicht und der silberne Kronleuchter über mir quietschte in dem sachten Windzug, der durch die geöffnete Tür gekommen war. Auf dem Tresen stand eine alte Kasse und eine mit bunten Zuckerperlen gefüllte Bonbonniere, in der sich die letzten Sonnenstrahlen des Winterabends brachen.
Ich ließ meinen Blick über die elegant gestapelten Büchertürme schweifen, die wie unberührt in einer Ecke des Raumes standen und nicht den Anschein machten, als wären sie nach ihrem

Aufbau jemals wieder berührt worden. Auf einem besonders kleinen Stapel balancierte ein braunes, zerfleddertes Heftchen mit einer goldenen Fassung. Ich trat stumm einen Schritt nach vorne und strich mit den Fingerkuppen über das gravierte Leder, dass sich trotz der Kälte im Laden merkwürdig warm anfühlte.

„Kann ich dir helfen?"

Ich zog hastig die Hand zurück und drehte mich langsam um. Die Frau, die wie aus dem Nichts hinter mir aufgetaucht war, lächelte freundlich und strich sich eine graubraune Strähne aus dem Gesicht. „Bist du die Tochter von Grace?"

Zaghaft senkte ich den Kopf.

„Ich bin hier, um die Puppe abzuholen, die meine Mutter bei Ihnen zur Reparatur abgegeben hat. Haben Sie sie fertig?"

Die Ladenbesitzerin blickte nachdenklich an mir vorbei und für einen kurzen Moment gerieten ihre Augen außer Fokus, bevor sie sich wieder auf mir niederließen.

„Komm doch mit in meine Werkstatt, dann kann ich dir zeigen, wie ich arbeite", schlug sie nach einer Pause vor und deutete in Richtung der karminroten Vorhänge, die den Verkaufsraum von den anderen Bereichen des Ladens abtrennten. „Möchtest du vielleicht eine Tasse Tee?"

„Ähm", brachte ich unter Stottern hervor und sah unsicher zwischen dem Heftchen und der Frau hin und her, die mich erwartungsvoll musterte. ,,Ich komme gerne mit in Ihre Werkstatt. Ich habe allerdings keinen Durst und leider auch nicht so viel Zeit, also..."

„Zeit." Die Frau durchquerte mit langen Schritten den Raum und schob eine der langen, roten Stoffbahnen beiseite.

„Wir alle denken, wir haben genug davon, aber wenn sie zu Ende ist, ist sie doch schneller vergangen, als wir dachten, nicht wahr?"

Ich war mir nicht sicher, ob sie von mir eine Antwort auf ihre

Frage erwartete, also schwieg ich und folgte ihr in den Hinterraum, der vom Licht vieler altmodischer Stehlampen beleuchtet war. In der Mitte stand ein abgenutzter Holztisch, auf dem sich Rollen aus verschiedenen Stoffen, kleine Holzdöschen und eine schwarze Nähmaschine tummelten. Am Ende des Tisches lag die Puppe. Als ich in ihr bleiches, porzellanartiges Gesicht blickte, blitzten mir zwei tintenblaue Augen entgegen, in denen ich mich von Sekunde zu Sekunde immer tiefer verlor.

„Wie heißt du eigentlich, Liebes?" Die warmen Worte der Frau rissen mich aus meinen Gedanken und ich beeilte mich, ihr zu antworten.

„Lucy. Lucy Silverstone. Und sie, Madam?"

„Wenn ich das nur wüsste." Sie schenkte mir ein trauriges Lächeln. „Meinen eigenen Namen habe ich schon vor langer Zeit vergessen. Ich lebe hier alleine, weit entfernt von jeglichen anderen Menschen und viele, die hierherkommen, vergessen mich wieder, sobald sie die Türschwelle übertreten haben. Aber daran habe ich mich gewöhnt. Freunde nennen mich Amy. Nicht, dass ich welche hätte, aber wenn es so wäre, würden sie mich sicherlich so nennen." Verwirrt löste ich den Blick von der Puppe und betrachtete die alte Dame.

„Wissen sie Amy, meine Mutter hat mir viel von Ihnen erzählt", begann ich und stockte, als ich sah, wie gebannt sie meinen Worten lauschte. Jetzt durfte ich nichts Falsches sagen. „Sie haben ein großes Herz und betreiben diesen Laden hier schon seit vielen Jahren. Mit ihren gesammelten Gegenständen machen sie so viele Menschen glücklich und verschönern ihren Tag, auch wenn nicht immer die schönsten Sachen von Mums Erkundungstouren zurückkommen. Wie diese Puppe hier." Ich nahm sie hoch und musterte schmunzelnd das zersprungene Porzellangesicht, das so wie die Frau vor mir traurig und verlassen wirkte. „Mir gefällt Ihr Name sehr, Amy."

In den Augen der alten Frau hatten sich Tränen gesammelt.

„Ich bin mir sicher, dein Vater wäre stolz auf dich", sagte sie leise und ein breites Lächeln wanderte über ihr faltiges Gesicht. „Bevor du gehst, ich habe noch etwas für dich." Amy lief an mir vorbei und verschwand auf der anderen Seite der roten Vorhänge, die im Wind sachte auf und ab flatterten. Ich nahm die Puppe vorsichtig hoch und folgte ihr zurück in den Verkaufsraum. Sie hatte das dünne, lederne Heftchen vom Bücherstapel genommen, das mir vorhin ins Auge gefallen war und hielt es mir vor die Nase.

„Ich habe dich vorhin beobachtet, als du in meinen Laden gekommen bist. Das Buch gehört jetzt dir. Die Person, der es eines Tages mal gehört hat, würde wollen, dass du es bekommst." Ich klemmte mir die Puppe unter den Arm und nahm das Buch mit zitternden Händen entgegen.
Noch immer war es warm und breitete ein seltsames Gefühl in meinem Inneren aus, so, als ob ich einen Teil von jemanden in den Händen hielt. Und vielleicht, nur ganz vielleicht, war es ja auch so. Bevor ich auch nur ein Wort sagen konnte, schüttelte Amy lächelnd den Kopf. „Ich habe zu danken. Ich hoffe, dass dir das Buch das wiederbringt, was du eines Tages verloren hast, Lucy Silverstone." Ich nickte unsicher und drehte mich um. „Auf Wiedersehen. Und danke für die Reparatur..."
Aber da war die alte Frau schon wieder hinter den Vorhängen verschwunden und das letzte was blieb war ihre raue Stimme, die mir noch für Tage in den Ohren liegen würde.

Ein eiskalter Windzug fegte mir entgegen und pustete mir meine roten Locken ins Gesicht, während die Tür hinter mir mit einem lauten Klirren ins Schloss viel. Da es noch immer schneite, verstaute ich das Buch und die Puppe sorgsam unter meiner Jacke und zog mir die Kapuze über den Kopf, bevor ich mit gesenktem Blick durch das Schneegestöber hastete.

Die Glocken des Big Ben klangen dumpf in meinen Ohren, als ich das Ende der Gasse erreichte. Der Schnee fegte immer heftiger vom Himmel herunter und ich rettete mich hastig unter das rot weiß gestreifte Marquise eines kleinen Bäckerladens, der, ganz zu meiner Enttäuschung, geschlossen hatte. Gegen eine heiße Tasse Kakao und ein Stückchen Kuchen hätte ich nichts einzuwenden gehabt. Enttäuscht kramte ich das lederne Notizbuch hervor, das mir die alte Frau im Antiquitätengeschäft überreicht hatte und schlug es neugierig auf. Nichts. Panisch schlug ich die nächste Seite um.
Wieder nichts. Ich blätterte eine Seite nach der anderem um, aber keine davon war beschrieben. Augenblick… Auf der letzten, vergilbten Seite standen sechs ineinander verschnörkelte Buchstaben, die jemand in schwarzer Tinte auf das Papier gekritzelt hatte.

„Inkeye", las ich leise und strich über das Wort, das ich so zuvor noch nie gelesen hatte. „Was soll das bedeuten?"

„Der Schlüssel zum Rätsel liegt in den Augen aus Tinte und Eis", erwiderte eine Stimme hinter mir und ich fuhr herum. Vor mir saß ein kleiner Kater mit turmalinschwarzen Fell und bernsteinfarbenen Augen, die interessiert auf mir ruhten. Obwohl ich wusste, dass Tiere nicht mit Menschen sprechen konnten, war es dennoch ein merkwürdiger Zufall, dass ausgerechnet jetzt dieser Kater aufgetaucht war. Ich sah mich um und musste feststellen, dass wir die einzigen waren, die sich in diesem Wetter nach draußen getraut hatten.

„Na du." Ich ging in die Hocke und streckte die Hand nach dessen seidigen Fell aus, aber der Kater wich zurück und schüttelte den Kopf. Dann sprang er mit einem großen Satz auf den Bordstein und rannte hinüber auf die andere Straßenseite. Es sah fast so aus, als wollte er, dass ich ihm folgte. Langsam verstaute ich das Buch wieder in meiner Jacke, zog die Kapuze über den Kopf und überquerte die Straße. Als ich aufsah, fuhr ein eisiger Schauer über meinen Rücken und ich wäre am liebsten sofort wieder umgekehrt, aber irgendetwas in meinem Inneren lies mich nicht gehen. Vor mir ragten die eisernen Gitterstäbe des Friedhofzauns in den vernebelten Himmel und der Schnee, der sich über die Grabsteine gelegt hatte, glitzerte im schwachen Sonnenlicht. Verworrene Erinnerungen schnellten durch meinen Kopf. Erinnerungen an den Tag, an dem meinem Vater eines der kleinen, unscheinbaren Gräber in der hinteren Ecke des Friedhofes zugeteilt worden war. Er war von einem Tag auf den anderen verschwunden und seitdem hatte ihn niemand mehr gesehen. Die meisten vermuteten, dass er schon seit langem tot war, ein paar andere waren der Meinung, dass er uns aus eigennützigen Gründen verlassen hatte. Das Grab war eine Erinnerung an den Mann, den ich nie hatte kennenlernen dürfen und den ich vermisste, ohne ihn je gekannt zu haben... Der Kater stupste mich vorsichtig an und tapste durch den Schnee zu den silbernen Toren des Friedhofs, die weit offenstanden und beinahe schon einen einladenden Eindruck vermittelten. Wenn da nur nicht die Tatsache wäre, dass dahinter hunderte von Verstorbenen lagen und täglich trauernde Menschen hierher kamen, um sich immer wieder, Tag für Tag, zu verabschieden. Stumm schritt ich hinter dem Kater her durch das offene Tor und bahnte mir einen Weg durch die schmalen, finsteren Gräberreihen, an deren Ende ein kleiner Grabstein neben einem Haselnussstrauch aus dem Schnee ragte. Ich ging in die Hocke und strich mit zitternden Händen über den kalten Stein, dessen eingravierte Inschrift von Ranken aus schimmernden Eisblumen überwuchert war.

Oliver Silverstone
geb. am 12. Januar 1975
Verschwunden am 20. Juli 2008

Zur Zeit des Verschwindens war ich gerade erst 2 Jahre alt gewesen und bis auf seinen Namen und einige alte Fotos, die ich in Mums Fotobüchern entdeckt hatte, wusste ich nichts über ihn. Seit der Gedenkfeier vor 11 Jahren hatte meine Mutter niemals über ihn gesprochen und manchmal fragte ich mich, ob sie mehr wusste, als alle anderen. Ich drückte meine Stirn gegen den Stein, bis ich das Gefühl hatte, dass alles an Wärme aus meinen Gedanken gesogen worden war. Egal, wie sehr ich versuchte, mich an meinen Vater zu erinnern, erschien in meinem Kopf dennoch nur eine kalte, dunkle Leere, die alles andere zur Seite drängte. Auf Fotos hatte er immer sehr freundlich ausgesehen, mit seinen großen, aquamarinblauen Augen und den langen Haaren. Da knackste es leise neben mir. Der Kater hatte sich neben dem Grab zusammengerollt und sah nachdenklich zwischen mir und dem Gedenkstein hin und her. Andere Besucher hätten ihn vermutlich verscheucht und wären ihm hinterhergejagt, aber ich lächelte nur traurig und fragte mich still, ob er wohl etwas mit diesem Ort verband. Vielleicht war es ein Ereignis, das er hier erlebt hatte, eine Person, die ihm dort begegnet war und vielleicht war es auch nur Zufall, aber ob er nun da war oder nicht, war meinem Vater gleich.

„Falls er denn überhaupt noch lebt“, dachte ich und verkniff mir den Gedanken sofort wieder. Ich rappelte mich auf, warf dem Kater einen letzten, freundlichen Blick zu und wandte mich dann ab. Mit langsamen Schritten durchquerte ich den Friedhof und hielt kurz Inne, als ich die Tore erreicht hatte. Ich drehte mich um und blickte zurück auf den Gedenkstein meines Vaters, um den Kater noch ein letztes Mal zu sehen, aber er war nicht mehr da. Und vielleicht war er auch nie da gewesen und ich hatte mir alles eingebildet. Vielleicht.

1 Jahr später

1. Kapitel: Das Notizbuch

Der Wind heulte leise hinter den vereisten Fensterscheiben, die mein Zimmer von Londons Winterlandschaft trennten. Ich rollte mich aus dem Bett und warf einen hastigen Blick auf den Kalender.

„Der 13. Dezember", murmelte ich vor mich hin und trat ans Fenster. Schneeflocken tanzten durch die eisige Winterluft und ich spürte den frostigen Windzug, der unter dem Fenster hindurch schlüpfte. Unten im Garten leuchteten die goldenen Lichterketten, die Mum vor wenigen Tagen zwischen den kleinen, dornigen Bäumchen aufgehängt hatte. Ich ließ meinen Blick über das Meer aus festlichen Dekorationen schweifen, die sich auch in den benachbarten Gärten breitgemacht hatten. Kein Wunder, schließlich waren es nur noch wenige Tage bis zum Weihnachtsfest, dass ich in diesem Jahr vermutlich alleine verbringen würde. Seit meine Mutter vor einem Jahr eine Beförderung zur Stellvertreterin erhalten hatte, war sie nur noch unterwegs auf wichtigen Besprechungen in der Firma und es kam selten vor, dass wir mehr als einen Tag vollständig zusammen verbrachten. Vor drei Tagen war sie zu einem Businessmeeting in Birmingham aufgebrochen, um dort ihren Chef zu vertreten, der krank geworden war. Und jetzt?
Jetzt saß ich für einige Tage alleine da, bis die Herren und Damen in schwarz-weißen Anzügen sich endlich dazu entschlossen, dass die Sitzung beendet war. Und so, wie ich den Schiffshandel in London kannte, würde das auch noch eine ganze Weile dauern. Schlaftrunken schlurfte ich in die Küche,

nahm mir einen Joghurt aus dem Kühlschrank und schleifte mich zurück in mein Zimmer.
Es war schon 10 Uhr; die Uhr über meinem Schreibtisch tickte leise vor sich hin. Ich löffelte müde meinen Himbeerjoghurt leer und stellte den verbeulten Pappbecher dann zurück auf meinen Schreibtisch, auf dem sich riesige Stapel von Büchern, Heften und Schulunterlagen türmten. Wenn Mum schon einmal nicht da war, dann konnte ich genauso gut auch aufräumen, oder nicht? Während ich ein Schriftstück nach dem anderen entweder in die Schubladen oder in den Papierkorb beförderte, schneite es draußen immer heftiger. Bald schon hatte sich eine dicke, federweiße Schicht auf dem Fensterbrett gesammelt und noch immer jagten die glitzernden Eisflocken durch den Himmel. Ich wollte mich gerade wieder meinem alten Kunstheft zuwenden, in dem sich eine Sammlung merkwürdiger Zeichnungen angesammelt hatte, als sich auf einmal ein Schatten vor das Fenster warf. Ich richtete mich langsam auf und zuckte überrascht zusammen, als ich sah, wer da auf meinem Fensterbrett hockte. Es war ein Kater. Genauer gesagt der Kater, dem ich vor fast einem Jahr auf dem Friedhof begegnet war und als ich das Funkeln in seinen Augen erblickte, spürte ich eine Welle der Erinnerungen, die auf mich zukam. Unsicher rappelte ich mich auf und öffnete das Fenster. Der Kater sprang mit einem großen Satz auf meinen Teppich, legte sich den Schwanz um die Ohren und sah mir tief in die Augen, als ich mich neben ihn auf den Boden sinken ließ.

„Dein Vater schickt mich." Der Mund des Tieres öffnete und schloss sich und die Worte klangen klar und verständlich in meinem Kopf, aber dennoch konnte ich nicht fassen, was ich eben gehört hatte.

„Mein Vater...lebt?", fragte ich und spürte ein sachtes Zittern, dass wie Wellen über meinen Körper schwappte, während ich in die tiefen Augen des Katers starrte.

„Es ist seltsam“, erwiderte er und strich um mich herum. „Andere hätten sich darüber gewundert, dass ich sprechen kann. Aber das erste, was du fragst, ist ob dein Vater noch am Leben ist, obwohl er dich vor langer Zeit verlassen hat.“

„Wie heißt du?“

„Mein Name ist Phönix“, antwortete er und sah sich neugierig in meinem Zimmer um.

„Ich habe dich schon einmal gesehen“, sagte ich hastig. „Auf dem Friedhof. Warst du das? Seit diesem Tag habe ich das Gefühl, dass mich jemand verfolgt...“ Über Phönix' Gesicht huschte ein freches Lächeln.

„Du irrst dich“, maunzte er und schob seinen Kopf unter mein Bett. „Ich beobachte dich schon seit Jahren.“

Der Kater verschwand ganz unter meinem Bett und so wie es sich anhörte, stöberte er durch die vielen alten Dinge, die ich dort unten verstaut hatte. „Ich heiße übrigens...“

„Lucy.“ Phönix zierliches Gesicht tauchte unter meiner Bettdecke auf, zwischen seinen Zähnen klemmte ein dünnes, ledernes Heftchen, das mir merkwürdig vertraut vorkam. „Lucy Silverstone. Ich weiß.“

„Ist das...?“ Der Kater ließ das Buch fallen. „Du hast es am selben Tag erhalten, an dem wir uns zum ersten Mal getroffen haben“, erklärte er. „Ich war mir sicher, dass es noch irgendwo hier sein muss. Es ist meistens so, dass Gegenstände schnell in Vergessenheit geraten, ganz im Gegensatz zu lebendigen Wesen, die unser Leben nur mit einem einzelnen Lächeln verändern können. Das Notizbuch hat einst deinem Vater gehört, Lucy.“

In meinen Gedanken tauchten auf einmal die Worte der alten Ladenbesitzerin auf, die wie eine längst verklungene Melodie durch meinen Kopf sausten. „Die Person, der es eines Tages mal gehört hat, würde wollen, dass du es bekommst.“ Das waren ihre Worte gewesen.

„Mein Vater, kennst du ihn? Wo ist er?“ Ich hatte zu viele Fragen, als das ich sie in kurzer Zeit stellen konnte. Und ich wusste, dass ich nicht alle Antworten erhalten würde.

„Alles zu seiner Zeit“, erwiderte Phönix und schob das Buch näher an mich heran. „Er hat dir etwas hinterlassen, eine Nachricht, die uns zu ihm führen könnte.“

„Aber das Buch war doch leer, als ich es damals durchsucht habe“, erwiderte ich und sah den Kater fragend an. „Da stand nur...“

„Ich weiß.“ Phönix schob das Buch näher an mich heran. „Alles geschieht zu seiner Zeit.“ Ich nahm das Buch vorsichtig hoch und schlug es auf. Die erste Seite war weiß.
Ich blätterte weiter. Eine blanke Seite nach der anderen flog an meinen Augen vorbei. Nichts. Nichts als eine gähnende Leere, die sich über das alte Papier erstreckte. Moment. Auf der letzten Seite standen mehrere Verse, dort, wo zuvor nichts gewesen war. Aber wie?

„*Wenn der Tage langsam weicht, das Licht am Horizont sich neigt, wird sich nähern, was du siehst, wenn du vor dem Seegott kniest...*“
Darunter befand sich eine in Tinte gekritzelte Zeichnung, die den Querschnitt eines Schiffes darstellte. Der unterste Trakt war mit „Lagerräume“ gekennzeichnet, darüber befanden sich die „Schlafgemächer“ und ganz oben, direkt unterhalb des Decks, war die Küche. „Inkeye“ stand in verschnörkelten Buchstaben über der Skizze des Schiffes, dessen Umrisse so verlaufen waren, dass man die einzelnen Räume innerhalb der verschiedenen Trakte nur mäßig differenzieren konnte.
Der „Seegott...“ Irgendwo hatte ich diesen Namen schon einmal gehört, aber nur woher? Hektisch startete ich meinen Computer, öffnete den Browser und tippte: „Seegott England.“
Mehrere Seiten erschienen auf dem Bildschirm. Da gab es einen Roman eines berühmten, londoner Schriftstellers;

ein Geschäft in der Camden Street. Da! Ganz unten war ein Artikel eines Schiffsverleihs in Dover erschienen. „Unsere Schiffe....für jeden Anlass...Geburtstags- und Firmenfeiern...Standort am Hafen...unsere Neptunstatue." War Neptun nicht der Gott der Meere? Eilig überflog ich die Zeilen. Dort stand, dass sich am Standort des Schiffsverleihs die Statue des Seegottes befand, die den im 18. Jahrhundert verschollenem Kapitän Leroy Edward Creeves gewidmet war. Er war damals in einen heftigen Sturm auf hoher See geraten und zusammen mit seiner Mannschaft und dem Schiff für immer verschwunden.

„Am 20. Dezember 1715 zog während der Überfahrt auf der Strecke zwischen Dover und Calais ein Sturm auf, der das Schiff dem Meeresboden wenige Stunden später gleichmachte", las ich laut vor, während sich Phönix interessiert neben mir niederließ und den Bildschirm mit zusammengekniffenen Augen verfolgte. „Aber die Mannschaft und der Kapitän Creeves wurden niemals gefunden, was bis zum heutigen Tag ein ungelöstes Rätsel bleibt." So wie es aussah, wollte mein Vater auf dieses Ereignis hinweisen und die anderen Teile des Rätsels mussten bedeuten, dass er wollte, dass der Finder es so verstand, wie er es verfasst hatte. „Der alte Schiffshafen von Dover." Ich stand auf und durchforstete die britische Landkarte, die neben meinem Schreibtisch an der Wand hing. Zwischen den beiden Hafenstädten Dover und Calais war eine Verbindung eingezeichnet. Dieselbe Verbindung, wie sie in dem Schiffsunglück aus dem Jahre 1715 beschrieben worden war. „Er will, dass wir nach Dover gehen", stellte ich fest und drehte mich zu dem kleinen Kater um, der noch immer auf meinem Schreibtisch saß. „Aber wir können doch nicht...das... Bist du dir sicher, dass er das wollen würde?" Phönix senkte den Kopf.

„Wenn ich eines weiß, dann ist es, dass dein Vater lange über alles nachdenkt, was er tut oder schreibt", meinte er.

„Ich bin mir sicher, dort werden wir ihm und den Geschehnissen auf die Spur kommen.“ Es klang verrückt. Von zuhause weglaufen, alleine durch England reisen, gemeinsam mit einem sprechenden Kater, auf der Suche nach meinem Vater, der vor nun schon 11 Jahren verschwunden war und den jeder für tot hielt. Aber alles war möglich. Zumindest sagten das immer die Helden in Abenteuerbüchern. Ich war zwar weder eine Heldin, noch sonderlich begabt in irgendetwas, aber sollte ich meinen Vater im Stich lassen?

„In Ordnung“, sagte ich mit fester Stimme und öffnete den Schrank, in dem mein alter Rollkoffer schon seit Jahren ungebraucht stand. „Ich habe keine Ahnung, was hier passiert, aber jetzt ist es so... Und ich werde jede Chance nutzen, die mich auf den Weg meines Vaters bringen könnte.“

Wenige Minuten später war der Koffer randvoll mit Kleidung, einem kleinen Verbandskasten und sämtlichen anderen Dingen, von denen ich nicht wusste, ob ich sie überhaupt brauchen würde.

„Hast du eine Idee, wie lange wir weg sein könnten?“, richtete ich meine Frage an Phönix und stopfte einige Büchsen Thunfisch hinterher, um die mich der Kater gebeten hatte. „Es sind zwar schon Ferien, und das auch nur wegen dem großen Lehrerausfall bei uns, aber trotzdem. Was ist, wenn meine Mutter zurückkehrt und ich noch nicht zurück bin?“

„Vielleicht wirst du auch nie zurückkehren“, antwortete Phönix und musste wieder schmunzeln, als er mein erschrockenes Gesicht bemerkte. „Du schaust ja, als hättest du einen Geist gesehen. Keine Sorge, ich komme ja mit dir.“

Als ich auch das letzte Teil im Koffer verstaut hatte, ließ ich mich erschöpft darauf fallen und atmete tief aus.

„So, jetzt müssten wir alles haben“, seufzte ich.

„Wir müssen jetzt schauen, wann ein Zug nach Dover fährt.“ Zum zweiten Mal an diesem Tag setzte ich mich an den Computer und suchte nach schnellen Zugverbindungen zur Hafenstadt. Wenige Sekunden später hatte ich eine passende Linie gefunden.

Heute - 11:30 Uhr, Steig 10, Gleis 4 (1,5 stündige Fahrt).

„Wir müssen uns beeilen“, maunzte der Kater besorgt und deutete mit der linken Pfote in Richtung der Wanduhr. „Es ist bereits halb eins und du musst ja noch zum Bahnhof kommen.“

„Das ist das kleinere Problem“, antwortete ich. „Wir wohnen nur wenige Minuten vom Bahnhof entfernt. Aber ein Ticket brauchen wir ja auch noch. Lass uns aufbrechen.“

Ich raffte mich auf, griff nach dem Rollkoffer und stolperte, die Reisetasche auf der Schulter balancierend, die Treppen herunter, während Phönix mit flinken Schritten an mir vorbei in den Flur huschte. Unten angekommen ließ ich mein Gepäck fallen, zog Jacke und Schuhe an und schnappte mir den Schlüssel.

„Los jetzt!“, drängte der Kater, flitzte in den Vorgarten und trippelte aufgeregt vor dem Gartentor hin und her, so, als wäre er seit Wochen nicht mehr draußen gewesen.

„Komm ja schon“, ächzte ich und hievte mein Gepäck vor die Tür. Hätte ich bloß nicht so viele Konserven eingepackt! Aber gut, erstens war Verpflegung wichtig und zweitens konnte ich es jetzt nicht mehr ändern. Mit Phönix an meiner Seite marschierte ich die Straße entlang und durchforstete währenddessen eine Stadtkarte von Dover, die ich beim Packen an Mums Pinnwand entdeckt hatte. Durch ihren Beruf war sie schon fast überall auf der Welt gewesen und hatte aus jedem Land, jeder kleinen Stadt und jedem abgelegenem Dorf eine Karte mitgenommen. Wie praktisch also, dass sie auch in Dover gewesen war.

„Der Bahnhof „Dover Priory“ liegt etwa 5km vom Hafen entfernt." Ich arbeitete mich weiter durch den Routenplaner. „Hier steht, dass man für den Fußweg eine halbe Stunde braucht, wir können aber auch ein Taxi zum Hafen nehmen.“ Der Kater schnaubte und schüttelte wiederwillig den Kopf.

„Bloß nicht“, maunzte er. „Diese ewigen Fahrten in kleinen, stickigen Blechdosen, die alle paar Minuten eine Vollbremsung machen, davon habe ich genug.“

„Hm, verstehe“, antwortete ich abwesend und versuchte, mir die genaue Route einzuprägen. Man wusste ja nie, ob so eine Karte mal abhandenkam. Wenige Minuten später erreichten wir den Bahnhof. Wie immer war er voll mit Reisenden, die mit prallen Koffern und Taschen aneinander vorbei hasteten, ohne sich umzusehen. Die Leute schubsten sich gegenseitig und stolperten mit dem Rest der Menschenmasse zum Eingang.

„Am besten versteckst du dich in meiner Reisetasche“, flüsterte ich und öffnete den Reisverschluss, sodass der Kater darin Platz nehmen konnte. Nicht, dass er im Chaos noch verloren ging. Die Tasche fest an meine Brust gedrückt, betrat ich die Bahnhofshalle und sah mich suchend nach der Abfahrtsanzeige um.

„Puh, ist das stickig hier drin“. Phönix' gedämpfte Stimme drang aus den Tiefen der Reisetasche, während der Kater den Kopf nach oben schob.

„Du musst wieder in die Tasche“, flüsterte ich verzweifelt. Ein paar Meter entfernt war eine alte Frau stehen geblieben und musterte mich interessiert. Hoffentlich hatte sie den Kater nicht gesehen...

„Los!“, zischte ich wieder, bis Phönix' Kopf endlich unter Handtüchern und Kleidungsstücken verschwunden war.
Die Fahrt würde bestimmt nicht einfach werden, so viel war

sicher. Immerhin hatte sich die Frau von uns abgewandt und humpelte in Richtung des Blumenladens, der heute leuchtend rote „Weinachtssterne“ im Angebot hatte. Seufzend stapfte ich zum Ticketcenter und drückte die Tasche eng an meinen Körper, um zu vermeiden, dass man die schemenhaften Umrisse des Katers durch den dünnen Stoff sah. Während ich in der Warteschlange stand und darauf wartete, dass ich an der Reihe war, machte ich mir große Sorgen. Was, wenn sie mir kein Ticket verkaufen wollten oder wenn wir den Zug verpassten? Mit zitternden Händen zog ich Geld aus der Tasche und steuerte auf den gerade frei gewordenen Automaten zu. Der Mann hinter der Theke beobachtete mich mit hochgezogenen Augenbrauen.

„Darf ich fragen, wie alt Sie sind?“, erkundigte er sich. „Reisen Sie alleine?“

„Ähm, ja“, stotterte ich und drückte meine Tasche so eng an mich, dass Phönix darin laut aufjaulte. „Meine Eltern sind getrennt, meine Mutter wohnt in London, mein Vater in Dover. Und ich darf ihn dieses Wochenende besuchen.“ Ich lächelte nervös. „Das ist doch nicht verboten, oder?“

Der Mann schüttelte verwirrt den Kopf und fixierte meine Tasche prüfend, während ich eilig an ihm vorbei zum Automaten huschte. Nach wenigen Minuten, inclusive eines halben Nervenzusammenbruchs wegen den komplizierten Erwerbsmöglichkeiten und vieler neugieriger Blicke von hinten, verließ ich den Ticketraum wieder; das Ticket sorgsam in meiner Jackentasche verstaut.

„So“, atmete ich erleichtert aus und marschierte in Richtung der Treppenblöcke, die zu den verschiedenen Gleisen führten.

„Wohin müssen wir denn?“, tönte Phönix' Stimme aus der Tasche. „Und wann fährt unser Zug ab? Wenn wir den verpassen haben wir ein Problem. Hallo?“ Ärgerlich starrte ich in die Tiefen meiner Tasche, in der Phönix mit weit aufgerissenen Augen hockte und seine rosa Schnauze in die kühle Luft reckte, die von den Gleisen herunterwehte.

„Kannst du vielleicht etwas leiser sein", raunte ich und sah mich verstohlen um. Die meisten Leute eilten mit dem Blick nach unten gerichtet an mir vorbei, während manche verwundert die Stirn runzelten. Kein Wunder, schließlich redete kein normaler Mensch mit seiner Reisetasche.

Mit klopfendem Herzen hastete ich die nächstbesten Treppen hinauf, hielt auf der obersten Stufe wieder an, weil es das falsche Gleis war und stürmte wieder nach unten in den Tunnelgang. Dabei schaukelte die Tasche gefährlich hin und her und mein Rollkoffer schepperte lautstark über die steinernen Stufen.

„Jaja, sehr unauffällig", bemerkte Phönix frech und stemmte sich ein Stück nach oben, um besser sehen zu können.

Ich ersparte mir eine weitere Predigt und suchte hektisch nach dem richtigen Gleis. „Gleis 11, links..." Leise vor mich hin brummelnd bog ich um eine Ecke und erreichte endlich den Treppenblock, der mit einer hell leuchtenden „11" gekennzeichnet war. Nach 15 Stufen und sämtlichen Schürfwunden, die mir die schlecht verarbeiteten Rollen des Koffers zugefügt hatten, stolperte ich auf die Plattform. Sämtliche Leute drehten sich um und runzelten abschätzig die Stirn; wie bereits schon vorher der Mann im Ticketcenter, der mich angesehen hatte, als wäre ich eine gesuchte Kriminelle. Genauer gesagt eine Kriminelle mit altem Rollkoffer und einer jaulenden Reisetasche. Stöhnend lehnte ich mich an eine der rostigen Bahnhofsanzeigen und stellte die Reisetasche auf dem Boden ab.

„In welchem Abteil sitzen wir denn eigentlich?", erkundigte sich eine Stimme von unten.

„Warte kurz", sagte ich, zog das Ticket aus der Tasche und las mir den langen Text durch, der darauf abgedruckt war.

„Hm... Hier steht das wir ins Abteil 12 müssen, auf den Sitzplatz 25", erklärte ich leise und kam mir ziemlich bescheuert vor, wie ich in meine Tasche hinein redete. Während ich mich möglichst unauffällig umsah und hin und wieder einen Blick in die Reisetasche warf, in der Phönix leise schnurrend lag, wurde ein Mann in hellblauem Hemd und Krawatte auf mich aufmerksam. Er hatte mich anscheinend schon eine Weile beobachtet und stapfte jetzt mit langsamen Schritten auf mich zu, den Daumen in den Riemen seines Gürtels geklemmt.

„Oh oh", erklang Phönix' Stimme, der sich eilig wieder in den Tiefen der Tasche verkroch, während der Mann breitbeinig vor mir stehen blieb.

„Guten Morgen, junge Dame", grummelte er. „Warum reden Sie mit Ihrer Reisetasche? Ist dort etwa ein Tier drin?" Misstrauisch sah er über meine Schulter zur Reisetasche, aus der ich Phönix' leises Keuchen hörte. „Tiere sind bei uns verboten, außer sie haben eine besondere Bescheinigung der Bahngesellschaft und transportieren es in einer dafür vorgesehenen Tragevorrichtung", fuhr er fort und begradigte nebenbei seine Krawatte. Schnell beeilte ich mich, ihm zu antworten.

„Ähm nein, natürlich nicht. In der Tasche ist kein Tier, sondern nur...nur mein Handy." Ich durchwühlte eilig die Tasche und zog mein Handy zwischen Chipstüten und Wasserflaschen hervor. Ich hielt es dem Mann unter die Nase und versuchte normal zu schauen, was eher schwierig war, da mir Phönix bei der Wühlaktion die Hand zerkratzt hatte.

„Ich habe mit meiner Mum telefoniert", redete ich drauf los. „Sie wollte überprüfen, ob ich sicher am Bahnhof angekommen bin. Ich habe das Handy nicht aus der Tasche genommen, weil es mir so oft runterfällt...ups." Ich ließ hastig das Handy aus meiner Hand gleiten und auf meinen Koffer plumpsen.

Der Mann seufzte genervt und ging wortlos davon.

„Das hast du gut gemacht“, schnurrte Phönix leise. „Den sind wir schon mal los.“ Still stimmte ich dem Kater zu und blickte zufrieden nach vorne. Aus der Ferne konnte ich bereits den Zug heran rumpeln sehen und ließ mich zusammen mit den anderen Passagieren zum Rand des Bahnsteigs treiben, während der Zug mit quietschenden Bremsen in den Bahnhof einfuhr. Wie immer breitete sich eine allgemeine Panik unter den Leuten aus, als sich die Türen mit einem leisen Zischen öffneten und alle panisch ihre Koffer über die verrosteten Stufen nach drinnen beförderten. Als letzte bestieg ich den Zug und hievte nacheinander den Koffer und die Tasche ins Innere. Gerade noch rechtzeitig: Der Schaffner lehnte sich wenige Meter entfernt von uns aus einer Tür und winkte dem Zugfahrer am anderen Ende des Fahrzeugs zu. Die Tür schloss sich lautlos hinter mir und der Zug ruckelte. Es war ein ungewohntes Gefühl, ohne meine Mutter die Stadt zu verlassen; vor allem wenn ich bedachte, wohin ich unterwegs war. Es war eine Reise ins Ungewisse, in ein Abenteuer, wie ich es... Im gleichen Moment wurde ich von einem heftigen Zuckeln aus meinen Gedanken gerissen, das den Zugabteil durchrüttelte. Und da bemerkte ich auch, dass ich in der Hektik vergessen hatte, auf das richtige Abteil zu achten.

„Was ist denn los“, erkundigte sich Phönix und schnupperte. „Bäääh. Hier stinkt es nach altem Fisch und Socken.“ Der Kater schob seine Schnauze noch tiefer in die Tasche, während ich versuchte, mich mithilfe des Zugplans zu orientieren. Der Zug war in 12 Abteile aufgeteilt und hatte in der Mitte einen Speisewaggon und ein Toilettenabteil. Vorne war noch ein Waggon zum Abstellen von Fahrrädern und ähnlichem... Endlich hatte ich unser Abteil auf der Karte gefunden, schnappte mir das Gepäck und schwankte durch den Zug. Aufgrund der engen Durchgänge stolperte ich immer wieder und strauchelte an den Sitzplätzen vorbei, als wäre ich stockbesoffen. Das war wohl auch einigen Passagieren aufgefallen, die mich mit besorgten Blicken betrachteten und mir hinterher schauten, während ich fluchend durch die Abteile taumelte. Als ich mich nach einer gefühlten Ewigkeit auf Platz 25 in Abteil 12 fallen ließ, war ich völlig außer Atem. Zumindest war ich auf einem 2-Sitzer gelandet, wo aber niemand außer mir Platz genommen hatte. Ich schob den Koffer in den dafür vorgesehenen Spalt und stellte die Reisetasche direkt neben mich, um möglichst nah am Kater zu sein. Immerhin waren noch einige Fragen offen. Links von uns saß eine Familie mit zwei kleinen Kindern, die glücklich aus dem Fenster nach draußen blickten, während die Eltern ein großes Brettspiel auf dem Tisch aufbauten. Sie waren so beschäftigt, dass sie unser Gespräch hoffentlich nicht bemerken würden. Gespannt sah ich in die leuchtend grünen Augen des Katers und wartete darauf, dass er mit seiner Geschichte begann...

2. Kapitel: Phönix' Geschichte

„Ich kann dir nicht viel erzählen, weil dein Vater mich bei manchen Dingen gebeten hat, es dir erst zur rechten Zeit zu sagen", begann der Kater und drückte sich eng gegen mein Bein. „Ich habe ihn vor vielen Jahren an einem alten Hafen getroffen, wo er eine Rast eingelegt hatte. Ich war ein einsamer Straßenkater, der kein Zuhause hatte und sich von alten Fisch- und Essensresten am Leben hielt. Das mich ein Mensch verstehen konnte, habe ich erst bemerkt, als ich deinem Vater begegnet bin. Er war ziemlich durcheinander und erschöpft, als er am Hafen ankam und sah sich immer wieder um, so als befürchtete er, dass ihn jemand verfolgte. Mir war aufgefallen, dass in der Ferne ein anderes Schiff am Horizont zu erkennen war, welches sich nicht zu bewegen schien und schöpfte Verdacht, dass tatsächlich jemand hinter deinem Vater her war." Phönix setzte eine kurze Pause ein und schleckte sich ausgiebig über sein rosa Schnäuzchen.

„Hm, du Lucy? Könnte ich, wenn wir in Dover angekommen sind, etwas von dem vorzüglichen Thunfisch bekommen, der sich gegen mein Fell drückt?", erkundigte er sich und stupste gegen die Blechdosen, die ich, leider ziemlich unüberlegt, mit in die Reisetasche gepackt hatte. Ich nickte ungeduldig und wartete darauf, dass er mit seiner Erzählung fortfuhr.

„Jedenfalls beobachtete ich deinen Vater auf seinem Weg durch die Stadt", berichtete der Kater. „Gleich nach seiner Ankunft verschwand er in einer alten Kneipe in der Nähe des

Hafens. Das „Auge des Meeres“ war dort schon gewesen, seit ich denken konnte. Es war ein Treffpunkt für die Menschen der Unterwelt; ein dunkler, unheimlicher Ort, zu dem sich ansonsten nie eine Menschenseele verlor. Ich habe den Eingang von der anderen Straßenseite aus genau beobachtet und darauf gewartet, dass er die Kneipe wieder verlässt und langweilte mich, während sich ein heftiger Sturm am Horizont auftürmte. Endlich, viele Stunden später, ging die alte Holztür ächzend auf und dein Vater hastete eilig durch den mittlerweile tosenden Sturm, ohne sich noch einmal umzusehen. Was ich ihm nicht übelnehmen kann; es war furchtbar nass und kalt da draußen.“ Der Kater schüttelte sich mit verzogenem Gesicht und fuhr dann mit seinem Bericht fort.

„Jedenfalls bin ich ihm zurück zu seinem Schiff gefolgt und habe mich unbemerkt an Bord geschlichen. Ich wusste selbst nicht, warum ich mich so für das alte Schiff und deinen Vater interessierte; vermutlich war lange nichts Interessantes in meinem Leben passiert. Aufstehen, Fressen suchen und am Hafen herumlungern - Tag ein, Tag aus.
Außerdem liefen in den Hafen der Stadt nur selten Schiffe ein; höchstens riesige, eisgraue Containerschiffe, die unteranderem die Kneipe mit Bier und Brot versorgten. Und die waren auch immer seltener und unregelmäßiger gekommen und nach dem Abladen der Ware sofort wieder weggefahren.“ Phönix beäugte wieder hungrig die Blechbüchsen neben sich und blinzelte mich nachdenklich an. „An diesem Abend verzog Oliver sich ziemlich bald ins Unterdeck, kein Wunder bei dem Sturm, der neben heftigen Windböen auch Flutwellen auslöste, die über die Reling schwappten und das Deck überspülten. Ich war aus Panik in ein großes Holzfass gesprungen und musste meine Nacht zwischen alten Fischernetzen verbringen, während der Wind eiskalt durch die schmalen Risse im Holz zog. Aber dann, endlich, kam der Morgen...“ Ein glückliches Lächeln breitete

sich über Phönix' Gesicht aus. Bestimmt kam gleich die Stelle, an der er meinen Vater kennengelernt hatte. Und genau so war es auch.

„Früh am morgen wurde ich von lauten Stimmen und Schritten geweckt, die überall um mich herum erklangen. Durch einen Spalt im Fass konnte ich sehen, dass dein Vater gerade den Knoten vom Holzpflock gelöst hatte und alles zur Abfahrt bereitgemacht wurde. Und dann kam er auf mich zu und hat den Deckel hochgehoben."

„Und was ist dann passiert?", erkundigte ich mich aufgeregt. Phönix rollte genervt mit den Augen und stupste mich ungeduldig an. „Lass mich doch mal ausreden", beschwerte er sich und fing sofort an zu lächeln, als er meinen zerknirschten Gesichtsausdruck bemerkte. „Ist doch nicht so schlimm, ich verstehe dich gut. Es wäre trotzdem äußerst freundlich, wenn ich auch aussprechen dürfte." Ich nickte.

„Ok, einverstanden. Ich bin nur so durcheinander mit allem, was bis jetzt alles passiert ist." Phönix sah mich verständnisvoll an und fuhr dann mit ruhiger Stimme fort, während ich nachdenklich aus dem Fenster blickte, hinter dem weite, unendlich erscheinende Felder und Wälder vorbeizogen.

„Dein Vater hielt mich zunächst für einen dieser räudigen Straßenkater, die sich überall in dieser Gegend herumtrieben, was ich ja im Grunde auch war. Allerdings passierte dann etwas Sonderbares. Als er versuchte, mich aus dem Fass zu heben, fauchte ich und zeterte etwas vor mich hin, worauf dein Vater überrascht die Hand senkte und mich neugierig musterte.

„Er hat gemerkt, dass er deine Sprache verstehen kann, stimmt's?" Ich hatte es mir wieder nicht verkneifen können, einen Kommentar zu Phönix' Erzählung abzugeben und sah ihn schon zum dritten mal heute entschuldigend an, worauf er mich mit tadelndem Gesichtsausdruck ansah und als Antwort auf meine Frage geduldig nickte.

„Ja, so ist es", schnurrte der Kater. „Viel gibt es ab dem Zeitpunkt nicht mehr zu erzählen. Dein Vater lud mich ein, als Freund und Teil seiner kleinen Mannschaft an Bord zu bleiben und mit ihm über die Meere zu segeln.
Und seitdem bin ich jeden Tag an seiner Seite gewesen; bis zu dem Zeitpunkt, an dem er von der Bildfläche verschwunden ist." Eine Frage brannte mir allerdings noch immer auf den Lippen.

„Woher hast du eigentlich die Botschaft meines Vaters erhalten, wenn du doch bei seinem Verschwinden gar nicht dabei warst?", fragte ich. Der Kater gähnte.

„Ich kann dir nicht alles sagen, was ich weiß. Manchmal darf man nicht alles wissen, um sein Ziel zu erreichen", endete er geheimnisvoll. Dann streckte sich Phönix ausgiebig und machte es sich in der Tasche bequem.

„Ich bin mir sicher, dass du noch viele Fragen hast, aber die kannst du mir...uahhh...nach meinem Mittagsschlaf stellen. Auch ein sprechender Kater braucht Pausen", gähnte er und schloss die Augen. Wenige Minuten später hörte ich ihn im Schlaf leise vor sich hin grummeln.
Na toll. Jetzt saß ich alleine mit einer lärmenden Familie nebenan im Zugabteil und langweilte mich, während Phönix unten in der Tasche bestimmt von dem Thunfisch träumte, den ich ihm nach unserer Ankunft am Bahnhof versprochen hatte. Seufzend lehnte ich mich zurück, schloss die Augen und versuchte einzuschlafen. Was sich dank dem lauten Kindergekreische am Nachbarplatz als relativ kompliziert herausstellte. Neidisch sah ich zu Phönix herunter, dessen schwarzes Fell sich regelmäßig hob und senkte. Wie konnte er bei dem Lärm bloß einschlafen? Im selben Moment ging die Tür mit einem lauten Zischen auf und eine Ticketkontrolleurin betrat das Abteil. Eilig warf ich meine Jacke auf die Tasche, aus der Phönix' Fell herausschaute und kramte nach dem Ticket.

Während die Frau noch mit der Familie nebenan beschäftigt war, knetete ich das Ticket unruhig in meinen Händen.
Ich hoffte inständig, dass die Frau mir meine erfundene Geschichte abkaufte, warum ich als Minderjährige alleine unterwegs war. Denn das ich mit einem sprechenden Kater auf der Suche nach meinem Vater war, der vor 11 Jahren auf mysteriöse Weise verschwunden war, konnte ich wohl kaum als Ausrede nehmen. Schon hatte sich die Frau in der blauen Uniform umgedreht und steuerte direkt auf mich zu.

„Guten Morgen", lächelte sie mich freundlich an und streckte die Hand nach dem Ticket aus, das halb zerkrümpfelt in meiner Hand lag. Hektisch hielt ich ihr den Papierstreifen hin und riss dabei mit einer ruckartigen Beinbewegung die Tasche um. Gefährlich schaukelte das Ding hin und her; die Jacke rutschte ein Stück beiseite und offenbarte zwei spitz zulaufende Katzenohren. Zumindest bekam die Ticketkontrolleurin nichts davon mit, die mein Ticket mit den Informationen auf ihrem Gerät verglich und eifrig herum tippte. Wenige Sekunden später reichte sie mir das abgestempelte Ticket, brummte „Eine gute Reise Ihnen" und verließ dann mit schnellen Schritten den Zugabteil.
Zischhh - Die Tür schloss sich und die Familie begann sofort wieder zu quasseln und herumzualbern. Erleichtert verstaute ich das Ticket in meiner Jackentasche und sah gedankenverloren aus dem Fenster. Ich hatte mich nicht erklären müssen, vor meinen Füßen schlief ein kluger, humorvoller Kater und ein paar Sonnenstrahlen blitzten durch die Fensterscheibe. Die Wolken zogen langsam vorbei und die Bäume wurden immer größer; warfen breitere Schatten über die Landschaft...

„Aufwachen Lucy, wir sind gleich da." Schläfrig schlug ich die Augen auf, blinzelte und zuckte erschrocken zusammen. Zwei funkelnde Augen bewegten sich vor meinem Gesicht hin und her und ein rosa Schnäuzchen stieß mich vorsichtig an.

„Ach, du bist es", gähnte ich erleichtert und sah mich schlaftrunken um. Die Familie von vorhin war nicht mehr da, zum Glück, denn Phönix hockte ziemlich sichtbar auf dem Platz neben mir und scharrte ungeduldig am Rollkoffer.

„Ja, die sind vorhin zum Speisewaggon aufgebrochen", miaute Phönix, der meinem Blick gefolgt war und rollte mit den Augen. „Die beiden Jungen haben ihre Eltern die ganze Zeit angebettelt, weil sie ein Eis wollten."

„Da kenn ich noch jemanden", grinste ich und rappelte mich auf, um den Rollkoffer aus dem Fach zu rollen. „Keine Sorge, wenn wir angekommen sind, finden wir ein ruhiges Plätzchen und du bekommst deinen Büchsenthunfisch." Ich zerrte den Rollkoffer hoch, zog meine Jacke an und bedeutete Phönix, wieder in der Reisetasche Platz zu nehmen. Schließlich wäre es viel zu auffällig, wenn er neben mir herlaufen würde. Mal abgesehen davon, dass Tiere am Bahnhof ohnehin strengstens verboten waren. Wie in einem nie endenden Tunnel hastete ich mit dem Gepäck durch die einzelnen Abteile, während der Zug schon in den Bahnhof einfuhr. Die Bremsen quietschten und der Zug stoppte ruckartig, wodurch ich geradeaus in die Menschenmenge geworfen wurde, die sich dicht an dicht um die Zugtür drängten. Zischhhh. Sofort schoben sich alle nach draußen und hasteten in verschiedene Richtungen, ohne nochmal zurückzublicken.

„Die haben es aber eilig", bemerkte Phönix, während ich als letzte meinen Rollkoffer aus dem Zug schleifte.

„Kein Wunder, es ist Montag", keuchte ich und bemühte mich darum, dass sich der Inhalt meines Koffers nicht über den

Bahnsteig ergoss. „Viele haben ihren Arbeitsplatz nicht direkt vor der Wohnungstür und müssen eben mit dem Zug hinfahren.“ Wenige Minuten später hatte ich es tatsächlich geschafft, mein Gepäck unbeschädigt nach draußen zu bringen und ließ mich auf eine Bank in der Mitte des Gleises sacken. Phönix sprang, eine Thunfischbüchse zwischen den Zähnen, neben mich und ließ die Dose scheppernd auf die Bank fallen. Das Geräusch schallte viel zu laut durch die Bahnhofshalle, mehrere Gesichter schauten zu uns herüber.

„Phönix“, zischte ich verärgert. „Man, das hat jeder gehört. Wir müssen uns unauffälliger verhalten!“
Während der Kater schuldbewusst den Kopf wegdrehte, versuchte ich seufzend, irgendwie die Büchse zu öffnen. Das ich dafür keinen Dosenöffner hatte, machte es nicht unbedingt leichter, den in salziger Flüssigkeit eingelegten Fisch aus der Blechbüchse zu befördern. Schließlich sprang der Metalldeckel endlich weg, ich kramte in der Reisetasche nach einer kleinen Plastikschüssel und leerte den Fisch darin aus.

„So, zufrieden?“, grinste ich und schnippte leise mit den Fingern gegen die Schale. „Friss bitte schnell auf, wir müssen danach sofort zum Hafen aufbrechen.“ Phönix versenkte sein Gesicht im Essen und schmatze zufrieden vor sich hin.

„Mhhh, hab selten so leckeren Thunfisch gegessen“, freute er sich. „Wie viel Uhr ist es denn?“ Ich sah mich suchend um und las die Zeit von der großen Bahnhofsuhr ab, die wenige Meter entfernt neben einem kleinen Getränkeautomaten hing.

„Halb eins“, antwortete ich. „Wir waren etwa zwei Stunden unterwegs. Weißt du, es ist ein komisches Gefühl, Montags nicht in der Schule zu sein, obwohl ich nicht krank bin. Aber ich finde es schön, dass du bei mir bist.“ Der Kater nickte zustimmend, fischte den letzten Teil seines Mittagssnacks aus der Schale und schob sie dann beiseite. Ich wickelte sie mit Taschentüchern ein und schob die verdreckte Schale in die

Reisetasche; Phönix sprang hinterher und rollte sich wieder zusammen.

„So, wir müssen uns jetzt eine Wegbeschreibung besorgen", sagte ich entschlossen und begann, die Treppen nach unten in die Bahnhofshalle herunterzugehen, was schön gesagt war, da ich wegen dem Gewicht des Gepäcks eher schwankte, als ging. Unten angekommen durchquerte ich mehrere enge, mit hunderten Menschen vollgestopfte Durchgänge und betrat die große Halle. Der Bahnhof war von hier aus in unterschiedliche Teilbereiche eingeteilt. Links befanden sich Bäckereien, Drogerien und Blumenläden, rechts waren Ticketcenter und Zeitungsstände angesammelt.

„Hmm also die Törtchen da drüben sehen ja auch nicht schlecht aus", meinte Phönix und deutete mit ausgestreckter Pfote nach links. Ja, da hatte der Kater durchaus recht.
Im Schaufenster einer kleinen Bäckerei konnte man sich an den eleganten, mit kleinen Blumen verzierten Torten und filigranen Erdbeertörtchen nicht satt sehen, die sich zwischen goldbraun gebackenen Tartelettes und Schokomuffins tummelten.
Aber ich wollte das wenige Geld, was ich hatte, nicht belasten und drehte mich schnell zur Seite. Jetzt mussten wir uns darauf fokussieren, wie wir am besten und schnellsten zum Hafen kamen und durften uns auf keinen Fall ablenken lassen.

„Du könntest dir einen Stadtplan besorgen", schlug Phönix vor. „Da drüben ist ein Aufsteller, vielleicht findest du dort etwas." Ich ging ein paar Schritte näher heran und tatsächlich: Zwischen den Stahlplatten klemmten Pläne in den verschiedensten Ausführungen.

„Danke", flüsterte ich und durchwühlte den Aufsteller. Es gab Pläne, die verschiedene Touristenattraktionen in Dover darstellten, auf anderen konnte man alle Bus- und Bahnlinien der Stadt finden. Schließlich entdeckte ich ein Heftchen, das hauptsächlich die Fußgängerwege in und um den Hafen herum beschrieb.

„Ich habe was“, sagte ich leise in Richtung der Tasche. „Bis zum Hafen sind es nur etwa 30 Minuten Fußweg.“ Keine Antwort. Als ich in der Tasche nachsah, konnte ich den Anblick, der sich mir bot, kaum glauben. Der Kater war schon wieder eingeschlafen und schnurrte leise vor sich hin.

„Na ja, solange er nicht schnarcht“, dachte ich schmunzelnd und machte mich mit klopfendem Herzen auf den Weg zum Hafen. Zu dem Ort, der uns hoffentlich einen Schritt näher an unser Ziel bringen würde.

Der Weg zum Hafen stellte sich als schwieriger heraus, als es auf dem Stadtplan zunächst ausgesehen hatte. Ich musste viele Straßen und Kreuzungen überqueren und durch viele mit Pflastersteinen bedeckte Gassen marschieren, was das Laufen mit einem alten Rollkoffer und einer Tasche, in der ein Kater seinen Mittagsschlaf hielt, nicht unbedingt einfacher machte. Die kleinen, völlig abgenutzten Rollen klapperten angestrengt und machten nicht den Eindruck, als würden sie den Steinen noch lange standhalten. Zumindest konnte ich hinter einem alten Fabrikgebäude ein paar Straßen weiter bereits Kräne sehen, die bestimmt zum Dover’ Hafen gehörten.

„Wir sind gleich da, Phönix“, sagte ich und war erleichtert, dass ich jetzt draußen, wo nicht so viele Menschen unterwegs waren, endlich laut mit ihm sprechen konnte.

„Uahh“, machte der Kater und schob den Kopf nach draußen. „War das ein schönes Schläfchen. Na ja, zumindest regnet es nicht.“

„Das würde dich trotzdem nicht betreffen“, antwortete ich und bog hinter dem Fabrikgebäude rechts ab. „Du liegst doch sowieso nur die ganze Zeit in der Reisetasche und lässt dich in der Gegend herumtragen. Aber lass uns jetzt nicht diskutieren; da hinten kann ich schon das Meer erkennen.

Wir müssen zum „Seegott", der Neptunstatue in der Nähe des Bootsverleihs." Ich blieb kurz stehen, um die Karte genauer zu betrachten. „Und der ist leider noch 10 Minuten entfernt vom eigentlichen Handelshafen." Seufzend griff ich wieder nach meinem Rollkoffer und ging der Karte nach direkt an großen Containeransammlungen und hohen, rostigen Kränen vorbei, die ich schon von weitem aus gesehen hatte.
Nach etwa zwanzig Minuten, doppelt solange, wie es in der Beschreibung gestanden hatte, erreichte ich keuchend und völlig erschöpft den Bootsverleih „Dover Marina", an dem zahlreiche Motor- und Segelboote vor Anker lagen.
Ein langer Kiesweg führte zu den einzelnen Bootsstegen und einem heruntergekommenen, mit roter Farbe gestrichenen Häuschen, über dem „*Bootsverleih*" in großen Leuchtbuchstaben stand. Der gesamte Weg war von morschen Holzbänken gesäumt, zwischen denen sich kleine Pflanzentöpfe tummelten - Und da! Neben einem kleinen Baum, der aussah, als wäre er schon mehrere Jahrzehnte nicht gegossen worden, stand ein elegant gemeißeltes Denkmal aus leicht rötlichem Stein. Ein Denkmal, das einen in Tücher gehüllten, älteren Mann mit einem langem Bart und einem Dreizack abbildete, der in den Wellen aus geschliffenem Sandstein zu versinken schien. Auf einer weiteren Welle konnte man ein Schiff erkennen, das aussah, als würde es gleich unter dem Gewicht der Wassermengen zusammenbrechen, die sich von allen Seiten auftürmten.

„Hast du's gefunden?" Phönix schob seinen schlanken Körper aus der Tasche. „Ab jetzt kann ich ja neben dir herlaufen, oder? Immerhin ist hier niemand und in der Tasche ist es ziemlich stickig." Er sah sich um und entdeckte das Denkmal, während mein Blick noch immer starr auf das kleine Schiff gerichtet war, das merkwürdige Bilder durch meine Gedanken wirbeln ließ.

„Neptun, Gott der Meere und des Wetters“, merkte Phönix an und stolzierte zur Statue herüber, die beinahe so wirkte, als gehörte sie nicht hierher.

3. Kapitel: Neptun, der Gott der Meere

„Schau mal, da!“, maunzte Phönix aufgeregt und stieß mit der Pfote gegen den elegant geschliffenen Steinsockel, auf dem ein Text in verschnörkelter Schrift eingraviert war. „Kannst du das lesen?“ Ich ging in die Hocke und strich mit den Fingerkuppen über den rauen Stein. Viele der Buchstaben waren mit der Zeit von Moosen und Efeuranken überwuchert worden, wodurch sich das Entziffern nicht gerade einfach gestaltete.

„Wie so vieles heute“, dachte ich seufzend und begann, Teile des Mooses nach und nach vom Steinsockel zu rupfen.
Der Kater wartete ungeduldig und umrundete die Statue mehrfach, wobei seine Pfoten im schlammigen Erdboden versanken. Angewidert sprang Phönix hoch und landete zeternd hinter der großen Steinskulptur, während ich verzweifelt versuchte, eine äußerst hartnäckige Efeuranke abzureißen.

„Lucy, komm schnell her!“, rief Phönix plötzlich und sah mich mit leuchtenden Augen an. „Hier ist etwas sehr Interessantes.“ Mit einem Blick auf meinen Versuch, den Schriftzug zu entziffern, bestehend aus einem Haufen zerissenem Efeus und Moosen und einer beträchtlichen Anzahl an Pflanzen, die den Sockel immer noch überwucherten, bedeutete er mir, ihm nach hinten zu folgen. Ich stand ächzend auf und ging neben Phönix in die Hocke, der bereits einen Großteil der Pflanzen auf der Rückseite abgekratzt hatte.

„Da ist so ein Symbol eingraviert“, erklärte er. „Und ich weiß ja nicht, aber irgendwo habe ich dieses Zeichen schon einmal gesehen. Ich bin mir sicher, dass es eine wichtige Bedeutung für das hat, wonach wir suchen.“ Ich kniff die Augen zusammen und sah, dass der Kater Recht hatte: Verborgen zwischen einen Ring aus Moosen konnte man mehrere Kratzer erkennen, die zusammen einen Kreis bildeten, in dessen Mitte ein milchweißer Glasstein eingesetzt war. „Sieht aus wie ein Auge“. Ich dachte an das Rätsel zurück, das mein Vater neben seiner Schiffsskizze notiert hatte.

„Wenn der Tage langsam weicht, das Licht am Horizont sich neigt...wird sich nähern was du siehst, wenn du vor dem Seegott kniest“, überlegte ich laut und betrachtete das Auge nachdenklich. „Phönix, es heißt doch, „Wenn der Tage langsam weicht“, also können wir die Erfüllung des Rätsels erst sehen, wenn die Sonne untergeht...“ Ich warf einen Blick auf die große Uhr, die an dem Schiffsverleih angebracht war und kramte die Karte aus meiner Jackentasche hervor.

„Es ist jetzt 15:20. Laut dem Plan geht die Sonne hier im Dezember um exakt 15.45 unter, also in 25 Minuten.“

Der Kater nickte beeindruckt und linste hinüber zur Bank, auf die ich vor wenigen Sekunden mein Gepäck gelegt hatte.

„Wie wärs, wenn wir bis dann eine kleine Pause einlegen und etwas essen?“, maunzte er und tappte nach vorne zur Reisetasche, um sich eine weitere Thunfischbüchse zu stibitzen.

„Gute Idee. Ich habe heute außer einem Joghurt noch überhaupt nichts gegessen.“ Wenige Minuten später saßen wir nebeneinander auf der Bank und verspeisten das Essen, dass ich für unsere Reise mitgenommen hatte: Phönix eine Portion des Thunfischs, nach dem es überall am Hafen stank und ich ein belegtes Sandwich, das ich heute Morgen im Kühlschrank gefunden hatte. Alle paar Minuten warf ich unruhige Blicke auf die Uhr. Wenn wir den Sonnenuntergang verpassten, würden

wir bis morgen warten müssen, um das Rätsel zu lösen.
Die Sekunden tickten langsam vor sich hin, während Phönix völlig unbeeindruckt seinen Fisch genoss und sich genüsslich übers Maul schleckte.
15:33...15:36...15:42. Plötzlich schienen die Minuten zu verfliegen wie nichts. Um 15:44 stand ich ruckartig auf und stieß den Kater vorsichtig mit dem Fuß an.

„Es ist so weit“, sagte ich unruhig und zusammen gingen wir die paar Meter zur Neptunstatue, die in das warme, rotgoldene Licht der untergehenden Sonne getaucht war. Ich kniete mich hinter die Statue und sah zwischen der Uhr und dem Symbol hin und her, während sich der Kater neben mir niederließ und gespannt wartete. 10...9...8... Langsam wanderte die Sonne nach unten. 7...6...5... Das strahlende Licht wurde immer stärker und ich musste den Kopf zur Seite drehen, um nicht geblendet zu werden. 4...3...2... Ich hielt den Atem...1!
Der gläserne Stein in der Mitte des Symbols begann auf einmal bläulich zu leuchten und färbte sich langsam immer dunkler, bis er einen tiefseeblauen Farbton erreicht hatte.

„Wie kann so etwas möglich sein“, flüsterte ich und streckte vorsichtig meine Hand nach dem Stein aus. Als meine Finger das kalte Glas berührten, durchfuhr ein unangenehmes Kribbeln meinen Körper und eine plötzliche Kälte breitete sich in mir aus. Der Stein im Zentrum des Symbols leuchtete noch stärker auf als zuvor und verstrahlte eine solche Helligkeit, dass ich meine Augen für einen Moment schließen musste. Ich verlor das Gleichgewicht und kippte rücklings ins dornige Dickicht.

„Alles in Ordnung?“, erkundigte sich eine aufgeregte Stimme neben mir.

„Ja, geht so“. Ich stöhnte und arbeitete mich aus dem dornigen Busch heraus. „Was war das?“ Phönix lief nervös vor mir auf und ab und grübelte vor sich hin, während ich meine

Haare von Erde und Zweigen befreite, die sich beim Sturz darin verfangen hatten. Schließlich blieb der Kater vor mir stehen und nickte.

„Ja, ich glaub ich weiß was das war. Solche Steine besitzen eine geheimnisvolle, dunkle Kraft, eine Art schwarze Magie. Und ich bin mir sicher, dass ich einen solchen gläsernen Stein schon mal gesehen habe; aber ich habe keine Ahnung, wo oder wann das gewesen sein könnte. Wie lautet nochmal der zweite Teil des Rätsels?"

„Wird sich nähern, was du siehst, wenn du vor dem Seegott kniest", erwiderte ich und beugte mich nach vorne, um den Stein genauer zu betrachten. Zwar glühte er nicht mehr so stark wie eben, aber er war deutlich blau gefärbt. Dunkelblau. Tintenblau...

„Du Phönix, sagt dir das Zeichen etwas?"
Ich sah zum Kater herüber, der überrascht zu mir aufsah und dann nickte. „Ja, dein Vater hat mir davon erzählt", meinte er. „Besser gesagt habe ich es zufällig mitbekommen, als er sich mit der Mannschaft beraten hat. Er sprach von einem Schiff mit dem Namen „Inkeye" und wen ich mich nicht täusche, habe ich da auch dieses Zeichen gesehen.. Vielleicht hängt das irgendwie zusammen."

„Phönix, was wenn mit „wird sich nähern was du siehst, wenn du vor dem Seegott kniest" das Schiff gemeint ist?
Auf dieser Statue ist ein tintenblaues Auge eingraviert.
Erinnert an den Namen vom Schiff, den mein Vater erwähnt hat... Beide gleichzeitig reckten wir die Köpfe und sahen über die Statue hinweg zum Meer, auf dessen Wasseroberfläche sich die letzten, goldenen Sonnenstrahlen wieder spiegelten.
Und tatsächlich: Ein Schiff mit geschwungenen, aus matten Leinen gefertigten Segeln und einem spitz zulaufenden Bug näherte sich mit unnatürlicher Ruhe dem Hafen, den wir von unserem Standort am Bootsverleih sehen konnten. Allerdings

steuerte es nicht auf den Hafenteil zu, der für Ladungs- und Containerschiffe gedacht war, sondern bog nach links zum alten, unbenutzten Teil des Hafens ab. Und es sah auch definitiv nicht wie ein modernes Handelsschiff aus, sondern erinnerte an ein Schiff aus Pirateriezeiten.

„Also wenn das das Schiff ist“, sagte ich langsam. „Woher wusste mein Vater dann damals, dass die „Inkeye“ genau an dem Tag in den Hafen einlaufen würde, an dem wir hier sind?“ Phönix zuckte mit den Schultern.

„Ich weiß es nicht. Aber wir müssen uns das unbedingt aus der Nähe anschauen, findest du nicht?“ Ich stimmte ihm still zu und wollte schon zurück zum Gepäck laufen, als Phönix noch etwas einfiel.

„Was ist denn jetzt eigentlich mit der Inschrift auf dem Sockel, die du vorhin zur Hälfte freigeräumt hast? Lass uns versuchen, den Text zu entziffern. Womöglich bekommen wir dadurch noch eine wichtige Information.“ Also fing ich wieder an, mit den Fingernägeln über die moosartigen Gewächse zu kratzen und diesmal lösten sie sich wie von selbst. Ich musste schlucken, als ich sah, was in den dunklen, eisgrauen Stein eingraviert war.

„Erinnerungsdenkmal des Schiffes „Inkeye“, welches am 20. Dezember 1715 in einem Sturm auf der Route zwischen Dover und Calais unterging. Der Kapitän des Schiffes, Leroy Edward Creeves, sowie seine Mannschaft sind seit diesem Tag an verschollen und werden für tot gehalten. Das Rätsel um das geheimnisvolle Schiffsunglück wurde bis heute nicht gelöst.“ „1715“, krächzte ich und spürte, wie mir ein eiskalter Schauer den Rücken herunterlief. „Das Schiff ist laut der Inschrift 1715 untergegangen, beispielsweise in einem Sturm für immer verschwunden. Wie kann es also sein, dass dieses Schiff jetzt, mehrere Jahrhunderte später wieder auftaucht?“ Ich konnte aus dem Augenwinkel sehen, dass sich Phönix' Nackenhaare aufgestellt hatten und seine Augen so groß wurden, dass man sie mit gläsernen Murmeln hätte verwechseln können.

„Ich glaub da ist etwas ganz schön faul“, knurrte er. „Aber lass uns zum alten Hafen aufbrechen. Dein Vater wird uns nicht ohne Grund zu diesem Schiff geschickt haben.“

Mit einem merkwürdigem Gefühl im Bauch schnappte ich mir den Rollkoffer und meine Reisetasche und machte mich zusammen mit Phönix auf den Weg zum Schiff, das einige hundert Meter entfernt vom Handelshafen anlegen würde. Während wir an großen Containerschiffen und Lagerhallen vorbeiliefen, verdunkelte sich der Himmel nach und nach, wodurch der Hafen immer unheimlicher wirkte.

„Hoffentlich fängt es nicht noch an zu regnen“, meldete sich der Kater, der neben mir her tappte. „Habe ich schon erwähnt, wie schrecklich wasserempfindlich ich bin?“

„Du kannst dich doch wieder in der Reisetasche verkriechen, sobald es anfängt zu regnen, während ich pudelnass werde“, erwiderte ich und holte zum vermutlich zehnten Mal heute die Hafenkarte hervor. Ein Glück, das Phönix den Aufsteller mit Karten und Prospekten am Bahnhof entdeckt hatte. Doch da tauchten auch schon die verrosteten Kräne des alten Hafens auf, die bestimmt schon seit Jahrzehnten nicht mehr in Betrieb gewesen waren. Davor türmten sich Container, von denen jegliche Farbe abgeplatzt war und alte Schiffsteile, sowie einige Fischernetze, die einen stechenden, salzigen Geruch verströmten.

„Da ist das Schiff“, sagte ich und versuchte, möglichst leise zu sprechen. „Es legt gleich an dem Steg da vorne an."

Phönix war bereits losgelaufen und balancierte über eine morsche Holzplanke, die über eine Grube im Boden führte.

„Komm mit“, zischte er, duckte sich und sprang mit einem großen Satz hinter einen Anker, der von den Resten eines alten Fischerboots verdeckt war. Ich atmete tief ein und testete vorsichtig mit einem Fuß die Stabilität der Holzplanke. Sie wackelte gefährlich und einige Erdbrocken stürzten in die Mulde, in der sich kantige Metallteile und Netzte türmten. Schließlich atmete ich tief die kühle, salzige Winterluft ein und trat dann auf die Planke. Schritt für Schritt tastete ich mich voran, den Blick fest auf das schmierige Holz gerichtet, das unter meinem Gewicht erzitterte.

„Beeil dich, das Schiff hat gerade angelegt“, miaute Phönix. „Wenn du nicht gleich bei mir bist, sehen sie dich!“ Mit klopfendem Herzen ging ich die letzten paar Schritte und war schon fast am Ende angelangt, als auf einmal mein Fuß wegrutschte. Gerade so konnte ich mich fangen und hastete herüber zu Phönix, der von seiner Position aus das Schiff genau im Blick hatte.

„Nichts Auffälliges“, berichtete er. „Alles völlig ruhig. Die Mannschaft hat das Schiff noch nicht einmal festgebunden...“ Von hier aus konnte man die einzelnen Bestandteile des Zweimasters genauer betrachten. Auf dem vorderen Teil des hölzernen Rumpfs war der Bug des Schiffes mit geschnitzten Holzteilen gut zu erkennen. Ganz oben angebracht war ein großer, milchweißer Stein in einem geschwungenen Rahmen...

„Deswegen kam mir der Stein hinten an der Statue so bekannt vor“, maunzte Phönix aufgeregt. „Es ist der gleiche Stein wie der große auf dem Bug des Schiffes. Dein Vater hatte eine Bildersammlung alter Segelschiffe, dieses Schiff war auch dabei, soweit ich mich erinnern kann.“ In dem Moment fuhr die Ladeplanke herab und mehrere, in schwarzen Nebel gehüllte Gestalten stiegen über das hölzerne Brett herab. Den Satz „So wie die aussehen, ist mit denen bestimmt nicht gut Kirschen essen“ verkniff ich mir in dem Moment dann doch lieber. Nicht, dass sie noch auf uns aufmerksam wurden.

„Lucy“, zischte Phönix und deutete mit der Pfote zu einer

großen Holzkiste, die wenige Meter entfernt in einem vertrockneten Schlammbett lag. „Siehst du, welches Symbol darauf abgedruckt ist?“ Ich blinzelte angestrengt.

„Hmm... Irgendetwas ovales. Könnte eine Lampe sein... Nein, warte!“ Ich robbte ein paar Meter nach vorne und wischte einen Erdfleck von dem eingeritzten Symbol.

„Phönix, das ist das Zeichen von eben“, informierte ich ihn leise. Der einzige Weg, um herauszufinden, was es mit der Mannschaft auf sich hat, ist, dass wir...“ Aber mehr musste ich nicht sagen. Der Kater tappte bereits auf stillen Pfoten zu mir herüber und versuchte, den Deckel der Transportbox mit beiden Pfoten wegzuschieben.

„Warte, das mach lieber ich.“ Ich hob den schweren Holzdeckel nach oben. In der Kiste häuften sich sämtliche Schachteln mit unterschiedlichen Bezeichnungen und Größen. Die meisten davon nahm ich heraus und stellte sie vorsichtig am Boden ab; eine einzige ließ ich am Boden der Kiste liegen. Man konnte schließlich nie wissen, ob sie uns nicht irgendwann von Vorteil sein würde.

„Zum Glück hat jemand an einer Seite Löcher reingebohrt“, flüsterte ich und stieg mit dem Deckel über mir nach Phönix in die Kiste. „Vielleicht waren da vorher mal Tiere drin oder so. Ich glaube, das wollen wir beide nicht so genau wissen.“ Dann hievte ich die Reisetasche neben mich und runzelte die Stirn. Den Rollkoffer konnte ich auf keinen Fall mit in die Kiste nehmen. Also schob ich ihn unter einen Vorsprung des Fischerboots und verdeckte ihn so gut es ging mit zerrissenen Netzen. Dann zog ich den Deckel über uns fest zu und ließ mich erschöpft auf den Boden fallen, während um uns herum leise Stimmen ertönten. In der Kiste war es trotz der Luftlöcher ziemlich stickig und stank, wie alles in diesem Hafen, nach verfaultem Fisch und Algen. Die Minuten verstrichen so langsam, das ich fast schon das Gefühl hatte, dass ich mich im

Symbol doch getäuscht hatte und das Schiff schon längst wieder den Hafen verlassen hatte. Aber dann spürte ich Phönix's Schnauze an meinem Ellbogen und hörte sein leises Maunzen neben mir.

„Hier ist ein kleiner Spalt im Holz“, miaute er und deutete mit der Pfote auf eine kleine Lücke, die zwischen den Seitenplatten der Kiste klaffte. „Die Gestalten kommen langsam auf uns zu.“ Ich hätte alles dafür gegeben, in diesem Moment wieder im Zugabteil mit der lärmenden Familie zu sitzen. Aber das war nicht mehr zu ändern. Zitternd lauschte ich den Außengeräuschen und atmete so leise wie möglich, wodurch ich mich verschluckte und beinahe anfing zu husten. Da ging ein heftiges Ruckeln durch die Kiste und ich spürte, wie sie vom Boden gehoben wurde. Ich verbarg meinen Kopf in meinen Händen und hoffte inständig, dass wir nicht entdeckt wurden. Die Kiste kippte auf einmal schräg zur Seite und ich musste mich schmerzhaft an der Kisteninnenseite festkrallen, um nicht gegen die andere Seite geworfen zu werden.

„Bestimmt werden wir gerade die Rampe hochgetragen“, mutmaßte Phönix mit gedämpfter Stimme und drückte seinen Kopf erschöpft gegen meinen linken Arm. Mit einem leichten Schmunzeln strich ich über sein seidenweiches Fell und eine unglaubliche Last fiel von meinen Schultern:
Egal was passieren würde, Phönix war bei mir.
Einige Minuten lang hörte ich nur das Knarzen von altem Holz und die Schritte der Kistenträger, die stumm nebeneinander herliefen. Nach einer gefühlten Ewigkeit und vielen Schräglagen in der Kiste blieben unsere Träger endlich stehen und stellten den Holzkasten auf dem Boden ab. Ein paar letzte Schritte - eine Tür wenige Meter entfernt fiel ins Schloss und schon herrschte im Raum absolute Ruhe.

4. Kapitel: Die Inkeye

„Puh, war das stickig“, beschwerte sich Phönix, als ich endlich den schweren Holzdeckel beiseite geschoben hatte. „Beinahe so schlimm wie in deiner Reisetasche.“ Der Kater streckte seinen eleganten Körper und sprang mit einem großen Satz aus der Kiste. Unruhig sah ich mich im Raum um, in dem wir zusammen mit vielen weiteren Kisten und Kartons gelandet waren. An den hölzernen Wänden lehnten grob gezimmerte Regale voll alter Ordner und Bücher.

„Wollen wir uns zuerst die Kiste genauer anschauen, die du in unserer Transportbox mitgenommen hast?“, schlug Phönix vor. „Bouvoure- Light Bulbs - transportet from France.“ Verdutzt drehte ich das Paket in meinen Händen und hörte tatsächlich ein leises Klirren aus dessen Inneren.

„Hm, also ich hatte mir etwas anderes vorgestellt, zum Beispiel irgendwelche geheimen Gegenstände oder Materialien“, wunderte ich mich und wollte die Kiste schon zur Seite stellen, als Phönix eine Idee hatte.

„Schau doch mal rein“, riet er. „Wer weiß, vielleicht ist die Beschriftung nur eine Tarnung und in der Kiste ist etwas völlig anderes.“ Also nahm ich vorsichtig den Holzdeckel ab und arbeitete mich durch das Verpackungsmaterial, das den Gegenstand darunter fast vollständig verdeckte. Ganz unten, zwischen zwei zusammengeknüllten Krepppapieren lagen - Glaskolben. Genauso, wie es die Aufschrift der Kiste angekündigt hatte.

„Scheint so, als wären es wirklich nur gewöhnliche

Glühlampen“, seufzte ich, drückte den Deckel wieder auf die Kiste und stellte sie zurück in unsere Transportbox.

„Phönix, wir können uns nicht die ganze Zeit hier aufhalten. Bestimmt kommt die Mannschaft bald, um ihre neue Ware auszupacken und dann finden sie uns.“ Der Kater senkte zustimmend den Kopf und sah sich nachdenklich um.

„Wonach suchst du?“, fragte ich.

„Danach.“ Phönix hatte von einem der niedrigen Holzregale ein in Leder gebundenes Buch heruntergestoßen, klemmte es sich zwischen die Zähne und trabte zu mir herüber.

„Iwn olchen büchern ingen wia illeicht eien Agerpan oder o ewas“, nuschelte er und ließ das Buch vor mir fallen. Ich hob es auf, legte es auf eine umgedrehte Kiste, in der sich laut der Aufschrift Tischbeine befanden, und schlug die erste Seite auf. Die halb zerlaufenen Worte, die am unteren Ende der Seite standen, waren so schwer zu entziffern, dass ich mehrere Minuten brauchte, bis ich den Inhalt verstanden hatte.

„Leroy Edward Creeves - 1715“, las ich leise. „Das ist der Kapitän, dem die Statue am Hafen gewidmet war...warte... Bestimmt ist das eine Art Tagebuch.“ Ich schlug die zweite Seite auf und musste mir recht geben.

„Ja, hier ist ein Eintrag vom 18. Dezember 1715, also genau zwei Tage vor dem angeblichen Schiffsunglück. Das es nicht passiert ist, wissen wir ja jetzt, sonst wären wir nicht hier.“

„Lies doch mal vor“, bat mich Phönix und sah mich über den Lederband hinweg neugierig an. „Mal sehen, was wir dadurch über dieses Schiff und seinen Kapitän erfahren.“ Nervös begann ich, den Text mit heißerer Stimme vorzulesen:

18. Dezember 1715 - 17:15
Die Inkeye hat unsere Mannschaft in der gestrigen Nacht wieder vor dem Untergang bewahrt, der ihr vom ersten Tag auf der See

prophezeit war. Derartige Seestürme sind in diesem Teil des Atlantischen Ozeans nicht ungewöhnlich; allerdings sind uns Unwetter dieses Ausmaßes im Sommer nicht bekannt gewesen. Die starken, aus Osten kommenden Passatwinde machen uns auf unserer Überfahrt nach Aquanta vielerlei Probleme; zudem sind unsere Nahrungsvorräte sehr knapp bemessen, weswegen ich mir Sorgen um Meuterie machen muss. Während ich diese Worte niederschreibe, macht meine Mannschaft das Schiff wetterfest und tauscht sämtliche Teile aus, die durch den Sturm beschädigt wurden. Weiterhin sind wir auf der Suche nach dem Objekt unseres Begehrs, welches sich laut der Prophezeiung an Bord der Inkeye befinden muss...

Ich ließ das Tagebuch langsam sinken und versuchte, meine Gedanken zu sammeln. „Also, durch diesen Eintrag wissen wir jetzt einige Dinge mehr über den Kapitän und die Geschehnisse an Bord seines Schiffes. Aber ich fürchte, dass noch viele Fragen offenbleiben. Im Zusammenhang mit den starken Passatwinden damals erwähnt er „Aquanta". Weißt du, wo das liegt?" Ich drehte mich fragend zu Phönix um, der bedauernd den Kopf schüttelte. „Leider nein. Vielleicht ist es eine kleine Insel im Atlantischem Ozean, allerdings eine, von der ich noch nie gehört habe", überlegte er. „Und wir müssen unbedingt herausfinden, was er mit dem „Objekt unseres Begehrs" meint, wonach er anscheinend schon eine längere Zeitspanne lang sucht. Ich bin mir sicher, dass es irgendetwas mit dem Verschwinden deines Vaters zu tun hat." Ich nickte und schob das Buch in den Vorderbereich meiner Reisetasche, die ich glücklicherweise nicht mit dem Koffer am alten Hafen zurückgelassen hatte.

„Wir sollten uns hier genauer umsehen", schlug ich vor. „Aber wenn wir entdeckt werden...

„Könnten wir ein Problem haben", vollendete Phönix

meinen Satz und huschte herüber zur Tür. Ich folgte ihm und drückte so langsam und unauffällig wie nur möglich die Türklinke herunter, die wie alles in diesem Raum aus altem Holz gefertigt war. Mit einem viel zu lauten Ächzen flog sie auf und offenbarte einen langen, schmalen Flur, der von an der Decke baumelnden Glaskolben beleuchtet war. Das Ende des Gangs verzweigte sich in zwei Richtungen, die beide in tiefste Dunkelheit getaucht waren.

„Wie in einem Piratenschiff", staunte Phönix und stolzierte mit gerecktem Schwanz über den blutroten Teppich, der den Boden des gesamten Flurs bedeckte. „Und dafür auch die Glaskolben, die wir in der Kiste gefunden haben", fuhr er mit einem Blick auf die stilisierten Lampen fort. „Also die Mannschaft lebt hier zumindest modern."

„Weißt du, was ich mich frage?" Vorsichtig strich ich über die raue Holzwand, die von tiefen, verstaubten Furchen durchzogen war. „Gehen wir davon aus, dass das Schiff am 20. Dezember 1715 nicht untergegangen ist, sondern dass die Mannschaft dessen Untergang nur vorgetäuscht hat.
Dann müsste das Schiff nach dem Alterstod der ehemaligen Mannschaft bis zu denen weitergereicht worden sein, die hier jetzt über die Meere segeln. Aber wie kann das zusammenhängen?" Im gleichen Moment fuhr ein eiskalter Windstoß durch den Gang und ließ mich erschrocken zusammenzucken. Es war beinahe das gleiche Gefühl wie vorhin, als ich den magischen Stein auf der Rückseite des Denkmals berührt hatte. Verstohlen sah ich mich um und versuchte, in der Dunkelheit der Nebengänge mögliche Bewegungen wahrzunehmen.
„Hast du das auch gespürt?", flüsterte ich Phönix zu, der mit aufgestelltem Fell und gespitzten Ohren einen Punkt am anderen Ende des Gangs fixierte. Einen Bruchteil einer Sekunde lang bewegte sich Phönix nicht und lauschte angestrengt.

„Wir werden beobachtet“, zischte er. „Lass uns weitergehen.“ Der Kater lief vollkommen entschlossen, ganz im Gegensatz zu mir, die schon beim Gedanken, von dunklen Gestalten beobachtet zu werden, schweißnasse Hände bekam, zum Ende des Ganges und bog links ab. Seine honiggelben Katzenaugen leuchteten wie die Scheinwerfer eines Autos in der Finsternis, die sich immer weiter entfernten, während ich regungslos hinter mich starrte. Irgendetwas war dort und auch ich konnte nicht leugnen, dass ich Angst davor hatte, obwohl ich noch nicht einmal wissen konnte, was genau es war. Da ich aber auch nicht alleine zurückbleiben wollte, folgte ich Phönix eilig und kramte nebenbei in der Reisetasche. Wo war bloß das Notizbuch meines Vaters, in dem sich die detaillierte Skizze des Schiffes befand? Die hölzernen Planken unter mir knarzten und die Wände, die sich immer mehr nach innen neigten, verströmten den Geruch von altem Holz und Leim. Da war es ja! Erleichtert zog ich das Notizbuch heraus und versuchte, die in Tinte angefertigte Zeichnung in der Dunkelheit zu erkennen. Laut dem Lageplan befanden wir uns im unteren Trakt des Schiffes, der zum großen Teil mit dem Begriff „Lagerräume“ gekennzeichnet war. Die einzelnen Teile verzweigten sich mehrfach in weitere Räume, deren Bezeichnungen ich nicht erkennen konnte. „Dieser Gang müsste gleich an einer Tür enden, hinter der sich eine kleine Kammer befindet“, berichtete ich Phönix, der vor mir stehengeblieben war und die Augen fest zusammenkniff.
„Ja, da ist was.“ Der Kater ging ein Stück weiter und maunzte bestätigend. „Da ist eine Tür!“
Ich tastete mich vorsichtig weiter voran und streckte die Hände schützend vor meinem Körper aus, während die Tasche immer wieder gegen die Wand polterte. Erleichtert spürte ich das raue Holz über meine Haut fahren. Mit zitternden Händen bekam ich die Türklinke zu fassen und drückte sie mit klopfendem

Herzen herunter, während ich mir darüber Sorgen machte, was uns dahinter erwarten würde. Die Tür öffnete sich einen Spalt breit und offenbarte eine kleine, eng zugestellte Kammer mit vielen aneinander gereihten Regalen und sämtlichen anderen Gegenständen, die ich im Leben noch nicht gesehen hatte.
Das schwache Licht stammte von einer einzelnen Glühbirne, die an einem gestrickten Seil von der Decke baumelte und so wenig Licht verbreitete, das alles weiter entfernt als ein paar Meter in tiefes Dunkeln gehüllt war. Der unebene Holzboden war an allen Stellen von einem verstaubten, fetzigen Teppich bedeckt, der aussah, als wäre er schon längere Zeit lang nicht ausgetauscht worden. Langsam trat ich ein Stück nach vorne und umrundete ein Regal, das mit großen Glaskolben und Gläsern gefüllt war, in denen sich kaum erkennbare Dinge tummelten. Ich war mir allerdings ziemlich sicher, dass es sich in den Gläsern weder um Dosenobst, noch Marmelade handelte. Phönix tappte neben mir her und schnupperte an verschieden Kisten und Körben, die sich auf seiner Höhe befanden.
Während wir immer weiter in das Meer aus Kisten und Gläsern eintauchten, beschlich mich das Gefühl, dass wir wieder beobachtete wurden. Was sich bestätigte, als auf einmal ein kalter Windzug an uns vorbeizog und die Tür mit einem lauten Poltern hinter uns zufallen ließ.
Und nein, der Wind konnte es nicht gewesen sein, denn der konnte die Tür nicht wenige Sekunden später mit einem Schlüssel verschließen.
„Jetzt könnten wir ein Problem haben“, vermutete Phönix. „Sie haben die Tür abgesperrt, das heißt, dass sie uns vermutlich erst später holen wollen.“
„Und was ist daran jetzt bitte besser?“, fragte ich ungeduldig und suchte in meiner Tasche nach irgendetwas, das uns helfen könnte.

„Na ja“, antwortete der Kater. „Dann haben wir mehr Zeit, einen Ausweg zu finden und möglicherweise mehr über die Mannschaft zu erfahren. Oft haben solche alten Schiffe sämtliche versteckte Geheimgänge oder Räume.
Wenn wir doch bloß einen Lageplan vom Schiff hätten...“
Ich zog sämtliche Gegenstände aus der Tasche: Einen Kugelschreiber, einen Jahresvorrat an Minzdrops, einige Dosen Thunfisch, und da!

„Na endlich“, rief ich und zog meine Taschenlampe hervor, die ich extra für Notfälle eingepackt hatte. „Phönix, hilfst du mir dabei, nach einem Schiffsplan zu suchen?“ Einerseits war ich von der gesamten Situation und der Tatsache, dass wir in einer Abstellkammer gefangen waren, ziemlich eingeschüchtert, andererseits mussten wir dringend einen Weg nach draußen finden. Der Schein meiner Taschenlampe strahlte zwischen den Streben der Regale hindurch und spiegelte sich in den gläsernen Gefäßen.

„Du kennst dich doch mit Schiffen aus“, wandte ich mich an den Kater, der ziemlich ratlos neben mir saß und den Blick durch den Raum schweifen ließ. „Wo hat man damals solche Geheimtüren eingebaut?“

„Im Schiff deines Vaters waren die Geheimschächte meistens hinter Teppichen oder Bilder an der Wand.“
Phönix runzelte angestrengt die Stirn. „Ich kann mich nach den 11 Jahren leider nicht mehr genau an sie erinnern, aber wenn wir Glück haben, ist es hier ähnlich.“ Also kämpfte ich mich durch das Chaos hindurch zur anderen Seite der Kammer und untersuchte die hölzerne Wand, an der hohe, von ehemalig weißen Leinentüchern verdeckte Lampen lehnten.

„Hier ist nichts.“ Ich schob nacheinander die verschiedensten Gegenstände beiseite, die staubige Schlieren auf meinen Handflächen hinterließen.
Nach mehreren Minuten, in denen ich mich durch das Geröll

gewühlt hatte und Phönix durch die aufwirbelnden Staubwolken mehrfach hatte niesen müssen, stand ich auf und klopfte meine Hände an der Hose ab.

„Also hier drüben habe ich nichts gefunden", berichtete ich dem Kater, der im anderen Teil der Kammer an der Wand entlang huschte und mich aufgeregt anblinzelte.

„Ich aber", maunzte Phönix. Er war vor einem Porträt eines etwa 30-jährigen Mannes stehengeblieben, der zusammen mit seiner Mannschaft an der Reling eines Schiffs lehnte und fröhlich in die Kamera lächelte. Ich ging in die Hocke und versuchte vorsichtig, das Gemälde von der Wand abzunehmen. Ich zog den hölzernen Rahmen eng an meinen Körper und spürte, wie der stechende Geruch von Ölfarbe in meine Nase stieg, als sich das Gemälde von der Wand löste. Mit zitternden Armen schob ich es beiseite und lehnte es neben mich an die Wand, in der sich die Umrisse eines Symbols abzeichneten, in dessen Zentrum ein fein geschnitzter Hebel montiert war.

„Schon wieder das Zeichen", bemerkte Phönix. „Dieses Symbol scheint hier überall aufzutauchen. Gespannt legte ich die Hand auf den Hebel und drückte ihn mit ganzer Kraft nach unten.

5. Kapitel: Der geheime Raum

Das Herunterdrücken des Hebels löste einen Mechanismus in der Wand: An manchen Stellen entstanden schmale Spalte im Holz und verbanden sich zu dem Umriss einer Tür, die sich mit lautem Knarzen ein Stück nach vorne bewegte und dann mit einem Klicken einrastete. Anscheinend war diese Geheimtür schon längere Zeit lang nicht mehr in Betrieb gewesen.
Ich stand auf und betrachtete fasziniert den Türgriff, der sich aus einer Öffnung geschoben hatte und sich leise knirschend in die Tür integrierte.

„Also eines kann man schonmal sagen", schnurrte Phönix neben mir. „Entweder wurde diese Tür von außergewöhnlich begabten Handwerkern des 16. Jahrhunderts erbaut oder sie haben die Tür mit einem modernen Mechanismus verschlossen." Ich streckte, noch gespannter als beim Öffnen der Kammer, die Hand aus und öffnete die Tür mit einem Ruck. Eine unbeschreibliche Kälte wehte uns aus dem Inneren des Zimmers entgegen, das nicht viel größer als eine Besenkammer war. Links und rechts ragten zwei Regale in die Höhe, die ganz im Gegensatz zum hellen Holz des Flurs dunkel angelaufen waren und den Geruch von feuchtem, altem Kellerholz verbreiteten. Durch ein rundes Bullauge, welches in die uns gegenüberliegende Wand eingelassen war, konnte man das eisblaue Meer sehen. Na ja, eigentlich eher ein schwarzes Nichts, das sich in regelmäßiger Bewegung
gegen das Panzerglas drückte. Durch eine Fuge im Boden lief

ein dünnes Wasserrinnsal über die Holzplanken und verzweigte sich in den einzelnen Streben des Holzes.
Neben dem Regal rechts von mir hing eine große Meereskarte, unter der sich die Schemen einer Tür abzeichneten.

„Sieht so aus, als hätten wir einen Ausweg gefunden“, sagte ich mit einem Blick auf den Knauf, der unter der Karte hervorragte. „Aber wir sollten uns erstmal hier umschauen. Wie du bereits sagtest, wir sollten die Zeit nutzen, um mehr über die Mannschaft und das Schiff zu erfahren.“
Ich wandte mich dem linken Regal zu und durchsuchte es mit forschendem Blick. Zwischen altem Zeitungspapier und seltsam geformten Metallornamenten standen einige in Leder gebundene Bücher, deren Seiten bereits gelblich angelaufen waren. Eines davon fiel mir besonders auf:
Ein von Lederbänden umwickelter Schmöker, in dessen Buchdeckel wieder das geheimnisvolle Zeichen eingeritzt war. Ich nahm das Buch, das nach Leim und modrigem Papier roch, vorsichtig herunter und befreite es von Staub, bevor ich es aufschlug. Es war leer. Ich blätterte Seite für Seite um. Nichts. Kein einziger Buchstabe. Kein Tropfen Tinte hatte sich auf dem Papier verloren.

„Vielleicht ist es eine Art Geheimtinte, wie in diesen Piratengeschichten“, vermutete ich laut. „Aber ich fürchte, dass wir keine Zeit haben, um sie jetzt zu entschlüsseln.“
Also klappte ich das Buch zu und legte es zurück ins Regal.

„Die Karte ist äußerst interessant“, miaute Phönix. „Eine der Inseln dort ist mit „Aquanta“ beschriftet, ist das nicht die Insel, die der Kapitän in seinem Tagebucheintrag erwähnt hat?“ Ich drehte mich um und musste dem Kater zustimmen. Im vorderen Bereich konnte ich England und die britischen Inseln erkennen, im Südwesten mündete der Ärmelkanal, der auf der Karte als schwarzer Tunnel eingezeichnet war, in den Atlantischen Ozean.

Aber was war das? An der Schwelle zwischen dem Ende des Ärmelkanals und dem Meer war eine Art Strudel eingezeichnet, über dem „Timeswitch“ in verschnörkelten Buchstaben notiert war. Von dem Strudel deutete ein Pfeil nach unten zu einer Insel, die mit „Aquanta“ gekennzeichnet war.

„Sieht so aus, als würde man über einen Strudel zu der Insel gelangen“, murmelte ich und fuhr den Weg mit dem Finger entlang. „Also wie in diesen typischen Science Fiktion Büchern. Unglaublich, oder?“ Phönix sah mich unbeeindruckt an und betrachtete die Karte von unten.

„So ungewöhnlich ist das nicht“, sagte er. „Magie war schon immer da und wird es auch immer sein. Sie ist die meiste Zeit verborgen und kommt dann, wenn du sie am wenigsten erwartest.“ Ich musste schmunzeln. Egal was passieren würde, der Kater würde seine Vorliebe für komplizierte Erklärungen und Rätsel wohl nie verlieren. „Moment mal...“ Mir war beim eiligen Überfliegen der Beschriftungen eines nicht klar geworden. Über der Zeichnung des Wasserstrudels stand „Timeswitch“, also Zeitwechsel. Ob damit eine Zeitreise gemeint war?

„Phönix, du hast nicht zufällig etwas von atlantischen Meeresströmungen gehört, die einen in eine andere Zeit befördern?“, fragte ich und durchsuchte weiter die andere Regalhälfte.

„Das zwar nicht, aber zumindest wissen wir jetzt, mit was wir es zu tun haben“, erwiderte Phönix. „Womöglich hängt dieser Strudel mit den unerklärlichen Geschehnissen von damals zusammen.“ Seufzend drehte ich mich wieder dem Regalfach zu und begann, stapelweise Papier und Bücher heraus zu kramen.

„Das ist eine reine Zeitverschwendung“, stöhnte ich wenige Minuten später, nachdem ich bereits alles nach wichtigen Informationen durchsucht hatte. Die meisten der Papiere waren unbeschrieben, auf anderen befanden sich Rechnungen für handelsübliche Dinge wie Mobiliar und Parkettböden. Inclusive einer Mahnung von einem Sanitärunternehmen, das wahrscheinlich noch bis heute auf die Bezahlung der Badewanne wartete.

„Meinst du nicht, dass wir weitergehen sollten?"

Aber Phönix sah mich tadelnd an und schüttelte den Kopf.

„Ts ts ts... Ich fürchte, du hast etwas übersehen."

Ich folgte seinem Blick und musste lächeln. Verborgen hinter zwei tannengrünen Ordnern hing eine Karte an der Rückseite des Regals, auf der sich die Umrisse des Schiffes abzeichneten. Ich riss sie vorsichtig vom Holz ab und breitete sie vor uns auf dem Boden aus. Der Kater hockte sich neben mich und musterte den Papierfetzen interessiert.

„Das ist der Plan des Schiffes", miaute er. „Allerdings auch ein viel detaillierter als der im Notizbuch deines Vaters... Wir befinden uns bestimmt hier." Er deutete mit der Pfote auf ein kleines Rechteck am Boden der Karte. Daran angeschlossen war auf einer Seite der Flur, durch den wir gekommen waren; auf der anderen Seite des Rechtecks waren mehrere übereinander liegende Dreiecke eingezeichnet.

Mein Blick wanderte zur Legende, in der verschiedene Zeichen und Begriffe aufgelistet waren.

„Das Zeichen über unserem Raum bedeutet „Treppe", sagte ich. „Das heißt, wir kommen von hier direkt aufs zweite Deck."

„Also zu den Schlafräumen", ergänzte Phönix. „Ich glaube nicht, dass die Inkeye jemals als ein gewöhnliches Handelsschiff eingeplant war. Überall sind Geheimräume und solche Treppen eingebaut...einmal hier bei uns...dann zwischen dem unterem und oberen Deck... Und in dem Deck über uns sind einige kleinere Räume eingezeichnet. So etwas gibt es in gewöhnlichen Handelsschiffen nicht." Ich nickte und faltete die Karte wieder zusammen.

„Lass uns jetzt die Treppe nach oben nehmen", schlug ich vor. „Dann sehen wir weiter. Mich würde es interessieren, wie lange die Fahrt noch dauert." Ich schob die große Landkarte beiseite und griff nach dem ringförmigen Türknauf, der mir schon bei unserer Ankunft aufgefallen war. Ich rüttelte und zog daran, bis die Tür nachgab und sich mit einem lauten Knirschen öffnete. Dahinter verbarg sich eine aus dunklem Holz geschnitzte Wendeltreppe, die sich in engen Kreisen nach oben drehte.

„Also wegen deiner Frage nach der Fahrtzeit", begann Phönix und sprang leichtfüßig auf die erste Treppenstufe. „Meinen Berechnungen nach dauert die Strecke zwischen dem Dover' Hafen und dem Ende des Ärmelkanals etwa 20 Stunden, was bedeutet,..."

„...Dass wir die Nacht hier verbringen müssen", endete ich seufzend und hangelte mich ungeschickt die Treppe hinauf, während der Kater ohne Probleme voraus sprang.
Schon bald konnte man erkennen, dass sich die oberen Treppenstufen in einem Kreis aus schwachem Licht verloren. Phönix war bereits oben angekommen und funkelte mich mit leuchtenden Augen an.

„Wir sind in einem Badezimmer gelandet", japste er, als ich neben ihm aus dem Schacht stieg und mich erleichtert umsah. Die Wendeltreppe war nur von einem dünnen, nach Seife duftendem Tuch verdeckt gewesen und mündete in einen kleinen Abstellraum. Um uns herum standen zwei abgenutzte Besen und ein Metalleimer, in dem sich mehrere Lappen und Schwämme in einer seltsamen, braunen Flüssigkeit tummelten. Es roch nach modrigem Wasser und Spülmittel. Allerdings nach einem, dass man sich mal eben aus dem 16. Jahrhundert besorgt hatte. Was langsam nicht mal so unwahrscheinlich war, wenn man bedachte, dass uns der Timeswitch laut den Karten in eine andere Zeit bringen würde. Ich rappelte mich auf und

betrat den Raum hinter der halb offenstehenden Holztür, deren ehemalig weißer Anstrich von dunklen Schlieren durchzogen war.
Ein erstaunlich angenehmer Geruch von getrockneten Rosen und Honig wehte mir entgegen, als ich das geflieste Zimmer betrat. Neben uns stand eine elegant geschwungene Badewanne aus Porzellan, deren goldene Füße in einem unnatürlichen Glanz aufblitzten. An der Wand hing ein Holzbrett mit kalkweißen Seifewürfeln und über dem schimmernden Badewannenrand lagen sorgfältig zusammengefaltete Leinenhandtücher. Auf der anderen Seite des Zimmers stand ein großer, mit dunklen Stoffen überhangener Schrank und ein kleiner Holzofen mit einem langen, metallenen Ofenrohr.

„Der Schrank ist bestimmt ein Toilettenschrank", mutmaßte ich. „Obwohl es im 16. Jahrhundert eigentlich schon Toiletten mit Spülkasten gab. Diese Menschen, falls es welche sind, scheinen sich wirklich nicht in einer Zeitepoche festhalten zu lassen." Phönix stolzierte durch den Raum und drückte seine Schnauze vorsichtig gegen die Glasklappe des Holzofens.

„Das Glas ist eiskalt", meldete er. „Und wenn ich ehrlich bin: Ich glaube nicht, dass dieser Ofen jemals in Betrieb gewesen ist."

„Vielleicht ist das Badezimmer nur eine Attrappe", meinte ich und strich über das blank polierte Porzellan der Wanne. „Damit Außenstehenden nicht auffällt, das die Besitzer dieses Schiffes keine normalen Menschen sind. Erinnerst du dich an die eisigen Windzüge? Vorhin im Flur meintest du, dass wir beobachtet wurden und es war auch so seltsam kalt.
Wenn diese Wesen unendliche Dunkelheit und Kälte verbreiten, werden sie sicherlich kein heißes Bad nehmen."

„Gut kombiniert", lobte Phönix grinsend. „Lass uns weitergehen. Ich weiß zwar nicht wie spät es ist, aber wir

sollten uns langsam einen sicheren Schlafplatz suchen."
Er durchquerte das Zimmer, sprang an der Tür hoch und drückte die Klinke mit der Pfote herunter. Dahinter erstreckte sich wieder ein langer, düsterer Flur, der wie auch der letzte kein Ende zu haben schien. Ich beschloss, nicht darüber nachzudenken, wie schön mein Leben zuhause gewesen wäre und lief eilig hinter Phönix her den Flur entlang. Die von der Decke baumelnden Glaskolben flackerten ab und zu und warfen ein fahles Licht auf den Gang vor uns, bevor sie wieder erloschen und sich eine drückende, tintenschwarze Dunkelheit breit machte. Blind stolperte ich in die Leere und fluchte leise vor mich hin, während Phönix neugierig voranlief und mir gelegentlich Dinge zurief, die ich aber nicht verstehen konnte. Nach einer gefühlten Ewigkeit mündete der Flur endlich in einen weiteren Raum und durch das schwache Licht, dass sich durch die Spalten in der Holzwand drängte, konnte ich endlich wieder sehen.

„Was sagt denn die Karte?", fragte Phönix, der bereits einige Schritte vorausgelaufen war und sich interessiert umsah.
„Sieht aus, als wären wir wieder in einem vielfach aufgeteilten Bereich gelandet. Drüben hab ich mehrere Geräusche gehört, wir sollten wachsamer sein. Gibt es hier irgendeinen Raum, in dem wir ungestört übernachten könnten?"

„Warte kurz", flüsterte ich, lehnte mich gegen die Wand und faltete die Karte vorsichtig auseinander.
Ich durchforstete nervös die verschiedenen Namen, die in den jeweiligen Räumen notiert waren und staunte. Neben zwei großen, aneinander liegenden Bereichen, die wenige Meter vor uns lagen, verzweigte sich der Gang in mehrere einzelne Räume, die jeweils zwei Ausgänge hatten.
„Also übersichtlich ist das zwar nicht, aber wir befinden uns gerade im vorderen Bereich des gesamten Trakts. Wenn wir eine Weile geradeaus gehen und dann links abbiegen, müssten

wir in ein etwas kleineres Zimmer gelangen.

„Sieht in etwa so aus wie die Kammer, in die wir vorhin eingesperrt wurden“, antwortete ich und schaltete die Taschenlampe wieder ein.

„Man kann hoffen, dass wir diesmal nicht wieder eingesperrt werden“, schnaubte Phönix. „Weist du, irgendwie erinnert mich dieser Saal hier an das Schiff deines Vaters...“ Er umstrich einen polierten Tisch, der mir in der Finsternis kaum aufgefallen war und sah zu den Gemälden auf, die dicht nebeneinander an der Wand hingen und unter dem Schein meiner Taschenlampe nacheinander hell aufflammten. Ineinander verschwimmende Landschaftsmalereien, düstere Spiele aus Schatten und Licht, mit Ölfarbe gefertigte Portraits von Menschen in Uniformen und abstrakt gestaltete Sonnenuntergänge. Alles, was ich noch vor wenigen Wochen im Kunstunterricht oder in Büchern gesehen hatte, hing jetzt in den verschiedensten Varianten vor mir.

„Faszinierend, findest du nicht?“, sagte ich leise und strich an den tapezierten Wänden vorbei. „Meinst du, es sind Originale aus dem 16. Jahrhundert?“ Phönix zuckte mit den Schultern und sprang lautlos auf den Tisch. „Falls es dich interessiert: Es ist 18:30“, miaute er. „Wir sollten uns auf den Weg zu diesem Raum machen, den du auf der Karte gefunden hast.“ Ich stutzte. „Woher weißt du, wie spät es ist?“

„Da drüben hängt eine Uhr.“ Phönix deutete mit der Pfote zur gegenüberliegenden Wand, an der tatsächlich eine kleine, in Gold gefasste Pendeluhr leise vor sich hin tickte.

„Also gut“, seufzte ich und entfernte mich nur ungern von den Gemälden und Portraits ab, die mich ganz zu meiner eigenen Verwunderung ziemlich gefesselt hatten. Ich drückte die Reisetasche fest an mich, um zu vermeiden, dass sie wie vorhin gegen die Seitenwände des Gangs polterte.
Irgendwie ließ mich das Gefühl nicht los, dass die Mannschaft

unsere Flucht aus der Kammer längst bemerkt hatte und uns noch ein wenig herumirren ließ, bevor sie uns wieder einfingen.

„Ein Spiel wie Katz und Maus“, dachte ich, während ich mit flachem Atem und zitternden Beinen hinter Phönix her über die morschen Holzplanken tappte. Bis auf das Rauschen der Wellen, die gegen die Außenwände des Schiffs krachten, war es völlig ruhig. Beinahe schon zu ruhig.

„Ist es noch weit?“ Phönix war vor mir stehen geblieben und sah sich unruhig um. „Hast du auch das Gefühl, dass wir beobachtet werden?“ Ich nickte sorgenvoll und warf einen Blick auf die Karte, die ich provisorisch auf der Reisetasche balanciert hatte.

„Laut der Karte müssten wir gleich da sein. Ja, hier wird der Flur schmaler. Phönix, halt bitte Ausschau nach einer Tür, die in wenigen Metern rechts von uns auftauchen sollte.“ Ich blieb kurz stehen, während der Kater sich auf leisen Pfoten die letzten Schritte voran arbeitete und schließlich erleichtert aufmaunzte. „Ich glaube, ich habe sie gefunden“, meldete sich eine Stimme aus dem Dunklen und der Kater huschte zu mir zurück. Mit Phönix' seidenweichen Fell an meinem Bein tastete ich mich vorsichtig an der Wand entlang und spürte den hölzernen Türgriff wenige Sekunden später an meiner Handfläche vorbeistreifen. Ich griff danach und drückte die Tür hastig auf.

Vor uns lag eine kleine, lichtdurchflutete Kammer, in der sich alte, von Löchern übersäte Holzmöbel und Bilderrahmen in großen Haufen stapelten. In einer verrosteten Blechwanne tummelten sich Fischernetze aus grob gestrickten Seilen und ein elegant geschmückter Spiegel, dessen Oberfläche von mehreren Rissen durchzogen war. Neben einer altmodischen, mit blutroten Stoffen überhangenen Stehlampe lagen einige Strohsäcke herum, aus denen die einzelnen Strohhalme herausstachen.

„Sieht so aus, als hätten sie hier alles abgeladen, was nicht ihrem Geschmack entspricht. Helle Lampen - sie leben doch sowieso in der Finsternis. Spiegel - Ich bin mir sicher, dass sie sich nicht darin sehen möchten.“ Der Kater grinste und rollte sich auf einem der Strohsäcke zusammen.

„Hier können wir schlafen“, gähnte er. „Und morgen können wir dann weitersehen.“ Ich ließ mich erschöpft neben ihn fallen und machte es mir so gut es ging zwischen den kratzigen Halmen gemütlich.

„Riecht nach Bauernhofurlaub“, lächelte ich und drehte mich zu Phönix herüber, der seine Augen bereits geschlossen hatte. „Und es ist zwar noch nicht spät, aber ich habe das Gefühl, schon Tage lang nicht mehr geschlafen zu haben...“ Trotz dem hellen Licht, das durch die Spalte im Holz filterte und dem Bewusstsein, dass wir jeder Zeit entdeckt werden könnten, schlief ich wenige Minuten später mit einem glücklichen Lächeln und einem sprechenden Kater in meinen Armen ein.

6. Kapitel: Auf hoher See

Ein eiskalter Windzug fegte durch den Raum und rüttelte an den klapprigen Holzregalen, als ich von der Kälte aus dem Schlaf gerissen wurde. Ich rappelte mich schlaftrunken auf und arbeitete mich aus den Strohsäcken heraus, in denen ich tief versunken gelegen hatte. Erleichtert stellte ich fest, dass in der Nacht niemand hier gewesen war: Die Tür war zu (hoffentlich nicht abgeschlossen), alles stand an seinem Platz und der Kater lag leise schnurrend neben mir.

„Morgen", sagte ich leise und strich über Phönix' Fell, dass im Halbdunkeln leicht schimmerte.

„Guten Morgen, Prinzessin", antwortete er und streckte sich gähnend. „Ich habe selten so gut geschlafen."

Er blinzelte mich an und fing an zu schmunzeln.

„Und so wie es aussieht, hast du dir über Nacht eine neue Frisur gezaubert", neckte er mich. Ich fuhr mir durch die Haare und zog mehrere Strohhalme heraus, die sich darin verfangen hatten.

„Frühstück?" Ich kramte in der Reisetasche herum und stellte erleichtert fest, dass ich die meisten Lebensmittel dort verstaut hatte und nicht in dem alten Rollkoffer, den ich am alten Hafen hatte zurücklassen müssen. Neben einer Rolle meiner Lieblingskekse und einem Stück glasierten Zitronenkuchen fand ich auch noch eine Büchse Thunfisch, die ich in den Plastiknapf kippte. Während sich Phönix gierig über sein Essen hermachte, knabberte ich unschlüssig, ob ich Hunger hatte oder nicht, am Zitronenkuchen herum und ließ die saure Zuckerglasur langsam auf der Zunge zergehen.

„Denkst du, es ist schon spät?“, fragte ich Phönix, der den Kopf hob und sich übers Maul schleckte. „Mmh...weiß nicht. Ich glaube, dass wir ausgeschlafen haben. Soll ich kurz auf der Uhr im Vorderbereich des Trakts nachsehen?“ Er meinte bestimmt die goldene Pendeluhr, die ihm gestern neben den vielen Gemälden und Portraits aufgefallen war.

„Ja, das wäre gut“, antwortete ich seufzend und legte den halb aufgegessenen Kuchen zurück in seine Plastikdose. Nein, Hunger hatte ich jetzt bestimmt nicht mehr. Ich packte eilig das restliche Essen weg und stand dann auf, um dem Kater die Tür zu öffnen.

„Sie ist nicht abgeschlossen“, atmete ich erleichtert aus und spähte vorsichtig nach draußen. Wie gestern war es vollständig dunkel und auch furchtbar ruhig. Nur das Meeresrauschen war um einiges lauter geworden und der Wind pfiff um die Ecken.

„Vielleicht sind wir in einen Sturm geraten“, überlegte ich, während sich Phönix auf den Weg machte und mir aufmunternd zublinzelte.

„Keine Sorge“, beruhigte er mich. „Solche Unwetter sind nicht ungewöhnlich. Und das Schiff hält einiges aus, glaub mir.“

Etwas weniger besorgt lehnte ich mich gegen die Tür und wartete darauf, dass der Kater wieder zurückkam. Das Schiff wankte ständig hin und her und die Holzplanken knarzten, als würden mehrere Elefanten darüber trampeln. Mal abgesehen davon, dass sich weder Elefanten, noch irgendwelche anderen Lebewesen dazu entschieden hatten, morgens durch den Flur eines Piratenschiffs zu spazieren, was man ihnen auch wirklich nicht übelnehmen konnte. In dem Moment huschte Phönix an mir vorbei in die Kammer. Ich folgte ihm und zog die Tür langsam hinter uns zu.

„Und, wie spät ist es?“ Ich ließ mich neben den Kater in die

Strohsäcke fallen und überkreuzte die Beine.

„Zum Glück habe ich ein ausgeprägtes Sehvermögen“, schnurrte Phönix. „Es ist 10:30 Uhr, wir haben ausgeschlafen. Allerdings haben wir noch ein Problem: Der Weg vom Dover’ Hafen zur Mündung in den Atlantik dauert etwa 20 Stunden, das heißt, dass wir dort um etwa 16 Uhr ankommen werden.“

„Und das bedeutet, dass wir uns 6 Stunden lang langweilen werden“, folgerte ich stöhnend und betrachtete erschöpft meine Reflexion im zersplitterten Spiegel. Ich trug noch immer die alten Jeans und meinen aufgeplusterten Strickpullover, auf dem sich unansehnliche Flecken gesammelt hatten.

„Ich zieh mir was anderes an“, informierte ich Phönix, der es sich seelenruhig auf einem umgestülpten Karton gemütlich gemacht hatte und fing an, die Tasche nach Jeans und einem frischen Hemd zu durchwühlen. Während ich mich zum Umziehen schnell hinter eines der Regale verzog und die alte Kleidung zurück in die Tasche stopfte, wurde es im Raum immer kälter. Fröstelnd kehrte ich zu Phönix zurück und setzte mich mit blass gewordenen Händen neben ihn.

„Ich hoffe, dass es auf Aquanta wärmer ist als hier“, zitterte ich und warf mir meine Jacke über. „Und, hast du irgendwelche Ideen, was wir machen können?“
Phönix war aufgestanden und tappte nachdenklich durch die Kammer.

„Wir könnten uns noch ein wenig umsehen“, miaute er und zerriss nebenbei ein Fischernetz mit ausgefahrenen Krallen. „Oder wir planen unsere weiteren Schritte. Wie wir von Bord gelangen, wenn wir auf Aquanta angekommen sind und was wir dann machen.“

„Nur das wir nichts über die Insel wissen“, antwortete ich müde. „Ich finde, dass wir uns noch ein bisschen umsehen sollten, vielleicht finden wir irgendwo Aufzeichnungen über Aquanta und den Meereswirbel. Aber wir müssen uns

vorsehen, wer weiß, wo sich die Mannschaft tagsüber aufhält."
Der Kater schien mit meiner Idee einverstanden zu sein und nickte mir tatkräftig zu.

„Und danach sollten wir auf der Karte nachsehen, wo wir uns verstecken müssen, um das Schiff nach seiner Ankunft am Hafen möglichst schnell verlassen zu können."

Mein Bauch blubberte vor Abenteuerlust und Entdeckergeist, als ich wenige Sekunden später mit der Tasche unter dem Arm und Phönix an meiner Seite die Kammer verließ. Ich schloss die Tür hinter mir und gemeinsam machten wir uns auf den Rückweg durch den schmalen Flur, der noch immer in völliger Dunkelheit vor uns lag.

„Und, wo sollen wir anfangen?", maunzte Phönix abenteuerlustig und sprang übermütig auf den Tisch am Ende des Gangs, den wir bereits auf dem Hinweg passiert hatten.

Ich klappte die Karte auseinander und versuchte mich im Chaos aus Fluren und Zimmern irgendwie zu orientieren.

„Also wenn du mich fragst, sollten wir uns Stück für Stück nach oben arbeiten", antwortete ich. „Die Frage ist, wie wir von hier in den Trakt über uns gelangen. Schließlich kommt man vom Badezimmer aus nur hierhin und mit der Kammer endet der Flur auch."

„Oder auch nicht", grinste Phönix, der seinen Kopf über meine Schulter geschoben hatte und mit der Pfote auf ein Symbol auf der anderen Seite des Raums deutete. Wie vorhin waren es drei übereinander liegende Dreiecke, die aussagten, dass sich dort eine Treppe befinden musste. Neben den vielen, kleinen Zimmern des Flurs hatte ich das Zeichen glatt übersehen.

„Danke, Phönix." Ich sah über den eingerissenen Kartenrand hinweg zur gegenüberliegenden Wand, an der ein großes Gemälde mit dem Motiv eines altertümlichen Dorffestes mit bunt gedeckten Holztischen und eisernen Weinkrügen hing.

„Die Wendeltreppe muss hinter dem Bild versteckt sein", sagte ich. „Echt unglaublich wie viel Arbeit und Ingenieuerskunst in diesem Schiff steckt. So viele Kammern, Zimmer, Lagerhallen und Geheimwege."

„Fragt sich, wer den Bauplan entworfen hat", fügte der Kater hinzu und sprang mit einem großen Satz vom Tisch herunter. Er landete auf leisen Pfoten und tappte herüber zum Gemälde, dass im Schein meiner Taschenlampe immer deutlicher wurde. Auf der Festtafel waren rustikale Brotleibe, kleine Töpfe mit Weichkäse und Schüsseln mit Getreidebrei angerichtet, deren Geruch ich durch den gedeckten Mantel aus Ölfarbe beinahe riechen konnte.

„Vielleicht ein Hinweis auf die Küche. Laut der Karte liegt über uns eine Art Wohnbereich mit Küche.
Weißt du, ein Gedanke lässt mich nicht los..."

„Ja?." Der Kater war stehen geblieben und sah mich gespannt an.

„Na ja", fuhr ich fort. „Nach den Sachen, die wir wissen und erlebt haben, bin ich mir sicher, dass der Kapitän und seine Mannschaft keine Menschen sind. Ich glaube, dass die Küche wie auch das Badezimmer nur Attrappen sind, um ihr wahres Wesen und Ziel zu verbergen. Wir wissen zwar nicht, wonach sie auf der Suche sind, aber wenn sie mit dem Verschwinden meines Vaters zu tun haben..."

„Ich verstehe was du meinst. Aber jetzt müssen wir uns darauf konzentrieren, wie wir nach oben kommen."
Phönix sprang zurück auf den Tisch und musterte das Bild für einen Moment lang.

„In der Kammer vorhin war hinter dem Gemälde ein Hebel, durch den die Tür erschienen ist", überlegte ich leise und versuchte vorsichtig, den Bilderrahmen von der Wand abzunehmen. Irgendetwas klemmte.
Ich rüttelte eine Weile daran herum. Nichts. Das Gemälde

bewegte sich keinen Millimeter.

„Warte!“, maunzte Phönix, reckte sich und deutete mit der Pfote auf ein Mädchen mit einem Dutt aus gelockten, roten Haaren und einem weißen Leinenkleid, dass mit himmelblauen Schnürmustern geziert war. Im ersten Moment fiel mir an dem Mädchen nichts Besonderes auf, bis mein Blick zu ihrem Gesicht wanderte, das fast vollständig von dem Tanzpartner, einem braunhaarigen Jungen mit einer hellen Stoffhose und einem gestricktem Hemd, verdeckt war. Ihre Augen stachen in einem klaren Dunkelblau aus den eher gedeckten Farben des restlichen Gemäldes hervor und funkelten merkwürdig.
Die Augen erinnerten mich an das Symbol der Inkeye und das Mädchen...an mich selbst. Zögerlich streckte ich die Hand aus und strich über die tintenblauen Flecken, die ihrem schönen Gesicht etwas Unheimliches und vor allem Unmenschliches verliehen. Ich spürte ein leichtes Kribbeln in den Fingerspitzen und die Augen, die aus kleinen, gläsernen Steinen zu bestehen schienen, leuchteten für einen Bruchteil einer Sekunde grell auf, bevor sie wieder matt und glanzlos wurden. Ein leises Knarzen fuhr durch die Wand vor uns und es bildete sich, wie schon zuvor in der Kammer, eine Tür mit einem geschnitzten Holzgriff, der durch den Mechanismus im Holz einrastete.
Ich griff danach und zog die Pforte zur Wendeltreppe mit einem Ruck auf, wodurch mir eine Wolke aus Staub und der Geruch von altem Holz entgegenschlug. Phönix ging wieder voran und arbeitete sich vor mir den schmalen Schacht nach oben. Ich folgte ihm, gespannt, was diesmal hinter dem Ausgang des Schachts versteckt war.
Während ich eine Stufe nach der anderen erklomm und mich gegen das dunkle Holz drückte, spürte ich, wie erschöpft ich war. Selten waren in meinem Leben so viele Dinge auf einmal passiert und schon gar nicht solche wie diese.

„Wir sind gleich oben“, versprach Phönix über mir und

verschwand aus meiner Sichtweite. Ich kletterte die letzten Treppenstufen nach oben und rutschte von der Wendeltreppe in den Hohlraum, in dem Phönix bereits auf mich wartete.

„Ich glaub ich weiß, wo wir gelandet sind“. Er tappte ein Stück nach vorne zu einer klobigen, von einer dünnen Rußschicht überzogenen Glastür. Überall um uns herum tummelten sich rabenschwarze Kohlebrocken und Holzspäne, die bei jeder kleinen Bewegung eine furchtbare Rußwolke verursachten. Der Kater nieste und schüttelte sich unbehaglich.

„Mach schnell die Tür auf“, näselte er und drückte sich eng an mein Bein. Ich ruckte ein Stückchen nach vorne und drückte mit ausgebreiteten Handflächen gegen die Glasplatte, die sich mit einem leisen Quietschen löste und den Weg zur Küche freigab. Phönix hüpfte zeternd auf den gefliesten Küchenboden und schüttelte sich, bis jeglicher Schmutz von ihm abgefallen war.

„Pfui!“, maunzte er und rieb seinen Kopf gegen die Außenseite des Kastens, die zu hoher Wahrscheinlichkeit ein Holzofen war. Ich beförderte erst mich, dann die von Ruß befleckte Reisetasche aus dem Schacht und klopfte kopfschüttelnd meine Hose ab. Das Umziehen vorhin war dann vielleicht doch nicht so sinnvoll gewesen. Vor uns lag eine vollständig eingerichtete Schiffskombüse mit einer Feuerstelle, einem breiten Holztisch, der sich beinahe über den gesamten Raum erstreckte und mehreren Fässern, die einen stechenden Geruch von gepökeltem Fleisch und Fisch verbreiteten. Auf dem Tisch lagen einige Schneidebretter und im Licht der Gaslampe aufblitzende Küchenmesser, die mir das Blut in den Adern gefrieren ließen. Die gesamte Szenerie war unglaubwürdig, falsch. So als wären eben noch Menschen hier gewesen: Köche, die das Essen vorbereiteten und die armen Küchenjungen schimpften, weil die noch keine Kartoffeln geschält hatten. Leute, die den ganzen Tag Gemüse und Fleisch schnitten und nachher, nachdem alle anderen schlafen gegangen waren, noch bleiben mussten, um den Boden zu schrubben und den Abwasch in der großen Metallwanne zu erledigen. Aber das war wahrscheinlich noch nie der Fall gewesen.

„Wieder so eine Attrappe", nickte ich. „Hier ist alles wie in diesen Museen, in denen man nachgestellte Räume aus der Vergangenheit besichtigen kann. Nichts davon ist jemals benutzt worden; weder die Messer, noch die Feuerstelle..."
Phönix sprang auf die Hinterpfoten und schob mit der Schnauze den schweren Holzdeckel eines Fasses herunter.

„Ja, da hast du Recht". Phönix' Stimme tönte dumpf aus den Tiefen des Holzfasses. „Awer er fisch ichst son ech."
Der Kater hatte mit der Pfote eine von Salz übersäte Fischhälfte aus dem Pökelsalz gefischt und verspeiste sie zufrieden.

„Nicht mal übel", schmatzte er und tappte weiter durch die Kombüse, während ich mit zugekniffener Nase das nach Fisch stinkende Fass wieder mit dem Deckel verschloss. Der Kater schnupperte an den Töpfen und Pfannen, die sich in einem offen stehenden Küchenschrank neben der Spüle stapelten und steckte sein rosa Schnäuzchen in Lücken und Spalten, die zwischen dem Möbelar der Kombüse klafften.

„Nichts Besonderes", stellte er fest und strich um mich herum. „Eine ganz normal eingerichtete Kombüse; so wie auf dem Schiff deines Vaters. Nur das dort wirklich gekocht und gebacken wurde. Hmm, Olivers köstlicher Fischeintopf und die leckeren Zitronentörtchen!" Ich grinste kopfschüttelnd.

„Du denkst auch wirklich nur ans Essen, oder?", fragte ich Phönix, der sich auf einem gepolsterten Hocker mit rotem Samtbezug niedergelassen hatte und in Gedanken zu schwelgen schien. Er nickte abwesend, so, als hätte er meine Frage überhaupt nicht gehört. Ich beschloss, dass es besser war, ihn in Ruhe nachdenken zu lassen und sich währenddessen etwas umzusehen. Zwar wirkte die kleine Kombüse auf den ersten Blick nicht wie ein Ort, an dem man geheime Karten oder Dokumente fand, allerdings konnte der Anblick auch täuschen. Ich riss nacheinander Schranktüren auf, durchstöberte die Schubladen und sah unter der Spüle nach. Aber das einzige, was mir begegnete, waren eine ganze Menge Staubflusen und eine tote Spinne, nach deren Fund ich meine Suche seufzend beendete.

„Hier ist auch nichts", informierte ich Phönix knapp, der vom Hocker heruntergesprungen war und mich fragend ansah. „Wir sollten nachsehen, welche Räume sonst noch in diesem Trakt sind. Bin ich froh, wenn wir endlich von diesem Schiff runter sind." Ich breitete die Karte auf dem Tisch aus und fuhr unseren bisherigen Weg mit dem Finger nach.

„Wir sind hier", murmelte ich, während sich Phönix auf die Hinterpfoten stellte und über den Tischrand hinweg auf das Papier schielte. Ich musste lächeln. „Also von der Küche kommt man durch zwei verschiedene Gänge einmal zu einer Art Aufenthaltsraum und einer großen Bibliothek, hinter der noch ein paar unbeschriftete Zimmer sind."

„Eine Bibliothek", schnurrte der Kater und sah mich mit leuchtenden Augen an. „Klingt nach einem Ort, an dem man alte Aufzeichnungen finden könnte, meinst du nicht?"
Ich nickte eifrig, faltete die Karte eilig zusammen und ließ sie in der Reisetasche versinken, während Phönix bereits zur Tür auf der anderen Seite der Kombüse stob.

„Beeil dich, Prinzessin", zeterte er ungeduldig und fuhr mit der Kralle über die Vorderseite der Tür. „Wir haben zwar noch etwas Zeit, aber auch noch viel zu erledigen."
Da hatte er wohl recht. Ich hängte mir die Tasche um die Schulter, drückte den Türgriff vorsichtig nach unten und betrat den Gang, der in völlige Dunkelheit getaucht war.

„Sieht nach einem Fall für deine Taschenlampe aus", grinste

Phönix und tappte einige Schritte voran. „Also nur für dich. Ich kann, wie du weißt, hervorragend im Dunkeln sehen.“ Ich rollte schmunzelnd mit den Augen und knipste zum wiederholten Mal die Taschenlampe ein, die kurz aufflackerte und dann ein schwaches Licht auf die aneinandergereihten Holzplanken warf. Weit war es bis zu Abzweigung des Flurs nicht mehr; zumindest hatte es eben auf der Karte so ausgesehen. Ein kalter Wind fegte uns aus der Finsternis entgegen und ich hatte das merkwürdige Gefühl, dass uns jemand, beispielsweise etwas, seit unserem Aufenthalt in der Kombüse verfolgte. Phönix, der auf leisen Pfoten neben mir her schlich und leise vor sich hin knurrte, schien das gleiche zu vermuten.

„Da ist etwas“, flüsterte er und blieb wie eingefroren stehen, „Sie wissen, dass wir aus der Lagerkammer ausgebrochen sind. Wir sollten weitergehen.“ Also waren die Gedanken, die mir gestern Abend durch den Kopf geflogen waren, doch nicht unbegründet gewesen...

„Hm, ich glaube du hast recht“, antwortete ich leise. „Wir müssen also nur noch die restliche Fahrt überstehen und dann irgendwie von Bord gelangen.“ Das klang sicherlich einfacher als es war, aber ich wollte uns, und vor allem mich, nicht noch nervöser machen. „Wir schaffen das schon.“ Ich lief wieder los, wobei ich der halb offen stehenden Tür nur ungern den Rücken zeigte. Während ich hinter Phönix lief und dabei aufpassen musste, dass ich nicht über ihn drüber stolperte, rauschte mir der Wind durch die Ohren.

„Hier ist die Kreuzung“, meldete sich Phönix schließlich zu Wort. „Wo wollen wir zuerst hin?“

„In die Bibliothek?“, schlug ich vor und deutete auf den linken Weg, an dessen Ende man die Umrisse einer hohen Tür erkennen konnte. Nachdem Phönix mir tatkräftig zugenickt hatte, bog ich links ab und steuerte direkt auf die Tür zu, hinter

der laut der Karte die Bibliothek, ein großer Raum mit vielen Nebenzimmern und mehreren Ausgängen, liegen musste.
Und tatsächlich. Als ich wenige Sekunden später die Tür öffnete, wehte mir der Geruch von antiken Büchern, Staub und alten, polierten Holzmöbeln entgegen.

„Nicht schon wieder Staub", beschwerte sich Phönix und rümpfte angewidert die Nase, während ich hinter ihm die alte Schiffsbibliothek betrat und überwältigt ausatmete.
Die hölzernen, bis zur Decke ragenden Regale waren überfüllt mit Büchern in den verschiedensten Größen und Farben. Es gab dicke, in purpurfarbenes Leder gebundene Schmöker, dünne, unscheinbar wirkende Bändchen und kleine, mit Smaragden gezierte Werke, die trotz ihrer Größe aus den Bücherstapeln herausstachen. Die kleinen, kantig geschliffenen Glassteine, die an feinen Kettchen vom Kronleuchter baumelten, reflektierten das Licht und ließen Lichtpunkte über die Bücher und geschwungenen Tische tanzen, die überall im Raum platziert worden waren. Den Boden bedeckte ein fein gestrickter, roter Teppich, der sich um die Regale schlang und am anderen Ende der Bibliothek an einem hölzernen Podest endete. Auf den Tischen flackerten altmodische, in Gläser gesetzte Teelichter vor sich hin und warfen ihr schwaches Licht auf die eingestaubten Tischflächen.

„So habe ich mir die Bücherei nicht vorgestellt", sagte ich ehrfürchtig und strich beim Vorbeigehen über eine mit goldenen Griffen versehene Kommode, auf der mehrere, halb auseinanderfallende Bücher gestapelt waren. Der intensive Duft von Tinte schlug mir entgegen, während ich immer tiefer in die Bibliothek eintauchte.

„Riecht gut", kommentierte Phönix und strich schnurrend an einem Regal mit besonders breiten, mit goldenen Schriftzeichen gekennzeichneten Büchern vorbei, deren Buchrücken mit ledernen Kordeln geschmückt waren.

Darüber tummelten sich mehrere, zusammengefaltete Papiere, auf denen sich verschiedene Formen und Linien abzeichneten.

„Vielleicht sind das Landkarten", schnurrte der Kater hoffnungsvoll und versuchte, die Papiere mit seiner Pfote herunterzustoßen. Er erwischte die unterste Karte und während er sie sich zufrieden zwischen die Zähne klemmte, segelten die anderen Werke vom Regal herunter und landeten auf dem Teppich.

„Iah, ikehön", maunzte Phönix und ließ die Karte vor meinen Füßen fallen. „Pfui, schmeckt nach altem Staub..." Er schüttelte sich angewidert und schleckte mit der Zunge über seine Pfote, um den Geschmack loszuwerden. Ich klappte die Karte vorsichtig auseinander und strich sie so gut es ging auf dem faltigen, von Staub und Spinnweben zugekleisterten Teppich glatt. Darauf zeichneten sich die Umrisse einer etwas kleineren, mit grünen Farbpigmenten versehenen Insel ab, deren einzelne Orte mit goldenen Punkten markiert waren.

„Das ist Irland, die grüne Insel", sagte Phönix. „Lass uns weitersuchen.
Vielleicht finden wir ja etwas auf einer der anderen Karten." Er tappte um mich herum, durchwühlte den Papierstapel und schob mir eine Landkarte nach der anderen zu. Zypern, Sizilien, Großbritannien und Kreta... Nachdem auch die letzte Karte wieder im Regal gelandet war, seufzte ich.

„Hier ist nichts." Enttäuscht rappelte ich mich auf, während Phönix die Suche schon wieder aufgenommen hatte.

„Das wäre auch fast schon zu offensichtlich gewesen, wenn wir die Karte mit Aquanta und dem Meeresstrudel direkt im ersten Regal gefunden hätten", meinte er und schob seinen Kopf in ein Fach mit braun-gelb gepunkteten Büchern, deren Einschlag mich irgendwie an alte Bananenschalen erinnerte.

„Außer einer Menge Staub, hatschiii, ist hier auch nichts", fügte der Kater hinzu und befreite seinen Kopf von einem

Spinnennetz, das sich zwischen seinen Ohren verfangen hatte. Ich schmunzelte und fing dann ebenfalls an, Regal für Regal nach Hinweisen zu durchforsten. Die Bücherei hatte neben den Büchern, die alle möglichen Themenbereiche abklapperten, auch eine große Anzahl an alten Land- und Stadtkarten, die entweder zwischen den anderen Werken steckten oder an die Wand gepinnt worden waren. Es gab Bücher, in denen es um Seeschlachten und Kriege im 14. Jahrhundert ging und Schmöker mit Gedichten und Phrasen, die für mich auch nach mehrmaligem Durchlesen keinen Sinn ergaben. Während ich mich verbissen durch die Bücher arbeitete, suchte Phönix unter den Regalen und sah hinter Gemälden und Karten nach, die sich überall im Raum tummelten. Dann klappte er ein Buch nach dem anderen auf und ließ seine Blicke über die handschriftlichen Seiten und Skizzen schweifen, die die Autoren mit Feder und Tinte verfasst hatten. Das war der Moment, in dem ich feststellte, dass Phönix, mal abgesehen von seiner sprachlichen Gabe, noch zu vielen anderen Dingen fähig war.

„Du kannst lesen?", fragte ich ihn überrascht und wandte mich von „Geheimnisse des Meeres" ab, welches ich gerade aus dem Regal genommen hatte.

„Natürlich!" Phönix sah kurz von dem ledernen Buch auf, welches er von einem kleinen Stapel heruntergestoßen hatte. „Aber das war natürlich nicht immer so. Als dein Vater mich in seiner Mannschaft aufnahm, brachte er mir das Lesen von Buchstaben und Zahlen nach und nach bei. Ich bin ihm dafür sehr dankbar", erklärte er und fuhr dann schmunzelnd mit seiner Lektüre fort.

In „Geheimnisse des Meeres" waren verschiedene Tiere und Fabelwesen aufgezeichnet, die laut der Autorin Flora Coppersteen in den Tiefen des Atlantiks lebten. Es gab delfinartige Wesen mit fein gerippten, schimmernden

Schuppen, kleine Krebse, die wie Tintenfische Wolken aus Tinte ausstoßen konnten und hübsch gemusterte Schildkröten mit aquamarinfarbenen Panzern.

„Turquamarinen“, las ich leise und strich vorsichtig über die Zeichnung der Schildkrötenwesen, die in einem Schwarm aus „Octarellen“, einer Art Miniaturkraken mit violetten Saugnäpfen und turmalinfarbenen Augen, schwebten.

Am liebsten wäre ich stundenlang auf der kleinen Holztreppe stehen geblieben, die ich hinter einem der Regale entdeckt hatte, um die geheimnisvollen Tiere und Fabelwesen zu betrachten. Aber dafür war leider keine Zeit. Schweren Herzens stellte ich das Buch zurück an seinen Platz und wandte mich seufzend dem Rest zu. Ich griff wahllos ins Regal und zog ein dickes, dunkelblaues Buch mit einem gold eingefassten Rand hervor, das fast vollständig von den anderen Büchern verdeckt gewesen war. Als ich mit den Fingerspitzen über den verstaubten Buchdeckel strich, erschienen unter der dünnen Staubschicht mehrere aneinandergereihte Buchstaben, die ins Leder eingeritzt worden waren.

„Phönix“, hauchte ich und spürte ein aufgeregtes Kribbeln im Bauch. „Ich glaube, ich hab etwas gefunden.“

„Wie heißt das Buch?“ Phönix lief neugierig zu mir herüber, während ich von der Holzleiter stieg und mich im Schneidersitz auf dem staubigen Teppichboden niederließ.

„Die Geheimnisse Aquantas‘“, raunte ich leise. „Von Narius Sealberg.“ Ich schlug das Buch gespannt auf und las das Vorwort, welches im Gegensatz zu den anderen Schriftstücken tatsächlich ein gedrucktes Exemplar war...

7. Kapitel: Timeswitch

„In den vielen Geschichten über den großen, weiten Ozean und die sieben Weltmeere, ist kein Phänomen so außergewöhnlich wie der Timeswitch- Strudel, der nur wenige Meilen vom Dover' Hafen entfernt liegt", las ich und spürte, wie die Aufregung in mir aufstieg, während ich den Text Wort für Wort laut vorlas und dabei Phönix' zitternde Schnurrhaare an meiner Hand spüren konnte.

„Er bildet die Schwelle zwischen unserer und einer anderen Zeitepoche, die weit in der Ferne liegt. Es ist eine Zeitepoche, in der alles anders sein wird..." Ich hielt kurz inne. „Der Autor meint also auch die Zeit, in der wir uns gerade befinden; wir können immerhin davon ausgehen, dass das Buch zumindest nicht in diesem oder dem letzten Jahrhundert geschrieben wurde."

„Lies weiter, ich bin schon gespannt, was wir über die Vorgeschichte Aquantas erfahren!" Phönix schielte neugierig über den Seitenrand, während ich mich wieder dem Text widmete und mit aufgeregter Stimme weiterlas:

„Diese Zeitepochen liegen in so weiter Ferne, dass ich sie nicht mehr erleben werde. Aber in einigen Jahrzehnten werden junge Seefahrer die andere Welt zu Gesicht bekommen, wenn sie mit ihrem Schiff in die tiefen Wasserwirbel geraten. Der Timeswitch- Strudel öffnet seine Pforte alle 304 Jahre bis zum nächsten Vollmond, bevor er sich wieder zurück in die Tiefen des Meeres verzieht und die Zeitepochen für mehrere Jahrhunderte wieder voneinander trennt. Wer bis zum Anbruch des nächsten Vollmondes nicht auf die andere Seite zurückgekehrt ist, wird für immer in der falschen Zeitepoche zurückbleiben."

Ich ließ das Buch sinken. „Dann hoffen wir mal, dass uns das nicht passiert", sagte ich und sah herüber zu Phönix, der mit aufmerksamem Blick neben mir hockte und nachdenklich seine Pfoten betrachtete.

„Ist irgendwas?", erkundigte ich mich unruhig und sah dem Kater direkt in seine glasklaren Augen, in denen es ungewöhnlich funkelte.

„Na ja", begann Phönix. „Ich hatte die ganze Zeit angenommen, dass sie deinen Vater auf Aquanta gefangen halten, aber laut diesem Narius Sealberg öffnet sich die Pforte des Strudels nur alle 304 Jahre. Aber Oliver ist vor 11 Jahren verschwunden, was bedeutet, dass er damals nicht durch den Timeswitch- Strudel auf die Insel gebracht wurde, wenn wir ihn heute, im Jahr 2019 überqueren..."

„Stimmt", nickte ich. „Vielleicht steht im Buch noch etwas, was uns weiterhelfen könnte." Der Kater senkte zustimmend den Kopf. Während ich mich wieder dem Buch widmete und anfing, weiter daraus vorzulesen, wurde der tosende Sturm draußen immer stärker. Der eiskalte Wind zog durch die schmalen Risse in den Wänden und die Wellen krachten mit solch einer Wucht gegen den hölzernen Rumpf des Schiffes, dass die Regale unruhig hin und her schwankten. Einige der Bücher, die in den vorderen Reihen platziert worden waren, kippten um und polterten nacheinander auf den Teppich.

„Was ein Sturm", staunte ich. „Na ja, zurück zum Buch:

„Allerdings gibt es einige Nachweise dafür, dass sich die Pforte auch zu anderen Zeiten öffnen und eine Verbindung zwischen den Zeitepochen herstellen kann. Wann diese Ausnahme eintritt, weiß aber nicht einmal ich..."

„Na prima!“, unterbrach mich Phönix mit zusammengezogenem Gesicht. Wenn er von etwas genervt war, machte er immer den Eindruck, als hätte er gerade in eine Zitrone gebissen.
„Da haben wir ein Buch, in dem es tatsächlich um den Timeswitch- Strudel und Aquanta geht, aber der Autor weiß die genauen Details nicht!“

„Aber immerhin wissen wir jetzt, dass solche Ausnahmen vorkommen können. Das würde erklären, warum mein Vater vielleicht doch nach Aquanta gebracht wurde, obwohl die 304 Jahre seit der letzten Öffnung der Pforte damals noch nicht abgelaufen waren.“ Im selben Moment ertönte ein gewaltiges Donnern und wenige Sekunden später zuckte ein greller Lichtblitz durch den Raum. Darauf folgte ein tosendes Rauschen, dass immer lauter wurde... Die Welle, die wir zwar von unserem Standpunkt aus nicht sehen, aber dafür hören konnten, krachte gegen den Rumpf und ließ das gewaltige Schiff heftig hin und her schaukeln; so als wäre es eine Gummiente in der Badewanne und nicht ein massives, aus Holz und Metall gefertigtes Ingenieursmeisterwerk.
Ein merkwürdiges Knarzen fuhr durch das gesamte Schiff und ließ mich unruhig zusammenzucken, während weitere Bücher aus den Regalen stürzten und vom Windzug, der wie eine frostige Schlange durch den Raum zog, durchblättert wurden. Die handschriftlich beschriebenen Seiten flatterten auf und ab und gaben den Anschein, als würden sie gleich wie von einer unsichtbaren Hand herausgerissen werden. Der Regen prasselte gegen das kleine Bullauge, welches auf der anderen Seite der Bibliothek in die Wand eingelassen war und den tiefschwarzen Wellen, die im Sekundentakt gegen das Glas schlugen, gerade noch so standhielt.

„Wie in einem Science Fiktion Roman“, raunte Phönix und lehnte seinen Kopf gegen meine Schulter, während es über uns heftig donnerte. Überrascht sah ich den Kater von der Seite an. Täuschte ich mich, oder zitterten seine Schnurrhaare?

„Ich dachte, du bist solche Unwetter gewohnt“, sagte ich und sah zu Phönix herunter, dessen Ohren nervös zuckten.
Er zögerte. „Ja, ich habe gemeinsam mit deinem Vater schon viele Stürme auf hoher See erlebt, aber hier ist alles zusätzlich dazu noch so, so gestellt. Der Sturm ist von einer Sekunde auf die andere über uns hereingebrochen, als wäre er schon vorher geplant gewesen. Genau wie die leblosen Räume hier, die nur den wahren Zweck dieses Schiffes verdecken sollen.“ Er blickte mich unheilvoll an und sah zu einem breiten Regal herüber, hinter dem sich etwas bewegte.

„Wer ist da?“, fauchte er und verengte seine Augen zu Schlitzen, während sich die Silhouette eines fast unmerklichen Wesens auf dem Teppich abbildete. Phönix' Nackenhaare stellten sich nacheinander auf und auch ich spürte, wie die Spannung in mir aufstieg, als das Wesen aus dem Schatten des Regals trat. Es war - ein Kater. Er hatte einen staubig schimmernden, aschgrauen Pelz und dunkle Augen, die im dämmrigen Licht der Bibliothek neugierig aufleuchteten.
Der Kater wippte nervös hin und her und betrachtete seine Pfote mit interessiertem Blick, als hätte er noch nie etwas gesehen Phönix zog seine Krallen augenblicklich wieder ein und sah ihn ungläubig an.

„Socke?“, fragte er und tappte einige Schritte nach vorne, während der graue Kater den Kopf hob und anfing zu sprechen. Na ja, hören konnte ich ihn nicht, aber sein Kiefer hob und senkte sich. Klar, Phönix war der einzige Kater, den ich verstehen konnte. Sekunde für Sekunde verstrich, während Phönix den Worten seines Gegenübers lauschte und ab und zu nickte oder den Kopf nachdenklich schüttelte.
Schließlich wandte er sich von ihm ab und huschte zu mir zurück.

„Das ist Socke“, stellte er den Kater vor, der wenige Meter entfernt stehen geblieben war und mich unsicher musterte. „Er ist ein alter Bekannter aus meiner Zeit als Straßenkater. Wir sind uns eines Tages in einem düsteren Viertel nahe dem Hafen begegnet und haben uns ab und zu unterhalten oder sind zusammen auf Futtersuche gegangen“.

„Seit wann ist er auf dem Schiff?“, richtete ich mich an Phönix und warf Socke, der mich immer noch unentschlossen anstarrte, einen freundlichen Blick zu.

„Seit etwa einem Jahr“, antwortete Phönix. „Er hat letzten Winter nach einer langfristigen Bleibe gesucht und ist bei einem Spaziergang am Hafen auf die Inkeye gestoßen. Und na ja, jetzt lebt er hier.“ Socke, der sich inzwischen ein paar Schritte nach vorne gewagt hatte, nickte. „Es war damals fürchterlich kalt. Ich ging an Bord des Schiffes, das am alten Hafen vor Anker lag und versteckte mich zunächst in den Lagerräumen. Ich verbringe die meiste Zeit hier, in der Bibliothek oder erkunde die zahlreichen Flure, Räume und Säle.“

Phönix übersetzte und ich sah den grauen Kater mitleidig an. Er hatte tatsächlich über ein ganzes Jahr auf diesem düsteren, menschenleeren Schiff verbracht; alleine und ohne jegliche Abwechslung.

„Kann Socke mich verstehen?“, erkundigte ich mich bei Phönix, der nachdenklich durch den Raum strich und in Erinnerungen zu schwelgen schien.

„Ja, er versteht dich, aber mein alter Freund ist noch etwas schüchtern... Ähm was? - Achso, ja klar. Lucy, Socke möchte wissen, warum wir hier sind. Willst du es ihm erklären?“

Ich sah zum Kater herunter, der inzwischen noch näher gekommen war und es sich mit gekreuzten Pfoten auf dem Teppich gemütlich gemacht hatte. Ich konnte es mir nur zu gut vorstellen, wie Socke Stunden, Abende, vielleicht sogar Tage hier verbrachte und seinen Blick über die tausenden Bücher und Teelichter schweifen ließ, bevor ihm die Augen zufielen und er bis zum Morgengrauen vor sich hin schlummerte.

„Wir sind auf der Suche nach meinem Vater“, begann ich. „Er ist vor 11 Jahren in einem Meeressturm mit seiner Mannschaft verschollen und wurde bis vor Kurzem für tot gehalten, aber vor einer Weile habe ich sein altes Notizbuch gefunden. Dadurch sind wir auf die Spur seines Verschwindens geraten und unsere Reise hat uns zu diesem Schiff hier geführt. Wir nehmen an, dass wir in wenigen Stunden den Timeswitch-Strudel passieren und auf Aquanta der Lösung des Rätsels hoffentlich näher kommen... Ist irgendetwas?“ Ich hatte bemerkt, wie sich die Mimik des alten Katers in den letzten Sekunden von neugierig zu erstaunt und nachdenklich gewandt hatte.

Socke begann wieder zu sprechen und ich bemerkte sofort Phönix' überraschten Blick, während er den Worten seines Freundes mit aufgestellten Ohren lauschte und hin und wieder aufgeregt maunzte.

„Socke hat eine wichtige Information für uns!“, miaute er schließlich. „Genauer gesagt eine Beobachtung. Vor mehreren Wochen ist die Inkeye in einen kleinen Hafen eingelaufen und Socke hat alle Geschehnisse draußen von einem Bullauge aus beobachtet. Die düsteren Gestalten, die wir gestern am alten Dover’ Hafen gesehen haben, sind wie die übrigen Male, an denen Socke sie bei der Ankunft an einem Schiffshafen gesehen hat, direkt von Bord gestiegen und haben große Holzfässer und Kisten aufgeladen.“

„Solche Kisten waren gestern auch am alten Dover’ Hafen, bevor wir uns als blinde Passagiere auf die Inkeye geschlichen haben,“ bemerkte ich. „Und alle waren mit diesem Zeichen gekennzeichnet. Einem Symbol, von dem wir immer noch nicht wissen, wofür es steht...“

„Moment mal!“, miaute Phönix plötzlich und sah mich mit leuchtenden Augen an. „Die Situation hat uns so durcheinandergebracht, dass uns das Offensichtlichste entgangen ist. Als wir das Symbol zum ersten Mal bei der Neptunstatue gesehen haben, hatte ich dir doch erzählt, dass dein Vater damals im Zusammenhang mit dem Zeichen von einem Schiff mit dem Namen „Inkeye“ gesprochen hat. Als das Schiff dann angelegt hat, haben wir gar nicht weiter über den Zusammenhang nachgedacht, aber…“

„Ich weiß was du meinst“, antwortete ich und spürte eine leichte Gänsehaut, als die Erkenntnis zu mir kam. „Das heißt, dass es wahrscheinlich das Symbol der Inkeye
und damit auch der merkwürdigen Gestalten ist!“
Für einige Sekunden flogen Ausschnitte verschiedener Momente durch meinen Kopf. Die Kälte auf dem Friedhof, das geheimnisvolle, magische Symbol auf der Statue, auf den Kisten und Wänden und die schattenhaften, in schwarze Mäntel gehüllten Wesen am alten Hafen....

„Irgendetwas ist hier ziemlich faul“, stellte ich klar und seufzte tief. „Ok. Lass uns noch ein wenig im Buch weiterlesen, dann müssen wir uns auf den Weg nach oben machen.“
Ich drehte mich zu Socke, dem das alles sichtlich zu viel war. Er hatte die Augen unruhig zusammengekniffen und spielte mit der Pfote an einem Wollfaden herum, den er mit der Kralle aus dem Teppich gepult hatte.

„Möchtest du mit uns kommen?“ fragte ich ihn und wartete gespannt, während Phönix die Antwort des grauen Katers nach und nach übersetzte.

„Er sagt, dass das zwar ein sehr freundliches Angebot ist, aber er trotzdem lieber hierbleiben möchte“, berichtete er. „Aber falls wir von Aquanta wiederkommen sollten, können wir ihn an Bord der Inkeye immer rufen, wenn wir Probleme bekommen sollten.“ Das Wort falls verursachte in mir eine

ungewohnte, merkwürdige Spannung. Es klang beinahe so, als ginge Socke davon aus, dass wir nicht mehr zurückkehren würden. Wusste er mehr über die Wesen und Aquanta, als er uns gerade preisgegeben hatte?
Phönix wechselte noch ein paar kurze Worte mit Socke, bevor uns dieser verabschiedend zunickte und dann so schnell wieder verschwand, wie er gekommen war.

„Hast du auch das Gefühl, dass er uns irgendetwas verheimlicht hat?“, sprach ich meinen Gedanken laut aus und hoffte inständig, dass Socke nicht mehr in der Nähe war. Phönix nickte langsam.

„Ja, er wirkte auf mich sehr nervös, so, als würde er sich die ganze Zeit darauf konzentrieren, nichts Falsches zu sagen. Aber vielleicht liegt es auch einfach daran, dass er so lange mit niemanden mehr gesprochen hat.

„Hoffen wir mal, dass du mit dem 2. Satz Recht hast“, seufzte ich und schlug das Buch wieder auf, das während unseres Gesprächs mit dem seltsamen Kater vom Wind zugeschlagen worden war.

„Wo sind wir denn stehen geblieben?“ fragte ich und durchsuchte die Zeilen hektisch, während sich Phönix gähnend neben mir niederließ und aus dem Augenwinkel auf die Buchseite linste. „Bei dem Teil, an dem der Autor zugegeben hat, dass er nicht weiß, wann die Ausnahmen eintreffen“, sagte er und deutete mit der Pfote auf einen kurzen Satz am unteren Ende der Seite, den ich in meiner Hektik völlig übersehen hatte. „Danke“, lächelte ich. „Also:

„Aquanta bildet das Zentrum der Inselgruppe, deren Namen mit der Zeit in Vergessenheit geraten ist. Über die Insel sind nur wenige Dinge bekannt, da die meisten mutigen Abenteurer nie von ihrer Reise nach Aquanta zurückgekehrt sind. Was mit ihnen geschehen ist, wird für alle Zeiten ein Geheimnis bleiben. In den

Aufzeichnungen des berühmten Kapitäns Leroy Edward Creeves ist von düsteren Gestalten und Wesen die Rede, die die Insel seit vielen Jahrhunderten besetzen und Reisenden keinen Eintritt gewähren. Während ich diese Worte hier niederschreibe, frage ich mich, ob das düstere Geheimnis um Aquanta jemals gelüftet oder die Insel für alle Zeiten ein Ort des Ungewissen bleiben wird..."

„Hier endet die Zusammenfassung", schluckte ich und ließ das Buch mit zitternden Händen sinken. „Der Rest sind nur Mutmaßungen und Schätzungen des Autors, die aber in keiner Weise belegt sind." Phönix rappelte sich langsam auf und blickte mich mit einem unruhigen Schimmern in den Augen an.

„Wir werden das Geheimnis lüften", sagte er mit fester Stimme. „Wir werden herausfinden, was damals geschehen ist und deinen Vater finden." Ich nickte und fühlte mich dabei allerdings mutiger, als ich eigentlich war.

Mysteriöse Kreaturen? Kein Mensch, der lebend von der Insel zurückgekehrt war? Na ja, bis auf diesen Leroy Edward Creeves...

„Moment mal!", stieß ich plötzlich hervor und stand ruckartig auf. „Phönix, du erinnerst dich doch an die Inschrift auf der Statue, oder?" Der Kater nickte verwundert.

„Da stand doch, dass das Denkmal dem Kapitän Leroy Edward Creeves und seiner Mannschaft gewidmet ist, die am 20. Dezember 1715 in einem Sturm verschollen sind. Und hier im Buch steht, dass er der einzige Mensch war, der von einer Reise nach Aquanta zurückgekommen ist. Und das Denkmal war mit diesem Zeichen gekennzeichnet. Dem Zeichen der Inkeye und somit auch der merkwürdigen Gestalten. Ich weiß zwar nicht genau, inwiefern das alles zusammenhängt, aber ich glaube, wir sind der Lösung des Rätsels tatsächlich einen Schritt näher gekommen..."

Zur gleichen Zeit, an einem anderen Ort...

„Sie werden in kurzer Zeit den Timeswitch passieren.“ Der aschgraue Kater hockte vor seinem Meister auf dem hölzernen Boden und erstattete ihm Bericht.

„Sie sind bereits auf dem Weg“, erklang eine eiskalte Stimme, deren Besitzer den Blick des Katers aufgefangen hatte. „Wir werden die beiden bei der Ankunft auf Aquanta zunächst in Sicherheit wiegen und dann wie geplant zuschlagen.“ Ein heiseres Lachen schallte durch den Raum, während sich der Kater aufrappelte und mit einem gefährlichen Grinsen durch die offen stehende Tür huschte. Die Gestalt stand mit zusammengekniffenen Augen vor dem Bullauge und blickte auf das stürmische Meer, auf dem die eisgrauen Schaumkronen tanzten und hin und wieder gegen das breite Panzerglas krachten. Es waren Augen, hinter denen sich ebenfalls ein Meer verbarg. Ein Meer aus Tinte und Eis.

Wir müssen irgendwie unbemerkt auf das Schiffsdeck gelangen “, überlegte ich laut und schob währenddessen das Buch „Die Geheimnisse Aquantas“ zurück ins Regal.

„Hmm, wir befinden uns gerade im 2. Unterdeck“, miaute Phönix. „Ist auf deiner Karte eine Treppe eingezeichnet, mit der wir aufs Deck gelangen?“ Ich huschte herüber zur Reisetasche und kramte die zerknitterte Karte heraus, die uns auf unserem Weg durch das Schiff schon des öfteren geholfen hatte. Die Bücherei war eines der Räume mit den meisten Beschriftungen und Symbolen: Es gab Geheimfächer in Regalen und Kommoden, die ich nur zu gerne durchsucht hätte und fünfeckige Symbole, die im Boden verborgene Zwischenräume markierten. Und - da! In der oberen linken Ecke waren neben einem hohen Sessel drei übereinander liegende Dreiecke eingezeichnet - eine Wendeltreppe! Mein Blick wanderte sofort herüber zum hohen, mit Samt überzogenem Sessel, hinter dem ein veilchenfarbener Vorhang im Wind flatterte.

„Unser Weg nach oben", schnurrte Phönix und verschwand mit flinken Pfoten hinter dem Vorhang. Ich schnappte mir die Reisetasche und stieg hinter ihm auf die erste Treppenstufe, die unter meinem Gewicht gefährlich knarzte.

„Sag Bescheid, wenn wir oben angekommen sind", stöhnte ich angestrengt und schob die Tasche vor mir den schmalen Treppenschacht nach oben, während der Kater mit Leichtigkeit Stufe für Stufe nach oben sprang. Auf der Karte hatte der Höhenunterschied zwischen dem unteren und oberen Deck ziemlich hoch ausgesehen und das bestätigte sich auch, als nach 5 Minuten immer noch kein Licht am Ende des Schachts zu erkennen war. Nach einer gefühlten Ewigkeit und zahlreichen Schürfwunden, die ich mir an der schroffen Holzwand zugezogen hatte, hörte ich endlich Phönix' Stimme über mir.

„Wir sind da!", rief er und verschwand mit einem großen Satz aus meinem Blickfeld.

Ich arbeitete mich schwer atmend die letzten paar Stufen nach oben und schob mich aus der Öffnung, die in einen kleinen, mit weiß lackiertem Holz ausgelegten Raum führte. An den spitzen, metallisch glänzenden Haken, die in die Wand gebohrt worden waren, hingen ein verrosteter Sextant und ein in Leder gebundenes Fernrohr, dessen Linse einen schwachen Lichtstrahl auf die Holzplanken warf. Auf der hellen, staubigen Kommode mit eisernen Henkeln lag ein in Gold gefasster Kompass, der das Licht in alle Richtungen brach. Phönix sauste über die unebenen Holzplanken und blieb vor der kleinen Tür stehen, die laut der Karte direkt zum Oberdeck führte.

„Wir müssen jetzt einen Ort an Deck finden, an dem wir uns bis zu unserer Ankunft in Aquanta unbemerkt aufhalten können." Phönix scharrte mit den Krallen über die Tür. „Draußen wütet immer noch ein Sturm, also sollten wir uns ein Versteck suchen, an dem wir vor dem Wind und den Flutwellen geschützt sind", stellte er klar. „Los gehts, Prinzessin!"

Mit klopfendem Herzen drückte ich den geschwungenen Türgriff nach unten und stolperte nach draußen. Ein heftiger Windstoß fuhr mir ins Gesicht und ließ das eiskalte Meerwasser in einem feinen Sprühregen über uns niederregnen, während die grauen Gewitterwolken über den Himmel fegten und der Donner über uns laut grollte. Die hohen Segel des Schiffes wurden vom Wind hin und her gerissen und die marineblauen Wellen, die mich in ihrem unnatürlichen Glanz an Tinte erinnerten, schwappten in großen Fluten übers Deck.

Phönix, der vorausgelaufen war und Stück für Stück durch die kalten Wasserpfützen tappte, zog angewidert die Ohren ein.

„Ist der Regen kalt!", maulte er und kniff die Augen zusammen. „Kannst du irgendetwas erkennen?"

Auch ich hatte Mühe dabei, meine Augen bei den gewaltigen Regenmassen offen zu halten, die ununterbrochen auf uns einprasselten. Das Rauschen der Wellen, die gegen die Schiffswand krachten und über die Reling flossen, war so laut, dass ich den Kater kaum verstanden hatte.

„Ich sehe auch nichts", stieß ich hervor und kämpfte gegen die heftige Windböe an, die mich beinahe umgerissen hätte. „Warte! Da drüben, links von dir, da ist was!" Ich deutete auf ein großes Holzfass, dass am anderen Ende des Decks stand und durch die metallischen Streben im Holz so stabil stand, dass es sich trotz des starken Windes keinen Millimeter bewegte.

„Gute Idee!" Phönix nickte mir zu. „Auf 3! 1..." Aus dem Augenwinkel sah ich auf einmal einen schwarzen, immer größer werdenden Wirbel im Wasser, dessen Zentrum sich tief ins eisblaue Wasser zog.

„Phönix!", rief ich und deutete auf den Wirbel. „Der Timeswitch! Wir müssen uns beeilen..."

„Ok....2....1..los!"

Während das Schiff mit einem lauten Knarzen in den Strudel geriet, sprintete ich mit gesenktem Kopf über das Deck und spürte, wie meine Turnschuhe über den schleimigen, von dunklen Algen übersäten Holzboden rutschten. Durch den Regen, der in gewaltigen Wassertropfen auf mich niederprasselte, konnte ich sehen, dass das Fass immer weiter zur Seite rutschte.

„Beeil dich!", hörte ich Phönix' Stimme vor mir. „Gleich schlägt eine riesige Welle über dem Schiff ein!"

Ich folgte seinem Blick und blieb für einen Moment wie eingefroren stehen. Aus dem nachtschwarzen Zentrum des Strudels hatte sich ein gewaltiger Wasserberg erhoben, welcher einen düsteren Schatten übers Deck warf, der alles um sich herum zu verschlucken schien.

Ich atmete die frostige Luft tief ein und kämpfte mich mit brennender Lunge die letzten paar Meter zu unserer Rettung. Blindlings riss ich den hölzernen Deckel nach oben, warf die Reisetasche hinein und stieg ins Fass, während das Schiff heftig nach links gerissen wurde. Als ich Phönix' warmen, zitternden Körper neben mir spürte, befestigte ich den Fassdeckel über uns und verbarg meinen Kopf im warmen Fell des Katers.

Im gleichen Moment krachte die Welle über dem Schiff zusammen und riss das Fass, in dem Phönix und ich vollkommen durchgefroren kauerten, mit einem kräftigen Schlag mit sich...

8. Kapitel: Auf der anderen Seite

Einige Sekunden lang hörte ich nur das ohrenbetäubende Brausen der Wassermassen, die in regelmäßigen Abständen über uns eingekrachten und unser Fass mit sich rissen. Immer wieder wurde ich an die Innenwand des Fasses geschleudert und konnte spüren, wie sich feine, vom Holz abstehende Spreißel in meine Haut bohrten.
Mit zusammengekniffenen Augen versuchte ich die Geschehnisse um mich herum wahrzunehmen und stellte mit Erschrecken fest, dass durch die feinen Risse im Holz dünne Wasserrinnsale ins Innere des Fasses liefen.

„Gleich stehen wir vollkommen unter Wasser", schluckte ich und sah zu Phönix herunter, dessen Atemzüge von gelegentlichem Zittern unterbrochen wurden. Er hob den Kopf und verzog sein Gesicht angeekelt, als ein kalter Wassertropfen von oben auf seine Schnauze tropfte.

„Hoffentlich sind wir gleich da", miaute er düster. „Langsam habe ich genug von Wasser, Wind und Wellen!" Wiederwillig fuhr er mit der Pfote über seine Schnauze und schüttelte sein Fell aus, bevor er den Kopf wieder einzog. Da bildete sich ein schmaler Spalt an der Unterseite des Fassbodens und das eiskalte Wasser sprudelte neben mir hoch. Na prima!
Wenige Sekunden später reichte mir das Wasser bereits bis an die Knöchel. Phönix sprang erschrocken auf, kraxelte panisch auf meine Schultern und schlang seine Pfoten um meinen Hals, während das Fass zur Seite kippte und über das Deck polterte. Ich schloss die Augen und konzentrierte mich mit

klappernden Zähnen auf das Wasser, das durch die mehrfachen Drehungen von allen Seiten auf uns einstürzte. Während das Fass die Haftung vom Boden völlig verlor und ununterbrochen hin und her geworfen wurde, lief das kühle Nass von allen Seiten herunter.
Mein Pullover haftete vor Wasser triefend an meinem Körper und meine Haare baumelten wie ein dunkler Vorhang vor meinem Gesicht. Und dann, ganz plötzlich, war es ruhig.
Das Fass schwankte noch kurz hin und her und kam dann völlig zum Stillstand. So, als wäre nichts gewesen.
Ich rappelte mich umständlich auf und drückte den Deckel nach oben, dessen hölzerne Oberfläche von einigen, tief ins Material gedrungenen Rissen durchzogen war. Phönix sprang sofort nach draußen und schüttelte sein völlig durchnässtes Fell, sodass die Wassertropfen in alle Richtungen stoben.
Als ich die schwere, triefend nasse Tasche nach draußen gehievt hatte und aufsah, war ich für einen Moment sprachlos. Das Schiff, über dem vor wenigen Minuten noch ein gewaltiger Sturm gewütet hatte, war bis auf einige Pfützen unberührt. Über den fliederfarbenen Himmel zogen graue Wattewolken, die mich ungewollter Weise an das Fell des mysteriösen Katers in der Bibliothek erinnerten.

„Aquanta“, flüsterte Phönix auf einmal und sah mit großen Augen an der linken Seite des Masts vorbei. Ich folgte seinem Blick und spürte eine leichte Gänsehaut, als ich die sagenhafte, von kristallklarem Wasser umgebene Insel sah. Vor uns lag ein kleiner, von zahlreichen Anlaufstellen gesäumter Hafen, dessen Mitte in eine Art Kanal mündete, der direkt ans Meer angebunden war. Am Ende des Kanals ragte ein hohes Gebäude mit gewölbten, in schwaches Sonnenlicht getauchten Dächern in den Himmel. Unter dem Schatten des Gebäudes lag eine von schmalen Gassen durchkreuzte Stadt, die im Gegensatz zu diesem in völliger Dunkelheit ruhte. Aus der Ferne konnte ich auf beiden Seiten der Stadt gewaltige, grüne Wälder erkennen, hinter denen sich die eisgrauen Umrisse hoher Felsen abzeichneten. Die Insel wirkte trotz den vielen Pflanzen und dem warmen Sonnenlicht, dass durch feine Risse in den Wolken schien, irgendwie unheimlich und surreal.

„Wie in einer Legende", hauchte ich und ließ meinen Blick über den Hafen schweifen, dem wir von Sekunde zu Sekunde näher kamen. „Aber wir haben immer noch das Problem, dass wir keine weiteren Anhaltspunkte haben. Wenn wir auf Aquanta ankommen, wissen wir nicht, welche Richtung wir einschlagen müssen und was die Gestalten, ich würde sie eigentlich fast schon Inkeyes nennen, immerhin heißt so auch ihr Schiff, genau mit uns vorhaben. Immerhin wissen sie, dass wir an Bord waren und ich habe auch das Gefühl, dass das alles schon lange Zeit vorher geplant war..."

Ein frostiger Schauer lief mir den Rücken herunter, als ich daran denken musste, was uns alles auf der Insel erwarten würde. Mysteriöse, unentdeckte Wesen, die Aquanta seit vielen Jahrhunderten besetzten, ein Geisterschiff mit einem Kapitän, der eigentlich schon lange verstorben sein müsste und die schattenhaften Wesen, über die wir, mal abgesehen von der Tatsache, dass sie keine Menschen waren, nichts Genaueres wussten.

„Ich hoffe, dass zumindest meine Klamotten trocken geblieben sind", seufzte ich und durchwühlte die Reisetasche, die vom Wasser dunkel gefärbt war. Und tatsächlich.

Neben einer Packung durchweichter Kekse und einem Kompass, in dessen gläserne Kuppel Wasser gelaufen war, purzelten mir eine trockene Jeans und ein T- Shirt entgegen, die seltsamerweise von dem Sturm verschont geblieben waren.

„Wenn wir angekommen sind, suche ich mir eine ruhige Stelle und ziehe mich um", brummte ich und stopfte die Klamotten zurück in die Tasche, während sich Phönix neben mir immer noch schüttelte.

„Wie gerne läge ich jetzt vor einem warmen, knisternden Kamin“, sagte er verträumt und streifte angewidert ein Stückchen Seetang von seiner Pfote ab, auf das er bei seinem kurzen Rundgang übers Deck versehentlich getreten war.

„Oder etwas heißen Pfefferminztee“, fuhr er nachdenklich fort. „Aber wir haben eine Mission. Und wir werden das schaffen, egal was passiert!“

„Wie gut, dass du da bist“, schmunzelte ich, ging in die Hocke und strich über Phönix's seidenweiches Fell. „Ohne dich wäre ich bestimmt nie so weit gekommen.“

„Genug mit dieser Rührseligkeit!“, grinste der Kater und befreite sich aus meinem Griff. „Schau, wir sind gleich da.“
Er hatte Recht. Das Schiff schaukelte gemächlich die letzten paar Meter zur Anlaufstelle, die fast vollständig verborgen zwischen zwei großen Frachtschiffen lag.
Aus der Nähe konnte man die ersten Häuser der Stadt sehen, die direkt an den kleinen Inselhafen angrenzten und düstere Schatten auf die Straßen warfen. Wobei ich mich ohnehin schon fragte, wer darin wohnen könnte. Laut dem Buch „Die Geheimnisse Aquantas“, das wir vorhin in der Bibliothek durchstöbert hatten, gewährten die merkwürdigen Inselbewohner niemandem Eintritt. In dem Moment realisierte ich, dass es möglicherweise keine allzu gute Idee war, bei der Ankunft am Hafen mitten auf dem Deck zu stehen. Wenn die Schattenwesen das Schiff verließen, würden sie uns sofort bemerken.

„Vielleicht sollten wir uns hier oben verstecken, bis die Luft wieder rein ist“, schlug ich vor und ließ meinen Blick übers Deck schweifen. Bis auf das ziemlich demolierte Fass, in dem wir uns während des Sturms versteckt hatten und einem kleinen Hocker am anderen Ende des Schiffes, gab es keine Möglichkeit, um sich zu verstecken. Phönix, der meinen ratlosen Blick aus dem Augenwinkel aufgeschnappt hatte, sah sich ebenfalls suchend um und nickte dann in Richtung des kleinen Holzhäusschens, durch das wir nach oben gelangt waren.

„Wir könnten uns dahinter verstecken", meinte er. „Wenn die Mannschaft wie wir durch den Schacht nach draußen kommt, bemerken sie uns vielleicht nicht."

Ich nickte. „Gute Idee! Und wenn wir alleine sind, können wir das Schiff ebenfalls verlassen und dann unsere weitere Vorgehensweise planen."

Nebeneinander huschten wir über die schmierigen, von Salzbetten und Seegras verkrusteten Holzplanken und verschanzten uns hinter der Hütte, während das Schiff mit gefährlicher Ruhe am Dock anlegte. Und dann passierten mehrere Dinge auf einmal: Die Tür der Holzhütte flog auf, die Wesen schwebten in einer dunklen, vernebelten Masse nach draußen und verursachten in mir eine unbeschreibliche, frostige Leere. Es fühlte sich an, als ob tausende, feine Eiszapfen durch die Luft in meine Lunge geraten waren und von innen auf mich einstachen. Es war die gleiche Kälte, die vor etwa einem Tag in mir aufgekommen war, als ich das magische Symbol auf der Rückseite des Denkmals berührt hatte. Mit zusammengebissenen Zähnen wartete ich darauf, dass sich die Inkeyes entfernten und atmete erleichtert aus, als sie aus unserer Sichtweite verschwunden waren.

Augenblicklich ließ die Kälte nach und ich konnte nur noch den Pulli spüren, der von eiskaltem Meerwasser triefend an meinem Oberkörper klebte.

„Du kannst ihre Aura tief in deinem Inneren spüren, stimmt's?", fragte Phönix mit sorgenvollem Blick und legte seine Pfote auf meine immer noch bebende Handfläche.

Ich senkte stumm den Kopf.

„Sagt dir das etwas?", wandte ich mich an den Kater, auf

dessen Stirn sich eine tiefe Sorgenfalte gebildet hatte.
Phönix nickte und sah mich unschlüssig an. „Ich habe dir im Zug doch gesagt, dass dein Vater mich gebeten hat, dir nicht alles zu erzählen, was ich weiß. Aber ich glaube, jetzt ist der richtige Zeitpunkt, um dir etwas zu sagen..."

„Ja?", hakte ich nach und wusste das, während ich dieses eine Wort aussprach, eine Menge im Kopf des Katers vorging.

„Dein Vater kann ihre Aura auch wahrnehmen", begann Phönix vorsichtig. „Außer ihm können das sonst nur 3 andere, unteranderem auch du. Und ich glaube, ich weiß mittlerweile, was mit Oliver passiert sein könnte." Er legte eine kurze Pause ein und betrachtete gedankenverloren seine Pfote, während ich die Spannung kaum noch aushalten konnte, die sich Minute für Minute in mir auftürmte.
„Wenn der Kapitän, der angeblich am 20. Dezember 1715 mit seinem Schiff verschollen ist, tatsächlich noch in unserer Zeitepoche lebt, würde das bedeuten, dass er unsterblich ist. Über die Inkeyes hat mir dein Vater nicht viel erzählt, aber es gibt eine bestimmte Verbindung zwischen dem Bund der vier Menschen, die so wie du die Aura der Schattenwesen wahrnehmen können und dem Verschwinden deines Vaters."

„Wer sind die anderen 2?", unterbrach ich Phönix.
„Und was bedeutet es, diese Gabe zu besitzen?" Der Kater tappte unruhig hin und her.

„Nun ja, die anderen beiden sind aus den verschiedensten Zeitepochen stammende Menschen. Leider weiß ich nicht, was eure Gabe genau bedeutet, aber sie scheint für die Schattenwesen eine große Gefahr darzustellen, die sie unbedingt verhindern müssen. Ich glaube, dass sie etwas vorhaben, dass nicht nur uns, sondern auch den Rest der Welt gefährden könnte. Es ist sehr wahrscheinlich, dass sie deinen Vater entführt haben, weil er sonst ihre Pläne durchkreuzt hätte. Ich habe das mulmige Gefühl, dass die Wesen auf

Aquanta eine nicht unwesentliche Rolle in der ganzen Geschichte spielen." Phönix endete mit einem erleichterten Seufzer. „Lass uns jetzt nachsehen, ob die Luft wieder rein ist." Er schlich auf leisen Pfoten um die Hütte, während ich noch völlig durcheinander auf dem Boden kniete und über das nachdachte, was der Kater mir gerade erzählt hatte. Ein geheimer Bund? Ein unsterblicher Kapitän? Weltgefährdende Pläne? So langsam war ich mir nicht mehr so sicher, ob das alles nur ein Traum war, oder ob ich mich
tatsächlich gerade mit einem sprechenden Kater auf einem Geisterschiff aufhielt. Nachdem ich mit Einbezug der letzten 42 Stunden beschlossen hatte, dass das alles gar kein Traum sein konnte, richtete ich mich mühsam auf und folgte Phönix, der bereits wenige Meter entfernt ungeduldig auf mich wartete.
Als ich bei ihm angekommen war, stellte ich erleichtert fest, dass von den Inkeyes keine Spur mehr zu sehen war.
Was ich leider auch sehen konnte war, dass es keinen sicheren Weg nach unten gab; klar: Wenn die Inkeyes schon urplötzlich auftauchen konnten, war es für sie bestimmt auch kein Problem, von der Reling eines Schiffes auf den Pier zu gelangen.

„Was jetzt?" Phönix musterte den breiten Spalt zwischen der Schiffswand und der Anlaufstelle sorgenvoll.

„Wenn ich da reinfalle", bemerkte er schaudernd.

„Könntest du ein Problem haben", beendete ich seinen Satz und sah mich suchend um. „Wir müssen ein langes, stabiles Stück Holz finden; so eine Holzplanke wie in den Piratenfilmen. Die können wir dann über die Reling legen und darüber vorsichtig nach unten klettern."

„Ich weiß, wo wir so etwas finden!", meldete sich Phönix eifrig und rannte neben mir her zurück zur Holzhütte.
„Als ich durch den Schacht nach oben gesprungen bin, habe ich aus dem Augenwinkel ein hölzernes Brett gesehen, das unter

der Kommode lag. Ich vermute, dass es eine Art Tischplatte ist; aber besser als gar nichts!“ Ich drückte die Tür mit einem Ruck auf, ging in die Hocke und schob meinen Arm unter die alte Kommode, unter der sich, neben dem Brett, das ich wenige Sekunden hervorzog, auch sämtliche Spinnweben und Staubflusen tummelten.

„Haaatschi!“, nieste Phönix und zog seinen Kopf mit gekräuselter Nase zurück. „So viel Staub. Hier wurde lange Zeit nicht mehr durchgewischt.“ Mit einem unangenehmen Kratzen rutschte die Platte über den Boden.

„Gerade leicht ist sie nicht“, stöhnte ich und klemmte mir das Holzbrett unter den Arm, während Phönix mit aufgeregten Hopsern zurück zur Reling lief. Leise fluchend schwankte ich zu ihm herüber und musste dabei aufpassen, dass ich nicht das Gleichgewicht verlor. Als ich das Brett endlich über die Reling geworfen hatte, waren meine Hände voller Schrammen und Spreißel.

„Gehst du zuerst?“, fragte ich und sah zu Phönix herunter, der bereits auf die Reling gesprungen war und sich mit vorsichtigen Schritten über die Planke tastete. Das Brett bebte leicht und für einen Sekundenbruchteil befürchtete ich, es würde unter dem Kater zusammenbrechen und mit ihm in den tiefen Spalt stürzen. Aber kurze Zeit später landete Phönix mit einem eleganten Satz auf dem Steg und trat ein paar Schritte zurück.

„Du bist dran, Prinzessin!“, rief er und tappte nervös hin und her, während ich mich mühsam an der Reling heraufzog und die Beine vor mir anwinkelte. Ich konnte spüren, wie sich das Brett unter meinem Gewicht bog und hörte ein leises Knirschen, das immer lauter wurde, während ich Stück für Stück über die raue Holzoberfläche rutschte.

„Geschafft“, stieß ich schließlich erleichtert hervor und erhob mich mit ausgestreckten Armen von der Holzplatte, die noch kurz hin und her schwankte und dann mit einem lauten Knarzen in zwei Teile zerbrach. Das morsche Holz stürzte ins Wasser und wurde sofort von einer kleinen Strömung mitgerissen, die in die Engstelle zwischen Schiff und Steg gespült worden war.

„Puuhh, das war aber ganz schön knapp“, atmete ich erleichtert auf. „Jetzt haben wir auch leider keine Möglichkeit mehr, von alleine zurück aufs Schiff zu gelangen.

„Wir werden schon einen Weg finden.“ Phönix sah sich nachdenklich um. „Der Pier liegt auf der rechten Seite des Kanals. Ich vermute, dass der große Palast, in den der Kanal mündet, von den Inkeyes besetzt ist.“

„Also sollte das nicht unsere erste Anlaufstelle sein“, folgerte ich. „Ich kann es immer noch nicht glauben, dass wir uns wirklich im Jahr 1715 befinden sollen. Auch wenn wir alles in der Bücherei gelesen haben, bin ich mir nicht sicher, ob ich das alles jemals verstehen werde.“ Phönix nickte verständnisvoll.

„Irgendwelche Besichtigungswünsche?“, fragte er verschmitzt. „Du hast die einmalige Chance, eine echte Piratenkneipe zu besuchen.“ Ich schüttelte entschlossen den Kopf und deutete auf einen hohen, eisgrauen Leuchtturm, der einige hundert Meter entfernt zwischen dem gräulich schimmernden Kiesstrand in den Himmel ragte.

„Wir können dem fauligen Fisch und den harten Brotkanten später gerne einen kurzen Besuch abstatten, wenn du darauf bestehst“, antwortete ich grinsend und musste dabei an die alte Kneipe aus dem Film denken, den ich vor einiger Zeit mit meiner Mutter gesehen hatte.

Der Name der Kneipe war „Morronchase“ gewesen, ein finsterer Ort am Rande Londons, der von unheimlichen Gestalten und betrunkenen Seeleuten besucht war, die literweise Bier aus Holzkrügen tranken und alte Piratenlieder in die Nacht schmetterte, während der einbeinige Wirt

mit Platten voller Krüge durch die Reihen tanzte.
Aber das hier war anders. Das hier war kein erfundener, naiv zusammengewürfelter Spielfilm, sondern Realität. Und ich wollte nicht wissen, was passieren würde, wenn ein Mädchen und ein schwarzer Kater in eine Kneipe voll Betrunkener spazierten, mit denen, wie Mum sagen würde, nicht gut Kirschen essen war. Schnell verwarf ich den Gedanken wieder und kam zurück zu dem Leuchtturm, den ich schon bei unserer Ankunft erhascht hatte.

„Meinst du, der Turm hat einen Wächter?", richtete ich mich an Phönix, der mit zusammengekniffenen Augen an der Wand der Inkeye entlang strich und leise vor sich hin grummelte. Schließlich hob er den Kopf und rümpfte unruhig die Nase.

„Wer weiß", antwortete er nachdenklich. „Lucy, ich habe das Gefühl, dass uns jemand beobachtet. Lass uns lieber weiterlaufen, meinetwegen in Richtung des Leuchtturms."
Ich sah mich verstohlen um. Obwohl ich keine Menschenseele erblicken konnte, wurde auch ich das Gefühl nicht los, das jeder unserer Schritte von irgendjemanden beobachtet wurde. Oder besser gesagt, von irgendetwas. Der Kater war währenddessen losgelaufen und tappte mit flinken Pfoten über den von eisigem Meerwasser überspülten Pier, auf dessen nasser Oberfläche sich Bündel aus grün bräunlichem Seegras tummelten. Die grüne Wasserpflanze zermatschte unter den Sohlen meiner Turnschuhe, während ich mich hinter Phönix her über die rutschigen, durch die Feuchtigkeit nach oben gewölbten Holzplanken tastete. Der Pier endete in einem steinernen Weg, der waagrecht zur Inkeye lag und sich auf beiden Seiten zwischen den Häusern verlor, die nicht den Anschein machten, als wären sie jemals bewohnt gewesen. Die Fassaden wirkten aus der Ferne alt und zerbrechlich, als würden sie jeden Augenblick unter dem Gewicht der Ziegeldächer zusammenstürzen und die verlassenen Gassen in

Staub und Schutt legen. Inmitten der Häuser, die im strahlenden Licht der Nachmittagssonne aussahen wie feingezimmerte Einzelteile einer kleinen Stadt, die zwischen den Gleisen einer Modelleisenbahn errichtet worden war, konnte ich am Horizont, viele Kilometer entfernt, den Palast erkennen. Der Hauptteil des Gebäudes, welcher einen dunklen Schatten auf die verlassene Stadt warf, hatte die Form eines Quaders mit einem nach oben spitz zulaufendem, im Sonnenlicht schimmernden Kuppeldach. Die Gebäude, die den Palast umringten, wirkten lange nicht so alt und zerfallen wie die kleinen Häuser und Baracken. Die Fassaden waren aus einem kräftigen, dunklen Holz gefertigt, das den irrealen Glanz des Palastes noch unheimlicher machte. Vor uns, direkt angrenzend an den steinernen Weg, lag eine breite Steintreppe, die direkt in die Stadt führte. Und trotz dem fliederfarbenen Himmel und den warmen Sonnenstrahlen, die mir von der Seite ins Gesicht fielen, konnte ich spüren, dass eine unfassbare, Jahrhunderte lang festgehaltene Spannung in der Luft lag. Eine Spannung, die erst zerbrechen würde, wenn die Insel wieder zu ihrem ehemaligen Zustand zurückkehren würde. Moment... Ich runzelte die Stirn und ließ meinen Blick auf Phönix sinken, der genau wie ich gedankenverloren auf die Stadt blickte, die vor unseren Füßen lag. Woher sollte ich wissen, dass die Insel nicht immer schon so gewesen war? Es war ein Gefühl ganz tief in meinem Inneren, das mir sagen wollte, dass es einen bestimmten Grund für das alles gab. Bilder von der Stadt und dem Palast rauschten auf einmal durch meinen Kopf; wie ein Sturm aus Gedanken und Erinnerungen, die schon immer in mir verborgen gewesen waren und jetzt in mir aufblühten. Belebte, mit hunderten Menschen gefüllte Straßen, Marktplätze mit kleinen, reg besuchten Verkaufsständen und inmitten allem der Palast, der mich, wenn ich länger darüber nachdachte, ebenfalls an einen

Teil eines Piratenfilms erinnerte.

„Was, wenn das hier früher eine Art Handelsinsel war“, sprach ich meinen Gedanken laut aus.

„Das muss alles irgendwie mit diesem Kapitän, Leroy Edward Creeves, zu tun haben, dem Kapitän der Inkeye.

Vielleicht haben wir auch einen Denkfehler gemacht, aber ich glaube, dass der geschichtliche Hintergrund Aquantas eine wichtige Rolle in der ganzen Sache spielt. Warte mal.“ Ich hielt kurz inne und dachte zurück an den Tagebucheintrag, den wir gestern an Bord der Inkeye gelesen hatten.

„Phönix, mir ist gerade etwas bezüglich der Jahreszahl aufgefallen. 1715. Das goldene Zeitalter der Piraten lag zwischen 1690 und 1730, das heißt zeitlich gesehen befinden wir uns mitten in dieser Ära. Das haben wir neulich in Geschichte durchgenommen...“

Phönix, der bereits die erste Treppenstufe erklommen hatte, blieb ruckartig stehen. Seine kristallklaren Augen leuchteten beunruhigt auf und ein aufgeregtes Zucken ging durch seinen Körper.

„Du meinst, dass Leroy Edward Creeves kein gewöhnlicher Kapitän der Handelsmarine war, sondern eine Art Pirat?“

Ich nickte. „Dann ist die Inkeye auch kein Handelsschiff“, sagte ich und dachte an die Kisten und Fässer zurück, die wir in den großen Lagerräumen des Schiffes gefunden hatten. Und auf einmal passte alles zusammen. Die attrappenartigen Räume der Inkeye, von denen wir bereits bei unserer Ankunft vermutet hatten, dass sie den wahren Zweck des Schiffes verbergen sollten.

Die mysteriösen Ölgemäde, Glaslampen und die Aufzeichnungen über Aquanta, die wir in den Büchern der Bibliothek entdeckt hatten. Und ein bisschen auch die Tatsache, dass die Insel aussah wie die geheimnisvollen Pirateninseln, die in Märchen und Filmen gelegentlich auftauchten und einem jahrelang in Erinnerung blieben.

„Nehmen wir an, das er ein Piratenkapitän war, oder immer noch ist, wie es scheint. Dann sind die Inkeyes seine Mannschaft. Aber warum hat er den Untergang der Inkeye am 20. Dezember 1715 vorgetäuscht? Es muss mit Aquanta zu tun haben. In seinem Tagebucheintrag, zwei Tage vor dem vermeintlichen Schiffsunglück, sagte er, dass sie auf dem Weg nach Aquanta sind und etwas suchen, was an Bord der Inkeye versteckt sein soll." Die Gedanken wirbelten durch meinen Kopf und verstrickten sich ineinander, so als bestünden sie aus lauter feinen Strängen, die sich ineinander festhakten und einen festen Knoten bildeten.

„Wir machen uns zu viele Gedanken", maunzte Phönix und stieg auf die nächste Stufe. „Wir sollten jetzt weitergehen. Etwas ist hinter uns her und wird nicht lange warten, bis es über uns herfällt."

9. Kapitel: Die verlassene Stadt

Ich stellte mir vor, wie eines der schattenhaften Wesen durch die leeren Gassen hinter uns her kroch und wieder diese unendliche Kälte mit sich brachten, die sich wie gläserne Eiszapfen in mein Herz bohrte. Ein Wesen, das weder Mensch noch Tier war, sondern eine Kreatur, von dessen Existenz nur wenige etwas wussten. Da wehte ein kühler Windstoß über mein Gesicht und ich fing an zu frösteln, während meine Haare noch immer von Salzwasser trieften und meine Kleidung eiskalt an meiner bebenden Haut klebte.

„Du hast recht", stimmte ich ihm zu und stieg Stufe für Stufe die knarzende Treppe hinauf, während Phönix bereits oben angekommen war und mit gereckten Ohren auf die schmale, sich in der Dunkelheit verlierenden Straße blickte, die von kleinen, halb zerfallenen Häuschen gesäumt war.

„Auf gehts in die lang vergessene Stadt", miaute der Kater leise und stolzierte über den staubigen Boden, der aus einer Mischung aus bronzefarbenem Sand, Erde und Kiessplittern bestand. Manche Teile der Straße waren mit groben, unterschiedlich großen Pflastersteinen bedeckt, die unregelmäßig aus dem Erdboden hervorragten.

„Ab jetzt sollten wir leiser sein", meinte Phönix und blieb kurz stehen. „Laut dem Buch, das wir in der Bibliothek gelesen haben, ist die gesamte Insel von mysteriösen Kreaturen besetzt und ich bin mir nicht so sicher, ob sie Fremde mit offenen Armen empfangen würden."

„Fremde aus einem anderen Jahrhundert", fügte ich

seufzend hinzu und atmete tief aus, bevor ich Phönix in die Dunkelheit folgte, die uns augenblicklich verschlang und alles um uns herum in eine tiefe, alles einnehmende Finsternis tauchte.

Es wurde augenblicklich kälter und die Sonne, die zuvor noch spärliches Licht über die Stadt geworfen hatte, schien ebenfalls von der Dunkelheit verschluckt worden sein.

„Phönix, wo bist du?", flüsterte ich mit zitternder Stimme und atmete erleichtert aus, als ich das seidenweiche Fell des Katers an meiner Hand spürte.

„Ich bin noch da, keine Sorge", sagte er leise und strich um mich herum. „Es scheint so, als wäre der äußere Blick auf Aquanta nur eine Täuschung, ein Trugbild. In dem Moment, in dem wir die Stadt betreten haben, ist diese unheimliche Finsternis über uns hereingebrochen."

„Und es sieht nicht so aus, als würde sie so schnell wieder verschwinden", fügte ich hinzu und betrachtete die verschwommenen Nebelfäden, die an uns vorbeizogen und die Nachtschwärze wie feine, eiserne Nadeln durchstachen.

Während Phönix und ich schweigsam nebeneinander herliefen und uns Stück für Stück an den Hausfassaden entlang tasteten, die, wie ich nach dem ersten Kontakt bemerkte, alles andere als gut verarbeitet waren, wurde der Boden unter uns immer unebener und matschiger. Der Geruch von warmer Erde und Regenwasser stieg mir in die Nase und ich konnte spüren, wie sich die feuchte Erde an meinen Knöcheln hocharbeitete, bis sie mein Hosenbein erreicht hatte. Auch Phönix hatte sichtlich mit dem schlammigen Boden zu kämpfen. Ich hörte ihn im Rauschen des Windes, der auf einmal durch die Straße fegte und alles um uns herum mitzureißen schien, leise vor sich hin zetern, während es immer kälter und ungemütlicher wurde.

Ein kräftiger Windstoß fuhr an uns vorbei und schlug mir eine Traube aus frostigen Wassertropfen ins Gesicht.

„Jetzt regnet es auch noch“, stöhnte ich erschöpft und wischte mir das Wasser aus den Augen, von dem ich nicht wusste, ob es der Regen war, der immer kräftiger auf uns hinab regnete oder meine eigenen Tränen.

„Wir schaffen das“, hörte ich Phönix zwischen einem lauten Heulen rufen, das aus dem nichts aufgetaucht war und von allen Seiten und dennoch von nirgendwo zu kommen schien.

„Was kann das sein?“, fragte ich panisch und spürte ein merkwürdiges Gefühl ganz tief in meinem Inneren.
Es war weder Furcht, noch Wut, noch irgendein anderes Gefühl, das ich jemals in meinem Leben gespürt hatte.
Es war so unbeschreiblich, dass ich für einige Sekunden stehen blieb und versuchte, zwischen dem Tosen des Windes, der von Sekunde zu Sekunde immer stärker wurde, das seltsame Heulen zu identifizieren.

„Ich bin mir sicher, es ist eines der Kreaturen, die hier seit Jahrhunderten leben“, antwortete Phönix, dessen rußfarbenes Fell in den Reflexionen der Regentropfen leicht schimmerte.
„Wir sollten so schnell wie möglich den Leuchtturm erreichen; dort finden wir hoffentlich Schutz vor dem Sturm.“

„Und vor der unendlichen Finsternis“, fügte ich hoffnungsvoll hinzu und blinzelte. Noch nie hatte ich mich so verloren gefühlt wie jetzt. Jeder Schritt, den wir gingen, schien uns ein Stück weiter von der Realität und Zivilisation zu entfernen, die es schon lange nicht mehr gegeben hatte, wenn ich länger darüber nachdachte. In der Ferne konnte ich zwischen den tiefhängenden Wolken, die sich turmalinschwarz gefärbt hatten, den Leuchtturm erkennen, dessen eleganter Bau sich weit in den Himmel erhob.
Während ich mit zusammengekniffenen Augen neben Phönix herrannte und alles um mich herum ausblendete, erklang über uns ein unheilvolles Grollen, das wenige Sekunden später von einem grell weißen Blitz gefolgt wurde.

Für eine gefühlte Ewigkeit rannten wir in eine Richtung, dann strich ich mit den Fingern über die raue Fassadenkante eines Hauses und wir bogen in die nächste Gasse ein, die sich am Ende wieder in weitere Wege und Straßen verzweigte, die mal mit Sand und mal mit Kies und Pflastersteinen zusammengehalten wurden. Vom Regen angelaufene Hausfassaden aus dunklem Holz und Stein flogen im Rennen an uns vorbei und verströmten einen modrigen, fast undefinierbaren Geruch, der mir in den Kopf stieg und meine Gedanken vernebelte. Immerhin näherten wir uns immer mehr dem Leuchtturm, der jetzt nur noch einige hundert Meter entfernt war und einen schwachen Kreis aus gelblichem Licht auf den matschigen Boden warf.

„Gleich sind wir da", ermutigte mich der Kater, der meine Sorgen und Angst aufnehmen zu schien wie ein Glaskörper, der trotz allen Problemen durchsichtig und klar blieb und nicht in Schwaden aus Nebel verschwand.

Mit zusammengebissenen Zähnen kämpfte ich mich weiter an der rauen Wand eines alten Hauses entlang, das direkt vor dem Leuchtturm lag und dessen steinerne, aus verschiedenen Steinarten zusammengehaltene Fassade vom Regen an manchen Stellen dunkel angelaufen war. Während sich die Kälte und Nässe immer weiter in mir ausbreitete und ich Phönix bebenden Körper an meinem Bein spürte, wünschte ich mir, dass das alles nie passiert wäre. Aber wenn nichts von allem geschehen wäre, dann wäre ich dem sprechenden Kater nie begegnet, der mich überall hinbegleitete.

„Danke, dass du immer für mich da bist, Phönix", sagte ich mit rauer Stimme und nahm ihn vorsichtig auf den Arm. „Du solltest nicht weiter durch diesen kalten Schlamm waten müssen." Mit letzter Kraft stolperte ich die letzten Meter zum Leuchtturm, der aus der Nähe noch um viele Welten größer und beeindruckender war und ein Gefühl von Sicherheit und

Wärme verströmte. Durch den Regen, der immer heftiger auf uns hinab prasselte, konnte ich auf der anderen Seite des Turms einen einfachen Holzanbau erkennen, der in einer kleinen, diamantförmigen Tür mit eisernem Knauf endete. Mühsam arbeitete ich mich über die rutschige Brücke, von der das morsche Holz an einigen Stellen abgebrochen war und hatte dabei das Gefühl, dass der Wind mit Absicht immer stärker wurde, um mich und den Kater, der zitternd in meinen Armen lag, von der Brücke zu stoßen.

„Gleich haben wir es geschafft“, maunzte Phönix erleichtert und sprang mit einem großen Satz aus meinen Armen, „Hoffentlich ist die Tür nicht verschlossen.“

Ich griff nach dem metallenen Ring, dessen eisige Kälte sofort durch meine Hand schoss.

„Als wäre er aus Eis“, hauchte ich und rüttelte mit vor Kälte brennender Hand daran, bis das halb verrottete Holz nachgab und die Tür mit einem lauten Knarzen aufflog. Phönix stürzte sofort hindurch und schnurrte erleichtert, während ich mit klappernden Zähnen die Tür hinter uns schloss und mich gespannt umsah.

Wir waren in einem fast runden, mit dunklem Holz ausgekleideten Raum gelandet, in dessen Mitte eine schmale Wendeltreppe in die Stockwerke über uns führte. Neben dem Eingang stand ein kleiner Schreibtisch aus hell marmoriertem Eichenholz, vor dem ein kleiner, mit dunkelgrünem Leder bezogener Hocker stand. Auf dem Tisch lagen ein geschwungener Federkiel und ein kleines Tintenfass, dessen Inhalt sich auf die hölzerne Platte ergossen hatte. Das Licht kam von einer kleinen Funzel, die von der Decke baumelte und gelegentlich vor sich hin flackerte.

„Puh, endlich sind wir sicher vor diesem scheußlichen Wetter!“, fauchte Phönix und schüttelte sein triefend nasses Fell aus. „Das war kein Zufall, da bin ich mir sicher.

Irgendetwas stimmt hier auf dieser Insel ganz und gar nicht."

„Hmm", nickte ich und sah an meiner pitschnassen Kleidung herunter. „Und wenn ich mir nicht gleich etwas Trockenes anziehe, bin ich in wenigen Stunden todkrank." Ich kramte in der Reisetasche nach frischer Kleidung und stellte erleichtert fest, dass alles trocken geblieben war.

„Also wenn das nicht wasserdicht ist", grinste ich und schlüpfte eilig in die Jogginghose und den warmen Kapuzenpulli, die gut geschützt zwischen zwei Handtüchern gelegen hatten.

„Wir sollten für eine Weile hierbleiben", schlug Phönix vor und stellte sich auf die Hinterpfoten, um durch das kleine Bullauge sehen zu können, das in etwa ein Meter Höhe in die Wand eingelassen war. „Sieht nicht so aus, als würde der Sturm bald nachlassen. Und außerdem müssen wir uns ausruhen und neue Kraft schöpfen. Ich schlage vor, dass wir die Nacht hier verbringen und dann morgen auf die Suche nach deinem Vater gehen." Ich nickte. „Du hast Recht. Wir können uns ja etwas im Leuchtturm umsehen und..." Im gleichen Moment ertönte über uns ein seltsames, fast undefinierbares Geräusch.

Das merkwürdige Heulen, das ich bereits vorhin wahrgenommen hatte, wurde von einem gelegentlichen Fauchen unterbrochen, das mir das Blut in den Adern gefrieren ließ. Ich sah zu Phönix herüber, der mit weit aufgerissenen Augen auf die Wendeltreppe starrte, deren hölzerne Treppenstufen leicht zu beben begannen.

„Was auch immer es ist, es kommt zu uns herunter", sagte Phönix mit zitternder Stimme und ging ein paar Schritte zurück, während auf der oberen Treppenstufe ein dunkelbrauner Stiefel erschien.

Auch ich taumelte einige Meter zurück und spürte die kalte Holztür in meinem Rücken, während das Gesicht des Wesens ins schwache Licht der Funzel rückte. Als ich sah, zu welchem

Körper der Stiefel gehörte, blieb mein Herz einen Moment lang stehen. Das Wesen, das auf der zweit obersten Treppenstufe stehen geblieben war, hatte einen großen, fast dreieckigen Kopf mit einer knollenartigen Nase und einem Mund, der mit Reihen scharfer, eckiger Zähne gesäumt war. Hinter den dünnen, eisgrauen Haarsträhnen, die über dessen zerknitterte Haut fielen, hingen spitz zulaufende Ohren. Es trug einen olivgrünen Overall mit breiten Hosenbeinen, die über die zerknautschten Lederstiefel ragten und von merkwürdigen, matschigen Flecken übersät waren. Der verfilzte Mantel reichte dem Wesen bis zu den knochigen Knien, die durch das lumpige Material des Overalls hindurchschimmerten. Aber am schlimmsten waren die Augen. Die feuerroten Pupillen funkelten zwischen den seltsam geformten Augen hervor und blinzelten mit einem schadenfrohen Lächeln zu mir herüber. Aus dem weit geöffneten Maul des Wesens drang ein leises, heißeres Fauchen, während es mit humpelnden Schritten die Treppe hinabstieg.

„Nichts wie weg hier", rief Phönix. „Das ist ein Sikle!"
Ich schnappte mir panisch die Reisetasche, riss die Tür mit einem heftigen Ruck auf und stürzte nach draußen. Durch den Schleier aus Tränen, die sich durch den eiskalten Wind in meinen Augen gesammelt hatten, sah ich Phönix, der neben mir her rannte und sich alle paar Sekunden nach dem Wesen umsah, das im Türrahmen stehen geblieben war und uns mit seinen leuchtend roten Augen anfunkelte.

„Was war das?", rief ich, während wir völlig außer Atem in eine kleine Gasse einbogen, die einige hundert Meter entfernt auf der linken Seite des Leuchtturms lag.

„Ein Sikle", stieß Phönix keuchend hervor. „Dein Vater hat damals ein altes Buch über mythische Wesen und Kreaturen auf einer kleinen Fischinsel erworben. Im Antiquitätenladen eines alten Herren mit Stricknadeln in den Haaren." Phönix musste für einen Moment schmunzeln, als er an diese Zeit zurückdachte.

„Er war schon immer begeistert von unnatürlichen und vor allem unmenschlichen Wesen, die sich, verborgen von den Menschen, überall auf der Welt aufhalten. Im Buch gab es riesige, meeresgrüne Kater mit goldenen Federn und bronzefarbene Flamingos, deren Gesang jeden Menschen zum Tode treibt. Und dann gab es noch Sikles. Sie sind eine Mischung aus Gnom und Gartenzwerg, na ja, das mit dem Gartenzwerg ist eine persönliche Meinung, aber sie tragen immerhin alle diese grauenhaften, olivgrünen Overalls und die dicken Pelzmäntel." Phönix schüttelte sich bei dem Gedanken daran. „Wirklich gefährlich sind sie nicht, solange man nicht ihr Revier betritt, so, wie wir es getan haben. Solange wir uns ab jetzt vom Leuchtturm fernhalten, dürfte uns eigentlich nichts zustoßen.

„Eigentlich", murmelte ich und seufzte. „Zumindest ist der Sturm weitergezogen. Aber wir brauchen trotzdem einen Ort, an dem wir die Nacht verbringen können. Es wird langsam dunkel." Während wir vom Leuchtturm zurück in die Stadt gerannt waren, hatte sich eine große Wolke vor die Sonne geschoben, die mittlerweile nur noch als golden schimmernde Halbkugel am Horizont zu sehen war.

„Also auf noch ein Treffen mit einem der Inselbewohner bin ich ehrlich gesagt nicht so scharf", sagte Phönix und grinste schief. „Wie wir sehen, haben die Kreaturen vor allem Gebäude besetzt, also ist es wohl am sichersten, draußen unter dem freien Himmel zu schlafen." Der Kater, dessen Fell sich nach der kurzen Begegnung mit dem Sikle wieder gelegt hatte, stolzierte über die Reihe aus schiefen Pflastersteinen, die die Seiten der Gasse säumten. Die Rückwände der Häuser, zwischen denen die schmale Gasse lag, waren zum Teil eingerissen oder mit dunklem Moos überzogen, das nach feuchter Erde und warmen

Regen duftete.

„Schau mal“, maunzte Phönix und deutete mit gereckter Pfote auf einen Stapel aus Holzkisten, die am anderen Ende der Gasse übereinander gestapelt worden waren. Unter einem Turm aus kleinen Transportboxen mit metallenen Verschlüssen stand eine nach vorne geöffnete, geräumige Kiste.

„Vielleicht können wir uns dort schlafen legen.“

„Gute Idee“. Ich folgte dem Kater, der mit einem großen Satz in die Kiste sprang und sich mit einem leisen Gähnen auf dem Boden zusammenrollte, den Schwanz um die Ohren gelegt. Ich ging in die Hocke und kletterte vorsichtig in den Holzkasten, bei dessen Bau man bestimmt nicht berücksichtigt hatte, dass ein Mensch darin sitzen konnte. Ich musste aufpassen, dass ich mir nicht den Kopf an den rauen, von Spreißeln durchzogenen Holzbrettern stieß, die von einigen verrosteten Nägeln zusammengehalten wurden.

Die Reisetasche stopfte ich hinter mich und versuchte, in eine einigermaßen gemütliche Position zu kommen, während der Kater bereits seine Augen geschlossen hatte und gemütlich vor sich hin brummte.

„Gute Nacht, Phönix“, lächelte ich. „Ich kann es kaum glauben, dass du sogar zu müde zum Essen bist, du gefräßiger Kater.“ Phönix maunzte leise und schmiegte sich im Halbschlaf an meinen Arm. Es dauerte lange, bis ich in dieser Nacht einschlafen konnte. Für eine Weile starrte ich gedankenverloren geradeaus, bis es so dunkel war, das ich nicht einmal meine Hand vor Augen sehen konnte. Schließlich kramte ich nach einer dicken Fleecedecke, kuschelte mich eng an den warmen Körper des Katers und schloss die Augen.

Ein warmer Sonnenstrahl fiel in mein Gesicht und strich sanft über meine Nase, die langsam zu kribbeln begann.

„Hatschi!“, nieste ich und hob ruckartig den Kopf

„Auuuu! Mist!“ Ich hatte mir den Kopf an der niedrigen Decke der Holzkiste angestoßen, die ich im Niesreflex komplett vergessen hatte. Und ich musste feststellen, dass nicht die Sonne für meinen Nieser verantwortlich gewesen war, sondern Phönix' buschiger Schwanz, der in meinem Gesicht gehangen hatte.

„Guten Morgen“, grinste der Kater und streckte sich mit einem genüßlichen Gähnen. „Morgen.“ Ich blinzelte.
Im Licht der goldenen Morgensonne tanzten kleine Staubkörner durch die Luft und schimmerten in den schönsten Smaragd- und Bronzetönen. Eine warme Brise fegte durch die Gassen und fuhr durch meine Haare, die nacheinander nach oben flatterten und dann in unordentlichen Bündeln über meine Schultern fielen. Mühsam rappelte ich mich auf und kletterte mit schmerzenden Gliedern nach draußen.
Phönix, der anscheinend schon länger wach gewesen war, stupste die Reisetasche ungeduldig mit der Pfote an.

„Ist noch Thunfisch da?“, erkundigte er sich, während ich bereits durch die Berge aus Kleidung, raschelnden Tüten und Decken wühlte.

„Thunfisch ist keiner mehr da“, seufzte ich. „Aber hier, wir haben noch jede Menge Dosenananas und Pilzsuppe aus der Tüte.“ Ravioli, eingelegte Mango, Schokoladenkuchen. Nacheinander zog ich alle Konserven aus der Tasche, die ich in Mums „Regal für alle Fälle“ gefunden hatte und stellte sie auf die ausgebreitete Fleecedecke.

„Dosenananas, bäähh“, beschwerte sich Phönix angewidert und rollte die Konservendose hin und her, sodass man die in Saft eingelegten Ananasstücke leise vor sich hin schmatzen hörte.
„Ah warte. Es ist doch noch eine Büchse Sardellen da“, stellte ich erleichtert fest und entfernte schnell den metallenen Deckel. „Habe ich eben übersehen, tut mir leid.“ Der Kater machte sich sofort gierig über das Essen her, während ich noch

mit meiner Auswahl zögerte. Schokokuchen zum Frühstück? Na ja, viele andere Möglichkeiten hatte ich ja nicht.
Ich wickelte den Kuchen aus der Verpackung und verspeiste ihn gemeinsam mit einer Tasse Kaba, den ich mir aus Wasser und etwas Kakaopulver zusammengerührt hatte, das beim Packen glücklicherweise in der Reisetasche gelandet war.
Während Phönix völlig unbesorgt seine Sardellen fraß und dabei gelegentlich einen beinahe unauffälligen Schluck aus meiner Kabatasse nahm, was mir, den Umständen entsprechend erst auffiel, als meine Tasse plötzlich nur noch eine kleine, jämmerliche Pfütze enthielt, war ich in meinen Gedanken vertieft. Ich fragte mich, ob sich meine Mutter Sorgen machte, weil ich nicht auf ihre Anrufe antwortete. Denn das Haustelefon hatte ich auf unsere Reise natürlich nicht mitnehmen können, da es nur innerhalb des Hauses Anrufe entgegennehmen konnte und mein Handy war im Rollkoffer zurückgeblieben. Und ich dachte darüber nach, was wohl mein Vater gerade machte, falls er überhaupt noch in der Lage war, irgendetwas zu tun.

„Wir sollten bald aufbrechen", sagte ich zu mir selbst, aber anscheinend so laut, dass Phönix meine Worte ebenfalls aufgeschnappt hatte.

„Genau", maunzte er und schob die leere Dose beiseite. „Nicht, dass wir noch viele weitere Nächte auf der Straße verbringen müssen. Damit habe ich leider schon genug Erfahrung."

„Und wohin sollen wir gehen?", fragte ich, halb verzweifelt von der Tatsache, dass wir keine Anhaltspunkte hatten, wo mein Vater sein könnte und halb froh, dass es endlich weiter ging. Gestern wäre ich am liebsten noch viele Stunden wach geblieben, um die geheimnisvolle Stadt zu erkunden und die Geheimnisse von Aquanta zu lüften.

„Vom Schiff aus konnte man erkennen, dass die Stadt auf

beiden Seiten nach hinten in Wälder führt“, überlegte Phönix. „Der auf der linken Seite wirkte dunkel und düster, der auf der rechten Seite eher tropisch und warm, so wie ein Regenwald.“

„Wie kann es sein, dass auf einer Insel so unterschiedliche Temperaturen herrschen können?“, rätselte ich, während der Kater unruhig vor mir auf und ab lief. „Ich meine, bei den Temperaturen, die wir gestern erlebt haben, kann kein Regenwald für eine längere Zeit bestehen, oder?“
Phönix schüttelte unschlüssig den Kopf.

„Ich weiß nicht. Alles ist hier möglich, wie wir bereits gesehen haben. Es gibt geheimnisvolle Kreaturen, die in Leuchttürmen hausen, Stürme, die kommen und gehen wann sie wollen und die Inkeyes, von deren Existenz du vor wenigen Tagen auch noch nichts wusstest.“

„Und es gibt sprechende Kater, die manchmal ziemlich frech sein können“, fügte ich mit einem tadelnden Grinsen hinzu und drehte meine Tasse um, aus der nur noch wenige Tropfen auf den staubigen Boden fielen. Phönix tat so, als hätte er meinen letzten Satz nicht gehört und tappte erhobenen Hauptes die Gasse entlang, während ich noch immer auf der Fleecedecke saß, umringt von Stapeln aus Konservendosen.

„Kommst du?“, miaute Phönix und drehte sich noch einmal zu mir um. „Wir haben ein Geheimnis zu lüften. Das Geheimnis von Aquanta.“

10. Kapitel: Das Geheimnis von Aquanta

Die Morgenröte tauchte die lange Straße, über die wir Seite an Seite spazierten, in ein warmes, rotgoldenes Licht. Links und rechts von uns ragten Häuser in den Himmel, die alle aus verschiedenen Zeitepochen zu stammen schienen.
Neben rustikalen Fachwerkhäusern mit Dächern, deren fuchsrote Ziegel von Moos und purpurfarbenen Blumen überwuchert wurden, gab es auch altertümliche Steinhäuser mit vom Wind zerfetzten Strohdächern und eisernen Eingangspforten.

„Welche Richtung sollen wir einschlagen?", fragte ich Phönix, der alle paar Meter stehen blieb und an den Fassaden der Häuser schnupperte.

„Wie du willst." Er sah nachdenklich auf die Wegkreuzung, die kurz vor uns lag. Ein Weg führte nach Osten, in Richtung des Leuchtturms, der andere nach Westen. „Wir haben nicht unendlich viel Zeit. Wie ich dir bereits bei unserer Ankunft gesagt habe: Ich habe das Gefühl, das jeder unserer Schritte genau beobachtet wird." Bei dem Gedanken an düstere Gestalten, die hinter den Häusern lauerten, um sich bei passender Gelegenheit auf uns zu stürzen, lief mir ein kalter Schauer den Rücken herunter.

„Gut, dann nehmen wir den linken Weg", entschied ich und bog in die Seitenstraße ein, die von silbernen Straßenlaternen gesäumt war. In den rostigen, von verrauchtem Glas eingeschlossenen Laternenköpfen flackerten korallenrote

Stichflammen, die einen merkwürdigen Geruch verströmten.

„Seltsam." Phönix und fuhr mit der Kralle über das kalte Metall eines Laternenpfahls. „Zu dieser Zeit gab es solche Laternen noch gar nicht. Früher hatte man zwar einen ähnlichen Pfahl, aber die Arbeit mit Glas war damals noch nicht so verbreitet."

„Erinnerst du dich noch an die Glaskolben, die wir in der Lagerhalle der Inkeye gefunden haben?", überlegte ich laut. „Die Glühbirne wurde erst im Jahre 1879 erfunden, über ein Jahrhundert nach dem Jahr, in dem wir uns gerade befinden. Das könnte heißen, dass die Inkeyes Dinge aus der Zukunft zurück in dieses Jahrhundert schaffen, aus welchem Grund auch immer." Phönix zog die Krallen wieder ein und strich nachdenklich an der groben Fassade eines Steinhauses entlang.

„Wozu sie auch nur alle 304 Jahre die Möglichkeit haben", fügte ich hinzu. „Obwohl, im Buch, das wir in der Bücherei gelesen haben, stand, dass sich die Pforte des Timeswitch auch zu anderen Zeiten öffnen und somit Zukunft und Vergangenheit miteinander verbinden kann." Die Gedanken wirbelten in meinem Kopf herum und verknoteten sich so fest, dass ich das Gefühl hatte, nichts mehr von dem zu wissen, was Phönix und ich in den letzten Tagen herausgefunden hatten.

„Ich weiß, das ist alles ziemlich viel auf einmal", beeilte sich der Kater auch schnell zu sagen, der mal wieder meinen Gedanken erraten hatte. „Aber momentan können wir nichts anderes machen, außer..."

„Was?", fragte ich verwundert und sah zu Phönix herüber, der etwas am anderen Ende der Straße fixierte.

Ich folgte seinem Blick und sah sofort, warum er seinen Satz unterbrochen hatte. Das Straßenende, das man zuvor durch den dichten, silbrigen Nebel nicht hatte erkennen können, war ins schwache Licht der Straßenlaternen gerückt. Die Straße mündete in einen runden Marktplatz, in dessen Zentrum eine

Statue auf einem hohen Steinpodest thronte.
Die aus Leinentüchern zusammengeflickten Dächer der Marktstände flatterten im Wind und gaben den merkwürdigen Anschein, als wären sie erst vor Kurzem dort befestigt worden. Aber alles andere wies darauf hin, dass schon viele Jahre, vielleicht sogar Jahrzehnte vergangen waren, seit hier ein Wochenmarkt stattgefunden hatte. Die hölzernen Stände waren morsch und knarzten, wenn sich der Wind durch die feinen Risse ins Innere des Materials drängte und die Transportpaletten, in denen sich sonst frisches Gemüse, Obst und andere Waren tummelten, um an die Kunden des Marktes verkauft zu werden, waren leer.

„Ein weiterer geisterhafter Ort", flüsterte ich und beschleunigte meine Schritte, bis ich die kalten Pflastersteine unter meinen Turnschuhen spüren konnte.

„Die Statue kommt mir bekannt vor", sagte Phönix und huschte quer über den Platz, um das Denkmal genauer zu betrachten. „Und das nicht zu Unrecht. Das ist eine exakte Kopie der Neptunstatue, die am Hafen von Dover steht."
Mit schnellen Schritten eilte ich zu Phönix herüber und blieb vor der Statue stehen, die aus der Nähe noch größer und mächtiger wirkte als zuvor. „Du hast Recht."
Ich strich mit den Fingerkuppen über die fein geschliffene Steinfigur, deren hoher Sockel von Moos und eisgrünen Ranken überwuchert war, welche die eingeritzte Inschrift fast unleserlich machten. Vorsichtig begann ich, das Grünzeug mit den Fingernägeln abzukratzen und war froh darüber, dass der Kater ebenfalls angefangen hatte, die Ranken mit den Krallen zu bearbeiten.

„Danke Phönix", lächelte ich und schob die letzte, von feinen Stacheln bedeckte Kletterpflanze beiseite. Auf dem Sockel stand in verschnörkelter Schrift: „Das Geheimnis liegt in den Augen aus Tinte und Eis."

„Das Symbol.“ Phönix und deutete mit der Pfote auf ein unscheinbares Zeichen, das in den Stein eingraviert war. „Das gleiche Symbol war auch auf der Statue in Dover.“

„In den Augen aus Tinte und Eis“, wiederholte ich tonlos. „Ich habe die Augen der Inkeyes zwar noch nie gesehen, da ihre Gesichter in dunklen Wolken verschwimmen, aber damit könnten sie gemeint sein. Phönix, was denkst du eigentlich, sind die Inkeyes genau? Tiere? Menschen?“
Der Kater, der aus Nervosität angefangen hatte, die gestachelte Kletterpflanze mit den Krallen zu zerrupfen, sah kurz auf.

„Ich habe das Gefühl, dass sie weder das eine, noch das andere sind“, antwortete er und jaulte leise auf, weil sich einer der feinen Stachel in seine Pfote gebohrt hatte.
„Ach, das gibts doch nicht.“ Genervt zog er den Stachel mit den Zähnen heraus und spuckte ihn dann angewidert aus.

„Pfui, dieses Grünzeug“, schüttelte er sich und beäugte die jämmerlich zerstückelte Pflanze mit einem misstrauischen Blick, so, als würde sie jeden Moment aufspringen und sich in sein Fell bohren. „Na ja, jedenfalls haben die Inkeyes Eigenschaften, die man weder einem Tier, noch einem Menschen zuordnen kann. Sie haben eine Aura, die sich außer bei dir und deinem Vater nur bei zwei anderen bemerkbar macht und verbreiten eine Kälte, die einem das Herz für einige Sekunden einzufrieren scheint. Die Inkeyes wirken wie schwarze Schatten, in deren Zentrum sich die Umrisse von Menschen abzeichneten. Zumindest kommt mir das so vor.“
Ich nickte. „Ehrlich gesagt möchte ich mir über diese Wesen keine Gedanken machen, wir haben genug Probleme.“

„Ach wirklich, habt ihr das?“
Ich fuhr herum. Hinter uns waren vier düstere Gestalten aufgetaucht, die von Wolken aus schwarzem Nebel umgeben langsam auf uns zukamen. Mit pochendem Herzen grub ich meine Fingernägel in den Stein hinter mir und spürte,

wie die Luft immer kälter wurde.
Auch Phönix war starr vor Schreck. Seine Ohren zuckten unruhig und seine Augen starrten mit einem undefinierbaren Blick in die leere Dunkelheit. Nach und nach lösten sich menschliche Körper aus den Tiefen der Schatten und als die Inkeyes vor uns stehen geblieben waren, waren es keine Schattengestalten mehr, sondern Menschen. Zumindest hätte ich sie für Menschen gehalten, hätte ich nicht ihre Augen gesehen, die zuvor von den Schwaden aus Nebel und Schatten verborgen gewesen waren. In ihren bleichen, kalkweißen Gesichtern lagen tintenmeerblaue Augen, die durch ihren eisigen Schein aussahen wie Murmeln. Murmeln, mit denen kein Kind hätte spielen wollen, weil es sonst furchtbare Albträume bekommen hätte. Die Inkeyes trugen lange, rußverschmierte Roben, deren Farbe der ihrer Augen ähnelte und die so aussahen, als hätte man Teile des rauen Stoffes ausgeschnitten und in ihre Pupillen eingesetzt.

„Da ihr euch ja keine Gedanken über uns machen wollt, dachten wir uns, wir machen uns stattdessen ein paar Gedanken über euch", durchbrach eine spöttische Stimme die Stille. Die Stimme gehörte einem Kater. Einem Kater mit aschgrauem Pelz und saphirfarbenen Augen, die im Licht der weit entfernten Straßenlaternen geheimnisvoll aufflackerten.

„Ich war schon immer ein hervorragender Schauspieler, hab ich Recht, mein Freund?", richtete er sich hämisch an Phönix, dessen Augen sich zu Schlitzen verengt hatten. „Wer ich bin wisst ihr bereits. Und meinem entzückenden Kumpanen, dem Sikle im Leuchtturm, seit ihr ebenfalls schon begegnet. Vielleicht kann ich dir noch jemanden vorstellen, Lucy?
Dein Vater wartet auf dich."
Und dann kam mir ein eiskalter Wind entgegen, der mich von allen Seiten einkreiste und in einen nachtschwarzen Windstrudel zog, der sich in die Unendlichkeit zu ziehen schien…

Ich schlug die Augen auf und wusste sofort, dass wir nicht mehr auf dem Marktplatz standen, auf dem die Inkeyes und Socke aufgetaucht waren. Um mich herum herrschte völlige Dunkelheit, bis auf ein paar einzelne Lichtstrahlen, die aus einer kleinen Gaslampe an der Decke fielen. Der Boden, auf dem ich gerade noch gelegen hatte, war hart und von unterschiedlichen Materialen bedeckt, die ich in der Finsternis nicht identifizieren konnte.

„Dieser Verräter“, schnaubte auf einmal eine Stimme neben mir und Phönix trat ins schwache Licht der Gaslampe, die im kühlen Wind langsam hin und her schaukelte.
„Ich wusste, dass es falsch war, ihm zu vertrauen. Schon früher hat er sich oft seltsam verhalten und gestern, in der Bibliothek hätte es mir klar werden müssen, dass er etwas zu verbergen hat. Ach, du bist wach. Na endlich.“ Der Kater stupste mich mit einem erfreuten Maunzen an und drückte seinen Kopf in meine Handfläche, während ich versuchte, meine Augen an die Dunkelheit zu gewöhnen.

„Wo sind wir?“, murmelte ich schlaftrunken. „Und wie lange habe ich geschlafen?“ Phönix runzelte die Stirn.

„Weiß ich leider auch nicht. Ich bin vor etwa einer Stunde aufgewacht und dachte, es wäre besser, dich nicht zu wecken. Wir sind in einer Art Kellerraum gelandet, der sich von hier aus etwa 100 Meter in die Länge erstreckt. Eine Tür habe ich auf meinem kurzen Rundgang leider nicht finden können.“ Entschuldigend senkte der Kater den Kopf. „Sieht so aus, als wären wir fürs nächste hier alleine gefangen.“

„Ihr seid nicht alleine“. Als ich mich nach der Stimme umdrehte, die einige Meter entfernt von uns erklungen war, wusste ich sofort, von wem sie stammte. Ein Mann mit langen, grauen Haaren und meeresblauen Augen war ins Licht der Gaslampe getreten. Er trug eine verblasste Leinenhose und darüber eine weiße Uniform mit einem marineblauen

Abzeichen, das in die Form eines Ankers gepresst worden war.

„Dad?“ Ich trat einen Schritt näher, während meine Hände anfingen zu zittern.

„Oliver?“, miaute Phönix leise und kniff seine Augen zusammen, in denen sich perlweiße Tränen gesammelt hatten. Mein Vater nickte mit einem schwachen Lächeln und richtete sich dann an mich.

„Meine Tochter“, flüsterte er und ich konnte hören, dass ein Stückchen Stolz in seinen Worten mitklang, als ich ihm glücklich in die Arme fiel. Alles andere war vergessen. Die Inkeyes, die mythischen Wesen auf Aquanta, die rätselhaften Geheimnisse und die Sorgen, die sich in den letzten Tagen tief in mein Inneres gedrängt hatten. Als wir uns nach einer gefühlten Ewigkeit wieder voneinander lösten, huschte ein glückseliges Lächeln über sein Gesicht.

„Ich möchte dir danken, dass du losgezogen bist, um mich zu retten, obwohl du keine Ahnung von den Gefahren hattest, die dir jetzt bevorstehen“, lächelte er und ließ sich dann seufzend in einen Schneidersitz fallen. „Du willst die ganze Geschichte, habe ich Recht?“ Oliver bedachte den Kater, der unruhig auf und ab lief, mit einem fragenden Blick. „Ich gehe davon aus, dass dir Phönix noch nicht alles erzählt hat?“ Ich schüttelte den Kopf und mein Vater begann mit bedächtiger Stimme zu sprechen.

„Ich wurde 1690 als Sohn eines Buchbinders in London geboren und wuchs in meinem Elternhaus als Einzelkind auf. Nach der Schule wollte ich unbedingt Astronomie und Mathematik studieren, aber dann geschah etwas, dass mein ganzes Leben verändern würde. Mit 17 Jahren lernte ich aus Zufall einen Mann namens Leroy Edward Creeves kennen, der junge Männer als Matrosen seiner Mannschaft anheuerte. Ich war damals noch sehr jung und naiv und ließ mich auf den Kapitän ein, der mir versprach, dass ich meine Entscheidung nie bereuen würde. Am gleichen Abend traf ich mich mit ihm und dem Rest der Mannschaft, bestehend aus vielen anderen jungen Leuten und nur wenigen erfahrenen Seemännern, in einer Kneipe in der Nähe des Hafens."

„In dem „Auge des Meeres", nickte Phönix. „Dort habe ich dich viele Jahre später zum ersten Mal gesehen."

„Eins nach dem anderen." Oliver starrte nachdenklich an Phönix vorbei. „Er erzählte uns, ein gewöhnlicher Kapitän der Handelsmarine zu sein, der auf der Suche nach Matrosen war, die ihn auf seinen Fahrten begleiteten. Aber dem war nicht so. In Wirklichkeit hatte er es auf etwas anderes abgesehen. Etwas, das mir bis heute noch ein Rätsel ist. Gemeinsam besegelten wir jahrelang die Meere und eine lange Zeit schien es so, als wären wir eine gewöhnliche Mannschaft, die für einen einfachen Kapitän der Handelsmarine arbeitete.
Aber eines Tages, ich hatte gerade unter dem Befehl des Kapitäns See- und Unwetterkarten sortiert und sorgfältig zurück in den Schrank gelegt, fiel mir etwas Ungewöhnliches in seiner Kajüte auf. Etwas, was mir sonst nie ins Auge gefallen wäre, wenn mich Creeves nicht dazu beauftragt hätte, auf der „Inkeye" für Ordnung zu sorgen, während er in der Bücherei nach einem alten Buch suchen wollte. Hinter einer verstaubten, kobaltblauen Plane, die an goldenen Metallringen befestigt über die Zimmerwand gespannt worden war, erhaschte ich ein merkwürdiges Zeichen. Eigentlich wollte ich mich gerade, allerdings nicht freiwillig, den Schuhen des Kapitäns widmen, die seit Jahren im Schrank herum gammelten."
Oliver grinste. „Ich ließ von der Schranktür ab, schob die Plane beiseite und begutachtete das tintenblaue Zeichen, das ins Holz eingeritzt war. In dessen Mitte leuchtete ein Stein, der mich an die kleinen, geschliffenen Kristallanhänger erinnerte, die ich Jahre zuvor in den teuren Schmuckläden Londons im Schaufenster gesehen hatte." Mein Vater legte eine kurze Pause

ein und sah mich gedankenverloren an.

„Wie geht es deiner Mutter?“ fragte er plötzlich. Die Frage kam so unerwartet, dass ich unruhig zusammenzuckte und den Henkel der Reisetasche sacken ließ, den ich die letzten Minuten fest in der Hand gehalten hatte.

„Ja...also sie...ich denke ganz gut“, stotterte ich und seufzte. „Sie vermisst dich sehr. Vor allem jetzt in der Weihnachtszeit blättert sie stundenlang in alten Fotoalben und es ist fast so, als wüsste sie nicht mehr, dass ich existiere. Momentan ist sie auf einem wichtigen Congress in Birmingham; deswegen weiß sie auch nicht, wo ich bin. Ich habe schon Ferien, deswegen war das mit der Schule kein Problem.“ Dad nickte langsam und senkte den Blick.

„Vielleicht werde ich eines Tages zu euch zurückkehren“, sagte er. „Wenn alles vorbei ist“. Was auch wieder zurück zu der Frage führte, was vorbei sein könnte. Als hätte Oliver meinen Gedanken erraten, schnaubte er sehnsüchtig.
„Wer weiß schon, ob es jemals dazu kommen wird. Ich fahre jetzt lieber mit meiner Erzählung fort:
Natürlich stellte mich mir sofort die Frage, was das seltsame Symbol bedeutete und spürte auf einmal einen unbeschreiblichen Drang, den gläsernen Stein zu berühren, der milchig weiß schimmerte.“

„Genauso ein Symbol war auf der Rückseite der Neptunstatue in Dover eingraviert“, unterbrach ich ihn eifrig. „Und auf dem dazu identischen Denkmal auf dem verlassenen Marktplatz Aquantas’!“

„Die Inkeyes hinterlassen gerne ihr Zeichen auf Gegenständen, die zu ihrer stetig anwachsenden Macht beigetragen haben“, erklärte Oliver düster.
„Als ich damals das Zeichen berührte, breitete sich ein Gefühl in mir aus, dass ich zuvor noch nie gespürt hatte.
Ein unangenehmes Kribbeln, dass durch meinen ganzen Körper

wanderte und eine unbeschreibliche Kälte, durch die ich nicht mehr klar denken konnte. Doch als ich der Sache auf den Grund gehen wollte, rief mich der Kapitän zu sich, um ihm in der Bücherei zu helfen."

„Und, wie hast du herausgefunden, was er wirklich vorhatte?", fragte ich und schlang meinen Wintermantel eng um meinen Körper. Ein frischer Windzug war aus dem Nichts über uns hinweggezogen und fegte durch meine Haare, die wild um mein Gesicht flatterten.

„Von diesem Tag an hatte ich das Gefühl, dass irgendetwas mit dem Kapitän nicht stimmte", fuhr Oliver fort und ignorierte mit einem geduldigen Lächeln meine Unterbrechung. „Sei es die merkwürdigen Stimmen, die in manchen Nächten aus seiner Kajüte drangen und mich an meinem Schlaf hinderten oder Creeves' eigenwillige Art, unerwartet neben einem aufzutauchen, als wäre er aus den Schatten getreten, wenn ihr wisst, was ich meine. Es vergingen Tage, Wochen, ja sogar Jahre, in denen ich neben meiner Arbeit als gewöhnlicher Matrose versuchte, hinter das Geheimnis des Kapitäns zu kommen. Tagsüber übernahm ich Aufgaben an Deck, koordinierte unsere nächsten Handelsrouten und bereitete gemeinsam mit dem Rest der Mannschaft die Ware auf die Auslieferung vor. In der Nacht erforschte ich jede kleine Ecke des Schiffs und durchsuchte die Kajüte des Kapitäns, wenn er gerade nicht darin schlief. Aber bis auf einige äußerst seltsame Briefe und Karten, die sich in Holzkisten unter seinem Bett tummelten, fand ich zunächst nichts Besonderes. Ich beschloss, dass das Symbol vielleicht wirklich nur eine ausgedachte Fantasie Creeves war, der sich schon immer merkwürdig verhalten hatte und beschäftigte mich nicht weiter mit dem Thema. Es vergingen fast acht Jahre. Acht Jahre, die für einen jungen Matrosen wie mich so schnell vergingen, dass ich jeden Tag das Gefühl hatte, der Kapitän hätte mich erst gestern angeheuert und in seinen Dienst gestellt. Wir befuhren die sieben Weltmeere und überbrachten hunderte, tausende Kisten mit Waren, von denen wir noch nicht einmal wussten, was hinter den Wänden aus morschem Holz steckte, an dem wir uns Tag für Tag die Finger aufrieben. Im Winter des Jahres 1715, ich war gerade 25 Jahre alt geworden, steuerten wir eine Insel mitten im Nirgendwo an. Genauer gesagt die Insel, auf der wir uns gerade befinden. Der Kapitän fasste sich bei der Begründung, warum wir dorthin fuhren, sehr kurz. Er sagte, er wolle jemanden besuchen, der für den Erfolg unseres Schiffes und seinen eigenen Erfolg wichtig war und ließ uns auf der Inkeye zurück, während er alleine die Insel aufsuchte."

„Moment mal", unterbrach ich meinen Vater. „Phönix und ich haben in eine der Lagerhallen der Inkeye einen Tagebucheintrag gefunden, den Leroy Edward Creeves am 18. Dezember 1715 verfasst hat, also 2 Tage vor dem vermeintlichen Untergang der Inkeye. Er berichtete von einem schweren Sturm, der sich langsam anbahnte und euch bereits am Abend zuvor Probleme gemacht hatte." Oliver nickte. „Genauso ist es. In der Nacht bevor unser Schiff die Insel erreichte, wütete ein kräftiger Sturm, der uns beinahe dem Erdboden gleichgemacht hätte."

„Oder wohl eher dem Meeresboden", warf Phönix ein und rollte sich auf die Seite, damit ich ihn am Bauch kraulen konnte. Dad schmunzelte und fuhr dann mit einem undefinierbaren, ernsteren Gesichtsausdruck fort, der ein merkwürdiges Gefühl in mir auslöste. „Mir kam es komisch vor, dass Creeves den Weg ohne uns bestreiten wollte. Es schien, als hätte er etwas zu verbergen. Etwas wirklich, ach ich weiß nicht, wie ich es beschreiben soll. Jedenfalls schlich ich mich wenige Minuten nach seinem Aufbruch vom Schiff und folgte ihm durch den Wald aus hohen, eisgrauen Felsen, die den Großteil der Insel bedeckten. Je tiefer wir in das Meer aus

Steinen und Tannen eintauchten, deren weiß rötlichen Stämme im Licht der aufgehenden Sonne geheimnisvoll schimmerten, wurde es immer kälter. Zunächst war es nur eine kühle, nach Harz und Meersalz duftende Windbrise, die sich dann in kleine, vernebelte Sturmböen verwandelte. Ich hatte nur ein feines Leinenhemd und dünne Lederstiefel bei mir, durch welche die Kälte wie eine Schlange aus Eis über meinen Körper kroch. Durch den heftigen Regen, der von einer Sekunde auf die andere auf mich hinab prasselte und meinen Blick verschleierte, verlor ich den Kapitän beinahe aus den Augen. Doch dann öffnete sich vor uns eine Lichtung, in deren Mitte ein kristallklarer See lag. Wenige Meter entfernt ragte ein silbrig grauer Steinfels in die Höhe, von dessen oberer Kante halb gefrorenes Wasser in den See stürzte. Der Wasserfall wurde nach hinten immer breiter und schien aus tausenden kleinen, verschiedenfarbigen Steinen zu bestehen, die in silber- und perlmuttfarbenen Tönen schillerten.
Dazwischen wucherten Gruppen aus tannengrünen Moosen und langen, kleegrünen Kletterpflanzen, die sich um die flach geschliffenen Steine rankten. Creeves stieg über eine Art natürliche Steintreppe, die sich über die Jahre aus dem massiven Stein geschliffen hatte, durch einen Spalt zwischen dem Wasserfall und dem Gestein."

„Lass mich raten, dahinter lag eine Höhle", maunzte Phönix und streckte sich mit einem lauten Gähnen. „Das ist doch in solchen Geschichten immer so." Oliver musste grinsen.
„Wir sind hier zwar nicht in einem Märchen, sondern in der bitteren Realität, aber ja, du hast Recht. Ich folgte ihm durch die Höhle, kletterte über hohe Felsen und zwängte mich durch enge Steintunnel, die mit spitzen Kristallen bedeckt waren, die sich schmerzhaft in meine Haut bohrten.
Nach einigen Minuten blieb der Kapitän am Ende der Höhle stehen, die in ein tiefes, erdrückendes Dunkeln führte.

Und dann kamen sie. Die Inkeyes, die mich wenig später zu den wahren Absichten Creeves führen würden. Oder zumindest dachte ich das.

11. Kapitel: Olivers Geschichte

„Die Inkeyes waren nichts weiter als Schatten, deren unfassbare Macht mir erst klar wurde, als es bereits zu spät war. Sie hielten sich, verborgen von den Bewohnern der Stadt, an den düstersten Orten Aquantas auf. Und sie hatten eine Eigenschaft, die dazu fähig war, Menschen in Kreaturen außerhalb unserer Vorstellung zu verwandeln. Es schien so, als hätte Creeves die Inkeyes bereits vor längerer Zeit auf seine Seite gezogen, denn sie machten keine Anstalten, ihn anzugreifen. Er wechselte einige Worte mit den schattenhaften Gestalten, die wirkten wie schwarze, verschleierte Wolken. Wolken ohne Gesichter oder jegliche menschliche Merkmale. Ich konnte von meinem Versteck aus leider nur Teile von Creeves' Worten aufschnappen, die dumpf durch die Höhle drangen. Er erwähnte „die andere Seite“, „Aquanta“, „Jahrhundert“ und „Prophezeiung“, woraus ich mir keine sinnvolle Erklärung schließen konnte. Aber eines war mir klar: Irgendetwas stimmte ganz und gar nicht mit dem Kapitän und den dunklen Schattenwesen, die mir damals eiskalte Schauer über den Rücken jagten. Diese Angst wurde mir zum Verhängnis. Während ich hinter den nassen Stalagmiten kauerte und zitternd ein und ausatmete, muss einer der Inkeyes meine Furcht gewittert haben. Als sich der Kapitän langsam umdrehte und mich direkt anblickte, spürte ich ein tiefes Grauen in meinem Inneren.
Dort, wo sonst seine olivgrünen Pupillen gewesen waren, funkelten ein Paar eismeerblaue Augen, deren Kälte mir wie

Dolche in die Lunge stieß." Oliver stockte.
Sein Gesicht war kalkweiß angelaufen und seine Augen tränten leicht von der kalten Luft, die uns von allen Seiten einschloss. Ich rückte ein Stückchen näher an meinen Vater heran und legte den Arm um seine bebenden Schultern.
Oliver brachte ein schwaches Lächeln über die Lippen und fuhr dann mit seiner Erzählung fort.
„Ich wusste, dass ich tief in der Patsche steckte. Und ich hatte Recht. Der Kapitän schüttelte mich mit einer Mischung aus Wut und einer merkwürdigen Unsicherheit, die sich in seinen Augen widerspiegelte und wollte wissen, wie viel ich von dem Gespräch mitbekommen hatte. Ich war gerade dabei, ihm die vier Begriffe zu nennen, als er auf einmal mit seiner rauen Handfläche über meine Hand fuhr, die er zuvor an die eiskalte Steinwand gedrückt hatte. Sein Blick ruhte für einige Sekunden auf meiner linken Hand, an deren Ringfinger ich seit einigen Wochen einen fein geschliffenen, kupferfarbenen Metallring mit einem milchweißen Stein trug. Ich hatte ihn beim Sortieren der Bücher in der Bücherei gefunden; versteckt in einem alten, verstaubten Wälzer mit goldenen Schnallen und einem geschuppten Ledereinschlag. Er sah mich mit seinen Augen aus Tinte und Eis für einige Sekunden an und ich konnte spüren, wie sich die Kälte in meinem Körper ausbreitete. Dann verlor ich das Bewusstsein und wachte Stunden, Tage, vielleicht sogar Wochen später an einem alten Schiffshafen unter den feuchten Planen eines Ruderboots auf, dass an den Kiesstrand angespült worden war."

„Sagtest du gerade, der Kapitän hätte Augen aus Tinte aus Eis?", warf ich ein. „Die Inschrift des Denkmals in Aquanta, da stand: „Das Geheimnis liegt in den Augen aus Tinte und Eis". Aber was soll das nur bedeuten?" Oliver sah mich interessiert an.

„Ich kenne die Inschrift nicht. Aber es muss bedeuten, dass

Creeves der Schlüssel zu etwas ist. Na ja, zurück zu meiner Geschichte. Als ich im Ruderboot aufwachte, wusste ich noch nicht, dass sich nicht nur meine Lage, sondern auch der Rest der Welt geändert hatte. Zunächst dachte ich, dass mich der Kapitän nur an einem anderen Hafen abgesetzt hatte, aber als ich am Ende des alten Schiffhafens angekommen war, wurde mir klar, dass ich mich nicht mehr im Winter des Jahres 1715 befand. Über die seltsamen, schwarzen Steinstraßen, zu der Zeit wusste ich noch nicht, dass es Asphalt war, brausten käferähnliche Kisten, die in den verschiedensten Farben schillerten und einen stechenden, sauren Geruch verströmten, der mir bei erster Begegnung beinahe den Atem verschlug."

„Autos", grinste Phönix. „Gut, dass du dich an diese unheimliche Welt gewöhnt hast, in der riesige Insekten über die Straßen holpern." Neckend sah er meinen Vater an, der schon wieder lächeln musste.

„Ja, das habe ich", stimmte er dem Kater zu. „Aber das hat eine lange Zeit gedauert. Es war für mich ein komisches Gefühl, durch eine Stadt zu laufen, die nichts mit dem zu tun hatte, was ich von meinem früheren Leben gekannt hatte. Ich erinnere mich noch an meinen ersten Abend, an dem ich unter dem orange-roten Vordach eines Kiosks auf das Datum dieses Tages gestoßen bin. In einem feuerroten Prospektständer, eingeklemmt zwischen einigen bunten Klatschmagazinen und einer Packung rosafarbener Radiergummis, entdeckte ich eine eng bedruckte Tageszeitung. Mein Blick fiel sofort auf das Datum, das ganz oben über dem Titel der Zeitung in schwarzer Tinte aufgedruckt war:
21. Dezember 2000 - London

„Das war 6 Jahre vor meiner Geburt", überlegte ich laut. „Hast du Mum in London kennengelernt?"

„Deine Mutter war eine der ersten, die mich so genommen hat, wie ich war", erwiderte Oliver und über sein Gesicht

huschte ein gedankenverlorenes Lächeln. „Ein junger Mann, der nichts über die Welt wusste, in die er geraten war und der sich jeden Abend den Kopf über das zerbrach, was geschehen war. Ein Mann, der die ersten Nächte auf dem Friedhof am anderen Ende der Stadt verbrachte und panische Angst vor den „Käfern" hatte, die ihn überall hin zu verfolgen schienen.
Und doch schaffte ich es irgendwann, mich meiner Umwelt anzupassen. Ich las die Tageszeitung, die ich am ersten Tag beim Kiosk mitgenommen hatte und durchstöberte in Geschäften Klatschmagazine, bis mir mein Kopf von den vielen neuen Informationen und Eindrücken beinahe platzte. Es ist eine lange Geschichte, wie ich schließlich zu einem Ort zum Schlafen und anderer Kleidung gekommen bin, aber..."

„...Das ist eine andere Geschichte, für die wir jetzt keine Zeit haben", ergänzte ich seinen Satz und nahm mir ein Stückchen Schokobrownie aus der Reisetasche.

„Jedenfalls lernte ich eines Tages deine Mutter kennen, die zu der Zeit als Babysitterin arbeitete. Und nun ja..."
Oliver knetete unruhig seine Hände. „Wir kamen zusammen, heirateten und du kamst einige Jahre später auf die Welt. Grace hat nie erfahren, dass ich aus einer anderen Zeitepoche stamme, das ich über zwei Jahrhunderte vor ihrer Geburt schon als Matrose auf einem Schiff gearbeitet habe und nie auf den Gedanken gekommen wäre, dass es möglich ist, in der Zeit zu reisen. Die ersten Jahre nach meiner Ankunft verbrachte ich hauptsächlich in Bibliotheken und Antiquitätenläden und suchte nach Antworten. Antworten, die mir weder Geschichtsbücher, noch Dokumentarfilme über die letzten paar Jahrhunderte liefern konnten. Nach einer Weile gab ich meine Recherchen auf und lebte ein Leben wie jeder andere, der nicht im Jahre 1690 geboren wurde. Wir zogen nach deiner Geburt in eine schöne, kleine Wohnung am Rande Londons und ich begann eine Ausbildung zum Ingenieur, da mich die neusten

Techniken und die Maschinen der „neuen Welt“ vom ersten Augenblick an begeistert hatten.
Na ja, meine Liebe zu Autos entstand erst, nachdem ich herausgefunden hatte, dass einen die schillernden Käfer nicht angriffen, solange man auf dem Fußweg blieb.“ Oliver blinzelte in das flackernde Licht der Gaslampe, die beim hin- und her schaukeln leise quietschte.

„Doch dann, du warst gerade erst 2 Jahre alt geworden, erreichte mich eine Nachricht, die alles verändern würde. Diese Nachricht führte mich zu der Situation, in der wir alle drei gefangen sind. Sie stammte von einem gewissen Mann namens Narius Sealberg.“ Ich hob den Kopf. Irgendwoher kannte ich den Namen, aber nur woher?

„Narius Sealberg ist der Autor von „Die Geheimnisse Aquantas““, stieß ich hervor und nickte. „In der Bücherei der Inkeye sind Phönix und ich auf der Suche nach Informationen über den Timeswitch und Aquanta auf sein Buch gestoßen. Das meiste, was wir über die beiden Orte wissen, haben wir aus seinem Werk. Kanntest du ihn persönlich?“

Oliver schüttelte den Kopf. „Nein, deswegen war ich damals auch sehr überrascht, als seine Nachricht mich erreichte. Der Wissenschaftler Narius Sealberg war zur Zeit meiner Jugend für seine verrückten Thesen und Untersuchungen bekannt, die er in den Tiefen des Ozean durchführte. Nur die wenigsten schenkten seinen Entdeckungen von ozeanischen Fabelwesen Glauben, die er in seinem Buch beschrieb. Viele meinten, er sei von der langen Zeit auf hoher See, die er größtenteils alleine verbracht hatte, vollkommen verrückt geworden. Ich bekam den Brief am 15. Juli 2008, also genau 5 Tage, bevor mein Verschwinden bekannt wurde. In Sealbergs Brief standen wirre Beschreibungen; die Tinte war über das Papier zerlaufen. Nur zehn Worte konnte ich noch zwischen dem Meer aus

royalblauer Tinte erkennen: 1715... Creeves... Unser Untergang...Komm sofort... Durch den Timeswitch... Narius. Ich wusste nicht genau, was es bedeutete, aber es hatte mit Sicherheit etwas mit dem Kapitän und den Schattenwesen zu tun, die ich das erste Mal 1715 gesehen hatte. Was ein Timeswitch war, wusste ich nicht. Ich verbrachte lange Stunden in Bibliotheken und abgelegenen Krimskramsläden, bis ich tatsächlich etwas dazu fand; in einem seltsamen Laden, der neben Büchern auch alte Taucherausrüstungen, Rettungsringe und Gummienten in den verschiedensten Ausführungen im Angebot hatte. Es war ein Buch. „Die Geheimnisse von Aquanta" von Narius Sealberg. Von diesem Moment an wusste ich, dass es einen sicheren Zusammenhang zwischen dem Wissenschaftler und dem sogenannten Timeswitch gab, über den ich durch das Buch alles erfuhr.
Und Lucy, ich sehe deinen verwunderten Blick. Du fragst dich bestimmt wie es sein kann, dass die Zeit auf Aquanta nicht weiterläuft. Das zeitlich zu verstehen, ist nicht gerade einfach. Der Timeswitch trägt Schiffe, wie du bereits weißt, ins Jahr 1715. Die Zeit dort kann sich aber nicht ändern, wodurch man, egal aus welchem Jahrhundert man in die Vergangenheit zurückreist, jedes Mal im Jahre 1715 landet. Auf Aquanta kann man, wie ihr bereits in Narius Sealbergs Buch gelesen habt, nicht länger als bis zum nächsten Vollmond bleiben, da sich der Timeswitch dann schließt und die beiden Zeitepochen für über 300 Jahre wieder voneinander trennt."

„Hoffentlich passiert uns das nicht", brummte ich. „Aber warte mal. Das bedeutet dann, dass unsere einzige Chance ist, bis zum nächsten Vollmond dieses Monats durch den Timeswitch zurück ins Jahr 2019 zu gelangen."

„So ist es." Oliver stibitzte sich ebenfalls ein Stück Kuchen aus der Tasche. „Wo wir dabei sind, ich muss euch noch den letzten Teil meiner Geschichte erzählen.

Nachdem ich damals den Beschluss gefasst hatte, zu Narius ins Jahr 1715 zu reisen, wurde mir klar, dass etwas Großes im Gange war, das das zukünftige Leben aller Menschen verändern könnte. Ich wusste nicht, woher ich diese Intuition hatte, aber mein Bauchgefühl hatte mich noch nie getäuscht. Am Morgen des 18. Dezembers brach ich zum Hafen von Dover auf und mietete mir dort ein kleines Fischerboot, mit dem ich hinaus auf den offenen Ozean fuhr. Im Buch waren nicht die genauen Koordinaten des Timeswitch gegeben, also orientierte ich mich an der vorgegebenen Route zwischen Dover und Calais.
Am späten Nachmittag zog ein Sturm auf, der mir einiges zu schaffen machte. Mitten in der Nacht war es schließlich soweit. Durch die dichten Nebelwolken, die nah über dem Meer schwebten, konnte ich einige hundert Meter vor mir einen kreisenden Wasserstrudel erkennen. Den Timeswitch. Mehr muss ich dazu nicht sagen. Das Fischerboot geriet in die engen Wasserschlingen und wurde in das Zentrum des Timeswitch gesogen, um einige Sekunden später auf dem Ozean des Jahres 1715 wieder aufzutauchen.
Ich legte an einem Steg nahe des Kiesstrandes an und setzte einen Fuß auf die Treppe, die mich direkt in die Stadt Aquantas führte.
Oder besser gesagt geführt hätte, wenn nicht...
Ich weiß nicht mehr genau, was passiert ist, aber als ich wieder aufwachte, war ich hier."

„Wann hast du denn Phönix kennengelernt?", stellte ich meinem Vater eine Frage, die mir schon lange auf den Lippen brannte. „Du hast von deiner ersten Begegnung mit ihm in der Kneipe nichts erzählt."

„Das stimmt", sagte Oliver. „Weil der Kater, der gerade neben dir sitzt, nicht Phönix ist."
Für einen kurzen Moment glaubte ich, mich verhört zu haben. Doch dann löste sich ein schwarzer Schatten aus dem Körper,

den ich noch vor wenigen Stunden in meinen Armen gehalten hatte. Das seidige Fell des Katers schmolz wie Zuckerwatte, die in einen Regenfall geraten war und ließ nur noch die schwarze Wolke über, die direkt vor mir in der Luft hing. Aus dem Inneren des Schattens drangen merkwürdige Stimmen, die klangen, als wären sie vor langer Zeit aufgenommen worden. War das nicht die Stimme meines Vaters?

„Was sind das für Geräusche?“, fragte ich und stand ruckartig auf. „Und was meinst du damit, dass es nicht Phönix ist?“

„Die Stimmen sind Phönix' Erinnerungen“, antwortete mein Vater mit ruhiger Stimme und musterte den Schatten mit einem traurigen Blick. „Gefangen, für immer.“ Verzweifelt beobachtete ich die turmalinfarbene Silhouette des Katers, die an uns vorbei schwebte und in der Dunkelheit verschwand. Die Stille, die diesem Moment folgte, war unerträglich. Oliver starrte gebannt in die Finsternis, so, als könnte er den Schatten darin erkennen, dessen Stimmen leise durch den Raum hallten und schließlich vollständig verstummten.

„Ich bin Phönix.“ Ich fuhr herum. Wenige Meter entfernt, getaucht in das gelbgraue Licht der Gaslampe, stand ein Kater. Zumindest hätte ich ihn für einen Kater gehalten, wenn sein schwarzer Pelz nicht so durchsichtig gewesen wäre, dass ich durch diesen hindurch auf die gegenüberliegende Steinwand blicken konnte. Die Augen des Katers schimmerten in einem schwachen Kristallton, der sich selbst in der tiefen Dunkelheit verlor. Das war nicht der Phönix, den ich kannte, aber doch wusste ich, dass er es war.

„Du bist der echte, oder... Aber warum“, stotterte ich, während mein Vater seine Hand auf meine Schulter legte.

„Das ist eines der wenigen Dinge, die wir über die Fähigkeiten der Inkeyes wissen“, sagte er und strich dem fast durchsichtigen Kater über sein weißliches Fell, dass den rabenschwarzen Farbton, den ich sonst von Phönix gekannt hatte, fast völlig verschleierte. Inkeyes können die Seele eines Menschen oder Tieres an sich reißen. Nicht die ganze, sondern nur den Teil, der den Charakter des oder derjenigen ausmacht. Zurück bleibt eine Hülle; ein Wesen, dass weder Gedanken, noch die Veranlagung hat, Entscheidungen zu treffen. Sie können zwar noch sprechen, aber in ihren Worten nie ihre eigenen Gedanken mit einbringen, sondern nur das, was von ihrer Seele geblieben ist.“ Die Augen des Katers, die sonst abenteuerlustig aufflackerten, waren trüb und blickten gelangweilt in die Leere.

„Den Kater, den du die letzten Tage erlebt hast, war nur eine Kopie von Phönix, die durch seine Seele so wirkte wie er“, erklärte Oliver, während durch meinen Kopf tausende Gedanken und Fragen flogen, die mir niemand beantworten konnte.

„Wird er für immer so bleiben?“, fragte ich vorsichtig und musterte den Kater, der gähnend seine linke Pfote betrachtete.

„Ich weiß es nicht.“ Oliver seufzte schwer. „Seine Seele wurde vom Betrüger genutzt, um dich zu mir zu führen. Er hat dich hierhin gebracht, an einen Ort, den man nicht verlassen kann. Zumindest habe ich es in den letzten 11 Jahren nicht geschafft. So, nun weißt du alles, was ich weiß. Jetzt liegt es an uns beiden, einen Weg aus der ewigen Finsternis zu finden.

12. Kapitel: Der geheimnisvolle Kater

Nach Olivers Geschichte hätte ich mich am liebsten an einen stillen Ort verzogen, um das zu verarbeiten, was in den letzten Stunden passiert war. Aber ich wusste auch, dass wir keine Zeit zu verlieren hatten.

„Was hast du denn in deiner Reisetasche?“, erkundigte sich mein Vater. „Vielleicht finden wir etwas Brauchbares.“

„Ich fürchte, dass ist eher unwahrscheinlich“, grinste ich schief und kippte den Inhalt der Reisetasche auf den Boden. „Ich habe leider nicht alles eingepackt, was man für einen Aufenthalt in einem Gefängnis auf einer Insel im Jahr 1715 braucht.“ Heraus stürzten neben einer Flasche Shampoo, die ich während der gesamten Reise nicht benutzt hatte, unteranderem auch eine Dose mit Nudeln in Tomatensoße, einige zusammengeknotete Handtücher, ein eingepacktes Stück Kuchen und eine Taschenlampe, deren Batterie schon seit Tagen leer war.

„Hast...hast du Hunger?“, richtete ich mich an Phönix und schob eine Dose mit Thunfisch zu ihm herüber, während sich Oliver verbissen durch den Inhalt meiner Tasche arbeitete und hin und wieder nachdenklich das Gesicht verzog.

„Nein, danke“, brummte Phönix und rollte sich mit einem genervten Gähnen auf der Tasche zusammen. Es versetzte mir einen Stich, den Kater so zu sehen, wo er doch sonst voller Freude und Abenteuerlust sprudelte.
Nicht einmal seine Leibspeise wollte er haben.

„Nimm es nicht persönlich.“ Oliver, der meinen enttäuschten

Blick aufgefangen hatte, betrachtete den Kater nachdenklich. „Er isst kaum etwas. Den Leib Brot und das Wasser, das jeden Morgen neben uns auftaucht, rührt er auch kaum an."

„Und, hast du was gefunden?" Ich ließ meinen Blick über die Gegenstände schweifen, die mein Vater in eine Reihe gelegt hatte. Zwei Müsliriegel, ein Glas mit Oliven, eine Packung Zitronenkuchen und eine Tüte mit Studentenfutter.

„Nichts, was uns hier rausbringt", entgegnete Oliver und riss die Folie von einem der Müsliriegel ab. „Aber immerhin mal was anderes zu Essen. Ich habe das trockene Brot und das trübe Wasser langsam satt." Während Oliver aß, lief ich einmal quer durch den Raum. Gelegentlich wurde die rissige Steindecke von hohen, aschfahlen Säulen gestützt, die so wirkten, als würde ohne sie das ganze Konstrukt in sich zusammenbrechen. Nirgendwo waren ein Fenster oder eine Tür, durch die man hätte fliehen können. Nur dunkle, kalte Wände und ein frostiger Wind, der von allen Seiten zu kommen schien und mir einen prickelnden Schauer über den Rücken jagte. Als ich mich wieder auf den Rückweg machte, fiel mir an der Wand links von mir etwas Merkwürdiges auf. In dem massiven, dunkel angelaufenen Stein waren verschiedene Zeichen eingeritzt, in deren Mitte ein milchig weißer Stein leicht schimmerte. Es war - das Zeichen der Inkeye.

„Oliver", rief ich. „In der Wand ist das Symbol der Inkeye eingeritzt. Weißt du, was die Formen um es herum bedeuten?" Mein Vater rückte in das schwache Licht, dass das in dem Raum warf und nickte.

„Es war schon immer hier", sagte er und strich mit den Fingerkuppen über die raue Steinwand. „Ich habe Wochen, vielleicht sogar Monate damit verbracht, die Zeichen um es herum zu betrachten und habe versucht herauszufinden, was sie bedeuten könnten."

Plötzlich erklang eine zweite Stimme in meinem Kopf, die sich mit den Worten meines Vaters überkreuzte und ein Gewirr aus Sätzen bildete, deren Sinn ich nicht mehr ergreifen konnte. Die zweite Stimme wurde immer lauter und schien vom Symbol zu kommen, dessen weißer Stein grell aufleuchtete. Ich konnte meine Gedanken nicht mehr kontrollieren und hatte das Gefühl, dass irgendjemand etwas in meinen Erinnerungen suchte, die eine nach der anderen vor meinen Augen aufflammten. Eine Welle - Ein Schiff, dass in einem tosenden Sturm trieb und von der gewaltigen Welle in die Tiefen des Ozeans gerissen wurde - Ein altes Geschäft, in dem eine Frau mit langen, silbrigen Haaren auf einem Sessel saß und in einem Buch blätterte. Der Raum kam mir irgendwie bekannt vor. Der große, rote Ledersessel, die hohen Bücheregale und die roten Seidenvorhänge, die durch das Zimmer flatterten, hatte ich vor Kurzem erst gesehen. Die Frau, die meine Anwesenheit zu spüren schien, drehte sich langsam zu mir um und fixierte mich mit einem stechenden Blick, der sich tief in mein Inneres bohrte. Sie hatte Augen, denen ich schon einmal begegnet war. Augen aus Tinte und Eis. Ohne zu wissen was und warum ich es tat, streckte ich meine Hand aus und strich über den kalten Glasstein, der sich sofort dunkelblau färbte. Ein Gefühl von Kraft breitete sich in mir aus. Der Stein wurde unter meinen Fingerspitzen immer kälter und glühte noch ein letztes Mal auf, bevor sein tintenblaues Licht von einem Moment auf den anderen erlosch. Ich zog die Hand zurück. Nach und nach schienen meine eigenen Gedanken zurückzukehren und füllten den Platz, den die merkwürdige Stimme hinterlassen hatte.

„Lucy, ist alles in Ordnung?"

Ich drehte mich zitternd um und blickte in das besorgte Gesicht meines Vaters, das kalkweiß angelaufen war.

„Ja, alles gut", sagte ich mit bebender Stimme und versuchte mich an das zu erinnern, was ich gesehen hatte.

„Da war ein Schiff...Sturm... Ich habe mich irgendwie mit dem Stein verbunden..." Langsam wurden meine Gedanken immer klarer. „Da war eine zweite Stimme in meinem Kopf, die etwas in meinen Erinnerungen gesucht hat. Aber das, was vor meinem Auge aufgetaucht ist, habe ich in meinem Leben noch nie gesehen. Doch, Moment. Das Schiff - als ich mit Phönix auf der Inkeye war, ist aus dem Nichts ein Sturm aufgezogen, der dann nach unserer Reise durch den Timeswitch verschwunden ist, so, als wäre er nie da gewesen. Und den Raum, den ich danach wahrgenommen habe. Das war der Antiquitätenladen von Amy. Dort, wo ich dein altes Notizbuch entdeckt habe."
Ich wollte mich gerade nach Phönix umdrehen, als neben uns ein lautes Knirschen ertönte und uns aus dem Gespräch riss. Über die Steinwand, in der das Zeichen der Inkeye eingraviert war, liefen lange Risse, die durch den harten Stein brachen.

„Pass auf!", rief Oliver plötzlich und stieß mich beiseite. Keinen Augenblick zu früh. Die massive Wand hielt den Rissen noch einige Sekunden stand und krachte dann mit einem lauten Poltern in sich zusammen.
Gesteinsbrocken rollten über den Boden und wirbelten Wolken aus dunkelgrauem Staub auf, der den beinahe unsichtbaren Kater zum Niesen brachte.

„Einzig seine Stauballergie ist Phönix geblieben", dachte ich traurig und trat einen Schritt zurück, während sich der Staub langsam auflöste und den Blick auf die andere Seite der Mauer freigab. Inmitten der Felsbrocken, die sich vor uns auftürmten, lag der Stein, dessen meerblaues Licht längst erloschen war. Er sah aus wie ein ganz gewöhnlicher Gabionenstein, den Leute zu hunderten in ihren Gärten aufschütteten, nicht mehr wie ein magisches Symbol, ein Zeichen der Inkeye. Hinter den Überresten der Mauer lag ein langer Flur, dessen Ende sich in der Dunkelheit verlor. Die Gaslampen an den steinernen Wänden verbreiteten ein schwaches, weißliches Licht.

„War... War das ich?“ Olivers warme, blaue Augen leuchteten vor Sorge und Erstaunen.
„Du hast eine Gabe“, murmelte er und bückte sich, um den
Stein aufzuheben. „Du kannst nicht nur ihre Aura spüren, nein, da ist noch etwas anderes. Etwas viel Mächtigeres.“
Er hatte Recht, das wusste ich. Aber ich würde mir darüber nicht den Kopf zerbrechen, zumindest jetzt noch nicht.

„Der Palast ist riesig“, bemerkte ich und versuchte umständlich, den Weg vor uns freizuschaufeln. „Wie sollen wir nur jemals hier rauskommen?“ Ich betrat den Flur, in dem es noch kälter war als in dem Raum, in dem wir gefangen gewesen waren.

„Unheimlich“, sagte ich, mehr oder weniger zu mir selbst. Phönix hörte mich trotzdem.

„Das ist ja noch das am wenigsten Unheimlichste, was es hier gibt. Du wirst schon sehen.“ Ich zuckte zusammen und ließ die Schultern dann wieder sacken.

„Du hast wohl Recht“, seufzte ich, obwohl ich nicht wusste, was genau der Kater meinte, der mit lang gezogenen Schritten neben mir her tappte. Und vielleicht wollte ich es auch nicht wissen.

„Da vorne ist eine Wegteilung“, unterbrach Olivers Stimme meine Gedanken. „In welche Richtung sollen wir gehen?“ Es war die gleiche Situation, wie vor einigen Tagen, als Phönix und ich den richtigen Weg zum Palast hatten finden müssen. Obwohl der Verräter den Weg dorthin sicherlich längst gekannt hatte, wenn ich länger darüber nachdachte. Was auch erklären könnte, warum wir so unproblematisch durch die Stadt gekommen waren. Ausgenommen dem unheimlichen Sikle im Leuchtturm, dessen schauriger Anblick sich wieder in meine Gedanken schlich.

„Rechts“, antwortete ich schließlich, „Mein Bauchgefühl.“ Oliver lächelte und tastete sich vor mir an der Steinwand entlang, die in den rechten Gang führte. Während wir uns durch das Netz aus Gängen und Fluren arbeiteten, die alle gleich aussahen und sich immer wieder in weitere Korridore verzweigten, spürte ich Phönix' leblosen Körper an meinem Bein. Ich musste schmerzlich daran denken, wie fröhlich und sprunghaft der Kater immer gewesen war und kniff meine Augen zusammen. Eine Träne kullerte über meine Wange und fiel auf Phönix' weißes, durchsichtiges Fell, durch das die graue Wand hindurchschimmerte. Der Kater sah auf und blickte mich emotionslos an.

„Weiter", maunzte er tonlos. „Wir müssen weiter."
Ich schluckte und beschleunigte meine Schritte, obwohl ich am liebsten ganz stehen geblieben wäre.

„Da vorne ist eine Tür!", rief Oliver auf einmal, der die letzten Meter vor dem Kater und mir durch den Korridor gehastet war. „Aber sie ist verschlossen." Und tatsächlich. Wenige Schritte vor uns endete der Gang in einer hohen Tür aus dunklem Eichenholz mit einem hell marmoriertem Türknauf. Das golden eingefasste Schlüsselloch war von einer Kruste aus kupferfarbenen Rost durchzogen, der sich bis in die Tiefen des Materials zog.

„Wie kriegen wir die auf?" Ich ging in die Hocke, um in das Innere des Schlüssellochs blicken zu können.

„Lass mich mal." Oliver ging in die Hocke und kramte in der Tasche seiner zerknautschten Leinenhose, in der alles Mögliche zu stecken schien. Es klimperte, klirrte, krachte und raschelte ununterbrochen, bis Oliver das gefunden hatte, wonach er gesucht hatte. Er zog zwei dünne, metallene Drähte heraus und begann, sie geschickt mit den Fingern zu biegen.

„Ah, du bastelst einen Dietrich", nickte ich beeindruckt und ruckte ein Stückchen beiseite, damit sich mein Vater neben mich setzen konnte.

„Ja, das ist eines der wenigen sinnvollen Dinge, die ich von

Creeves damals gelernt habe“, grinste Oliver und hakte einen der Drähte in den unteren Bereich des Schlüssellochs ein.
Mit dem anderen fuhr er langsam über die metallenen Stifte innerhalb des Schlosses, die mit einem Klicken nach unten gedrückt wurden. Der hölzerne Knauf drehte sich langsam nach rechts und die Tür öffnete sich einen spaltbreit. Erleichtert rappelte ich mich auf und klopfte meine Hände an der Hose ab.

„Super“, strahlte ich und griff schon nach dem Türgriff, als Oliver mir bedeutete, noch zu warten.

„Egal was uns auf der anderen Seite erwartet, wir werden es gemeinsam schaffen“, sagte er mit flacher Stimme. „Ab jetzt müssen wir jeden unserer Schritte planen. Wir sind auf der Flucht und haben nur eine Chance, von hier zu entkommen. Verstanden?“ Ich nickte zaghaft und trat einen Schritt zurück, während Oliver die Tür vorsichtig aufdrückte.
Mein Herz pochte mir bis zum Hals und ich schloss für einen Moment die Augen, um die unendliche Spannung zu ertragen, die tief in meinem Inneren brodelte. Es war ein ähnliches Gefühl wie die Abenteuerlust, die ich in den letzten Tagen erlebt hatte, nur dass die sich nicht wie ein schwarzer Schatten über meine Gedanken legte und alle Sinne vernebelte.
Ich atmete tief die kalte Luft ein, die mir aus dem Raum vor uns entgegen strömte und schlug die Augen auf. Es war - eine Bücherei. Eine Bücherei, die nichts mit dem Bücherparadies zu tun hatte, dass es auf der Inkeye gegeben hatte.
Anstelle der prachtvollen, hellen Regale, die bis zu Decke ragten, standen hier dunkel angelaufene Holzschränke in symmetrischen Ordnungen. Die rauen Bände der Bücher, die sich darin tummelten, waren dunkel und wechselten sich in turmalin-, grau - und eisblauen Farbtönen ab.
Dazwischen hingen Wolken aus gräulichem Staub, die sich an den Seiten der Regalblöcke hochrankten und sich wie grauer Schnee auf die Oberflächen der Regale gelegt hatten.

In der Mitte des Raumes stand ein mittelhohes Podest aus dunklem Holz, auf dem sich verschiedene Karten und Papiere in den seltsamsten Ausführungen stapelten. Der rustikale, nach vermodertem Holz und Harz duftende Boden, über den sich ein schmaler, burgunderrote Teppich schlängelte, knarzte leise. Über uns schaukelte ein schwarz goldener Kronleuchter mit tausenden, im Licht der runden Glühbirnen funkelnden Kristallsteinen. Durch den kühlen Wind, der durch den Raum zog, klirrten die Steinchen aneinander und warfen schimmernde Lichtblitze auf den Boden. Fenster gab es nicht; stattdessen zwei große, rechteckige Glasfronten auf beiden Seiten der Bücherei, die sich aus gläsernen Mosaiken in tintenblau, kristallweiß und smaragdgrün zusammensetzten.

„Na, auch endlich da?“, ertönte plötzlich ein hämisches Fauchen neben mir und riss mich aus meinen Gedanken.
Ich fuhr herum und blickte in ein paar kalte, saphirfarbene Katzenaugen, die mich schadenfreudig anfunkelten. Es war der Kater, der uns verraten hatte. Es war - Socke.

„Habe ich da etwa gerade euren kleinen Ausbruch bemerkt?“, spottete er und musterte Phönix mit einem abschätzigen Blick. „Hat der Kater seine Farbe verloren? Ist wohl zu heiß gewaschen worden.“ Socke lachte leise.
Es war ein kaltes, böses Lachen, dass durch die Bücherei hallte und von den hohlen Wänden zurückgeworfen wurde.
Eine unendliche Wut begann in meinem Inneren zu lodern wie ein Feuer, dass erst erloschen sein würde, wenn die Brandursache behoben worden war. Und in diesem Fall war das der plumpe, aschgraue Kater, der mich mit kühler Schadenfreude in den Augen anblinzelte und darauf wartete, dass einer von uns antwortete.

„Du verräterischer Staubwedel“, stieß ich hervor und wusste im gleichen Augenblick, dass das weder sinnvoll noch hilfreich gewesen war, um uns außer Gefahr zu bringen.

Ich verstummte und sah hilfesuchend zu Oliver herüber, der den Kater mit hasserfülltem Blick betrachtete.

Phönix' Gesichtsausdruck hatte sich während des Gesprächs nicht geändert. Seine Mundwinkel waren nach unten gesenkt und seine Augen glänzten matt.

„Socrates", ertönte auf einmal Olivers' Stimme. „Das ist dein Name, nicht wahr?" Die Stimme meines Vaters klang weder verächtlich noch freundlich, sondern trug eine gefährliche Ruhe in sich, die darauf schließen ließ, dass in seinem Inneren etwas ganz anderes vorging. Der Kater gab ein knappes, zustimmendes Brummen von sich.

„Ich habe von dir gehört", fuhr Oliver fort und warf mir einen kaum deutbaren Blick zu. „In meinen Recherchen kam immer wieder ein sprechender, grauer Kater vor, der in gewisser Weise der Assistent Creeves zu sein scheint. Das bist du, habe ich Recht?" Ich verstand nicht, worauf mein Vater hinauswollte. Was brachte es, mit dem hinterlistigen Kater ein nettes Kaffeeklatschgespräch zu führen, während die Inkeyes immer näherkamen?

„Durchaus", antwortete Socke (oder Socrates, wenn es nach meinem Vater ging). „Ich stehe im Dienst meines Herren Sir Edward Creeves und bin ihm treu ergeben."

„Treu", schnaubte Oliver und warf dem Kater einen abschätzigen Blick zu. „Wenn du der anderen, der richtigen, der unsereiner Seite treu gewesen wärst, hättest du Lucy und Phönix nicht verraten. Wir wissen beide genau, was ebenfalls in den Büchern stand. Du willst doch nicht riskieren, dass das jemand erfährt?" Der Kater ersparte sich eine Antwort.
Er musterte Oliver, Phönix und mich noch mit einem letzten verächtlichen Blick und stob dann davon, ohne noch einmal zurückzublicken. Für einige Sekunden herrschte eine dumpfe Stille, in der man nur das Klirren der Glaskristalle und den Wind hören konnte, der durch die feinen Risse im Holz zog.

„Woher kennst du ihn?“, fragte ich schließlich und sah meinen Vater nachdenklich an, dessen Blick noch immer auf den hohen Bücherregalen ruhte, hinter denen der mysteriöse Kater verschwunden war. Oliver seufzte schwer.

„Es gibt eine ganze Menge an Details, die ich dir noch nicht erzählt habe“, erklärte er. „Details, für die wir einfach keine Zeit haben. Zumindest jetzt nicht. Ich erzähle dir davon, sobald wir es geschafft haben, aus dem Palast zu fliehen, versprochen.“

„Einverstanden.“ Ich deutete auf die Tür, die auf der anderen Seite des Raumes in die Wand eingelassen war. „Bist du dir sicher, dass uns der Kater nicht folgt?“
Über Olivers Gesicht wanderte ein geheimnisvolles Lächeln, das weder ich, noch Phönix deuten konnten. „Das wird er nicht wagen.“ Na ja, eigentlich war ich mir gar nicht sicher, ob der Kater die letzten paar Minuten überhaupt richtig wahrgenommen hatte. Seine blass gelben Augen folgten einer Wolke aus Staubkörnern, die im schwachen Licht des Kronleuchters smaragdgrün funkelten und dann wieder von der Dunkelheit des Raumes verschluckt wurden. Ich sah ihn für einen Moment lang traurig an und hastete dann, wie von einem unsichtbaren Mechanismus angetrieben durch den Raum, bis ich die zweiflüglige, maronenbraune Tür auf der anderen Seite der Bücherei erreicht hatte. Auf meinem Weg flogen die hölzernen Wände der Regale an mir vorbei, die aus der Nähe noch größer und mächtiger wirkten als zuvor.
In der Luft lag ein merkwürdiger Geruch nach Wald und Erde, den ich keinem der Gegenstände zuordnen konnte. Und dennoch war er da, als stünde ich nicht in einem Zimmer inmitten eines Palasts der frühen Neuzeit, sondern in einem Wald voll dichter Tannen und hoher Felsen, an denen kaltes Regenwasser hinabstürzte.

„Wenn wir nur eine Karte hätten“, überlegte ich und blickte zurück auf die kleine Bücherei, die hinter mir lag. Ob es dort einen Grundriss des Palasts gab?

„Warte einen Moment“, wandte ich mich an Oliver, der mir bereits gefolgt war und seine Hand auf den Türgriff gelegt hatte. „Ich will noch kurz etwas nachschauen.“

Mit schnellen Schritten lief ich durch die Reihen aus hohen Bücherregalen und durchforstete sie nach Hinweisen, die uns zu einer Karte oder irgendetwas anderem brauchbaren führen könnten. Nichts. Nur Bücher voller wissenschaftlicher Aufzeichnungen, Wettervorhersagen und Geschichtsanekdoten, die aus kaum erkennbaren, ineinander verlaufenen Druckbuchstaben abgetippt worden waren. Es gab auch schmale Heftchen und Schmöker, die in krakliger Handschrift verfasst einsam in den Regalen lagen und den Eindruck machten, als hätten sie noch nie einen neugierigen Leser für sich gewinnen können. Da fiel mein Blick auf ein dickes Buch mit einem geschuppten, ledernen Umschlag, in dessen Mitte ein tiefes Loch entstanden war.

Es wirkte beinahe so, als wären der feste Lederüberzug und die feinen, gelblich angelaufenen Buchseiten von einem überdimensional großen Locher gestanzt worden.

Einige haselnussbraune Fransen standen von dem Umschlag des Buches ab und eine golden bedeckte Schnalle hielt die Ober- und Unterseite zusammen, die sich langsam voneinander trennten. Vorsichtig nahm ich das Buch aus dem Regal, ging in die Hocke und schlug es vor mir auf. Zwischen den eng bedruckten Seiten klemmten sämtliche Papiere, Briefe, Dokumente und eine leicht angegammelte Karte, die wie zufällig zwischen den ersten beiden Buchseiten lag.

„Was für ein Zufall“, brummte ich und nahm die Karte vorsichtig heraus, während Oliver langsam zu mir zurück gelaufen kam.

„Irgendetwas stimmt hier nicht“, fügte ich hinzu und meinte damit nicht den einwandfreien Grundriss des Palasts, der außer einigen bräunlichen Flecken keinen Schaden aufwies. „Es ist alles zu offensichtlich. So, als wollten die Inkeyes, dass wir diese Karte hier finden, um einen schnellen Weg aus ihrem Palast zu finden. Genau dasselbe ist uns schon einige Male zuvor passiert. Es können Zufälle sein, aber in dieser verrückten Welt kann ich nur schwer daran glauben, dass nichts dahintersteckt. Was meinst du?“ Oliver half mir wieder aufzustehen; die Karte in seiner linken Hand.

„Du hast Recht“, sagte er mit fester Stimme. „Und wir müssen herausfinden, warum sie wollen, dass uns unsere Flucht gelingt. Es würde mich nicht wundern, wenn wir es ohne Probleme hier herausschaffen. Also. Wir befinden uns hier.“ Oliver deutete auf einen kleinen Kreis am unteren Ende des Grundrisses.

„Wir stehen im Westflügel des Palasts“, erklärte er und drehte die Karte ein Stückchen nach rechts. „Der Kellerraum hinter uns liegt im hinten gelegenen Zentrum des Gebäudes und hat keinen anderen Ausgang nach draußen; außer natürlich den, durch den wir gekommen sind. Die Bücherei ist auf der Karte parallel zu dem ersten Korridor eingezeichnet, durch den wir gegangen sind und führt nach einigen weiteren kleinen Räumen nach draußen. Allerdings nur auf einen gepflasterten Vorhof des Gebäudes. Wir aber müssen immer nach Osten laufen, um auf die Seite des Regenwaldes zu kommen.“ In meinem Kopf flogen unzählige Gedanken und Bilder vom Palast herum, die ich mir vom Deck der Inkeye aus gemerkt hatte. Mein Vater hatte Recht.

Angeschlossen an den langen Wasserkanal, der die Stadt in zwei Hälften trennte, war eine Art Wasserbecken mit vielen Stegen und Schiffen. Dahinter hatte man einen gepflasterten Hof erkennen können, an den das Hauptgebäude angrenzte.

„Was ist hinter der Tür der Bücherei?“, erkundigte ich mich bei Oliver, der die Karte nachdenklich musterte und immer wieder drehte und wendete.

„Hmm, Sekunde. Ah, hier. Hinter der Bücherei liegt ein Labyrinth aus Gängen und Wegen, die sich immer wieder ineinander verzweigen und auf den Vorhof führen. Ich bin der Meinung, dass wir den Hof nach Osten überqueren sollten und dann durch den Ostflügel des Gebäudes laufen. So müssten wir zu einem Seitenausgang kommen, der uns direkt in den daran angrenzenden Regenwald führt. Wie findest du das?“

„Sehe ich auch so“, erwiderte ich eifrig, obwohl mein Kopf immer noch damit beschäftigt war, aus dem Gewirr aus Korridoren und Räumen eine passende Route zu finden.

„Keine Sorge, ich weiß wo wir lang müssen“, schmunzelte Oliver, der mal wieder meinen Gedanken erraten hatte und griff nach dem Türknauf. Die Karte hatte Recht behalten. Hinter den schweren Eichentüren lag ein langer, dunkler Gang, der im Gegensatz zu den Korridoren hinter uns nicht beleuchtet war. Während ich hinter meinem Vater und Phönix her trottete, der meinen typischen „Sonntagsspaziergangslangeweileblick“ aufgesetzt hatte, dachte ich über die Geschehnisse der letzten Tage nach. Und über Phönix' Blick, der in einem gewissen Sinne einen Sonntagsspaziergang mit einer Flucht aus einem Palast seltsamer Schattenkreaturen im Jahre 1715 gleich zu setzten schien. Hoffentlich war Phönix bald wieder der Alte. Hoffentlich...

„Die Hoffnung stirbt zuletzt“, maunzte auf einmal eine Stimme neben mir und ließ mich erschrocken zusammenzucken. Ich hatte in den letzten paar Minuten nichts gesagt. Woher konnte der Kater wissen, über was ich nachdachte? Außer...

„Kannst du Gedanken lesen?“, richtete ich mich an Phönix

und kam mir bei dem Gedanken, dass er meinen Kopf durchstöbern konnte wie ein Bilderbuch, irgendwie ziemlich bescheuert vor. Aber zu meinem Erstaunen senkte der Kater zustimmend seinen Kopf und huschte dann an mir vorbei zu Oliver, der bereits am Ende des Ganges auf uns wartete.
Ob er von Phönix' Gabe wusste? Ein seltsames Gefühl tief in meinem Inneren riet mir, es ihm nicht zu erzählen, obwohl ich mir eigentlich sicher war, dass er es bereits wusste.
Ich zuckte unmerklich die Schultern und beschloss, dass es wichtigere Dinge gab, als das ein sprechender, seelenloser Kater in meinen Gedanken stöberte.

„Laut dem Plan sind an den rechten Korridor weitere Flure angeschlossen, die uns direkt in einen kleinen Raum auf dem Vorhof bringen", berichtete Oliver und marschierte nach rechts, während ich mich ertappt umsah. Täuschte ich mich, oder war eben ein Schatten in der Dunkelheit aufgetaucht? Nein, das war nicht möglich, denn Silhouetten von Gegenständen und Lebewesen konnten sich ohne Licht nicht bilden.
Wahrscheinlich hatte ich mir die schattenhafte Gestalt nur eingebildet. Mit einem grummelnden Gefühl im Bauch schloss ich mich der kleinen Truppe aus meinem Vater und Phönix an.

13. Kapitel: Die Flucht

Je weiter wir in das Labyrinth aus engen Steinkorridoren eintauchten, desto bewusster wurde mir, dass wir unserem Ziel immer näher kamen. Hin und wieder warf mein Vater einen Blick auf die Karte und blieb kurz stehen, um sich in dem Gewirr aus Linien und Räumen zu orientieren.
Die Luft wurde langsam immer frischer und ein kühler Windzug fegte an uns vorbei, als wir in den letzten, langen Gang einbogen.

„Noch wenige Meter", rief Oliver. „Dann müssten wir direkt zu einer Tür gelangen, die uns zu einem kleinen Raum auf dem Vorhof führt." In der Dunkelheit tauchten vor uns die schemenhaften Umrisse einer Tür auf, die aussah, als hätte man sie nur mit Mühe in den schmalen Durchgang quetschen können. Ich tastete nach der Türklinke und drückte sie mit zitternden Händen nach unten. Die Tür führte in einen kleinen, hölzern ausgekleideten Raum, der in etwa die Größe einer Vorratskammer hatte. Ein fahler Lichtstrahl fiel durch das verstaubte Fenster und tanzte über den elegant geschnitzten Holztisch, auf dem sich Berge aus Büchern und Papierrollen stapelten. Links von mir stand ein altmodischer Schreibtisch mit einem froschgrünen Ledersessel, unter dem ein krapproter Teppich mit fusseligem Stofffäden lag. An den Wänden hingen Regale mit befleckten Gläsern, die im Licht der Glühbirne matt schimmerten und den Eindruck gaben, als wären sie erst vor kurzer Zeit in Verwendung gewesen.

„Merkwürdig“, schnaubte Phönix und meldete sich damit aus seinem langen Schweigen, dass er während des Großteils des Weges gehalten hatte. „Viel zu bunt und fröhlich.“
Der Kater streckte sich lustlos und tappte hinüber zur Tür auf der anderen Seite der Kammer.
„Wollen wir jetzt hier raus oder nicht?“, fügte er ungeduldig hinzu. „In die Luft starren und nichts tun könnt ihr später auch noch. Wir haben keine Zeit zu verlieren!“ Ich grinste und kraulte Phönix hinter den Ohren, was er mit einem leisen Grummeln über sich ergehen ließ.

„Du hast Recht, du kluger Kater“, nickte ich. „Und bald bist du wieder ganz du selbst, versprochen.“ Ich wusste nicht, ob ich mein Versprechen halten würde, aber mir war es wichtig, dem Kater Hoffnung zu geben. Wie hatte er doch gerade gesagt?
Die Hoffnung stirbt zuletzt? Ich griff nach dem Türknauf, drehte ihn nach rechts und stürzte nach draußen. Ein frostiger Windstoß schlug mir entgegen, als ich neben meinem Vater und Phönix den gepflasterten Hof betrat.
Der Kater zauderte leise vor sich hin und sprang in meine Reisetasche, um sich unter meinem Kapuzenpullover zu vergraben. Süß sah er aus. Ein Ohr steckte unter der grauen Stoffkapuze, eins ragte aus dem Berg aus altem Verpackungsmüll heraus und bebte im kalten Wind.
Sein beinahe durchsichtiger Schwanz spitzte aus meinem Klamottenberg heraus und wippte langsam hin und her.

„So eine Kälte. Tststs. Und Essen? Moment. Ist das Thunfisch im Glas?“ Phönix' Stimme tönte dumpf aus der Tasche, während ich mich ehrfürchtig umsah.
Inmitten der hohen Gebäude lag ein beinahe runder, mit basaltgrauen Steinen gepflasterter Hof, der in das warme Licht des Sonnenaufgangs getaucht war. Links von uns drängten sich die seesternfarbenen Fassaden der Häuser dicht an dicht und

warfen kühle Schatten auf die Steine, zwischen denen schmale Wasserrinnsaale flossen. Mein Blick wanderte über die Reihen aus mosaikbestückten Fenstern hinüber zu der rechten Seite des Hofes.

„Der sagenumwobene Hafen", flüsterte Oliver und blickte gebannt auf das, was wenige Meter vor unseren Füßen lag. Es war so unbeschreiblich, dass ich Mühe hatte, alles gleichzeitig wahrzunehmen. Aus der Ferne konnte man den Kanal erkennen, der sich mitten durch die Straßen und Gassen der Stadt zog wie die feinen Wasserrinnsaale zwischen den Pflastersteinen. Einige hundert Meter entfernt ragte ein steinerner Torbogen in den fliederfarbenen Himmel, über den der Wind dicke, graue Wattewolken jagte. Der Kanal mündete nach einigen Metern in ein Hafenbecken, in das sieben hölzerne Stege gebaut worden waren. Prächtig schimmerte das nasse Holz des Schiffes im Licht der aufgehenden Sonne, die langsam über den Himmel wanderte und warme Sonnenstrahlen über die Stege warf. Das tintenfarbene Meerwasser kräuselte sich zu kleinen Wellen und Strudeln, die gegen die Seiten des Hafenbeckens schwappten und ein geheimnisvolles Rauschen auslösten. Ich atmete tief die salzige Meeresluft ein und fühlte mich für einen Moment zurückversetzt in den Sommerurlaub, den ich vor drei Jahren gemeinsam mit meiner Mutter in Schottland verbracht hatte. Es war wunderbar gewesen.Grüne Wälder und Hügel soweit das Auge reichte, Cafés, in denen es neben Kaffee und Kuchen auch frittierten Fisch und Kartoffelecken gab und das große, weite Meer, das sich hinter den Steinstränden bis zum Horizont erstreckte. Aber das hier war anders. Es war geheimnisvoller. Komplizierter. Und vor allem auch um weites gefährlicher, als in einem Café eine Portion Fish and Chips zu bestellen.

„Im Buch „Die Geheimnisse Aquantas" wird der geheimnisvolle Schiffshafen der Insel, welcher innerhalb des

Palasts liegt, auf sämtlichen Seiten erwähnt oder beschrieben“, erklärte Oliver und trat ein paar Schritte nach vorne, um sich den Hafen genauer ansehen zu können. „Er wurde einige Jahre nach meiner Geburt von einem Mann namens Theodor Richardson konstruiert. Ich habe in der Zukunft hunderte Bibliotheken und Antiquariate nach seinem Namen durchsucht. Kein Erfolg. Es scheint so, als wäre sein Name nach seinem Tod im Jahre 1750 in Vergessenheit geraten. Lucy, sagtest du nicht vorhin, die Inkeye hätte an einem Steg an der Küste angelegt?“
Ich nickte und erst jetzt fiel mir auf, was mir beim Anblick des alten Schiffes so komisch vorgekommen war.

„Sieht so aus, als hätten die Inkeyes sie durch den Kanal zurück an ihren Bestimmungsort gebracht, nachdem der falsche Phönix und ich außer Sichtweite waren“, mutmaßte ich und stellte mich neben Oliver auf den schmalen Steinweg, der das Hafenbecken umrundete.
In den Tiefen des nachtschwarzen Wassers tanzten Schatten und merkwürdige Lichtpunkte, die ich mir auch bei genauerem Hinsehen nicht erklären konnte.

„Irgendetwas stimmt hier nicht“, sprach ich meinen Gedanken aus und löste den Blick vom Wasser. „Wir sollten weitergehen, damit wir noch vor Anbruch des Abends unser Ziel erreicht haben.“ Eigentlich wäre ich gerne länger an dem zauberhaften Ort geblieben und hätte stundenlang das Wasser betrachten können, das von Sekunde zu Sekunde einen anderen Blauton annahm. Seufzend wandte ich mich vom Hafen ab und steuerte auf das hohe Doppeltor zu, dass in den Ostflügel des Gebäudes führte. Im selben Moment flog eine Möwe dicht über unsere Köpfe hinweg und landete mit aufgeplusterten Federn auf einem schäbigen Holzpflock, der am Ende eines Steges festgemacht war. Zuerst fiel mir nichts Besonderes an dem Vogel auf, der sich mit der Kralle durchs Gefieder fuhr und einen schrillenden Laut von sich gab.

Doch dann entdeckte ich ein kleines, gläsernes Fläschchen, das am rechten Fuß der Möwe angebunden war. „Eine Vogelpost?" Vorsichtig näherte ich mich dem Tier, dass wild mit dem Flügeln um sich schlug und mich mit einer Mischung aus Interesse und Neugier musterte. Mit zitternden Händen löste ich die fein gestrickte Schnur, mit der das Fläschchen am Bein der Möwe befestigt war und umschloss es fest mit meinen Fingern. Augenblicklich reckte sie den Kopf, spannte sich an und flatterte hastig davon, ohne noch einmal zurückzublicken.

„Wer könnte sie geschickt haben?" Ich streckte Oliver das gläserne Fläschchen entgegen. „Meinst du, sie ist von den Inkeyes?" Oliver schüttelte entschieden den Kopf und nahm mir die Flasche vorsichtig aus der Hand.

„Unwahrscheinlich", begründete er seine Antwort knapp, während seine Finger den Deckel der Flasche bereits aufgedreht hatten. Heraus fiel eine zimtbraune Papierrolle, die mit schwarzer Tinte beschriftet war. Mein Vater rollte sie vorsichtig auseinander und begann mit leiser Stimme zu lesen:

„Mein lieber Sohn, ich schreibe dir an einem meiner letzten Tage. Es ist wichtig, dass du etwas erfährst, was ich Jahre lang vor dir verborgen habe. Ich wusste, dass du in die Zukunft gereist bist, auch in welches Jahr. Ich wusste von Creeves, bevor du ihm das erste mal am Hafen Londons begegnet bist und von den Geheimnissen der Inkeye, die du in den letzten Jahren aus Büchern und Briefen erfahren hast. Ich, Elizabeth Edward Silverstone, bin die Tochter Creeves und trage noch immer seinen zweiten Namen..."

Olivers Stimme stockte und brach schließlich ganz ab.

„Das kann nicht sein", stotterte er verwirrt. „Warum weiß ich davon nichts. Das..." Ich spürte eine seltsame Angst in mir hochkommen, von der ich nicht wusste, ob sie von dem Brief kam oder von meinem Vater, dessen Augen sich vor Verzweiflung geweitet hatten. Mit zitternden Händen hob er das Papier wieder an und las mit fester Stimme die letzten Zeilen, die meine Großmutter auf die Rolle geschrieben hatte.

„Ich weiß nicht alles über sein Vorhaben, aber Narius Sealberg spielt eine wichtige Rolle. Ihr müsst ihn auf Merida finden und die Wissenschaftlerin Flora Coppersteen ausfindig machen, die von Creeves auf einer einsamen Insel ausgesetzt wurde. Über die Insel weiß ich nicht viel, aber sie liegt in einer Welt weit der unseren; einige hundert Kilometer entfernt von Merida. Narius und Flora wissen etwas, was euch helfen wird, Creeves aufzuhalten. Und es gibt noch etwas, was ich euch erzählen muss.... Es gibt einen Ring. Oliver, der Ring war damals an Bord der Inkeye versteckt und Creeves verbrachte einen Großteil seines Lebens damit, danach zu suchen. Wenn er den Ring hat, verfügt er bereits über eine unermessliche Macht, die sich aber erst vereinigen wird, wenn er alle drei Gegenstände gefunden hat. Zumindest glaube ich, dass es Gegenstände sein könnten. Es wird keine einfache Reise werden und euch werden viele Gefahren auf dem Weg zum Ziel begegnen, die ihr gemeinsam bestehen müsst. Ich wünsche euch nur das Beste und hoffe, dass ihr an meiner Stelle das Rätsel lösen werdet, denn ich werde bald tot sein und das Schicksal aller liegt dann in euren Händen.
Lebt wohl, Elizabeth

„Ich...wir...aber." Meine Kehle war wie zugeschnürt. Creeves, der Mann, um dessen Seele sich alles in dieser merkwürdigen Geschichte drehte, war mein Urgroßvater. Tausende Fragen ratterten durch meinen Kopf wie Münzen durch einen Kaugummiautomaten, dessen alte Gummikugeln stecken blieben und nicht herauskamen, genauso wie die Antworten auf die Fragen, die ich mir in diesem Moment stellte.

„Phönix hat mir etwas erzählt.“
Ich blickte zurück auf die Inkeye, die ruhig im Wasser schaukelte und nicht so aussah, als wäre darin jemals etwas Besonderes geschehen.
„Er sprach von einem Bund. Einem Zusammenschluss von vier Menschen, die die Aura der Inkeyes spüren können und für Creeves eine Gefahr darstellen, die er selbst nicht bewältigen kann.“ Oliver rollte das Papier wieder zusammen und ließ es in seiner Hosentasche verschwinden.

„So wie es aus ihrem Brief hervorgeht, sind Narius und Flora die anderen Teile des Bundes. Deswegen will meine Mutter, dass wir sie finden. Und das werden wir auch.“
Die Stimme meines Vaters wurde immer fester und sein Blick immer kälter, während er weitersprach. „Wir werden das Geheimnis lüften und alles geben, um Creeves zu besiegen. Und wie es scheint, hat er bereits einen gewaltigen Vorteil. Er hat den Ring, den er mir vor langer Zeit gestohlen hat. Einen Ring, der mächtiger ist, als wir es uns je hätten vorstellen können.“
Für einen kurzen Augenblick herrschte eine nicht greifbare Stille, die sich über mehrere Minuten zu ziehen schien. Und doch waren es nur wenige Sekunden, in denen ich neben meinem Vater stand und auf den Horizont hinausblickte, der grenzenlos und dennoch von allem anderen begrenzt war.

„Lass uns aufbrechen“, sagte ich schließlich und drehte mich vom Hafen weg, dessen Anblick mich die letzten Minuten gefesselt hatte wie nichts anderes zuvor in meinem Leben.

„Ja, wir sollten gehen.“ Oliver ging herüber zur doppelflügligen Tür, hinter der sich laut der Karte ein Netz aus Korridoren und Zimmern befand.

„Wir besprechen später, wie wir auf unserer Suche nach Narius vorgehen“, fügte er hinzu und öffnete die Tür, die mit einem lauten Knarzen den Eingang zum Palast freigab.

„Und damit auch einen Weg ins Ungewisse“, dachte ich und stolperte hinter meinem Vater und Phönix in den langen Flur, der vor uns lag. Es kam mir so vor, als bestünde der gesamte Palast nur aus Gängen und Korridoren, die sich immer wieder ineinander verzweigten und doch immer zum selben Ziel führten. Während wir eng nebeneinander durch die düsteren Flure hasteten, die mal beleuchtet, mal in völlige Dunkelheit getaucht waren, versuchte ich, alle Gedanken und Sorgen aus meinem Kopf zu werfen. Es gab zu vieles, von dem ich nicht wusste, was ich darüber denken sollte oder warum ich überhaupt darüber nachdachte, wenn es doch letztendlich ohnehin zu nichts führen würde. Die Türen und Gänge, durch die wir im immer gleichen Tempo liefen, flogen nur noch an meinem Auge vorbei, ohne einen Eindruck in meinem Kopf zu hinterlassen. Gelegentlich sah sich Oliver nach mir um und erklärte mir anhand der Karte, wie weit es noch bis zum Tor war, durch das wir ins Freie gelangen würden. Doch ich hörte nur mit halben Ohr zu und dachte über vieles nach, für das ich in den letzten Tagen keine Zeit gehabt hatte.
Was war eigentlich mit meiner Mutter? Ob sie schon von ihrem Businessmeeting in Birmingham zurückgekehrt war? Ob sie sich Sorgen machte, weil ich nicht da war? Ich stellte mir vor, wie Grace freudestrahlend die Tür aufriss und in mein Zimmer stürzte, um mir von ihrer Zeit in Birmingham zu erzählen und mich zu fragen, ob ich mit ihr zusammen in der Stadt Crêpes mit Schokocreme essen wollte. Aber sie würde nur auf ein leeres Bett treffen, auf dem meine Schulhefte und Bücher lagen, die ich nie von dort wegräumte. Sie würde alleine sein; verlassen von ihrem Mann und ihrer Tochter. Und das schlimmste daran war, dass sie noch nicht einmal wusste, wo ich mich aufhielt und ob ich überhaupt noch am Leben war. Die einzige Chance, wieder als Familie zusammenzukommen, bestand darin, das Geheimnis um Creeves, die Inkeyes und

alles andere, was sich uns in den Weg stellte, zu lüften.
Ich biss die Zähne zusammen und richtete meinen Blick auf die nussfarbene Holztür, die am Ende des hölzern eingekleideten Korridors lag.

„Die letzte Tür zu unserer Freiheit", stieß Oliver erleichtert aus, klappte die Karte zusammen und schob sie in die Tasche seiner verblichenen Leinenhose. Dann griff er nach der Türklinke und riss mit einer Kraft, die man ihm von außen nicht angesehen hatte, die Tür auf. Ich war stolz auf meinen Vater. Ein Gefühl, dass hoffentlich nie verfliegen würde.
Mit einem zuversichtlichen Lächeln blickte ich dem entgegen, was hinter der Tür auf uns wartete. Sogar Phönix, der sonst nur selten einen Laut von sich gab, reckte neugierig die Ohren und brachte ein kaum wahrnehmbares Grummeln zustande.

„Na endlich, endlich frei", maunzte er und schmiegte sich mit einem ungewohnten Schmunzeln an mein Bein.
Direkt hinter der Pforte lag der prächtige Regenwald, den man schon vom Deck der Inkeye aus hatte erkennen können. Wieder einmal war ich so überwältigt vom Blick, der sich mir bot, dass ich kein Wort zustande brachte. Der Regenwald erstreckte sich über hunderte, vielleicht tausende Kilometer und erstrahlte in den schönsten Grün- und Brauntönen, die von purpurroten, fliederfarbenen, honiggelben, azurblauen und schneeweißen Farbflecken abgewechselt wurden. Riesige, meterhohe Bäume ragten bis in den Himmel und bildeten ein Dach aus gewölbten Baumkronen, die dunkle Schatten über die anderen Pflanzen warfen. Es gab elegant gedrehte Würgefeigen, die ihre gefährlichen Wurzeln nach den mächtigen Stämmen der Bäume ausstreckten und bunte Bromelien, die sich zwischen lindgrünen Farnen und grellen Paradiesvogelblumen tummelten. Es duftete nach warmer Erde und frischem Regenwasser, das von den Blättern kleiner Pflanzen auf den feuchten Boden tropfte. Ein reges Surren und

Zwitschern lag in der Luft, die auf einmal viel wärmer geworden war.

„Wie kann das sein?“, flüsterte ich. „Eben war es noch so kalt. Es scheint, als würden hier verschiedene Wetterlagen herrschen, auch, wenn zwei Orte nur wenige Meter voneinander entfernt sind...“

„Aquanta ist eben eine Insel voller Geheimnisse und Rätsel“, erwiderte Oliver. „Und in jeder Minute, die wir hier verbringen, geschehen mehr Dinge, die wir uns mit unserem logischen Menschenverstand nie werden erklären können.
Aber manchmal muss man nicht wissen, was hinter einem Phänomen steckt; es reicht, wenn man weiß, dass es existiert und die Welt ausmacht, in der man sein Leben verbringt.“
Tiefgründig. Das war das erste Wort, dass mir nach der Antwort meines Vaters in den Sinn kam. Ich nickte bedächtig und setzte den ersten Schritt in die durchweichte Erde, die schmatzend nach unten gedrückt wurde und sich an den Sohlen meiner Turnschuhe bis zu meinen Knöcheln hocharbeitete. Es war nicht kalt, wie ich es erwartet hatte. Der Schlamm war warm und duftete nach frischer Erde, Pflanzen und der Natur, der ich mit jedem Schritt näher kam. Phönix sah das ganze allerdings völlig anders. Der Kater befreite angewidert die matschigen Erdbrocken von seiner Pfote und sah sehnsuchtsvoll auf meine Reisetasche, in der er sich vorhin vor dem kalten Wetter versteckt hatte.

„Nein, ganz bestimmt nicht“, grinste ich, als ich Phönix' Blick bemerkte. „Du verdreckst ja mit deinen Schlammpfoten alles.“ Der Kater rümpfte die Nase und stakste mit beleidigtem Gesichtsausdruck an mir vorbei. Er schob ein tiefhängendes, von schimmernden Wasserperlen übersätes Blatt vor sich hin und lies es zurückschnalzen, als ich auf dessen Höhe angekommen war.
Das warme Wasser wurde nach oben katapultiert und regnete

in einem feinen Sprühregen auf Phönix herab, der leise fluchend sein Fell ausschüttelte. Wie hieß es doch gleich? Wer anderen eine Grube gräbt, fällt selbst hinein?

„Na gut", lächelte ich und öffnete den Reißverschluss der Tasche. „Meinetwegen kannst du da bleiben, bis wir den Regenwald überwunden haben. Aber bitte geb darauf Acht, dass der Schlamm nicht auf unserem Essen landet, in Ordnung?" Phönix senkte zufrieden den Kopf und sprang mit einem großen Satz zurück in die Tasche, wo er es sich direkt zwischen zwei schneeweißen Handtüchern bequem machte, die danach wohl nicht mehr ganz so schneeweiß sein würden.

„Ab jetzt bringt uns die Karte nicht weiter", seufzte Oliver im selben Moment und stieg umständlich über einen umgefallenen Baumstamm, der von dunklen Moosen überzogen in den Boden eingesunken war. „Die Zeichnung endet dort, wo die Anlage des Palasts auf den Regenwald trifft. Aber um zur Küste zu gelangen, müssen wir einfach weiter in Richtung Osten laufen. Das glaube ich zumindest." Für einige Minuten liefen wir still nebeneinander durch das grüne Meer aus hohen Brotnussbäumen und blassgelben Farnen, die an meinen Beinen entlang kratzen und grünliche Spuren auf meiner Haut hinterließen. Dann fiel mir ein, dass Oliver versprochen hatte, von Phönix und seiner Vergangenheit zu erzählen, sobald wir die Flucht aus dem Palast überstanden hatten.

„Seit wann kennst du Phönix?", erkundigte ich mich und sah zu meinem Vater herüber, der nervös auf seiner Unterlippe herum kaute.

„Nun ja", begann er. „Es gibt viele Zwischenstationen in meinem Leben, die ich dir in so kurzer Zeit nicht erklären kann. Aber ich fange am besten dort an, wo ich Phönix das erste Mal getroffen habe. Es war im Jahre 2000, nur wenige Monate nach meiner Ankunft im 21. Jahrhundert. Ich war, wie ich dir bereits erzählt habe, noch immer auf der Suche nach Informationen über Creeves, den Timeswitch und allen anderen Dingen, die in den vergangenen Monaten meines Lebens geschehen waren. Wie du sicherlich auch weißt, gab ich meine Recherchen eines Tages auf und lebte ein Leben wie jeder anderer, der nicht im Jahr 1690 geboren war. Und doch habe ich vorhin ein bedeutendes Ereignis ausgelassen, dass sich über mehrere Wochen erstreckte. Eine Sache würde mich interessieren. Wie hat dir der falsche Phönix sein erstes Treffen mit mir geschildert?“ Ich erzählte Dad alles von seinem vermeintlichen Besuch in der Kneipe, dem „Auge des Meeres“, Phönix' Beobachtung und von dem Moment, an dem er den Kater in einem Holzfass gefunden und aufgenommen hatte. Oliver schnaubte nur und sah den echten Phönix, der aus der Reisetasche herausschaute und seine rosa Zunge nach einem Farnwedel ausstreckte, traurig an.

„Nein, so ist es nicht gewesen“, seufzte er. „Ich hatte nie ein Schiff, geschweige denn wäre ich je auf die Idee gekommen, mit einem sprechenden Kater über die sieben Meere zu segeln. Aber die Geschichte ist glaubwürdig, so viel steht fest. Nun möchte ich dir meine Geschichte erzählen. Es war so...

14. Kapitel: In der Wildnis

„Wenige Monate nach meiner Ankunft in der neuen Welt knüpfte ich Kontakt zu einem Kater, der so wie ich auf der Straße lebte und die meiste Zeit durch den alten Friedhof am Rande Londons streunte. Es war allerdings kein gewöhnlicher Kater, so wie die dicken, mäusefressenden Biester, die ich vom Schiffshafen in 1715 kannte. Nein... Er konnte sprechen.

„Phönix“, nickte ich und widmete dem Kater einen ermutigenden Blick.

„So ist es“, schmunzelte Oliver und wich gleichzeitig einer Kletterpflanze aus, die sich um seine Schultern gelegt hatte und an seiner schäbigen Uniform riss. „Das war der Tag, an dem ich zum ersten Mal jemanden kennenlernte, dem ich alle meine Probleme und Ängste schildern konnte, ohne befürchten zu müssen, dass sie an die Öffentlichkeit gelangen würden.
Der Kater berichtete mir im Gegenzug von den Menschen, Maschinen und neusten Technologien dieser Zeit, die er auf seinen Streunereien durch die Stadt aufgeschnappt hatte.
Er glaubte mir und gemeinsam versuchten wir, hinter das Geheimnis des Timeswitch und des mysteriösen Kapitäns der Inkeye zu kommen. Durch das Wissen, dass Phönix mir in den ersten Monaten beibrachte, traute ich mich immer mehr und baute mir langsam, Stück für Stück, ein Leben in der Zukunft auf. Natürlich hatte ich in der modernen Gesellschaft mit allerlei Problemen zu kämpfen. Ich hatte weder einen aktuellen Schulabschluss, noch eine Geburtsurkunde bei mir, mit der ich anderen meine Identität beweisen konnte.

Obwohl mir ohnehin niemand geglaubt hätte. Ein Mann von der Straße, der angeblich 1690 in London geboren war?
Die Menschen sind zu beschäftigt und unaufmerksam, um an Magie zu glauben oder Zeit damit zu verbringen, über die ungelösten Rätsel der Menschheit nachzudenken. Die einzigen Wesen dieser Erde, die noch glauben, dass Magie und Wunder existieren, sind die Kinder. Sie glauben an die märchenhaften Geschichten von Prinzen und Zauberfröschen, an die glitzernden Feen und die witzigen Kobolde, die in den Hügeln Irlands ihr Unwesen treiben. Erwachsene aber denken, sie wüssten genau, was um sie herum passiert, auch, wenn genau das Gegenteil der Fall ist. Aus dem Grund traute ich mich nicht, einem Menschen von meinem Leben zu berichten und begnügte mich damit, einem kleinen, frechen Kater mit einer Vorliebe für Thunfisch meine Geschichten zu erzählen.
Eines Tages lernte ich deine Mutter kennen. Sie war die erste menschliche Person, die mich nicht als Obdachloser wahrnahm, sondern als einen Mann, der keine andere Wahl hatte. Sie war und ist immer noch ein wundervoller Mensch mit einem Herzen aus Gold.“ Oliver stockte und atmete tief die feuchte, warme Luft ein, bevor er weitersprach. „Sie war eine starke Frau, die so wie ich auf sich allein gestellt war. Mit 16 Jahren war sie von Zuhause rausgeworfen worden und erarbeitete sich alles selbst, sodass sie mit gerade einmal 19 Jahren eine eigene, kleine Wohnung besaß. Nach unserem ersten Treffen entwickelte sich eine innige Freundschaft, die immer stärker wurde, wie ein Band, dass uns für immer zusammenschweißte
Eines Tages lud mich Grace zu sich ein und bestand darauf, sich um mich zu sorgen. Ich sagte ihr, ich würde eine Nacht darüber schlafen, bevor ich die Entscheidung traf, ob ich zusammen mit ihr wohnen wollte.“

„Du wusstest nicht, ob sie Phönix als Mitbewohner akzeptieren würde“, nickte ich verständnisvoll und duckte mich unter den Zweig eines tiefhängenden Astes. Oliver blieb stehen.

„Lass uns hier eine kurze Rast machen“, schlug er vor und ließ sich auf einen durchnässten Holzstamm fallen, der zwischen zwei violetten Orchideen mit nach oben geneigten Blütentrichtern in den schlammigen Erdboden eingesunken war. Oliver rutschte ein Stück zur Seite und ich setzte mich vorsichtig neben ihn, die Reisetasche mit Phönix auf meinem Schoß.

„Du hast Recht“, fuhr er mit nachdenklicher Stimme fort. „Am gleichen Abend erzählte ich Phönix von Grace's Idee, in ihre kleine Wohnung am Stadtrand zu ziehen. Und er fasste eine Entscheidung, die ich damals nie ganz nachvollziehen konnte. Phönix hatte immer schon auf der Straße gelebt und wollte nicht als Hauskätzchen enden, von dem keiner außer mir wusste, dass er sprechen konnte. Er wollte Straßenkater bleiben. Für immer.“ Mein Vater senkte den Blick auf Phönix' emotionslos schimmernde Augen, die unter meinem grünen Lieblingspulli hervorschauten. „Ich wusste aber auch, dass ich mein Leben so leben musste, wie ich es eigentlich wollte. Mein Kopf zog mich zu einem wilden Leben auf der Straße mit dem sprechenden Kater, überraschenden Regenfällen, während denen wir in alten Holzkisten Schutz suchten und uns eng aneinander kuschelten und den ausgedehnten Nachtspaziergängen durch die dunklen Ecken Londons.
Aber mein Herz machte mir deutlich, dass ich für immer mit Grace zusammen sein wollte. Phönix.“ Olivers Stimme stockte. Tränen liefen über seine zerkratzen Wangen und tropften auf das aquamarinfarbene Blatt einer kleinen Pflanze, die ihre langen Zweige nach der warmen Sonne ausstreckten.
Ich legte den Arm um seine Schultern und drückte meine Stirn gegen sein vom Regen durchnässtes Leinenhemd.

„Ich habe mich von ihm verabschiedet.“ Olivers Stimme wurde immer schwächer und brüchiger. „Wir dachten, es wäre

ein Abschied mit Wiedersehen, aber es war ein Abschied für immer. Er ist hier, aber doch auch nicht. Er ist nur eine Hülle, nicht der Kater, der mein Leben angetrieben hat wie Zahnräder in einer Uhr. Ein Uhrwerk, dass ohne seinen Beistand und seine Freundschaft nie funktioniert hätte.“
Tief in meinem Inneren brannte die Trauer, die von Oliver auf mich herübergesprungen war und arbeitete sich bis in meinem Kopf, in dem sich meine Gedanken wie feine Eisblätter in der Wärme auflösten. Aber doch wusste ich, dass der Kater damals die richtige Entscheidung getroffen hatte.

„Ich zog mit dem was ich hatte zu deiner Mutter“, fuhr mein Vater fort, dessen Gesichtsfarbe langsam wieder von kalkweiß zu cremefarben gewechselt hatte. „Für eine Weile waren wir nur gute Freunde, bis wir irgendwann, viele Jahre vor deiner Geburt, ein Paar wurden. Ganz am Anfang bat ich sie, mich nicht über meine Vergangenheit auszufragen und Grace akzeptierte das, als wäre es das Normalste auf der Welt. Nie stellte sie Fragen über meine Herkunft, Familie oder oder Freunde. Ihr reichte es zu wissen, dass ich Oliver war und dass ich sie so liebte, wie sie nun einmal war.“ Schon wieder spürte ich einen warmen Stolz in mir aufglühen. Wie konnte ein Mensch so viel durchmachen und trotzdem noch so stark sein?

„Sprich weiter“, ermutigte ich meinen Vater und sah ihm direkt in seine schimmernden, blauen Augen, in denen silbrige Tränen glänzten.

„Auch wenn ich Phönix von diesem Moment an nicht mehr sah, blieb er für immer in meinem Herzen. An der Hochzeit mit deiner Mutter wünschte ich mir für einen Moment, dass der witzige Kater den Platz meines Trauzeugen gehabt hätte. Aber ich wusste, dass jeder von uns von dem Zeitpunkt, an dem ich mich für Grace entschieden hatte, seinen eigenen Weg eingeschlagen hatte. Ich lebte mein Leben und Phönix seines.

Es mag traurig sein, aber manchmal muss man geliebte Menschen oder Tiere hinter sich lassen, um sein Leben so zu leben, wie man es tief im Herzen möchte. Nun ja, den Rest der Geschichte kennst du ja; zumindest bis zu dem Moment, an dem ich gefangen genommen wurde. Ich möchte diese Erklärung nicht zu lange in die Länge ziehen, da wir nicht mehr viel Zeit haben. Einige Tage nach meiner Ankunft in den dunklen Kellern des Palasts tauchten auf einmal ein paar honiggelbe Augen in der Dunkelheit auf. Es war Phönix.
Zum einen war ich überwältigt vor Erstaunen und heimlicher Freude, mit meinem alten Freund wieder vereint zu sein, zum anderen traf es mich tief, dass der Kater wahrscheinlich wegen mir dort eingesperrt worden war. Aber wie Phönix auf die Insel gekommen ist und was er dort getrieben hat ist eine andere Geschichte, die ich dir ein andermal erzählen werde.
Eigentlich hatte es auch nichts mit Creeves und den Inkeyes zu tun, sondern ist durch eine Vermutung des Katers zustande gekommen. Jedenfalls verbrachten wir jeden unsere Tage miteinander, teilten das trockene Brot und das trübe Wasser, dass aussah, als wäre es direkt aus dem Hafen geschöpft worden und redeten über alles, dass uns auch irgendwie einfiel. Es ist schwierig, eine Zeitspanne von beinahe 11 Jahren in einem Satz zu beschreiben, aber mir fallen ein paar einzelne Worte ein, die unser vergangenes Leben beschreiben."
Oliver strich vorsichtig über Phönix' durchsichtiges Fell.
„Freundschaft. Sehnsucht. Trauer. Verzweiflung. Das alles sind Dinge, die mich in dieser Zeit beschäftigt haben. Freundschaft, weil Phönix an mein Herz gewachsen war wie noch niemand zuvor, Sehnsucht, weil ich mir so sehr wünschte, wieder bei meiner Familie zu sein, Trauer, weil im düsteren Verlies alles kalt und farblos erschien und Verzweiflung, weil ich nicht wusste, wie lange ich es noch aushalten würde. Obwohl ich ohnehin keine andere Option hatte. Und dann kamst du."

Oliver warf mir einen glücklichen, warmen Blick zu und strich mir eine aufgekringelte Locke aus dem Gesicht.

„Du siehst aus wie deine Mutter", fügte er mit einem traurigen Lächeln hinzu und richtete den Blick wieder gerade aus auf den prächtigen Regenwald, durch den wir die letzten Minuten gelaufen waren.

„Was ist eigentlich mit Socke?", fragte ich in die Stille hinein, die während ich sprach von einem sachten Tröpfeln unterbrochen wurde. Es hatte angefangen zu regnen. Große, kalte Wasserperlen prasselten vom Himmel herab und bildeten in Windeseile kleine, sumpfige Pfützen, die sich in schmalen Rinnsalen durch den Erdboden zogen.

Der Duft von nassem Moos und Lehm stieg mir in die Nase, während die Tropfen meine Wangen herabliefen.

Oliver schnaubte belustigt.

„In einem der Bücher habe ich erfahren, dass Socke früher einmal ein Hauskätzchen war", berichtete er und stand auf. „Passt gar nicht zu seinem Eitel, findest du nicht? Wir sollten uns einen Unterschlupf suchen gehen, bevor wir noch völlig durchnässen." Ich nickte zustimmend und stellte mir grinsend vor, wie der plumpe, graue Kater vor einem Napf mit trockenem Katzenfutter saß und von seinen Besitzern getätschelt wurde wie ein zu voll gestopftes Stofftier.

„Eine Höhle wäre gut", überlegte ich und dachte an die Abenteuerfilme zurück, die ich mir manchmal mit meiner Mutter angesehen hatte. Die klugen Entdecker, verrückten Wissenschaftler und Abenteurer hatten auf ihrer Suche nach einem Unterschlupf für die Nacht immer eine Höhle gefunden. Oder zumindest einen Ort, an dem sie sich sicher ausruhen konnten, ohne befürchten zu müssen, von einem wilden Koala oder Grizzlybären angegriffen zu werden. Obwohl ich zum einen bezweifelte, dass Koalas Menschen angriffen und zum anderen auch mit einem sicheren Schlafplatz hoffte, dass wir von keinen Tieren attackiert wurden. Zumal wir noch nicht einmal wussten, ob sich hier überhaupt welche herumtrieben. Mal abgesehen von den kleinen Krabbeltierchen, die über die Erde wuselten und einen solchen Stau verursachten, dass andere Insekten einfach über sie herüber kraxelten.

„Lass uns einfach losgehen und die Augen nach einem Unterschlupf offenhalten“, schlug Oliver vor, klemmte die Reisetasche mit Phönix, der sich bereits bei dem ersten Regentropfen in der Tasche verkrochen hatte, unter den Arm und lief los. Ich stand auf und zog mir eilig die Kapuze über den Kopf, während mir der Regen ins Gesicht peitschte und an meinem Hals hinab in meinen Pullover lief. Auch wenn das Wasser ziemlich warm war, kroch ein unbehagliches Gefühl über meinen Körper und ich begann zu zittern.

„Komm!“, rief Oliver, der bereits einige Meter entfernt durch die tiefen Schlammpfützen watete, die sich innerhalb weniger Sekunden auf dem staubigen Erdboden gesammelt hatten, „Wenn du noch länger da stehen bleibst, bist du gleich pitschnass!“ So als wäre ich nicht ohnehin schon nass bis auf die Knochen... Ich rümpfte die Nase und patschte mit großen Schritten hinter Oliver und Phönix her, der hin und wieder seinen Kopf aus der Tasche streckte, um ihn wenige Sekunden wieder in die Wärme der Reisetasche zurückzuziehen. Das Unwetter wurde währenddessen immer heftiger. Ein schwüler Wind fegte durch die Bäume und schlug Wogen aus kalten Wassertropfen in mein Gesicht, die meinen Blick verschleierten. Ich kam mir vor wie eine Qualle, die blind und orientierungslos durch die schlammigen Wellen des Regenwaldmeeres hastete, das nach und nach zu entstehen schien. Na ja, Quallen waren zwar blind, aber so orientierungslos wie ich sicherlich nicht.

„Und, siehst du schon was?“, rief ich. Ich bekam keine Antwort. Überhaupt war ich mir nicht mehr sicher, wo ich Oliver und den Kater zuletzt gesehen hatte. Ich blieb ruckartig stehen und kniff die Augen zusammen, um besser sehen zu können. Nichts. Kein Oliver, der leise fluchend über eine Orchidee trampelte. Kein Phönix, der seine Nase aus der Tasche streckte, um die feuchte, warme Luft einzuatmen. Ich stand alleine zwischen einigen hohen, blassgrünen Bäumchen mit violetten Blüten, die im Wind gefährlich hin und her schaukelten und fühlte mich auf einmal mutterseelenallein.

„Prima", brummte ich. „Ganz toll." Genauso hatte ich mir meine Ferien vorgestellt. Alleine in einem Regenwald, auf einer kleinen Insel fern von jeglicher Zivilisation und gefangen in einem heftigen Sturm, der den Anschein machte, als würde er für immer andauern. Und schon wieder hatte ich das einengende Gefühl, dass uns das Unwetter nicht von alleine so plötzlich überrascht hatte. Da musste doch jemand, oder besser gesagt etwas, nachgeholfen haben, oder nicht? Hier stehen bleiben konnte ich allerdings auch nicht. Also beschleunigte ich meine Schritte und hastete durch das grüne Meer aus Pflanzen und Bäumen, ohne noch einmal zurückzublicken. Was ich vielleicht hätte machen sollen, denn so bemerkte ich den Schatten nicht, der hinter einem morschen Baum aufgetaucht war und mich mit tintenblauen Augen musterte.

Man konnte mir sagen was man wollte, aber meine Situation war aussichtslos. Der Regen wurde immer kälter und lief in frostigen Strömen meinen Rücken herunter, während ich mich durch den Wald aus meterhohen Pflanzen kämpfte, die mir ihre langen Blätter und Stiele ins Gesicht schlugen. Am Himmel hatten sich dichte, nebelgraue Wolken gesammelt, die langsam durch die Luft zogen und den Regen ununterbrochen auf den Regenwald prasseln ließen. Ein immer lauter werdendes Donnergrollen tönte in meinen Ohren, während ich mit triefender Kleidung durch einen schmalen, verschlammten Bach zwischen zwei großen Tamarindenbäumen watete.

Die mächtigen Stämme der Bäume waren von den zimtfarbenen Schlingen einer Würgefeige umrahmt, die ihre langen Äste gierig nach dem glatten, nussbraunen Holzstamm ausstreckte. Bald schon würde von dem Tamarindenbaum nichts mehr übrig sein. Stattdessen würde an Ort und Stelle eine elegant gezwirbelte, ineinander verschlungene Würgefeige in den Himmel ragen und niemand würde auf die Idee kommen, dass dort jemals eine andere Pflanze gewesen war. Mal abgesehen davon, dass ich keine Ahnung hatte, warum ich mich ausgerechnet in dieser Lage für die biologische Auslese von Pflanzen interessierte. Ich stolperte aus den matschigen Fluten und zog eilig meine Schuhe aus, um die nasse Erde und das Regenwasser heraus zu kippen. Aber ich merkte sofort, dass die alten, dünnen Turnschuhe dem Wetter niemals standhalten würden und beschloss, den Rest des Weges barfuß zu bestreiten. Na ja, was hieß schon „Den Rest des Weges", wo ich doch noch nicht einmal wusste, wohin mich meine Reise führen würde. Alles lebenswichtige wie Wasser und Essen war leider in der Reisetasche, die Oliver mir vorhin abgenommen hatte.

„Hoffentlich geht es wenigstens den beiden gut", dachte ich still in mich hinein und wischte mir eine nasse, rote Haarsträhne aus dem Gesicht, während es über mir wieder laut donnerte. Ein pfeifender Wind rauschte durch die Bäume und peitschte mir den Regen ins Gesicht, über das mittlerweile nicht nur das Regenwasser, sondern auch Tränen liefen. Ich zog keuchend die Nase hoch und stürzte, den Kopf nach unten gerichtet, durch den Wald. Bäume, Pflanzen und Tiere flogen an mir vorbei und nasse Blätter schlugen mir gegen die Beine. Vor meinen Augen sah ich nur noch ein Meer aus Erde, feuchten Blättern und Pflanzen, die im Wind auf und ab gerissen wurden. Ein merkwürdiges Schwindelgefühl kreiste in meinem Kopf und mein Herz pochte immer schneller, bis ich kaum noch Luft bekam. Dann wurde mir schwarz vor Augen.

„Raindrops are falling on my headdd".
Eine raue Stimme trällerte die ersten Verse eines Liedes, das ich schon viel zu oft in Mums altem Radio gehört hatte.

„And just like the man whose feet were too long for his bed", antwortete ich halb singend, halb grummelnd und schlug die Augen auf. Ich lag auf einem knisternden, nach Erde und Regen duftendem Bett aus trockenen Blättern und war in eine kuschlig warme Stoffdecke gewickelt. Ich trug immer noch die gleiche, von vertrocknetem Matsch übersäte Jeans, die aber nicht mehr nasskalt an meiner Haut klebte, sondern angenehm warm war. Mein Schlafplatz lag an einer unebenen, steinernen Wand, über die sich Ketten aus blassgrünen Kletterpflanzen rankten.

„Na, da bist du auch endlich wach." Ich zuckte zusammen und drehte mich langsam um. Dort saß, eine kleine Steinschale in den Händen - ein alter Mann. Er hatte krauses, weißgraues Haar und brilliant blaue Augen, die in der Dunkelheit erfreut aufleuchteten. Über das runzelige Gesicht des Mannes huschte ein Lächeln, das sich in feinen Lachfalten unter den Augen wiederfand.

„Schau mich doch bitte nicht an, als wäre ich ein Geist", schmunzelte er und stellte die Schale vorsichtig beiseite.
„Du bist hier sicher vor dem Unwetter."

„Was, was ist passiert?", stotterte ich und setzte mich auf, um mich besser umsehen zu können. Wenige Meter entfernt führte die kleine, steinerne Höhle nach draußen, wo es noch immer regnete und stürmte. Die Bäume bogen sich im Wind und sahen so aus, als bestünden sie aus lauter zusammengeklebten Papieren, deren Klebstellen durch den Regen gelöst wurden und die einzeln ausgeschnittenen Blüten und Blätter von ihrem Bestimmungsort lösten.
Die Luft war schwül und setzte sich an die umringenden

Wände, um wenige Sekunden später nach vorne zu schnellen und mir durch meine Haare zu pusten, die bereits staubtrocken waren.

„Wie geht es dir?“, fragte der Mann, ohne auf meine Antwort zu warten. „Als ich dich gestern im Wald aufgegabelt habe, warst du ziemlich schwach und erschöpft.“

Nur spärlich konnte ich mich an den vergangenen Tag erinnern. Ich war alleine durch den Sturm gerannt und dann war dort dieser schmale, verschlammte Bach gewesen und die hohen, von Würgefeigen umschlungenen Tamarindenbäume. Und dann? Dann wusste ich gar nichts mehr.

„Du lagst am Boden und warst bewusstlos“, fuhr der Mann fort und nippte an etwas, dass aussah wie eine überdimensional große Teetasse.

„Der Sturm, du hast mich gerettet, danke“, stammelte ich. Der ältere Herr nickte geduldig und reichte mir eine zweite, steinerne Tasse, in der eine gelbliche Flüssigkeit dampfte.

„Bananentee“, erklärte er und deutete auf einen Teller mit den angetrockneten Resten der Bananen, mit denen er das Getränk zubereitet hatte. „Wer bist du, wenn ich fragen darf?“

„Lucy Silverstone“, antwortete ich lächelnd und schlürfte vorsichtig meinen Tee aus der Tasse, die in etwa den Durchmesser eines Suppentellers hatte. Der heiße Tee schmeckte gut; nach süßen Früchten, Regenwasser und einer Spur Zimt, wenn ich mich nicht täuschte.

„Wie heißt du?“, fragte ich, nachdem ich die Tasse abgesetzt hatte. Keine Antwort. Ich sah auf und blickte direkt in die hellen Augen des Mannes, die sich auf einmal geweitet hatten. Sein Gesicht war blasser geworden und es sah so aus, als würde er fieberhaft über etwas rätseln, dass urplötzlich in seinem Kopf aufgetaucht war.

„Silverstone“, wiederholte er ungläubig. „Das...Ich... Mein Name ist Charles. Charles Arthur Silverstone.“

15. Kapitel: Zurück in die Vergangenheit

Ich brauchte einen Moment, um zu realisieren, was der alte Mann gesagt hatte. Dann ließ ich die Tasse mit einem lauten Scheppern fallen.

„Ganz recht“, schmunzelte Charles traurig und bückte sich, um die Tasse aufzuheben, die ich in meiner Überraschung fallen gelassen hatte. „Ich weiß nicht, wie du hier hingekommen bist und was mit meinem Sohn geschehen ist. Ich glaube es wäre gut, wenn ich dir erstmal meine Geschichte erzähle.“ Mein Großvater nahm einen Schluck aus seiner Teetasse und setzte sich dann neben mich; seine Hände bebten aufgeregt. In meinem Kopf wuselten die Gedanken wie die Insekten, die ich mit Oliver und Phönix gestern gesehen hatte. Und auch in meinen Gedanken schien ein Stau entstanden zu sein, der sich aus lauter Eindrücken und Überlegungen zusammensetzte.

„1707, im Alter von gerade einmal 17 Jahren, beschloss dein Vater, gemeinsam mit einer Schiffsmannschaft von etwa 25 Mann zur See zu fahren. Es war nicht das, was Elizabeth und ich uns für ihn gewünscht hätten, aber wir ließen ihn gehen. Das ist eine meiner Entscheidungen, die ich bis zum jetzigen Zeitpunkt immer noch bereue. Im Jahre 1715, und das ist nun schon wirklich eine lange Zeit her, beschloss ich, für einige Tage aufs offene Meer heraus zu fahren, um fischen zu gehen und meine Gedanken baumeln zu lassen. Als sich an einem Abend ein heftiger Sturm am Horizont auftürmte, rettete ich mich auf eine nahe gelegene Insel, die mir zuvor nicht bekannt war.

Diese Insel, von der ich spreche, ist diese hier, aber dazu gleich mehr. Ich verbrachte eine Nacht am Strand und machte mich dann auf den Weg in die Innenstadt. Ich war hungrig und auf der Suche nach etwas zum Essen und Trinken."
Charles hielt kurz inne und nahm einen Schluck aus seiner Tasse, die immer noch randvoll war und einen warmen Duft von Bananen und Zimt verströmte, der mir in die Nase stieg und mich an Zuhause erinnerte. Genauer gesagt an Mums selbst-gemachten Bananenkuchen und die leckeren Zimtsterne, die sie mir an Heiligabend auf meinen Nachttisch legte.

„Ich wusste nicht genau, welcher Tag es war, aber zumindest war in der Stadt Aquantas einiges los", fuhr Charles fort. „Kein Wunder, so kurz vor Weinachten. Die Menschen hasteten durch die Stadt und erledigten ihre letzten Einkäufe auf dem Marktplatz oder in den kleinen Geschäften, deren Schaufenster mit goldenen Weinachtskerzen und prächtig dekorierten Weinachtsbäumchen geschmückt waren. Hinter den dicken, verstaubten Glaswänden, durch die das Licht der Straßenlaternen in die Läden fiel, stapelten sich Berge aus Büchern und grob gestrickten Körben, die mit buntem Blechspielzeug gefüllt waren. Es hatte angefangen zu schneien und ich beschloss, mir einen trockenen Schlafplatz zu suchen. Da innerhalb der Stadt nichts mehr frei war, machte ich mich auf einen Weg ins Ungewisse. Ich eilte mit schnellen Schritten durch die Stadt und fand mich einige Stunden später im Regenwald wieder, in dem wir auch gerade sitzen. Das war der Moment, an dem ich wusste, dass Aquanta irgendetwas Ungewöhnliches in sich trug.
Denn rein geologisch konnte es gar nicht sein, dass zwei Orte, die wenige Kilometer auseinander lagen, zwei so unterschiedliche Wetterlagen hatten. Ich fand diese Höhle und richtete sie mit den wenigen Dingen ein, die ich in einem kleinen Rucksack mit mir getragen hatte." Ich sah kurz auf.

Neben dem Schlafplatz, auf dem Charles und ich nebeneinandersaßen, gab es noch einen kleinen, grob gezimmerten Tisch, auf dem sich getrocknete Pflanzen und Steine tummelten. Auf der anderen Seite der Höhle stand ein schmales Regal, dass mit einigen zerfledderten Büchern, Vorratsdosen und Kleidungsstücken vollgestopft war. Eine von gräulichem Wachs triefende Kerze verbreitete ein schwaches Licht, dass sich in den Augen meines Großvaters widerspiegelte und darin kleine, silberne Halbmonde bildete.

„Dieser Tag war das Sonderbarste, was je in meinem Leben geschehen ist. Ich machte es mir am Abend auf einem umgefallenen Baumstamm vor der Höhle gemütlich und betrachtete die Stadt Aquantas von oben; so wie die eleganten, basaltgrauen Möwen, die in jener Nacht über die Insel flogen und deren Federn vom Wind durch die kalte Abendluft getragen wurden.“ Charles rappelte sich auf und nahm eine kleine, hölzerne Schachtel aus dem Regal, die mit einem ineinander verschlungenen Kupferschloss versiegelt war. Er schob den Riegel vorsichtig beiseite und hob den Deckel nach oben, dessen goldene Verschlüsse beim Öffnen leise quietschten. In der Schachtel, eingebettet zwischen einigen samtroten Stofftüchern, lag eine feine, hellgraue Feder mit einem langen, nach oben gebogenen Kiel.

„Das ist eine Feder dieser Möwen“, fuhr Charles fort und nahm sie behutsam aus der Schachtel, um die einzelnen Bestandteile genauer in Augenschein zu nehmen. „Ich hatte schon den ganzen Tag darüber gerätselt, was an Aquanta so besonders war. So anders als an jedem anderen Ort, an dem ich in meinem Leben jemals gewesen war. Vielleicht, dachte ich damals, war es auch nur eine Stadt wie jede andere, in der es eben einen kleinen Regenwald gab, der so weit außerhalb der Stadt lag, dass das Wetter von dort ihn keineswegs beeinflusste. Aber doch wusste ich, dass etwas nicht stimmte. Und genau

diese Vermutung, dieses Wissen, dass bald etwas Außergewöhnliches geschehen würde, bestätigte sich an diesem Tag. Während ich auf dem alten Baumstamm saß und meine karge Mahlzeit aus harten Brotkanten und Wasser verzehrte, das ich aus einem kleinen Fluss nahe der Höhle geschöpft hatte, erschien etwas am Horizont. Etwas Großes, mächtiges, dass mit stetiger Geschwindigkeit über das Meer segelte und derartige Wassermengen zur Seite drängte, dass gewaltige Wellen über den kleinen Strand schwappten.
Bei genauerem Hinsehen konnte ich erkennen, dass es ein Schiff war. Genauer gesagt schien es dasselbe Schiff zu sein, mit dem mein Sohn Jahre zuvor aufgebrochen war. Die hohen Segel flatterten im aufkommenden Wind und sanken ab und zu nach unten, um Sekunden später wieder in die kalte Luft gerissen zu werden. Und da sah ich ihn. Am Bug des Schiffes schimmerte ein leuchtender, milchig weißer Stein, der in einen hölzernen Ring eingesetzt worden war. Er verbreitete ein schwaches, kaltes Licht, das durch die tiefhängenden Nebelschwaden drang und vom tintenfarbenen Wasser reflektiert wurde.

„Den haben Phönix und ich auch gesehen", berichtete ich eifrig und erinnerte mich an den Tag zurück, an dem ich gemeinsam mit dem Kater am Hafen von Dover gewesen war. „Derselbe Stein war auch auf der Rückseite der Neptunstatue am Hafen Dovers, natürlich viel kleiner. Ich habe ihn berührt und... Ich weiß nicht mehr genau. Ich hatte das Gefühl, alles zu vergessen, was ich in den letzten Tagen herausgefunden hatte." Charles nickte geduldig und ignorierte meine Unterbrechung mit einem freundlichen Zwinkern.

„Ich bin mir sicher, du hast noch viele Fragen", sagte er und reichte mir die gusseiserne Teekanne, die mich unweigerlich an eine zu klein geratene Gießkanne erinnerte. „Und ich werde dir alles erzählen, sobald dafür Zeit ist. Noch eine Tasse Tee?"

Lächelnd schob ich meine Tasse zu Charles herüber und blickte für einen kurzen Augenblick nach draußen, während der goldfarbene Tee in die Tasse sprudelte. Es hatte immer noch nicht aufgehört zu regnen. Der Wind peitschte Trauben aus kalten, blass glitzernden Regentropfen gegen die Höhle und zerfetzte die Blätter der hohen Bäume, deren schwere Äste ächzend auf und ab wippten. Der Boden glich mittlerweile einem verschlammten Fluss, der sich durch die hohen Pflanzen und Bäume kämpfte und alles mit sich riss, dass keinen festen Kontakt zum Boden hatte. Obwohl ich das wohl auch nicht genau so unterschreiben konnte, da der halb aufgelöste Erdboden ein Teil des kleinen Flusses war. Die Luft haftete warm und feucht an meiner Haut, an der sich kleine Wassertröpfchen bildeten und an meinem Körper hinab rannen. Seufzend wandte ich mich wieder meinem Großvater zu, der die volle Teetasse vorsichtig auf dem Tisch platziert hatte und mit einem nachdenklichen Lächeln darauf wartete, dass ich meinen Blick vom Regenwald abließ und mich wieder ihm und seiner Geschichte widmete.

„Also“, begann er und nahm einen eiligen Schluck aus seiner Trinkschale. „Das Symbol hatte gewisse Ähnlichkeiten mit einem Auge, wenn ich mich nicht Recht entsinne.“

„Moment mal.“ Ich blinzelte angestrengt, um mich besser konzentrieren zu können. „Ein hölzerner Ring. Elizabeth meinte doch: Findet den Ring. Der Ring hat eine wichtige Bedeutung für Creeves und wenn er diesen Gegenstand hat, wird er über eine unermessliche Kraft verfügen. Oliver sprach von einem Ring, den er damals auf der Inkeye gefunden hat. Was wenn?“ Auf einmal löste sich der Knoten, der sich vor Tagen in meinen Gedanken gebildet hatte und gab mir eine Antwort, nach der ich schon lange gesucht hatte. Der Ring! Das Zeichen stand nicht wirklich für ein Auge, sondern stellte symbolisch den Ring mit seinem schimmernden Stein dar, den

Creeves meinem Vater damals abgenommen hatte. Damals, auch wenn ich mir in meinem Kopf immer noch nicht zusammenreimen konnte, wann damals gewesen war, wenn Creeves meinen Vater vom Jahr 1715 in die Zukunft gebracht hatte. Also hatte dieser Ring eine wichtige Bedeutung und wenn die Erzählung meines Vaters stimmte, hatte Creeves den Ring schon seit, nun ja, 1715. Die verschiedenen Zeitepochen schwirrten in meinem Kopf herum, wie Brieftauben, die ihren Zielort vergessen hatten und orientierungslos in der Luft hingen. Charles sah mich währenddessen mit einer Mischung aus Verwirrung und Überraschung an, während ich mir meiner Sache immer sicherer wurde. Wenn ich jetzt nur Oliver davon erzählen könnte!

„Ich erklär dir das jetzt besser nicht", wandte ich mit einem schiefen Grinsen an meinen Großvater. „Fahr ruhig mit deiner Geschichte fort, Charles. Ich habe nur gerade einen interessanten Anhaltspunkt gefunden." Charles zuckte mit den Schultern und atmete tief ein, bevor er zum zweiten Mal seine Stimme erhob.

„Das Schiff kam immer näher", berichtete er. „Ich stand auf und beobachtete aus der Ferne, wie es an einem schmalen Steg nahe dem hohen Leuchtturm anlegte." Charles deutete auf den Turm, in dem Phönix und ich vor wenigen Tagen eine nicht allzu erfreuliche Begegnung mit einem Sikle erlebt hatten. „Mein altes Ich wartete darauf, dass unten am Hafen etwas geschah. Das ein Mensch vom Schiff herunterstieg, um Kisten und Fässer zu dem kleinen Lagerhaus am Kiesstrand zu liefern. Dass die Mannschaft des Schiffes laut grölend über den Steg trampelte und sich auf den Weg zu einer Kneipe machte, um die gut überstandene Seefahrt zu feiern. Das überhaupt irgendetwas passierte. Aber in den folgenden Minuten geschah nichts." Charles hielt kurz inne und kaute für einen Moment auf seiner Unterlippe herum, bevor er mit plötzlich zittriger Stimme fortfuhr.

„Nach dieser Nacht war nichts mehr, wie es vorher gewesen war“, fuhr er mit einem düsteren Gesichtsausdruck fort, der sich bis zu seinen Augen zog und die kleinen Lachfalten von eben wieder verschwinden ließ. „Ich saß gerade vor der Höhle und blickte auf die unordentlichen Reihen aus Häusern und Marktplätzen, zwischen denen sich die dunklen Gassen Aquantas hindurchschlängelten. Das kalte Licht des Vollmondes wurde in den bronzefarbenen Regenrinnen reflektiert, durch die das trübe Regenwasser in die Regenfässer plätscherte. Zunächst fiel mir nichts Besonderes auf, bis mein Blick an das Ende des Kanals fiel, an dem der hohe, verlassene Palast in den marinefarbenen Himmel ragte. Die kalten Regentropfen, die wie schimmernde Glasperlen auf das alte Gebäude hinab prasselten, fingen in ihren spiegelgleichen Oberflächen auf einmal ein blasses, aquamarinfarbenes Licht, dass aus dem Meer zu kommen schien. Es schoss hoch in den Himmel und breitete lange, immer dunkler werdende Lichtbahnen aus, die sich wie riesige, turmalinfarbene Seidentücher über die verlassene Stadt legten. Die düstere Kuppel, die aus tausenden einzelnen Schatten zu bestehen schien, deren schwarze Silhouetten im Schein des Mondes geheimnisvoll schimmerten, zog sich immer weiter, bis sie die gerundeten Enden der Stege erreicht hatte. Die Lichtkuppel krachte rings um die Insel in das Meer und ließ hohe Wasserfontänen in die Luft schießen.
Für einen Moment zitterte die Kuppel wie eine große Seifenblase, dann löste sich die glatte, schwarze Oberfläche und zerfiel in die tausenden Schatten, aus der sie zu bestehen schien. Von einem Augenblick auf den anderen rauschte ein frostiger Wind durch die Wipfel der Bäume und verschleierte meinen Blick, der noch immer auf den Palast gerichtet war. Dann spürte ich eine merkwürdige Kälte in meiner Lunge, die sich über meinen ganzen Körper ausbreitete und meine Gedanken einfror. Ich kann kaum beschreiben, was ich mir

damals dachte, als ich im warmen Morgengrauen des nächsten aus der Höhle trat und mein Blick auf Aquanta fiel. Es, es war einfach nicht mehr da. Also zumindest nicht so, wie ich es vom vergangenen Tag in Erinnerung gehabt hatte. Ich überlegte für einen Augenblick, ob ich nicht doch noch verloren in der Traumwelt war und mir alles einbildete, was ich sah."

Mein Großvater legte die silbrige Möwenfeder zurück in die mit Samttüchern ausgelegte Holzschachtel und stellte sie vorsichtig zurück auf das Regal, das beinahe unter dem Gewicht der vielen verschiedenen Gegenständen in sich zusammenbrach.

„Es ist merkwürdig, wie viele Jahre dieser Tag schon her ist", brummte er. „Zwar existiert Aquanta für immer im Jahr 1715, aber ich lebe hier schon, seitdem dein Vater uns verlassen hat."

„Das war vor 19 Jahren", antwortete ich. „Er lebt in der Zukunft. Ich werde dir später alles erzählen, aber zuerst solltest du wissen, dass dein Sohn noch am Leben ist." Charles nickte.

„Alles hatte sich verändert", fuhr er mit tonloser Stimme fort. „Die Stadt, durch die am vergangenen Tag hunderte, ja vielleicht sogar tausende Menschen gehastet waren, um die letzten Weihnachtsgeschenke für ihre Familien zu besorgen, lag totenstill im Licht der aufgehenden Sonne."

Charles streckte sich und stand auf.

„Nun, mehr ist meiner Geschichte nicht mehr hinzuzufügen", brummte er und lehnte sich gegen die Höhlenwand; den Blick nach draußen gerichtet. „Von dem Tag an hält mich eine unsichtbare, düstere Macht an diesem Ort, dem ich nicht entfliehen kann. Das Schiff verschwand darauf und zurück blieb ich alleine auf einer Insel voller Geheimnisse, die ich nie lösen würde." Mein Großvater endete mit einem erschöpften Seufzer. Dann war ich an der Reihe. Ich erzählte ihm alles, angefangen bei der Nachricht des verräterischen Katers, über meine Reise durch den Timeswitch, bis hin zu dem ersten Treffen mit meinem Vater, der mir seinen Teil der Geschichte erzählt hatte. Während ich sprach, stapelte mein Großvater vor der Höhle kleine Holzscheite zu einem Lagerfeuer auf und trug einen Gegenstand nach dem anderen nach draußen. Einen verbeulten Topf, der nur noch einen Henkel hatte, eine Schale mit krummen Knollen, von denen vertrocknete Erde abbröckelte und eine kleine Dose, auf der „Salz“ in verschnörkelten Buchstaben stand. Als ich mit meinem Bericht fertig war, bedeutete er mir, mich zu sich nach draußen zu setzten.

„Das sind für meinen alten Kopf ganz schön viele Informationen auf einmal“, grummelte er und begann, zwei Steine über dem Holzberg aneinander zu schlagen.
„Ein geheimer Bund, mysteriöse Schattenwesen, ein geheimnisvoller Ring und ein sprechender Kater, dessen Seele gestohlen und von einem Verräter dafür genutzt wurde, um dich nach Aquanta zu locken. Nun ja, daran werde ich mich wohl gewöhnen müssen, habe ich Recht?“ Ich nickte abwesend und betrachtete die feinen, rubinroten Feuerfunken, die zwischen den beiden Steinen entstanden waren und nacheinander auf das Holz übersprangen. Ja, daran würde sich mein Großvater gewöhnen müssen. Zumindest so lange, bis alles vorbei war.
Es war eine komische Vorstellung, dass ich wahrscheinlich eines Tages wieder in die Zukunft reisen würde und somit von all denen Abschied nehmen musste, die nicht in das 21. Jahrhundert gehörten. Darunter auch von Charles.
Dem Großvater, nach dem ich mich schon mein ganzes Leben lang gesehnt hatte...

16. Kapitel: Ein Abschied für immer

Während ich noch tief in meinen Gedanken versunken in die krapproten Flammen des Lagerfeuers blickte und den würzigen, kohlschwarzen Rauch einatmete, der aus dem Feuer empor stieg, hatte mein Großvater begonnen, die Schale der Knollen mit einem Messer abzuschneiden.

„Das sind Süßkartoffeln", erklärte Charles, als er meinen neugierigen Blick bemerkte. „Eine der wenigen Gemüsesorten, die man hier draußen findet. Am häufigsten kommen Kokosnüsse, Ananas, Bananen und Mango vor und hin und wieder finde ich auch einen kleinen Zimtbaum, dessen Schale ich dann für meinen Tee verwende." Gedankenverloren beobachtete ich, wie geschickt Charles mit dem Messer hantierte. Lange, schneckenförmige Kartoffelschalen fielen zu Boden und die geschälten Kartoffeln landeten gemeinsam mit etwas Wasser und Salz in dem Kochtopf, den mein Großvater ins Feuer gestellt hatte.

„Wie war sie so, meine Großmutter?", fragte ich und warf Charles einen vorsichtigen Blick zu." Charles sah kurz auf und pfefferte die letzte Kartoffel in den Topf. Er sagte nichts, aber ich konnte sehen, dass sich ein trauriges Lächeln über sein Gesicht ausgebreitet hatte.

„Sie war wundervoll", erwiderte er und musterte mich traurig. „Du hast ihre Augen." Dann widmete er sich wieder dem Topf und wischte sich die Schweißperlen von der Stirn, die durch die aufkommende Hitze auf seiner runzligen Haut entstanden waren. Ich konnte verstehen, warum er nicht darüber reden wollte, aber doch meldete sich in mir immer wieder die Frage, was für ein Mensch meine Großmutter gewesen war. Ohne sie wüssten wir jetzt nicht, wer uns bei unsere Suche nach dem Geheimnis Aquantas helfen könnte. Ob sie noch lebte? In meinem Inneren brannte noch immer eine merkwürdige Angst, die sich von Tag zu Tag tiefer in meine Gedanken geschlichen hatte. Eine Angst, die weder mit den Inkeyes, noch mit der Gefahr zu tun hatte, die mir bevorstand. Nein, es war eine Angst, die sich ohne mein Wissen in meinen Kopf gesetzt hatte und erst wieder verschwinden würde, wenn alles vorbei war. In dem Moment ertönte in meinem Hinterkopf ein Plätschern und als ich mich wieder meinem Großvater zuwandte, konnte ich sehen, dass er das Wasser der Kartoffeln bereits abgegossen hatte und die weichen Knollen in eine kleine Schale umfüllte.

„Ich weiß, es ist nicht viel", brummte er. „Aber besser als ein Schlag ins Gesicht mit einem nassen Fisch, oder?"

Ich wusste nicht, was ich darauf antworten sollte und fischte eilig ein paar Kartoffeln aus der Schale.

Sie schmeckten süß und das warme Fruchtfleisch verbreitete eine wohlige Wärme, während ich die Kartoffeln eine nach der anderen in meinem Mund verschwinden ließ. Die Regenwolken über uns waren mittlerweile weitergezogen und ließen den Blick frei auf die ewigen Weiten des Himmels, der mit tausenden, kristallenen Sternen gesprenkelt war. Ich atmete tief die laue Nachtluft ein und fühlte mich für einen kurzen Moment, als wäre ich genau an dem Ort gelandet, an dem ich mein ganzes Leben verbringen wollte. Aber mein Herz sehnte sich nach etwas anderem. Nach den eleganten Straßen und Gassen Londons, die zur Weihnachtszeit im Licht hunderten Lampen erleuchtet waren, nach meiner Mutter, die ihr ganzes Leben nur nach mir ausgerichtet hatte, und nach meinem Vater, der hoffentlich eines Tages wieder bei uns sein würde.

Und nach Phönix, der wahrscheinlich nie auf ein Leben als Hauskater eingehen und für immer durch die verlassenen Straßen Londons wandern würde wie ein Geist, der sein eigentliches Ziel schon längst verloren hatte. Seufzend wischte ich mir die Finger an meiner Hose ab und stand mit zitternden Knien auf.

„Ich gehe jetzt schlafen", gähnte ich und sah zu meinem Großvater herüber, der mich mit einem liebevollen Blick musterte und dann den Kopf wieder zum Lagerfeuer drehte, dessen Flammen hoch in den Himmel tanzten. Ich stolperte durch die Dunkelheit und fiel schließlich erleichtert in den Berg aus warmen Blättern und Rinde, den Charles für mich vorbereitet hatte. Wenige Sekunden später fielen mir die Augen zu und ich sank in einen tiefen, unruhigen Schlaf...

„Hatschi!" Ein warmes, buschiges Etwas war an meiner Nase vorbei gestrichen und fuhr jetzt durch meine Haare, die an allen Seiten von meinem Kopf abstanden. Erschrocken zuckte ich zusammen und buddelte mich aus dem Berg langer Bananenblätter, unter denen ich eingeschlafen war.

Ein mittelgroßes Tier mit einem weiß schimmernden Fell und blass goldenen Augen lag neben mir und schnurrte glücklich vor sich hin. Es war ein Kater. Der buschige Schwanz des Tieres, der mich an einen verwaschenen, grau gefärbten Pinsel erinnerte, schlug mir im regelmäßigen Abstand ins Gesicht. Ich kniff gähnend die Augen zusammen und rappelte mich auf, um den Kater genauer zu betrachten.

„Phönix?!" rief ich überrascht, als ich meine Gedanken endlich gesammelt hatte. Der Kater hob seinen Kopf und betrachtete mich mit einem emotionslosen Blick, der mir für einen kurzen Moment einen Stich versetzte. Dann aber kam es wieder zu mir, dass der Kater, der gerade vor mir saß und desinteressiert über seine Pfote schleckte, nicht wirklich Phönix war.

Er war lediglich die Hülle des Katers, die von Tag zu Tag immer weiter verblasste und irgendwann ganz verschwinden würde, wenn wir nicht bald seine gestohlene Seele wiederfanden.

„Ist Oliver auch hier?“, fragte ich und spürte ein aufgeregtes Kribbeln in meinem Bauch, als der Kater stumm seinen Kopf senkte und mit der Pfote zum Höhlenausgang deutete. Und tatsächlich. Um das Lagerfeuer herum saß, eine geschälte Banane in seiner Hand - mein Vater.

„Dad!“, rief ich glücklich und stürmte nach draußen, wobei ich beinahe über Phönix stolperte, der sich dazu entschieden hatte, direkt vor dem Eingang liegen zu bleiben. Mein Vater legte die Banane eilig beiseite und rappelte sich eilig auf.

„Na endlich“, schmunzelte er und fiel mir in die Arme. „Ein Glück, dass es dir gut geht.“

„Ein Glück, dass dein Vater zur Stelle war“, fügte ich hinzu und verbarg meine Nase in seinem dünnen, grauen Haar. „Er hat mich vorgestern vor dem Sturm gerettet und zu sich in die Höhle gebracht.“

„Ich weiß“. Oliver bedeutete mir, mich neben ihn auf den kleinen Baumstamm zu setzen, den er und mein Großvater vermutlich eben erst herangeschafft hatten. „Charles hat mir alles erzählt. Unglaublich, wie viele Zufälle es im Leben gibt, oder nicht?“ Ich nickte selig und strahlte meinen Großvater an, der angefangen hatte, einige Bananen und Mangos mit dem Messer klein zu schneiden. Sah so aus, als würde es heute mal wieder ein gesundes Frühstück geben.

„Wie seid ihr hier hergekommen?“, erkundigte ich mich und warf einen Seitenblick auf Phönix, der sich noch immer keinen Millimeter bewegt hatte. „Und wann?“

„Gestern Nacht“, antwortete Oliver und gähnte erschöpft. „Wir sind den ganzen letzten Tag durch den Regenwald geirrt und dachten schon, wir würden dich nie finden. Aber dann hat Phönix aus der Ferne die Rauchschwaden eines Lagerfeuers gesehen und jetzt, Jetzt sind wir auch hier.“ Mein Vater stibitzte sich ein Stück Mango aus dem Früchteberg, der sich vor Charles auftürmte, und biss genüsslich in das goldene Fruchtfleisch. „Endlich was Ordentliches zu Essen. Phönix und ich haben im Wald nichts zu essen gefunden und ich fürchte, die Tasche haben wir auch nicht mehr. Du wirst es nicht glauben, aber wir wurden gestern von einer Gruppe seltsamer Affen überfallen, die es anscheinend auf das Essen in deiner Reisetasche abgesehen hatten. Mit ihren riesigen Nasen wird es wohl auch nicht so schwer gewesen sein, den Schokokuchen und die Dosenananas zu riechen.“

„Das waren Nasenaffen“, meldete sich Charles zu Wort und reichte mir eine Schüssel mit Obst. „Und ja, manchmal sind sie ziemlich gerissene Diebe. Vor einiger Zeit hat mir einer von ihnen meine karierte Golferkappe geklaut, die eine der wenigen Kleidungsstücke war, die ich überhaupt noch hatte.“ Mein Vater grinste.

„Hatte die Kappe zufällig einen silbernen Stempel auf der Rückseite und einen schwarzen Lederriemen an der Seite? Ich glaube, einer der Affen, die uns überfallen haben, hatte so ein Ding auf dem Kopf. Und ich glaube ja nicht, das karierte Golferkappen so häufig in freier Wildbahn vorkommen.“ Ich musste grinsen, als ich mir vorstellte, wie Oliver hinter einer Gruppe Affen her rannte, die ihm eine Golferkappe an den Kopf warfen und dann mit meiner Tasche im Dickicht verschwanden.

„Wolltest du deinem Vater nicht noch eine wichtige Information mitteilen, auf die du gestern Abend gekommen bist?“, fragte Charles und kippte die übergebliebenen Obstschalen auf die Erde. Ich lächelte ihm dankbar zu und erzählte Oliver von meiner Vermutung, dass das Zeichen in Wirklichkeit nicht für ein Auge stand, sondern den Ring mit seinem schimmernden, mondweißen Stein symbolisierte. Oliver nickte langsam.

„Also hatte meine Mutter Recht. Der Ring hat eine wichtige Bedeutung für Creeves, wie wir es bereits vorher vermutet hatten. Wir müssen Narius Sealberg und Flora Coppersteen finden, um das Rätsel zu lösen...“

„Ein Rätsel, von dem wir noch nicht einmal wissen, um was es sich handelt “, fügte ich erschöpft hinzu und sah herüber zu Phönix, der mit einem nichts ahnenden, gelangweilten Blick in den Wald starrte. Ein Blick, der mich für einen Moment vergessen ließ, was der Kater mir früher einmal bedeutet hatte.

„Wir müssen weiter“, sagte ich entschlossen und rappelte mich hastig auf. „Wir haben eine Aufgabe zu erfüllen. Nein, nicht nur eine Aufgabe. Eine Mission, die uns niemand gestellt hat und von der wir vor Kurzem nicht wussten, dass wir sie überhaupt bewältigen müssen. Es liegen zahlreiche Hindernisse auf unserem Weg, aber gemeinsam werden wir alles schaffen und dafür sorgen, dass irgendwann wieder alles beim Alten sein wird. Und das Phönix eines Tages wieder der Kater sein wird, den ich damals in mein Herz geschlossen habe.“ Phönix sah kurz auf. Seine Ohren zuckten und seine blassen Augen schienen sich im schwachen Licht des Sonnenaufgangs mit schimmernden, kristallenen Tränen zu füllen. Doch wenige Sekunden später kippte sein Kopf wieder nach unten und seine Augen verschwanden im kühlen Schatten der Höhle.

„Ich wusste, dass du das sagen würdest“. Charles stand auf und legte mir seinen Arm um die Schultern. „Du hast ein Herz aus Gold, vergiss das nicht. Ich...“ Mein Großvater wischte sich eine Träne aus dem Auge und sah an mir vorbei zu Oliver, der ebenfalls aufgestanden war und seinen Vater traurig ansah.

„Es tut mir leid“, brummte Charles mit brüchiger Stimme. „Es tut mir leid, dass ich dich jetzt verlassen muss. Aber ich gehöre nun einmal hier hin, in diesen Wald, ins Jahr 1715. Du, du hast dein Leben in einer anderen Zeitepoche gefunden und wirst dorthin zurückkehren, wenn alles vorbei ist. Du hast dein Leben, und ich meines." Es versetzte mir einen Stich, als ich sah, wie sehr mein Großvater damit kämpfte, die letzten Worte auszusprechen.

„Ihr solltet gehen", durchbrach Charles Stimme ein letztes Mal die Stille. „Mein Sohn, ich bin froh, dich noch einmal gesehen zu haben, bevor ich diese Erde verlasse. Und du hast damals den richtigen Weg gewählt. Den Weg, der dich bis hier hingeführt hat und auch noch weiterbringen wird. Wenn ihr es schafft, den Bann Aquantas zu brechen und mich von der düsteren Macht, zu befreien, die mich hier festhält, werde ich mich bei euch in der Zukunft bemerkbar machen. Es ist besser, wenn ich jetzt gehe." Charles Augen wanderten zwischen mir und meinem Vater ein letztes Mal hin und her, bevor er sich umdrehte und mit schweren Schritten hinter den tiefhängenden Ästen eines Brotnussbaumes verschwand.

In meinem Inneren breitete sich eine brennende, tiefe Leere aus, die sich durch meine Gedanken fraß und versuchte, alle Erinnerungen an Charles auszulöschen, um mir die Trauer zu ersparen, die bald einsetzten würde. Gerade erst hatte ich meinen Großvater kennengelernt und jetzt? Jetzt würde er für immer in der Vergangenheit zurückbleiben, während ich gemeinsam mit meinem Vater um die Welt reiste. Ich wollte ihm nachlaufen, mich an seinen Arm hängen wie ein kleines Kind und ihn bitten, mit uns zu kommen, aber ändern würde das auch nichts mehr.

„Die Trauer, die uns nach dem Verlust einer Person überfällt, legt sich häufig Monate, Jahre, oft sogar das ganze Leben über uns und schränkt so unsere eigene Geschichte ein, die wir mit jedem Tag unseres Lebens weiterschreiben", ertönte da Olivers Stimme. „Wir werden Charles von Aquanta befreien und vielleicht eines Tages in der Zukunft auf etwas stoßen, dass er uns in irgendeiner Weise hinterlassen hat. Mein Vater

war schon immer ein Mensch voller Überraschungen."
Oliver lächelte und befreite sein Gesicht von den Tränen, die über seine Wangen gelaufen waren und seine Haut seltsam rot und geschwollen aussehen ließen. Die Worte meines Vaters drehten sich in meinem Kopf und verwickelten sich mit meinen eigenen Gedankensträngen, die sich um die immer gleichen Fragen drehten. Und doch war mir klar, dass Oliver Recht hatte. Manchmal kamen Augenblicke im Leben überraschend und nahmen einem einen Teil dessen, von dem man geglaubt hatte, dass es für sein Leben von großer Bedeutung gewesen war.

„Es würde Charles sicher sehr stolz machen, wenn wir ihn befreien und das Geheimnis um Aquanta und die Inkeyes lösen", sagte ich mit einem vorsichtigen Lächeln und griff nach Olivers Hand, die sich ganz warm und feucht anfühlt. „Lass uns aufbrechen." Auf einmal spürte ich in meinem Inneren einen positiven Anflug von Ehrgeiz und Abenteuerlust, der sich in meinem ganzen Körper ausbreitete. Das Feuer, dass meine Trauer noch vor wenigen Sekunden durch meinen Kopf gejagt hatte, schien sich in Luft aufgelöst zu haben.

„Man kann alles schaffen, wenn man an sich glaubt", nickte Oliver und stolperte vor mir ins Dickicht, ohne sich noch einmal nach der Höhle und dem Lagerfeuer umzusehen, das still und verlassen aussah. So, als hätte nie jemand dort gesessen. So, als würde es den alten, klugen Abenteurer nicht geben, der dort seit Jahrzehnten lebte und sich jeden Morgen einen Obstsalat schnippelte.
Phönix war ebenfalls aufgesprungen und tappte lustlos hinter uns her, den Schwanz hoch in den lauen Morgenwind gestreckt.
Ich beschloss, dass es in dieser Welt besser war, nur nach vorne zu blicken und alles Geschehene hinter sich zu lassen, so, als hätte man es nie erlebt.

„Wir müssen zum Strand", sagte Oliver in dem Moment und riss mich aus meinen Gedanken. „Wir haben zwar keine Karte, aber ich bin mir sicher, dass der Strand nicht weit entfernt vom Regenwald liegt." Mehr als ein knappes Nicken brachte ich nicht hervor. In meinem Kopf dröhnten immer noch die Worte meines Großvaters, die die letzten Worte gewesen waren, die ich je von ihm hören würde. Schon merkwürdig, wie schnell man einen Menschen ins Herz schließen konnte, aber es einem meistens schwerfiel, sich eines Tages wieder von ihm verabschieden zu müssen.

„Ich mache mir manchmal zu viele Gedanken", hauchte ich und obwohl der Satz nur an mich gerichtet gewesen war, hatte Phönix jedes Wort verstanden.

„Eindeutig", maunzte er und schob lässig eine Bromelie beiseite, die ihm über sein seidiges Fell gekratzt hatte. „Augen immer nach vorne, Prinzessin. Man weiß nie, was einen hinter der nächsten Ecke erwartet." Überrascht blieb ich stehen und musterte den Kater, der mit einem eleganten Sprung über einen Blätterberg hüpfte und mich mit einem nervösen Blick betrachtete. Hatte er gerade wirklich „Prinzessin" gesagt?
Ein glückliches Lächeln umspielte meine Lippen und ich nickte Phönix freundlich zu, der sich schnell wegdrehte und eilig weiter durch die verschlammte Erde tappte. Es schien so, als wären schon immer Teile seiner alten Charakterzüge in ihm gewesen und es hatte nur eine Weile gedauert, bis diese aus ihm herausplatzten. So wie es manchmal viel zu lange dauerte, bis der Ketchup aus der klobigen Glasflasche herauslief, die Mum immer wieder kaufte, obwohl sie wusste, wie umständlich sie war.
Ok, das war ein ziemlich merkwürdiger Vergleich, aber was war denn hier schon normal?
Affen, die karierte Golfmützen und Reisetaschen voll mit Dosenananas klauten? Geheimisvolle Schattenwesen, die uns

von überall aus zu beobachten schienen? Eine Familie, die auseinandergerissen war, weil die einzelnen Familienmitglieder Jahrhunderte weit auseinanderlebten? Nein, das war nicht sonderlich normal, wenn ich das so aus meinem Blickwinkel betrachtete.

„Ich glaube, ich kann etwas hinter den Bäumen dort vorne erkennen“, berichtete Oliver, der einige Schritte vorausgelaufen war. „Sieht so aus, als grenzt der Regenwald direkt an den Strand und somit auch an das Meer.“ Er deutete mit dem Zeigefinger auf einen Goldnussbaum, über den sich hunderte feine, elfenbeinfarbene Kletterpflanzen rankten. Zwischen den tiefhängenden Ästen konnte man tief blaue, im Sonnenlicht glitzernde Farbflecken erkennen, die zusammen das Meer bildeten, dass wenige hundert Meter von uns entfernt lag. Der Weg vor uns ging noch ein kurzes Stück geradeaus und fiel dann nach unten ab, was nur heißen konnte, dass es dort bergab ging.

„Was machen wir eigentlich, wenn wir unten sind?“, fragte ich und schob einen Ast beiseite, der mir den Blick auf das Meer versperrte „Wir haben ja kein…“ Ich stockte. Der Ausblick, der sich mir bot, war unbeschreiblich. Unter uns erstreckte sich ein goldener Sandstrand, auf dem sich alle paar Meter kleine, silberne Felsen tummelten. Die sachten Wellen krachten gegen die steinige Bucht und spülten gurkengrünen Seetang auf den warmen Sandstrand, der sich auf beiden Seiten bis in den Regenwald zog. Der Weg vor uns war von abgeflachten, verschieden farbigen Steinen bedeckt, die sich in unregelmäßigem Abstand bis zum Meer hinunterschlängelten. Die Sonne schimmerte wie eine kleine Feuerkugel am Horizont und warf helle Lichtkreise in flammenrot, sanddorngelb und apfelsinenorange auf das gekräuselte Wasser, das immer wieder von kleinen Wasserstrudeln durchzogen war. Es duftete nach frischem Salz und den bordeauxfarbenen Blüten, die überall aus dem sandigen Boden schossen. In der kleinen Felsbucht lag ein schäbiges Fischerboot vor Anker, von dem jegliche Farbe abgeplatzt war. Die schmalen Schiebetüren waren rostig und von zahlreichen Schrammen zerkratzt. Zwei gelblich angelaufene, zerfetzte Segel flatterten im Wind und schlugen gegen die Oberseite der Kabine, die in die Mitte des Bootes eingelassen war.

„Das ist das Boot", sagte Oliver tonlos, „Das Boot, mit dem ich damals, vor 11 Jahren, nach Aquanta gekommen bin."

17. Kapitel: Gute, alte Zeiten

„Es muss über die Zeit von der Strömung auf diese Seite der Insel getrieben worden sein." Oliver stolperte den Abstieg vor mir herunter. „Unglaublich, dass es noch bis zum heutigen Tag in einem Stück ist.“ Vorsichtig tastete ich mich hinter ihm den schmalen Steinweg herunter und musste aufpassen, dass ich dabei nicht auf den kleinen Sandkörnern ausrutschte, die vom Wind über die flachen Steine geweht worden waren. Der Sand knirschte unter den Sohlen meiner Turnschuhe, während ich mit zitternden Beinen über den restlichen Weg wankte, der steil nach unten führte. Als ich endlich den warmen Sand unter meinen Schuhsohlen spürte, atmete ich erleichtert aus und tapste die letzten Meter zum Meer, von dem eine frische, kühle Brise zu uns herüber wehte.

„Hat was von Sommerurlaub, oder nicht?“, grinste Oliver und kniff angestrengt die Augen zusammen, um dem grellen Sonnenlicht auszuweichen, dass vom Meer in langen Lichtbahnen reflektiert wurde.

„Sommerurlaub im Winter, ts ts ts ts ts“, meldete sich Phönix zu Wort, der mit stählernem Blick von dem letzten Felsvorsprung hüpfte und mit hoch erhobenem Kopf über den Strand spazierte, „So etwas Seltsames.“ Ich fand es beinahe genauso seltsam, wie der Kater auf einmal wieder ein bisschen so war wie früher. Ein Wesen, dass sich belustigt über alles über alles und jeden beschwerte und unnötige Bemerkungen nur ungerne ausließ, auch, wenn es andere störte. Und mit anderen meinte ich natürlich hauptsächlich mich selbst.

Ich verkniff mir ein breites Grinsen und marschierte die letzten Meter bis zu dem Boot, dass zwischen zwei hohen Felsen klemmte und sich so nur bedingt bewegen konnte.

„Kein Wunder, dass es immer noch hier ist", ächzte Oliver, der begonnen hatte, an der rechten Seite der hölzernen Außenwand zu ruckeln und das alte Holz Stück für Stück aus dem engen Spalt schob. „Wahrscheinlich hat es sich schon vor Jahren hier verkeilt und hat sich seitdem nicht mehr bewegt. Lucy, hilfst du mir bitte mit der anderen Seite?" Ich nickte eifrig und zog Socken und Schuhe aus, bevor ich ins Meer lief.
Das Wasser war kalt und der sandige Boden warf kleine Luftblässchen an die Wasseroberfläche, die über mein Bein blubberten und ein komisches Kribbeln verursachten.
Ich drängte mich vorsichtig zwischen Felsen und Boot und drückte fest gegen die rostige Reling, bis das Material nachgab und sich das Fischerboot löste.

„Hat doch gut geklappt", seufzte ich und begutachtete das alte Boot, das aussah, als würde es bei der nächsten Berührung in tausend Einzelteile zerfallen.

„Ein solches Gefährt besteige ich nicht", maunzte Phönix und rümpfte sein rosa Näschen, dass wie der Rest seines Körpers immer blasser und farbloser wirkte.

„Es scheint so, als wäre nur ein bestimmter Teil seines ehemaligen Charakters zu ihm zurückgekehrt", raunte ich Oliver zu und kletterte vorsichtig über die Reling, die sich unter meinem Gewicht gefährlich nach unten bog. „Er ist eingebildeter als sonst." Oliver hievte den Kater seufzend hoch, der weder protestierte, noch irgendwelche Anstalten machte, aus seinen Armen zu springen. Er blieb einfach ruhig und starrte emotionslos auf das Boot, so, als wäre es das Uninteressanteste, was er je in seinem Leben gesehen hatte. Was es bei allem, was dem Kater bereits untergekommen war, sicherlich auch war. Oliver setzte den Kater auf einem schmalen, weiß lackierten Vorsprung ab, der aus der kleinen Kabine in der Mitte des Bootes herausragte und wandte sich dann wieder mir zu.

„Kleine Besichtigungstour gefällig?“, fragte er und drückte die hölzerne Tür auf, die in die Bootskabine führte. In der Mitte stand ein kleiner Tisch, auf dem sich einige lose, mit schwarzer Tinte beschrifteten Schriftstücke und Papierrollen stapelten. Auf der einen Seite des Raumes, der in etwa die Größe einer Besenkammer hatte, waren silberne Haken in die Wand geschlagen worden, an denen zwei olivgrüne Kittel und ein Fernglas mit einem dunklen Lederriemen baumelten.
Auf der gegenüberliegenden Seite hing ein schmales Regal an der Wand, dass mit befleckten Gläsern und merkwürdigen Gerätschaften vollgestopft war, die ich noch nie zuvor gesehen hatte. Auf dem Boden vor mir standen ein paar hohe, grüne Gummistiefel, die von vertrocknetem Seegras verkrustet waren.

„Damals nahm ich das günstigste Boot, was ich finden konnte“, erzählte Oliver und betrachtete andächtig das kleine Fernglas, in dessen Linsen sich das goldene Sonnenlicht spiegelte und schmale Lichtblitze auf den Tisch warf.
„Ich habe es für nicht einmal drei Pfund gemietet. Es hatte damals schon einige Mängel, zum Beispiel hier.“ Oliver ging in die Hocke und rüttelte vorsichtig an einer der verstaubten Holzplanken, aus dem sich der mosaikähnliche Boden zusammensetzte. Die Planke zitterte für einen kurzen Moment und zerfiel dann in einer Wolke aus süßlich modrigem Geruch, der Phönix zum wiederholten Mal zum Niesen brachte. Unter den morschen Überresten des Holzes befand sich ein Gewirr aus unterschiedlichen Holzstücken, die wie aus Zufall ineinander geschraubt worden waren. Der Boden knarzte bei jedem unserer Schritte unheilvoll und gab mir das Gefühl, dass dieses Boot vielleicht nicht das beste Transportmittel war, um über den stürmischen Ozean zu gelangen. Aber wie es aussah,

hatten wir keine andere Wahl.

„Weißt du, in welche Richtung wir müssen?“, fragte ich und trat aus der Kabine, in der die Luft alles andere als frisch gewesen war. „Wir haben weder eine Karte, noch irgendeinen Hinweis, in welche Richtung wir fahren müssen.“

Oliver zuckte ratlos mit den Schultern und wühlte durch den Stapel aus Papieren und Briefen, die alle mit derselben, tintenschwarzen Tinte beschriftet waren.

„Diese Briefe waren damals noch nicht da“, murmelte er und riss einen davon auf. „Eigentlich ist das nicht möglich, weil in den letzten 11 Jahren niemand außer Charles auf dieser Insel war. Es ist unwahrscheinlich, dass diese Papiere von ihm stammen, aber von wem könnten sie sonst...“

„Narius“, platzte ich heraus und wunderte mich für einen Moment selbst über meine plötzliche Eingebung. „Als du vor 11 Jahren aufgebrochen bist, um Narius zu helfen, war er vermutlich auf Aquanta, was sich aus dem Inhalt seiner Nachricht schließen lässt. Vielleicht hat er damals dein Boot übernommen, als du nicht aufgetaucht bist und hat dort auch alle seine Unterlagen hinterlassen. Was allerdings merkwürdig ist, ist das er laut Elizabeth auf Merida wohnt...“

„Warum merkwürdig?“, wunderte sich Oliver und drückte sich an mir vorbei zum Steuerrad, das im vorderen Teil des Schiffes befestigt war.

„Nun ja“, fuhr ich nachdenklich fort. „Wenn er damals von Aquanta aus nach Merida gereist ist, warum ist er dann nicht mit dem Boot dorthin gefahren?“

„Wir wissen doch noch nicht, ob die Papiere wirklich von Narius sind“, warf Oliver ein. „Du kannst das Material sichten, während ich die Kontrolle über das Boot übernehme, in Ordnung?“ Ich nickte und kniete mich vor den kleinen Tisch in der Kabine, der einen starken Geruch von altem Holz und vergilbten Papier im Raum ausbreitete.

Unruhig begann ich, ein Dokument nach dem anderen sorgsam durchzulesen und es wieder zurück auf den hohen Stapel zu legen, der nach und nach entstand.
Oliver hatte es anscheinend geschafft, die Funktionsweise des Fischerboots zu verstehen und als ich aus dem verschmierten Fenster gegenüber mir linste, konnte ich sehen, dass wir immer weiter auf den weiten Ozean hinaustrieben.

„Viel kann ich nicht erkennen", sagte ich nach einigen Minuten, in denen ich versucht hatte, die krakelige, ineinander zerlaufene Schrift auf einem kleinem Zettel zu entziffern. „Hier geht es um irgendeinen Vertrag, aber die Namen sind von der Tinte verwischt worden. Nein warte..." Ich hielt mir den Zettel dicht vor die Nase und betrachtete ein paar Buchstaben, die unter den Tintenflecken halb verschwunden waren.

„Vetrag", las ich mit lauter Stimme, damit Oliver mich hören konnte. „Sive...Silverstone. Im Namen des...ich gebe Ihnen hiermit den Auftrag...meine Tochter...das Reich...jenseits Aqu...Aquantas", stammelte ich und ließ den Zettel sinken.

„Das klingt interessant", sagte Oliver, der hinter der Holztür aufgetaucht war. „Also zusammengefasst: Jemand erhielt damals den Auftrag, die Tochter des Schreibers bei sich aufzunehmen und vermutlich auch großzuziehen. Und so wie es sich anhört, soll die Tochter an einen Silverstone weitergegeben werden. Das kann kein Zufall sein, oder?"
Ich schüttelte den Kopf und drehte den Zettel um. Meine Augen weiteten sich, als ich sah, welcher Name in feinen Buchstaben auf die Rückseite des Papiers geschrieben worden war.

„Linus Silverstone", las ich leise und sah zu meinem Vater herüber, dessen Blick auf einmal ganz leer geworden war.

„Das war mein Großvater", erklärte er und klammerte sich verbissen am hölzernen Steuerrad fest.
„Denkst du das gleiche, was ich denke?" Tausende Gedanken

ratterten durch meinen Kopf und es dauerte einen kurzen Augenblick, bis sich ein Gedanke festigte, den ich nicht wirklich hatte wahrhaben wollen.

„Elizabeth. Sie hat in ihrem Brief gesagt, dass sie die Tochter von Creeves ist“, antwortete ich mit trockener Stimme. „Was, wenn der Brief von Creeves stammt, weil er seine Tochter wegen eines bestimmten Grundes loswerden wollte? Elizabeth sagte selbst, dass wir mit all unserer Kraft versuchen müssen, seine Pläne zu durchkreuzen. Und, eine andere Frage. Was macht dieser Brief hier? Wenn nicht Narius auf diesem Schiff gewesen ist, wer dann?“

Eine unheimliche Stille setzte ein. Phönix betrachtete gelangweilt seine Pfote, Oliver blickte starr aus dem verstaubten Fensterglas und ich wippte unruhig auf meinen Knien hin und her; den Zettel so fest in meiner Hand, dass sich das Papier an einigen Stellen bereits nach innen kräuselte.

„Erst durch die Adoption von Elizabeth ist Creeves in unsere Familie gelangt“, durchbrach Olivers Stimme schließlich die Stille. „Deshalb sind wir beide auch mit ihm verwandt. Glaubst du, dass vielleicht das seine Intention war?“ Ich blickte ratlos an meinem Vater vorbei auf das offene Meer, über das das Boot gemächlich schaukelte und hin und wieder von einer kleinen Welle zur anderen Seite geworfen wurde.

„Möglich“, antwortete ich knapp und legte den Zettel aus der Hand, der mittlerweile die Form einer Kugel angenommen hatte. „Vielleicht finde ich noch ein paar weitere Hinweise. Wir wissen nicht, wer auf diesem Boot gewesen ist. Es ist gut möglich, dass wir hier die Adoptionspapiere von damals finden. “Eilig durchwühlte ich den Stapel aus zahlreichen, beinahe unlesbaren Schriftstücken, während Oliver wieder seinen Platz am Steuer einnahm.

„Hier, ich hab was“, meldete ich mich nach einigen Sekunden zu Wort. Ich hatte zwar weder einen weiteren Brief,

noch die Adoptionspapiere gefunden, nach denen ich fieberhaft gesucht hatte, aber dafür eine farbig befleckte Karte. Darauf zeichneten sich die Umrisse einer Insel ab, die zu großen Teilen von Tannen- und Mischwäldern bedeckt war.
Dahinter hatte jemand hohe Berge skizziert, die hin und wieder von Flüssen, geschlängelten Pfaden und kleinen Seen durchkreuzt wurden. Über der Zeichnung stand in verschnörkelten Buchstaben:

- *MERIDA* -

„Merida." Oliver ging neben mir in die Hocke. „Das ist der Ort, an dem Narius Sealberg lebt. Wenn man auf der Karte bloß sehen könnte, in welche Himmelsrichtung wir fahren müssen."
Ich zögerte kurz und deutete dann auf eine kleine Zeichnung neben der Insel, die fast vollständig von Tintenklecksen verdeckt war.

„Das ist Aquanta. Auf der Karte liegt es westlich von Merida. Das heißt, wir müssen nach Osten fahren, oder?"

„Sieht so aus", erwiderte Oliver und rappelte sich ächzend auf. „Du solltest dich etwas ausruhen, Lucy. Denn wenn wir auf Merida angekommen sind, kann es sein, dass wir nicht viel Zeit zum Ausruhen oder Schlafen haben werden."
Da hatte Oliver wohl Recht. Ich legte mich auf den unebenen Holzboden und stopfte meine Jacke unter meinen Hinterkopf. Als ich die Augen schloss, war auf einmal alles ruhig. Das tosende Rauschen der Wellen, das leise Knarzen des Holzes und überhaupt alles schien von einem Moment auf den anderen verstummt zu sein. So, als wären alle Geräusche um mich herum auf einer CD abgespeichert, die Stück für Stück immer mehr Töne und Melodien verlor und schließlich nichts mehr hatte, das man hören konnte...
Kalte, vereiste Regentropfen fielen auf mein Gesicht und rissen

mich aus dem Traum, an dessen Inhalt ich mich nicht mehr erinnern konnte. Ich richtete mich langsam auf und rieb mir die Augen, die sich anfühlten, als wären hunderte Sandkörner darin vergraben worden.

„Wo kommt denn der Regen her“, grummelte ich schlaftrunken und sah blinzelnd nach oben. In der weiß lackierten, von Spinnweben benetzten Decke klaffte ein tiefes Loch, durch das der Regen in die Kabine tropfte. Zitternd schlüpfte ich in meine Jacke und zog mir die Kapuze über den Kopf, bevor ich mit langsamen Schritten nach draußen taumelte.

„Na, alles gut?“, erkundigte sich Oliver und lächelte. „Du hast lange geschlafen. Ich bin mir sicher, dass wir bald auf Merida ankommen werden.“ Ich nickte gähnend und tappte zurück in die Kabine, in der Phönix auf dem kleinen Tisch platzgenommen hatte und sich interessiert durch die Papierstapel wühlte.

„Was macht du?“, fragte ich grinsend und ließ mich neben dem Kater auf den Boden fallen. „Hast du was gefunden?“ Phönix schüttelte den Kopf und schob einen Umschlag nach dem anderen vom Tisch.

„Nun ja. Da war irgendetwas mit Adoption. Hmm, hier.“ Phönix deutete mit der Pfote auf einen grauen Umschlag, der mit einem kirschroten Siegel versehen war. „Da war dieser Brief drinnen.“ Der Kater schob mir einen zusammengefalteten Zettel zu, der eng mit dunkler Tinte beschriftet war.

„Gut gemacht“, lobte ich anerkennend und flog über die Zeilen, die so dicht aneinander gequetscht waren, dass man die einzelnen Worte kaum entziffern konnte.
„5. September 1665... Elizabeth... An den in London ansässigen Linus Silverstone... Ohne weiteres wird dessen Übernahme des Sorgerechts in unsere Listen eingetragen... Name des Vaters nicht überliefert... Unterzeichnet am 3. September 1665.“

„Ich habe die Adoptionspapiere gefunden", rief ich Oliver zu. „Elizabeth wurde am 5. September 1665 von einem Mann namens Linus Silverstone adoptiert, also von deinem Großvater. Leroy Edward Creeves wird nicht namentlich genannt." Vorsichtig faltete ich den Zettel wieder zusammen und wollte ihn gerade zurück in den grauen Umschlag stecken, als mir etwas ins Auge fiel. Der schwarze Wachsstempel auf der Rückseite war beinahe rund und hatte in der Mitte eine feine, kreisförmige Erhöhung, in die ein weißer Wachspunkt verlief.

„Auf dem Umschlag ist das Zeichen der Inkeye", fügte ich hinzu und hielt das Zeichen gegen das Licht, um die einzelnen Linien und Konturen besser erkennen zu können. „Und wieder könnte man meinen, es würde ein Auge darstellen, auch wenn es in Wirklichkeit den Ring symbolisiert." Seufzend legte ich die Papiere zurück auf den unordentlichen Haufen, den Phönix eben verursacht hatte und zog mich mühsam am Tisch hoch. Mit schmerzenden Gliedern stolperte ich nach draußen und ließ mich auf den schmalen Vorsprung fallen, auf dem Phönix vor einigen Stunden gelegen hatte. Ein kühler Wind fegte über das Meer hinweg und schlug feine Wolken aus Nieselregen auf uns hinab, während das kleine Fischerboot gemächlich durch das Wasser glitt. Die Wellen, auf denen gläserne, schneeweiße Schaumkronen tanzten, schlugen im regelmäßigen Abstand gegen den Bug und schwappten teilweise soweit über die Reling, dass sich kleine Pfützen auf dem unebenen Holzboden gesammelt hatten. Der Himmel war tiefschwarz eingefärbt und die Wolken, die aussahen, als bestünden sie aus grauer Zuckerwatte, verdeckten die wenigen Sonnenstrahlen, die sich an manchen Stellen durch den Nebel drängten. Es roch nach Salz und nach einer unbeschreiblichen Kälte, die zwischendrin von warmen Wogen aus Wind durchbrochen wurde.
Oliver hielt das Steuerrad fest in seinen zerbrechlichen, runzligen Händen und hatte den Blick starr nach vorne

gerichtete, so, als erwartete er, dass am Horizont bald eine Insel auftauchen würde. Seine langen, eisgrauen Haare flatterten im Wind und fielen dann zurück auf seine Schultern, die vom vielen Stehen nach unten gesackt waren. In meinen Ohren dröhnten das seichte Rauschen der Wellen und die stechenden Schreie der Möwen, die aus weiter Entfernung zu kommen schienen.

„Weit kann es nicht mehr sein“, ertönte auf einmal Phönix' lang gedehnte Stimme, die wie immer so klang, als hätte der Kater alle schlechten Launen der Welt in sich aufgesaugt.

„Ich habe so ein Gefühl, dass Merida bald in unser Sichtfeld gelangen wird.“ Und damit hatte der Kater alles andere als Unrecht. Wenige Minuten später zeichneten sich auf einmal die Umrisse einer Insel hinter den weiten Nebelvorhängen ab, die sich wie ein ineinander verlaufenes Tuch über das Meer legten. „Das ist also Merida.“ Ich rutschte von dem breiten Vorsprung, auf dem ich die letzten paar Minuten gesessen hatte. Auch Phönix hatte seine Ohren neugierig aufgestellt und seinen Blick auf die Insel gerichtet, die immer deutlicher sichtbar wurde, je mehr wir uns ihr näherten. Hinter den großen, in den unterschiedlichsten Grüntönen schimmernden Wäldern ragten hohe Berge in den Himmel, die alle paar Kilometer von geschlängelten Wegen und Flüssen durchkreuzt wurden. Der Hafen vor uns setzte sich aus einem einzigen, langen Steg und einigen Stapeln aus Holzkisten und Fischernetzen zusammen, die in einer Ecke des langen Strandes aufgetürmt worden waren.

„Ganz anders als in Aquanta“, kommentierte Phönix und schlang den Schwanz um sein rechtes Hinterbein. „Aquanta war dazu ausgerichtet, große Handelsschiffe zu empfangen und Waren anzunehmen, wie auch eigene Waren an andere Orte zu liefern. Merida scheint mir eine wilde Insel zu sein, die noch unberührt von Menschen ist. Bis auf den Steg und die paar Netze.“ Ich fragte nicht, woher der Kater das wusste oder warum es ihn überhaupt interessierte, zu welchem Zweck es die Insel gab. Obwohl das nicht gerade gut formuliert war, denn Inseln waren schon da, bevor Menschen einen Zweck für sie fanden. Oliver riss das Steuerrad nach links und das Boot kippte für eine Sekunde soweit auf die Seite, dass ich schon befürchtete, es würde ins Wasser stürzen. Aber dann pendelte es sich wieder ein und wurde die letzten Meter bis zum dem Steg getrieben, an dem wir anlegen wollten.

„Hältst du bitte kurz das Steuerrad fest?“, bat mich Oliver, „Ich muss das Boot gleich mit dem Tau am Pflock anbinden.“ Ich nickte und griff nach dem Holzrad, während Oliver übers Deck hastete und ein zusammengerolltes, fest gestricktes Seil aus einer kleinen Kiste herausholte.
Ich drehte das Steuerrad vorsichtig ein Stück nach rechts und spürte den sachten Widerstand, als die Bootswand gegen den Steg polterte und am Holz entlang kratzte, bis es schließlich zum Stehen kam. Oliver beugte sich vorsichtig über die Reling und schlang das Tau um den Metallpflock, der in etwa die Form eines Pilzes hatte und so verrostet war, das beim Zusammenknoten des Seils feine, kupferfarbene Metallflitter durch die Luft stoben. Sobald das Boot zum Stehen gekommen war, sprang Phönix mit einem großen Satz von Deck und stolzierte über den hölzernen Steg, der im langen, von unterschiedlichen Steinen übersäten Sandstrand endete.

„Nimm du bitte die Adoptionspapiere und die Karte mit“, wies mich Oliver an und kletterte hinter dem Kater auf den Steg, während ich schnell zurück in die Kabine hastete und die Papiere in meine Jackentasche stopfte. Oliver reichte mir seine Hand und zog mich umständlich vom Boot, dass von den Wellen immer wieder gegen den Steg geschlagen wurde und es so nicht gerade einfacher machte, aufs Land zu kommen. Ächzend zog ich mich an Olivers Arm hoch und rappelte mich erleichtert auf, als ich wieder festen Boden unter den Füßen spürte.

„Wir sind endlich angekommen“, seufzte Oliver und sah Phönix lächelnd hinterher, der mit den Pfoten wild um sich fuchtelte, weil eine freche Möwe auf seinem Kopf gelandet war. „Auf Merida, einer Insel voller Geheimnisse.“

18. Kapitel: Das Haus des Wissenschaftlers

„Was erlauben sich diese Inselvögel?“, zeterte Phönix vor sich hin, nachdem er es endlich geschafft hatte, die freche Möwe von seinem Kopf abzuschütteln. „Ich bin doch keine, keine...“

„Keine Statue, keine Regenrinne, keine Mülltonne“, schlug ich grinsend vor und beobachtete, wie die Möwe auf einer hohen Straßenlaterne landete, die die einzige in der ganzen Umgebung zu sein schien. Phönix fauchte und sprang um die Laterne herum, als würde sie sich dadurch in Luft auflösen und die Möwe herunterfallen lassen. Die hatte aber anscheinend genug von dem merkwürdigen, fast durchsichtigen Tier, das wie verrückt um sie herumsprang und nicht den Eindruck machte, als wollte es mit ihr spielen. Die Möwe spreizte ihre grau weiß gesprenkelten Flügel, hob ab und flatterte so schnell davon, wie sie gekommen war. Phönix rümpfte die Nase und stolzierte mit hoch erhobenem Kopf weiter durch den Sand, der immer wieder von kleinen Kreisen aus aneinander liegenden Steinen unterbrochen wurde, die im Sonnenlicht geheimnisvoll glitzerten.

„Zeigt uns die Karte einen Weg?“, erkundigte sich Oliver, der das Tau fester zugeknotet hatte und neben mir über den Steg stapfte. Ich kramte die zusammengefaltete Karte aus meiner Jackentasche und fuhr mit dem Finger die verschiedenen Wege nach, die darauf eingezeichnet waren. „Nicht wirklich.“
Ich reichte Oliver die Karte. „Die Pfade werden uns nicht

weiterbringen. Sie sind zwar eingezeichnet, aber führen ins Nirgendwo.“ Oliver senkte nachdenklich den Kopf und faltete die Karte wieder zusammen.

„Sieht so aus, als würden wir also einfach auf Entdeckungstour gehen“, antwortete er mit einem schiefen Grinsen. „Immerhin sind wir jetzt zu zweit. Da ist alles viel...“

„Zu zweit?“ Phönix hob eine Augenbraue, was ziemlich komisch aussah, weil ich noch nie einen Kater gesehen hatte, der einen solchen Gesichtsausdruck aufgesetzt hatte. „Ich bin ja auch noch da. Ich spiele auch eine wichtige Rolle.“

„Ja, die Rolle des nervtötenden, eingebildeten Katers“, brummte ich und Oliver musste wieder einmal schmunzeln.

„Bevor es hier noch zu einer Auseinandersetzung kommt, sollten wir lieber aufbrechen“, lächelte er. „Wir müssen einen Ort zum Schlafen finden, bevor die Sonne untergeht.“

Phönix sah mich für einen Moment entrüstet an, so, als hätte ich gerade deklariert, dass ich ihn nicht mochte. Was natürlich nicht der Fall war - ich hatte den vorlauten Kater schon lange ins Herz geschlossen.

„Wir sind natürlich zu dritt“, seufzte ich und warf Phönix einen entschuldigenden Blick zu. „Du hast einen hervorragenden Orientierungssinn, habe ich Recht?“

Phönix zögerte für einen Augenblick und ließ seine Augenbraue mit einem dramatischen Seufzer nach unten sinken. „Selbstverständlich. Dennoch kann auch ich dir nicht sagen, welchen Weg wir einschlagen müssen. Mein Bauchgefühl sagt mir: Immer gerade aus. Und wisst ihr, was mir mein Bauch auch sagt?“ Phönix legte eine Kunstpause ein und scharrte mit den Pfoten im Sand. „Ich habe seit mehreren Stunden keine Nahrungsmittel mehr aufgenommen, geschweige denn einen Schluck Wasser.“

„Kein Wunder, dass er fast am Rad dreht“, grummelte ich und musste feststellen, wie sehr ich Phönix' alte, positive Art vermisste.

„Wir werden auf Merida sicherlich etwas Essbares finden", versicherte Oliver dem Kater. „Und wenn wir Narius Sealberg gefunden haben, kann er uns auch sagen, welche Pflanzen man hier essen kann."

„Pff", machte Phönix. „Und bis dann vergiften wir uns, oder wie?" Oliver, und auch ich, ersparten uns eine Antwort und trotteten im Gleichschritt hinter dem Kater her, der mit sicheren Pfotentritten über den Strand lief. Die langen, goldenen Sanddünen endeten in einigen hundert Meter Entfernung in einer Wegkreuzung, die mir wie urplötzlich ins Auge gefallen war. Es war beinahe so, als habe es sie vorher nicht gegeben. So, als wäre sie erst aus dem staubigen Boden geschossen, als wir die Insel betreten hatten. Von der Kreuzung aus führten drei lange, von grauen Steinen bedeckte Wege in unterschiedliche Richtungen. Der auf der rechten Seite führte wie jeder der drei Wege noch einige hundert Meter durch sandige Erdhügel, bis er in einem großen Forst endete. Vermutlich war es ein Mischwald, denn zwischen den hohen, nadelgrünen Tannen tummelten sich auch Eichen, Buchen und Kastanienbäume, deren Farben durch den kommenden Winter bereits erloschen waren. Der linke Weg schlängelte sich bis zu einem düsteren, schattigen Nadelwald, hinter dem man bereits die ersten Felsen und Berge erkennen konnte. Und der mittlere Weg führte weiter durch ein blass grünes Hügelland mit kleinen Bäumchen, die ihre ausladenden, orangefarbenen Kronen in den weiß - grauen Himmel reckten.

Es roch beinahe gleichzeitig nach Baumharz und Erde, nach Nässe und Tannennadeln und nach einem undefinierbaren, süßlichen Geruch, der von den kleinen Bäumchen zu kommen schien.

„Gerade aus hast du gesagt?" richtete ich mich an den Kater, der den Blick von dem düsteren Tannenwald löste, den er die letzten paar Sekunden beäugt hatte, als befürchtete er, dass gleich etwas aus diesem herausstürmen und uns angreifen würde.

„Ich würde den mittleren Weg bevorzugen“, schnurrte er und trottete über den Pfad, der durch die lindgrünen, von orangeroten Bäumchen bewachsenen Hügel führte.
„Auf der linken Seite liegt Gefahr, auf der Rechten Unsicherheit und in der Mitte Wissen.“
„Immer diese Rätsel“, knurrte ich und folgte dem Kater durch das grüngoldene Meer, das sich vor uns erstreckte. „Kann er sich noch undeutlicher ausdrücken?“

„Er meint, dass uns die anderen beiden Wege nicht dahin bringen würden, wo wir hinwollen“, mutmaßte Oliver.
„Phönix hatte für so etwas schon immer ein besonderes Gespür, das ich so in dieser Form noch bei keinem Mensch oder Tier gesehen habe. Er wird wissen, welcher Weg der richtige ist.“
Ich seufzte und lief mit schweren Schritten hinter Phönix her, der leichtfüßig durch die Hügel spazierte und hin und wieder an einem der kleinen, orangeroten Bäumchen entlang strich.
Der Wind schlug hart in mein Gesicht und fühlte sich an, als setzte er sich aus einer vereisten Glaswand zusammen, die sich gegen meine Haut drückte und dann von unsichtbaren Händen getragen an mir vorbei geschleift wurde, um Sekunden später wieder gegen mein Gesicht geschlagen zu werden. Ich atmete tief die kalte Luft ein, die sich mit dem Duft von blühenden Pflanzen und alten Bäumen mischte und einem beinahe das Gefühl gab, als wanderte man durch eine Traumwelt, die es so im echten Leben nicht gab. Aber die hohen, starren Bäume, die am Ende der Hügellandschaft auf uns warteten und ihre langen Schatten auf den Steinweg warfen, nahmen mir diesen Gedanken wieder.

„Was weißt du eigentlich noch über Narius Sealberg?“, fragte ich in die Stille hinein. „Du sagtest, er war in deiner Schulzeit ein beliebter Wissenschaftler.“ Oliver nickte. Es war ein Nicken, dass weder ein richtiges Nicken, noch ein Kopfschütteln war, wenn ich mich nicht täuschte, was ich in letzter Zeit leider ziemlich oft tat.

„Nein, beliebt war er nicht“, erwiderte er. „Er war bekannt. Aber nicht jeder, der bekannt ist, ist auch beliebt. Narius Sealberg war ein Mann, der sich nicht viel aus den Meinungen anderer machte und so interessierte ihn es auch nicht, wie viele Leute ihn damals für verrückt hielten. Denn er war und ist noch immer ein Mensch, der an das Überirdische glaubt, aber auch an das Unterirdische, wenn du weißt was ich meine.
Er war der Ansicht, dass es noch mehr zwischen Himmel und Erde gab, als wir uns je hätten vorstellen können. Vor allem im Meer seien, so zitierte er in seinem Buch „Kreaturen weit unserer Vorstellung, die in den Ozeanen lauern und ihr Geheimnis seit Ewigkeiten von den Menschen bewahren müssen“. Narius interessierte sich sehr für das Meer, aber auch für das Wetter und die Geographie, die noch viel zu entdecken bot. Allerdings war er es, der letztendlich das Buch „Die Geheimnisse Aquantas“ schrieb, in dem es um die unfassbaren Phänomene des Meeres und die Insel Aquanta geht. Die Autorin Flora Coppersteen verfasste schließlich das Buch „Die Geheimnisse des Meeres“, in dem sie gemeinsame Vermutungen und Forschungen mit Narius beschrieb, mit dem sie ihr ganzes Leben zusammengearbeitet hatte. Beide hatten keinen guten Ruf, da die meisten Menschen der Meinung sind, dass Magie oder unnatürliche Wesen nicht existieren können. Es wurde viel über die beiden Wissenschaftler geredet, die auf dem weiten Ozean nach diesen Kreaturen forschten und sie nach ihrer Forschungszeit in ihre Bücher mit einbezogen. Niemand war sich sicher, ob er oder sie den wilden Erzählungen Glauben schenken wollte, die in die beiden Wissenschaftler in ihren Büchern schilderten.
So kam es, dass sie nach und nach beide für verrückt erklärt

wurden und schon bald in Vergessenheit gerieten."

„Die Meereskreaturen waren unglaublich", fügte ich hinzu und erinnerte mich an die farbigen Zeichnungen in Flora Coppersteens Buch. „Es gab krapprote Krebse mit langen Tintenfischarmen, die goldene Tinte ausstoßen, kleine Kraken mit violetten Saugnäpfen und hübsche, aquamarinfarbene Schildkröten. Turquamarinen…" Verträumt blickte ich in den Himmel, der sich mit dichten, grauen Wolken zugezogen hatte. Hoffentlich würde es nicht wieder anfangen zu regnen.

„Und, glaubst du, dass es diese Wesen wirklich gibt?", fragte Oliver. Die Frage überraschte mich so sehr, dass ich beinahe über ein kleines Eichhörnchen gestolpert wäre, dass an mir vorbei über den Weg raste.

„Ähm", stotterte ich und wusste nicht Recht, was ich antworten sollte. „Nun ja, es gibt sprechende Kater, Zeitreisen, Wesen wie Sikles. Also warum nicht?" Das Eichhörnchen, das sich gerade noch auf die andere Seite des Weges hatte retten können, bevor ich über es drüber gefallen wäre, hatte die Hinterbeine aufgestellt und musterte uns mit einem neugierigen Blick. Ich runzelte die Stirn und blieb ebenfalls stehen, während das kleine, kastanienfarbene Tier unsicher zu uns herüber trippelte und mir sein weißes Nässchen entgegenstreckte. Es piepste unsicher und schien zu überlegen, ob es uns trauen konnte oder ob es doch in die Sicherheit des Waldes stürmen sollte. Dann entdeckte das Eichhörnchen Oliver und fing an, unruhig auf der Erde herum zu trommeln, bevor es sich umdrehte und über die Hügel hastete, um sich kurz danach wieder uns zuzuwenden. Winkte es uns nicht sogar ein bisschen mit der Pfote zu?

„Ich glaube, es will, dass wir ihm folgen." Ich bedeutete den anderen, mit mir zu kommen und folgte dem Tier, dass aufgeregt über die Hügel hopste und sich alle paar Sekunden umsah, um zu überprüfen, dass wir noch da waren.

Oliver, Phönix und ich rannten hinter dem Eichhörnchen her, dass flink zwischen den Bäumen hindurch kurvte und mal nach links, mal nach rechts abbog.
Nach wenigen Minuten hatten wir die Hügellandschaft verlassen und liefen weiter durch ein Dickicht aus hohen Bäumen und dichten, grauen Büschen, um die hunderte getrocknete Blätter lagen.

„Ich o ell“, keuchte Phönix, der mit heraushängender Zunge durch den Wald preschte und das Eichhörnchen fest im Blick hatte. „O ang an ja icht aten.“ Übersetzt bedeutete das so viel wie: „Nicht so schnell.
So kann man ja nicht atmen.“ Aber dafür, dass der Kater kaum atmen konnte, konnte er ziemlich viel meckern. Alle paar Sekunden stieß er erschöpfte Seufzer aus oder beschwerte sich über „uft“, „eck“ und „öpfung“, was auch immer er damit meinte.

„Da vorne ist etwas“, rief Oliver plötzlich, der trotz seiner langen Zeit in Gefangenschaft eine ausgesprochen gute Ausdauer hatte. „Sieht aus wie ein Haus.“ Erleichtert sah ich auf und stolperte die letzten Meter durch die Bäume, als auch ich es sah. Unter dem Schatten einiger hoher, nach oben spitz zulaufenden Kiefern, lag ein Haus. Aber es glich nur wenig den eintönigen, geraden Neubauten, die in London immer häufiger vorkamen- nein. Es hatte ein fuchsrotes Giebeldach und die aus unförmigen Ziegelsteinen zusammengehaltene Fassade wechselte sich in steingrauen, naturroten und terracotabraunen Farbtönen ab, je nachdem, welche natürliche Farbe jeder einzelne Stein besaß In die Hauswand waren auf der Seite, die wir von unserem Standpunkt aus sehen konnten, vier verschieden große Fenster eingebaut, die mit weißen Vorhängen verdeckt waren. Eine kleine, hölzerne Hintertür mit Steintreppe führte in den wilden, überwucherten Garten. Zwischen kleinen Tannen und langen, dunkelgrünen

Kletterpflanzen, die sich sich um eine Gruppe aus Steinen rankten, stand ein Tisch. Also genauer gesagt war es nicht nur ein Tisch, sondern ein Tisch mit geschwungenen Holzbeinen und einem Stuhl. Und auf diesem Stuhl saß, ein braunes, zerfleddertes Notizbuch in den Händen - Narius Sealberg.
Er hatte wässrige, braune Augen und schneeweißes Haar, das ihm in dünnen Strähnen über sein runzliges Gesicht fiel.
Auf seiner Nase hockte eine ovalförmige, goldene Nickelbrille mit feinen Bügeln, die unter seinem glänzenden Haar verschwanden. Der Wissenschaftler trug eine braune Stoffhose, über die sich lange Falten zogen und hatte sein weißes Hemd lose in den weiten Stoffbund gesteckt. Über seiner Schulter hing eine beigefarbene Jacke und um seinen Hals baumelte ein goldenes Medaillon an einer gestrickten Kordel.
Das Eichhörnchen, das uns zum Haus geführt hatte, flitzte herüber zu dem alten Mann, der sein Buch mit einem erwartungsvollen Lächeln auf den Tisch legte und dem Tier über sein seidiges Fell strich.

„Na, wen hast du uns denn mitgebracht?" Narius erhob sich von seinem Stuhl und sah uns mit einer merkwürdigen Ruhe an, die mir das Gefühl gab, als hätte er uns bereits erwartet.

„Mein Name ist...", begann mein Vater und hielt Narius Sealberg seine Hand hin, der diese aber nur mit einem nachdenklichen Schmunzeln bedachte.

„Silverstone", sagte er und für einen Moment erinnerte er mich an den freundlichen, alten Herren am Zeitungsstand, der mir früher immer ein Boot aus dem bedruckten Papier gebastelt hatte, wenn wir beim Einkaufen an ihm vorbeigingen.
Aber irgendwann war auch er verschwunden, genauso wie die Zeit, die mir früher so unendlich lang und schön erschienen war.

„Oliver Silverstone", wiederholte der alte Mann und nickte. „Es hat eine lange Zeit gedauert, bis du meiner Nachricht nachkommen konntest.“ Oliver öffnete den Mund und ich wusste, dass er Narius alles erzählen und ihm einen Grund geben wollte, warum er ihm damals nicht zur Hilfe geeilt war. Aber Narius schüttelte nur den Kopf und ging mit schweren Schritten herüber zur Steintreppe, die das Haus mit dem Garten verband. „Wir können über alles sprechen. Bei einer Tasse Tee?“

Das Haus des Wissenschaftlers war das Außergewöhnlichste, was ich je in meinem Leben gesehen hatte. Hinter der Tür lag ein schmaler, dunkler Flur, der in das goldene Licht von hunderten Kerzen getaucht war. Die Kerzen standen auf silbernen, an den Wänden befestigten Metallpfännchen und brannten unter geschliffenen Glaskuppeln, die nach vorne geöffnet waren, damit die Flammen nicht erloschen. Im Schein der flackernden Kerzen zeichneten sich die Umrisse eines altmodischen Kleiderständers ab, an dem ein gestrickter Schal und eine mit bronzefarbenen Knöpfen versehene Kappe baumelten. Der Boden war von einem schwarzen Teppich bedeckt, dessen Nähte mit kleinen, weißen Blüten bestickt waren. Es roch nach altem Holz und nach einer Spur von Zimt und Kirschen, wenn ich mich nicht täuschte.

„Willkommen in meiner bescheidenen Stube.“ Narius, der an uns vorbei gehumpelt war, öffnete eine Tür am anderen Ende des Flures. „Ich bereite noch unseren Tee vor. Ihr könnt euch schon einmal im Wohnzimmer niederlassen. Zweite Tür von links.“ Mit diesen Worten verschwand der alte Mann und ließ uns alleine inmitten der hunderten Kerzen stehen.

„Hast du so etwas schon einmal gesehen?“, flüsterte ich Oliver nachdenklich zu und schlüpfte eilig aus meinen Turnschuhen, die eine unansehnliche Erdspur auf dem Teppich hinterlassen hatten.

„Es ist wirklich außergewöhnlich“, erwiderte Oliver und streifte ebenfalls seine Schuhe ab. „Damals gab es ja noch kein elektrisches Licht und unter den meisten Menschen waren einfache Talg- und Öllampen bekannt. Nur der Adel besaß die begehrten Bienenwachskerzen, die wir in der Zukunft in jedem Laden kaufen können. Aber noch nie habe ich gesehen, dass jemand Kerzen in Glasbehälter stellt, die auf Metallpfännchen an der Wand balanciert sind. Wirklich sehr…"

„Sehr interessant, jaja", unterbrach ihn Phönix ungeduldig und scharrte mit den Krallen an einer hohen Doppeltür, die mit zwei eisernen Drachenköpfen versehen war und den Anschein gab, als würden die beiden Wesen gleich aus dem alten Holz herausbrechen. „Wollten wir uns nicht ins Wohnzimmer begeben?" Ich schnaubte leise und hoffte inständig, dass uns Narius mit dem Kater weiterhelfen konnte. Vielleicht wusste er, wie wir seine Seele retten und ihm wieder zu dem Kater machen konnten, der er tief in seinem Inneren war. Aber ja, Phönix hatte Recht. Immerhin konnten wir nicht im Flur herumstehen und die Kerzen anstarren, bis der alte Mann mit dem Tee zurückkam. Vorsichtig rüttelte ich an den metallenen Ringen und atmete erleichtert aus, als die Tür sich einen Spalt breit öffnete und den Weg in den dahinter liegenden Raum freigab. Phönix huschte an mir vorbei und tappte mit aufmerksamem Blick durch das Zimmer, das mir das Gefühl gab, als wäre ich in einem anderen Jahrhundert gelandet.
Ich musste grinsen, als mir die Sinnlosigkeit meines Gedankens auffiel. Ja, ich war wirklich in einem anderen Jahrhundert, genauer gesagt knappe 300 Jahre vor meiner Geburt.
Ich wusste nicht, wohin ich zuerst schauen sollte, da es so vieles gab, dass mir im warmen Licht des Kronleuchters ins Auge fiel, der beladen von tausenden von Kristallen von der dunkelgrün tapezierten Wand baumelte. Die einzelnen Glaskristalle klirrten durch den leichten Windzug aneinander, der durch die alten Holzwände pfiff und an den cremefarbenen, verwaschenen Vorhängen der Fenster rüttelte.

Die Außenwände des Raumes waren von vier hohen Regalen in unterschiedlichen Braun- und Rottönen verstellt, in denen sich zehntausende Bücher Reihe für Reihe tummelten. Inmitten der Regale stand ein einzelner Tisch mit nach außen geschwungenen Beinen, die fast aussahen, als hätte man sie einer Zeichnung eines Fabeltieres entnommen.
Auf der polierten Oberfläche des Tisches lag ein weißes Leinentuch und eine halb verblühte, rote Rose, deren lange Dornen feine Löcher in das Tuch gebohrt hatten. Um den Holztisch herum standen drei Sessel mit tannengrünen Samtbezügen und goldenen Nähten, die sich in den einzelnen, goldenen Akzenten des Raumes widerspiegelten. Auf der gegenüberliegenden Seite des Wohnzimmers stand ein rotes, ebenfalls mit Samt bezogenes Sofa mit einer seltsam geformten Lehne, die nur auf einer Seite des Möbelstücks angebracht war und die Form eines alten Klavierflügels besaß.

„Die Pracht des 18. Jahrhunderts", seufzte Oliver und ich hörte, dass ein Stück Trauer in seinem Satz mitklang.
„Wir hatten damals nicht das Geld, um uns vergoldete Vasen und derart edle Sofas zu kaufen. Nur die Adligen hatten das Vermögen, um sich solche kleinen Verschönerungen anzueignen und somit vor den anderen ihres Standes damit anzugeben. Aber was bringt einem das alles, in einem Haus, das von niemanden besucht wird, so wie hier?" Lange musste Oliver nicht auf eine Antwort warten. Hinter uns hatte Narius Sealberg den Raum betreten, ein klappriges, mit Goldrösschen bestücktes Tablett in seinen Händen, auf dem drei Teetassen und eine bemalte, fast eckige Teekanne balanciert waren.

„Das werdet ihr nun schon früh genug herausfinden", erwiderte er mit heiserer Stimme und ließ sich ächzend auf einen der Sessel sinken. „Setzt euch und hört meine Geschichte an..."

19. Kapitel: Fragen über Fragen

„Ich bin mir sicher, ihr habt mehr als genug Fragen an mich“, brummte Narius mit einem leichten Schmunzeln und bückte sich über den kleinen Tisch. „Und ich hoffe, ich kann alle davon beantworten, bevor ihr auch nur ein Wort gesagt habt.“ Der alte Mann griff mit zittrigen Händen nach dem Henkel der Teekanne und verteilte den purpurroten Tee in die drei Tassen, aus denen mir sofort Duftwolken aus getrockneten Kirschen und Zimt in die Nase stiegen. Daher war also der geheimnisvolle Geruch gekommen, der mir bei unserer Ankunft in Narius Haus entgegengeweht war. Vorsichtig nahm ich eine der Tassen vom Tablett und pustete in den heißen, dampfenden Tee, der das erste war, das mich seit Beginn unserer Reise an Weinachten erinnerte. Heute war der 20. Dezember, fünf Tage vor dem Weihnachtsfest, dass Grace und ich meistens alleine zuhause verbrachten. Und meine Mutter hatte versprochen, dass sie pünktlich vor Weinachten von ihrem Businessmeeting in Birmingham zurückkehren würde. Die Frage, die ich mir stellte, war, ob ich pünktlich oder überhaupt zurück nach London kommen würde. Ich schluckte und blickte in Narius erdfarbene Augen, die mich geduldig anblinzelten.

„Mein Name ist Narius Sealberg“, begann er und schob seine feine, goldene Nickelbrille ein Stück weiter nach oben, wodurch seine Augen noch größer und leerer wirkten als zuvor. „Ich bin ein Wissenschaftler, ein Entdecker, ein Biologe, aber allen voran bin ich ein Lebewesen, so wie ihr. Ich könnte

auch sagen, dass wir Menschen sind, aber woher können wir sicher wissen, dass wir menschliche Lebewesen sind? Wenn es doch kein nicht menschliches Wesen gibt, dass uns diese Tatsache belegen oder widerlegen kann. Ich sehe an deinem verwirrten Blick, Lucy, dass du wohl öfter mit solchen Rätseln konfrontiert wirst, habe ich Recht?“ Ohne eine Antwort abzuwarten fuhr er mit bedächtiger Stimme fort.
„Es gibt vieles, dass ich in meiner wissenschaftlichen und auch menschlichen Laufbahn erlebt habe, aber das, was sich gerade um uns herum ereignet, kann ich nicht in Worte fassen.
Es hatte natürlich einen Grund, warum ich Oliver damals einen Brief habe zukommen lassen, auch, wenn der eigentliche Grund ein anderer war, als der, den er vor langer Zeit gelesen hat. Ich bin ich mir sicher, dass du, Oliver, einen Hilferuf aus meiner Nachricht gelesen hast?“ Wieder wartete er nicht, bis ihm Oliver geantwortet hatte, der scheinbar ebenso mit den ineinander verschlungenen Sätzen zu kämpfen hatte wie ich.
„Es war kein Hilferuf, nein, es war eine Nachricht, die uns zu dem Punkt gebracht hat, an dem wir gerade sind. Wäre Oliver damals nicht nach Aquanta gekommen, um meiner Nachricht nachzukommen, wären wir jetzt nicht hier. Vielleicht wäre die Welt eine andere, die Menschen, die immer meinen, es gäbe keine Magie, wären vielleicht nicht mehr dieselben. Es musste alles so geschehen, wie es geschehen ist, auch wenn einige von uns dafür schwere Opfer bringen mussten.“ Narius hielt kurz inne und nippte an seiner Tasse, während in meinem Kopf die Gedanken herumflogen wie hunderte einzelne Zahlen in der Lotterietrommel, die erst in die richtige Reihenfolge kommen mussten, um einen Nutzen zu vollbringen.

„Du wusstest, dass mein Vater auf Aquanta gefangen genommen würde“, folgerte ich und versuchte, die Puzzlestücke in meinem Kopf zusammenzusetzen. Aber ein Teil passte nicht und ich wusste auch sofort, welches es war.

„Du bist doch auf unserer Seite, oder nicht?“, fragte ich. „Das heißt du wusstest auch, dass ich eines Tages kommen würde, um ihn zu retten und dann zu dir zu kommen. Aber woher?“

Narius rappelte sich auf und nahm ein dickes, verstaubtes Buch mit einem dunkelgrünen Buchdeckel und einem bronzefarbenen Verschluss aus einem der hohen Holzregale.

„Ich bin auf eurer Seite und bin es schon immer gewesen“, sagte er und klang dabei irgendwie geistesabwesend, wie paralysiert von dem Buch, dass er in seinen runzligen Händen hielt. Dieses Buch, dieses Werk... Es ist schwierig, euch dass alles so zu erklären, dass ihr einen Sinn daraus schöpfen könnt. Nun ja, es gibt eine Prophezeiung und eine Geschichte eines Mannes, der der Ursprung von allem ist.“

Narius ließ sich zurück in den Sessel sinken, der unter seinem Gewicht ein unzufriedenes Knarzen von sich gab. Er schlug das Buch auf und blätterte wie wahllos durch die Seiten, bis seine Finger zwischen zwei Seiten liegen blieben und das faltige Papier glatt strichen.

„Es ist eine Frage der Zeit, bis die Menschheit erfahren wird, dass das Leben und die Welt nicht so einfach ist, wie sie im ersten Augenblick erscheint. Das es Dinge gibt, die sich nicht mit der Wissenschaft oder logischen Schlüssen belegen lassen, sondern für sich in einer anderen Welt existieren, die den meisten Menschen unbekannt ist. Sie ist ihnen nicht unbekannt, weil es unmöglich wäre, sie zu erreichen, sondern weil die Menschheit dem sonderbaren, gar der Magie, keinen Glauben schenkt. Den direkten Gegensatz bilden Wesen weit der menschlichen Vorstellung, die durch ihre wissentliche Überlegenheit einen Schaden anrichten können, der niemanden auf dem düsteren, von Eifersucht und Hass geprägten Planeten, den die Menschen Erde nennen, in den Sinn kommen würde. Es gibt nur wenige

menschliche Wesen, die von dieser Überlegenheit Kenntnis genommen haben und das nur, weil sie sich mit Dingen und Geschehnissen auseinandergesetzt haben, die den anderen so seltsam und unglaublich erschienen, dass sie sich nicht näher damit beschäftigen wollten. Viele stellen sich die Frage, warum das Meer noch nicht vollständig von den Menschen erforscht wurde und sie sich stattdessen Landstücken annehmen, die sie schon vor hunderten von Jahren entdeckt haben. Die Antwort ist einfach und kompliziert zugleich: Weil sie Angst haben. Angst vor dem Unbekannten, Angst davor, dass all ihre gesammelten Vorstellungen vom Leben und der Welt zerstört werden würden, Angst, weil sie wissen, dass es Dinge gibt, von denen niemand erfahren sollte. Die Menschen meinen, sie hätten unter sich die größten Herrscher und Befehlshaber, denen die ganze Welt zu Füßen liegt, dabei können sie nicht wissen, dass ihre Existenz von den Wesen abhängt, die in den Tiefen des Ozeans ein anderes Leben verbringen als die Menschen, denen es nur um Reichtum und Ruhm geht. Jenseits dieser Welt, unabhängig von jeglicher Zeitepoche, die währenddessen verstreicht, gibt es eine Insel.
Sie liegt weder im menschlichen Dasein, noch völlig in der Welt des Meeres und der Kreaturen, von denen es beherrscht wird.
Wann die Insel entstanden ist, lässt sich auf Jahrtausende zurückführen, bis hin zu einer Zeit, in der es die Menschen noch nicht gab. Abhängig davon, wann diese Worte gelesen werden, sind Jahrzehnte, Jahrhunderte, vielleicht sogar Jahrtausende vergangen, seit ich dieses Buch verfasst habe. Wer ich bin und warum ich von der Prophezeiung weiß, die gleich folgen wird, will ich nicht erwähnen, da es nicht wichtig ist, von wem dieses Buch ausgeht und was seine persönliche Vergangenheit gewesen ist.
Vor nicht allzu langer Zeit geschah etwas, dass das Schicksal der Menschen besiegeln würde. Es war etwas, was nicht irgendjemanden geschah, sondern mir. Ich frage mich immer noch, wie ich dazu in der Lage bin, dieses Buch zu schreiben, wo

meine Seele doch nichts mehr als ein dunkler Fetzten ist, der immer weiter davon treibt und mein Leben in absehbarer Zeit beenden wird. Und jetzt muss ich doch meinen Namen erwähnen, da du, der dieses Buch liest vermutlich weißt, wer für das alles verantwortlich ist. Mein Name ist Creeves. Leroy Edward Creeves. Vermutlich ist dir mein Name bekannt, aber nicht von mir selbst, sondern von dem, der meine Seele vor vielen Jahren gestohlen hat. Eigentlich ist es kein Diebstahl, denn ein Teil der Seele bleibt einem erhalten. Man hat schwache Erinnerungen, kann reden und denken, aber der wahre Charakter, eben die Seele des Menschen, geht verloren. Ich war damals auf der Insel, über die ich bereits auf der vorherigen Seite gesprochen habe. Als Kapitän eines großen Handelsschiffes war ich es gewohnt, für einige Tage an Land zu sein, während meine Mannschaft meist auf dem Schiff, der Inkeye zurückblieb. Es war eine sehr belebte Insel mit einer großen, bunten Innenstadt und zahlreichen Festen, die die Bewohner dort feierten. Auf einer Wanderung durch den dunklen Tannenwald, der auf der linken Seite der Insel lag und von den Bewohnern der Stadt gemieden wurde, stieß ich auf eine Höhle hinter einem gewaltigen Wasserfall, zu dem eine schmale Steintreppe führte.“

„Tut... Tut mir leid, dass ich dich unterbreche, aber mir ist eben etwas aufgefallen“. Ich ließ mir Narius’ Worte noch einmal durch den Kopf fliegen, bevor ich mit bebender Stimme weitersprach. „Oliver hat mir vor einigen Tagen erzählt, dass er vor seiner Zeitreise ins Jahr 2000 Creeves in eine Höhle gefolgt ist, die hinter einem Wasserfall lag, wie in der Geschichte. Er sagte, dass Creeves dort auf die Inkeyes traf und es beinahe so war, als würde er sie bereits kennen.“ Ich wechselte einen schnellen Blick mit meinem Vater um sicherzugehen, dass das, was ich sagte, noch der Wahrheit entsprach. „War das die gleiche Höhle?“

Narius senkte geduldig den Kopf. „Ja, es ist dieselbe Höhle wie in diesem Buch. Das Schicksal dieses Mannes setzt sich in der Zukunft fort, aber mit einem anderen Opfer... Wo war ich stehengeblieben? Ah, hier.

„Ich beschloss, die Höhle zu erkunden und als ich den ersten Schritt auf die alte, brüchige Steintreppe setzte, wusste ich noch nicht, dass dieser Schritt mein und das Schicksal vieler anderer besiegeln würde. Zunächst lief ich einige hundert Meter durch die stockdustere Höhle, aus deren Boden spitze, steinerne Stalagmiten bis zur tiefhängenden Decke ragten. Mit jedem Schritt, jedem unsicheren Stolpern, kam ich einer kaum greifbaren, eisigen Kälte näher, die mir aus der Dunkelheit ins Gesicht wehte und mir das Gefühl gab, dass ich es nicht mehr schaffen würde, die Höhle wieder zu verlassen. Und ich muss leider sagen, dass dieser Gedanken nicht ganz unberechtigt in meine Gedanken getrieben wurde, aber dazu später. Nach mehreren Minuten, in denen ich mit zusammengekniffenen Augen durch die dunklen Gänge kletterte, schien die Höhle schließlich ein Ende zu haben. Zumindest sah es so aus, denn vor mir lag eine dichte Steinwand. Nur, dass sie nicht aus Stein bestand, sondern aus einem Meer tintenblauer bis nachtschwarzer Schatten, die sich aus nebelartigen Gebilden zusammensetzten. Aus den merkwürdigen, schwarzen Wolken drangen raunende Stimmen, die so leise waren, dass ich sie auch in der sonstigen Stille nicht verstehen konnte. Etwas in mir wusste, dass mir Gefahr bevorstand, aber meine Neugierde besiegte die Angst mit einer viel zu mutigen Leichtigkeit, dass mir nicht klar wurde, in was ich hinein geraten war. Wie paralysiert blickte ich in die düstere Wand, die eine eisige Kälte und Leere über meinen Körper ausbreitete. Das nächste und auch letzte, an was ich mich von diesem Moment an erinnern kann, war ein Schattenwesen, größer und dunkler als alle anderen, das aus den tintenfarbenen Nebelschwaden heraustrat und mich ansah, auch wenn es keine

Augen hatte. Und dann war da nur noch eine tiefe Leere und ich hatte das Gefühl, als hätte ich meinen Körper verlassen, obwohl ich immer noch am selben Ort stand und in die dunkle Masse aus Schatten blickte, die begannen, mich von allen Seiten einzukreisen. Ich spürte nur noch, wie mein Körper an die kalte, feuchte Steinwand gedrückt wurde und blinzelte für einen Moment durch meine Hände, so, als wüsste ich das das, was ich dabei sehen würde, nicht für meine Augen bestimmt war.
Ein merkwürdiger, grauer Schatten, in etwa der Größe eines ausgewachsenen Mannes war auf einmal neben den anderen Schatten aufgetaucht und ohne es von irgendjemanden erfahren zu haben wusste ich, dass ich dieser Schatten war. Oder besser gesagt ein Teil von mir, denn ich lag noch immer an der Seite und versuchte mit den hunderten Gedanken klarzukommen, die in meinem Kopf herumwirbelten. Und dann sah ich es: Der große, schwarze Schatten, der sich zuvor aus der Masse gelöst hatte, umgab meine Silhouette und schien seinen nebelartigen Körper wie ein samtiges Tuch darum herum zu schlingen. In dem merkwürdigen, blau- weißen Licht, dass sich in der Höhle ausbreitete, sah ich nur noch, wie das merkwürdige Wesen immer größer wurde und nach und nach die Gestalt eines Mannes annahm, der wenige Sekunden später vor mir stand. Es war - ein Duplikat meiner selbst, das mich mit einem hämischen Blick musterte. Und das Unheimliche an diesem Blick war, dass er von einem äußerst beunruhigenden Paar Augen stammte, die mir einen eiskalten Schauer über den Rücken jagten. Sie waren blau. Tintenblau.“
Narius hielt kurz inne und betrachtete den Kater, der es sich unter Olivers Sessel gemütlich gemacht hatte und der Geschichte nur mit halbem Ohr lauschte.

„Ihm ist das gleiche geschehen“, sagte Narius und bedachte Phönix mit einem traurigen Blick. „Auch er hat einen Teil von sich verloren, der nun in einem anderen Wesen weiterlebt.“

„In einem Inkeye", fügte ich tonlos hinzu und nahm einen großen Schluck Tee. Er schmeckte süß und die Wärme beruhigte mich ein wenig, auch wenn es eigentlich vor Spannung und Ungewissheit in mir brodelte. Wenn ich die Worte des Autors richtig verstanden hatte, war Leroy Edward Creeves, der Vater von Elizabeth, nur ein Duplikat der eigentlichen Person. Aber wie konnte es sein, dass ein Inkeye, der nur in Besitz einer gefangenen Seele war, Vater wurde? Oder stammte das Kind vom tatsächlichen Creeves, dem Autor des Buches? Die Gedanken tosten durch meinen Kopf und verstrickten sich immer weiter, bis ich das Gefühl hatte, nichts und gleichzeitig alles zu wissen. Es gab sicherlich vieles, dass ich mit meinem derzeitigen Wissen herausfinden konnte, aber mein Kopf war wie blockiert von einer unendlichen Blockade, die sich keinen Millimeter bewegte und alle paar Sekunden auf die ineinander verstrickten Gedanken traf. Mal erschien für einen kurzen Moment eine mögliche Lösung, dann herrschte wieder eine unerträgliche Leere. Eine Leere voll Puzzleteilen, die einfach nicht zusammenpassen wollten.

„Ich sehe deine Frustration", richtete sich Narius an mich und schenkte mir ein rares Lächeln, das kleine Lachfalten an seinen Augen entstehen ließ. „Aber ich werde dieses Kapitel noch zu Ende lesen, damit ihr auf dem gleichen Stand seit wie ich. Auch wenn ihr Dinge wisst, die ich nicht weiß, gibt es auch vieles, was ihr noch nicht erfahren habt."
Mit diesen Worten nahm Narius wieder seinen Finger aus den Buchseiten, strich das raue Papier glatt und begann erneut zu lesen.

„Mein Körper war nichts weiter als eine Hülle, die zwar denken und sprechen konnte, aber alles Besondere, dass mich als Mensch ausgemacht hatte, verlor. Von einem Moment auf den anderen waren die merkwürdigen Schatten und das Wesen, dass sich in ein schemenhaftes Duplikat von mir verwandelt hatte, verschwunden.

Ich wusste, was geschehen war, aber konnte es nicht einmal mir selbst erklären. Mir war nur klar, dass ein wichtiger Teil von mir fehlte; der Teil, der das einzige war, dass mich von den anderen unterschied. Und nun, nun ist meiner eigenen Geschichte nicht mehr viel hinzuzufügen. Ich kehrte zurück nach London, meiner Heimatstadt und lebte ein Leben wie jeder anderer, dem so etwas nicht passiert war. Das ich dabei etwas Wesentliches vergessen hatte, fiel mir leider erst viel zu spät auf...
Es war schwierig und seltsam, einer der wenigen zu sein, die wussten, dass unnatürliche Dinge existierten und es dauerte lange, bis ich eine Frau fand, die mich so akzeptierte wie ich war. Sie wurde Mutter meiner Tochter Elizabeth Edward Creeves, die mir kurz nach ihrer Geburt genommen wurde.
Es ist schwer, all mein Wissen in Worte zu fassen und so muss ich Details auslassen, von denen noch nicht einmal ich weiß, ob sie von hoher Bedeutung sind oder nicht. Im Winter des Jahres, in dem Elizabeth geboren wurde, änderten sich in unserer Umgebung einige Dinge, die sich niemand erklären konnte.
Auf der Route zwischen Dover und Calais hatte es schon des Öfteren Unwetter gegeben, die so manches Leben kosteten, aber in diesem Winter geschahen dort draußen Dinge, die jedem Seemann das Blut in den Adern gefrieren ließen. Dinge, von denen ich wusste, woher sie kamen, ohne es je erfahren zu haben. Meine Intuition sagte mir, dass die Schattenwesen und mein düsteres Duplikat etwas damit zu tun hatten. Ich bemühte mich weiterhin um ein ruhiges, gutes Leben für mich und meine Familie, bis sich mein Schicksal eines Tages doch noch dazu entschlossen hatte, mir das zu nehmen, was mir alles bedeutete. Ich lebte zu dieser Zeit mit meiner Frau und der kleinen Elizabeth in einem winzigen Häuschen am Meer und hatte meine Arbeit als Schiffsbauer aufgeben müssen, da meine Kräfte über die Zeit immer schwächer geworden waren. Es fühlte sich an, als wäre der letzte, winzige Teil meiner Seele aus meinem Körper gerissen worden, der sich

stumm und leer anfühlte. Ich hatte nichts mehr zu gewinnen und nichts mehr zu verlieren aber lebte weiter, lebte, weil ich meine Frau und Tochter so sehr liebte, lebte, weil es noch vieles gab, was ich in meinem Leben herausfinden wollte, lebte, weil ich es musste. Es war kein Zwang, sondern ein Wissen, dass mein Leben anders und länger sein würde als das aller anderen Menschen, die mir je begegnet waren. Menschen, die mir genommen werden würden, ohne das ich etwas dagegen tun konnte. An einem kühlen, stürmischen Winterabend, knapp ein Jahr nach den mysteriösen Geschehnissen im Ozean, näherte sich am Horizont ein Schiff, dessen Anblick mir einen eiskalten Schauer über den Rücken jagte. Es war - die Inkeye.

20. Kapitel: Der Doppelgänger

Während Narius die Geschichte des Autors Satz für Satz vortrug und mir das Gefühl gab, als hätte er sie schon hunderte Male gelesen, wirbelten die Gedanken durch meinen Kopf. Ich war mir nicht mehr sicher, was alles in der Vergangenheit geschehen war und was erst kommen würde, sobald wir in die Zukunft zurückkehrten. Wenn man von zurückkehren sprechen konnte, denn eigentlich gingen wir nicht zu einem Ort zurück, an dem wir schon einmal gewesen waren, sondern reisten in die Zukunft, die sich durch die Vergangenheit vermutlich ändern würde. Immer leiser, verschwommener, klangen Narius' Worte durch den Raum und für einen Moment fragte ich mich, ob es nur an mir lag, dass seine Stimme immer brüchiger zu werden schien. Ich lehnte mich zurück, drückte meinen Hinterkopf in die weiche, warme Sessellehne und versuchte, mich auf die Worte des alten Mannes zu konzentrieren, während es in meinem Kopf wuselte wie in einem Ameisenhaufen. Genauer gesagt einem Ameisenhaufen mit tausenden von Ameisen, die die verschiedensten Gedanken und Überlegungen von einem Ort zum anderen trugen und dabei immer wieder Halt machten, um mich über einen davon nachdenken zu lassen, ob ich es wollte oder nicht.

„Im goldenen Licht der untergehenden Sonne glitt das Schiff durch das Meer, dass in einem grenzenlosen Marineblau vor mir lag und eine kühle, salzige Brise über mein Gesicht wehte.

Ich saß auf einem flachen Felsen inmitten der Steinbucht, deren steiniger Sandstrand von schmalen Wasserrinnsaalen durchzogen war, die an den Füßen der hohen Klippen entlangflossen. Es war eine äußerst abgelegene Stelle und ich wunderte mich, warum das Schiff ausgerechnet diese kleine, verlassene Bucht ansteuerte und nicht den Hafen von Dover, der nur wenige Kilometer entfernt lag. Aber es gab noch etwas viel Merkwürdigeres, etwas, dass ich mir selbst nicht erklären konnte. Auf einmal, kamen die Erinnerungen zurück, die so lange vor mir verborgen gewesen waren. Die Inkeye war mein Schiff. Ich hatte sie und meine Mannschaft damals zurückgelassen, ohne es jemals gewollt zu haben. Und sie wirkte so kalt, so finster, so, als würde sie nicht von einem Menschen, sondern von Geisterhand immer näher heran treiben.
Während sich das alte Segelschiff mit einer merkwürdigen Ruhe näherte, saß ich wie eingefroren auf meinem Felsen und obwohl ich tief in meinem Inneren wusste, dass es besser wäre, die Bucht vor Ankunft des Schiffes zu verlassen, blieb ich sitzen und kniff die Augen zusammen, um die Inkeye besser in Betracht nehmen zu können. Am höchsten Punkt des Bugs war ein großer, milchig weißer Stein befestigt, der von einem dunklen Holzring umrahmt war. Der Stein schimmerte leicht im schwachen Sonnenlicht und warf weißliche Strahlen auf die Felsen, zwischen denen ich noch immer mit zitternden Händen kauerte und dem gewaltigen Schiff entgegenblickte, dass die letzten Meter zum Strand getrieben wurde. Die Inkeye machte eine langsame Wende und die langen Segel fielen in sich zusammen, sodass das Schiff still und bewegungslos in der Bucht liegen blieb. Für einige Sekunden geschah nichts.
Dann, von einem Moment auf den anderen, erschien hinter der Reling eine lange, morsche Holzplanke mit einem schmalen Geländer, die der Mensch dahinter bis auf den Boden sinken ließ und mit einer überraschenden Kraft von oben in den Sand rammte. Zumindest dachte ich, dass es ein Mensch war, bis ich die

tintenblauen, kalten Augen sah, die zwischen den schwarzen Nebelfäden erschienen waren. Ich rappelte mich auf und versuchte panisch, auf den kantigen Felsen zu steigen, über den ich wenige Stunden zuvor nach unten in die Bucht geklettert war. Aber meine Schuhe rutschten vom feuchten, schleimigen Stein ab und ich taumelte nach hinten. Blindlings stolperte ich über den Strand und spürte auf einmal eine unendliche Kälte in meinem Rücken. Ich drehte mich langsam um und blickte in ein Gesicht, dass meines hätte sein können, wenn nicht wieder diese kalten, blauen Augen gewesen wären, die mich abschätzig angrinsten. Es war das Wesen, dem ich vor einigen Jahren in der Höhle auf Aquanta begegnet war. Das Wesen, dass mir meine Seele geraubt und mein Leben somit für immer verändert hatte. Bis auf die Augen, glich es meinem Körper, der leer und emotionslos wirkte und den einzigen Charakter im Gesicht zeigte, über dass sich ein düsteres, hämisches Lächeln ausgebreitet hatte. Es waren meine eigenen Lippen, die sich in seltsamer Form nach oben zogen und kleine Lachfalten an meinen Augen bildeten, die aus einem Meer aus Tinte und Eis zu bestehen schienen. Ich möchte den Details, den Worten, die er an mich gerichtet hat, aus dem Weg gehen und werde hier und jetzt nur das niederschreiben, was nötig ist.
Es verwickelte mich in ein Gespräch, dass meine Gedanken noch mehr durcheinanderbrachte und mit jedem Wort, dass seinem Mund entwich, fühlte ich mich ein Stück verlorener. Das Wesen zwang mich etwas zu tun, das, wenn ich es nicht getan hätte, das Leben der Person gekostet hätte, die mir am wichtigsten war.
Es wollte Elizabeth. Wenn ich ihm nicht meine Tochter übergab, würde er ihr das gleiche antun, was er vor vielen Jahren mit mir gemacht hatte. Ich wusste, wie leer und sinnlos ein Leben ohne den Teil war, den die Schattenwesen mir genommen hatten und willigte ein, auch wenn dieser Vertrag mein Herz für immer zerbrach. Ich war wie gefangen in einem düsteren Tunnel, der nicht enden wollte und ich konnte dem, was geschehen war, nicht

mehr entfliehen. Ich musste meine Tochter zu ihm bringen und wenn ich es nicht tat, versprach es, dass es uns finden würde. Also rannte ich los; salzige Tränen in meinen Augen, die über mein Gesicht rannen, während ich mit zitternden Gliedern die Klippe hinaufkletterte. Die letzten Meter bis zu unserem Haus waren schrecklich. Ein eiskaltes Stechen durchdrang meine Lunge und ich hatte das Gefühl, als würde ich jeden Moment vor Verzweiflung zusammenbrechen. Meine Frau war nicht zuhause. Die kleine Elizabeth lag in ihrem Schaukelbett und lachte mich glücklich an, als ich in den Raum taumelte. Es war ein reines, ehrliches Lachen, dass man bei den Erwachsenen nicht finden kann, weil sie zu verlogen und selbstverliebt sind. Man sieht es nur bei den Kindern, die der Welt mit offenen Armen entgegenstehen und noch nicht wissen, wie hinterlistig und falsch sie doch sein kann. Ich nahm die Kleine aus ihrem Bett, wickelte sie in eine weiche Wolldecke und machte mich mit ihr in meinen Armen zurück auf den Weg zur Bucht, in der die Inkeye noch immer still und unschuldig nahe der hohen Klippen im Wasser trieb. Ich wollte nicht darüber nachdenken, was das Wesen mit ihr machen würde, aber es war eine Entscheidung zwischen Nichtleben und einem möglichen Leben, das Elizabeth noch hatte. Ich übergab es an das Wesen, dass sich vor meinen Augen in eine tiefschwarze, neblige Wolke verwandelte und Elizabeth mit sich in die Finsternis zog. Ihr Schicksal lag in den Händen eines Wesens, dass zu allem fähig war. Es war ein Wesen, dass ich war und doch auch nicht. Ein Wesen, dass mir den wichtigsten Menschen in meinem Leben genommen hatte.“

„Auf den restlichen Seiten dieses Kapitels beschreibt Creeves sein Leben, nachdem ihm seine Tochter genommen wurde“, erklärte Narius. Die häufigste Frage, die er sich damals stellte, war, warum es geschehen musste. Warum das Wesen, dem er vor Jahren auf Aquanta begegnet war, seine Tochter haben wollte. Du bist berührt von seiner Geschichte, hab ich Recht?" Narius sah mich mit einem durchdringenden, verständnisvollen Blick an, der auf die merkwürdigen Bilder traf, die durch meinen Kopf rasten und mich in die damaligen Geschehnisse versetzten. Bilder von der Inkeye, die, umgeben von einer Nebelwolke aus düsteren Schatten in eine steinige Bucht trieb, Bilder von Creeves, der in zwei verschiedenen Welten zu Leben schien und Bilder von meiner Großmutter, als sie noch ein kleines Kind war.

„Oliver und ich, wir haben auf einem kleinen Fischerboot einige interessante Dokumente gefunden", berichtete ich. „Genauer gesagt waren es eine Art Adoptionspapiere, die über den Namen Leroy Edward Creeves liefen. Es ging darum, dass Elizabeth von einem Mann namens Linus Silverstone, meinem Urgroßvater, im Jahre 1660 adoptiert wurde. Das verstehe ich nicht. Warum hätte das Duplikat des echt Creeves Elizabeth entführen wollen, wenn er sie danach wieder an einen Londoner' Bürger abgeschoben hat? Es gibt ein Puzzleteil, das uns noch fehlt, um die Ereignisse von damals verstehen zu können."

„Ich habe bereits eine Vermutung". Narius seufzte. „Aber um diese zu verstehen, möchte ich euch zunächst von der Prophezeiung der Vier erzählen. Der Autor des Buches ist nicht bekannt.

„Die Prophezeiung der Vier: Die Prophezeiung besagt, dass es eines Tages vier Menschen geben würde, die den längst begonnenen Untergang noch verhindern können. Es sind vier Menschen aus unterschiedlichen Zeitepochen, die als einzige die Aura der Inkeye wahrnehmen können und für ihren Herrscher eine Gefahr darstellen, die er versuchen wird mit allen Mächten zu bezwingen, sobald die Zeit gekommen ist. Es ist nicht überliefert, wer diese vier sein werden, aber es wird von drei

ausgewachsenen Lebewesen und einem Kind gesprochen, dass über eine besondere Gabe verfügt. Eine Gabe, die unsere Seite entweder retten oder für immer zerstören wird. Es gibt drei Gegenstände, die die Macht des Herrschers zusammen für immer zerstören würden, die aber nur mit den Gaben der vier Auserwählten erreichbar sind. Es sind genauer die Gegenstände, die den Schlüssel zum Rätsel bringen, das sich in den Tiefen der Silberhöhlen verbirgt. Der dritte Gegenstand ist keiner. Es ist mehr eine Seele, ohne die die von den Menschen verborgene Herrschaft Creeves nie ein Ende haben wird." Narius klappte das Buch zu und legte es vorsichtig auf der Stuhllehne ab, bevor er den letzten Schluck aus seiner Teetasse nahm.

„Ein Kind, das über eine besondere Gabe verfügt", wiederholte ich und schluckte. „Damit bin ich gemeint, oder?" Narius senkte geduldig den Kopf und ein Lächeln huschte über sein Gesicht, als er meinen unruhigen Blick auffing.

„Du hast eine Gabe, meine Liebe." Er blickte gedankenverloren in seine Teetasse, in der nur noch der dunkelrote Teesatz hin und her schwappte. „Du weißt es bereits seit einigen Tagen, vielleicht auch schon länger. Ohne diese Gabe wärt ihr jetzt nicht hier." Woher wusste Narius, dass ich es gewesen war, die uns aus den Kellerräumen des Palasts befreit hatte? Ich hatte ein schimmerndes, perlweißes Symbol in der rauen Steinwand berührt und eine merkwürdige Verbindung damit geknüpft. Eine zweite Stimme war durch meinen Kopf geschossen und ich war das Gefühl nicht los geworden, dass jemand meine Gedanken durchforstet hatte wie eine Tageszeitschrift, deren wesentlichen Informationen man schnellst möglich aufnehmen wollte, bevor man noch dazu gezwungen wurde, die Zeitung zu kaufen.

„Weißt du etwas darüber?", schaltete sich Oliver ein, der die letzten Minuten stillschweigend dagesessen hatte.
„Weißt du, gegen was wir eigentlich kämpfen müssen?"

„Ich weiß nur so viel“, begann Narius mit geheimnisvoll nach oben gezogenen Augenbrauen, die ihn aussehen ließen wie einen Zirkusdirektor, der kurz davor war, die nächste Attraktion anzukündigen. „Creeves Doppelgänger hatte es damals nicht auf ihn persönlich abgesehen, sondern wusste vermutlich vorher von Leroy Edward Creeves' Tochter. Sie scheint ihm aus einem bestimmten Grund ins Auge gefallen zu sein und ich habe versucht herauszufinden, woran das liegen könnte.“ Narius stand auf und humpelte herüber zu einem kantigen, nussbraunen Bücherregal, in dem sich viele antik aussehende Schmöker stapelten. Er nahm eines davon vorsichtig heraus und ließ sich wieder in seinen Sessel sinken, wobei die Teetasse auf der Seitenlehne gefährlich ins Schwanken geriet.

„Hier“, ächzte er und blätterte durch die vergilbten Seiten, die von feinen Staubteppichen überzogen waren. Der Geruch von alten Büchern und Tinte wehte zu mir herüber und warf mich gedanklich zurück in die große, prächtige Schiffsbücherei der Inkeye, durch die ich vor wenigen Tagen spaziert war.

„Dies ist ein Buch über eine Legende, in der es heißt, dass vier Nachfolger verschiedener Dynastien besondere Gaben erhalten haben, um das Böse dieser Welt zu besiegen. Hierbei wird die Prophezeiung in keiner Weise erwähnt, aber trotzdem bin ich mir sicher, dass es die gleichen vier Menschen sind, die in Creeves Lebensgeschichte verewigt wurden. Lucy, du bist die erste.“

„Oliver, Flora Coppersteen und Sie sind die anderen drei“, ergänzte ich eifrig und beugte mich ein Stück nach vorne, um das Buch näher betrachten zu können.
„Wir haben in einem Brief von Elizabeth darüber erfahren. Was uns zurück zu der Frage bringt, warum Creeves sie damals entführt und wenig später an meinen Urgroßvater Linus Silverstone abgetreten hat. Es sieht beinahe so aus, als hätte er

in ihr etwas geglaubt, dass sie dann doch nicht war."

„Er dachte, sie wäre die erste im Bund der Vier", antwortete Narius stumm und legte das Buch wieder beiseite. „Auch wenn er das Mädchen mit der Gabe damals nicht gefunden hatte, war er mit Elizabeths Adoption unmittelbar in eine Familie geraten, von der er wusste, dass es dort in den vergangenen Jahrhunderten merkwürdige Zwischenfälle gegeben hatte. Wenn wir ehrlich sind, wissen wir alle, dass es kein Zufall war, dass Creeves euch so einfach aus dem Palast hat fliehen lassen. Er will deine Gabe nutzen, Lucy. Es ist ein Spiel von Katz und Maus, wenn ihr mich fragt, und du bist in diesem Spiel leider die Maus, die gefangen zwischen den Krallen der Katze ist und sich dessen noch nicht einmal bewusst ist." Für einige Sekunden herrschte eine unheimliche, leere Ruhe, die ich damit verbrachte, die Worte des Wissenschaftlers zu verarbeiten. Ich wusste schon seit der Nachricht meiner Großmutter, dass ich zum Bund der 4 gehörte, aber dass ich vermutlich der Grund war, warum Creeves meinen Vater damals entführt hatte... In meinem Inneren brodelte ein merkwürdiges Schuldgefühl, das ich so noch nie gespürt hatte. Wegen mir war mein Vater 11 Jahre lang in düsteren, kalten Kellerräumen eingesperrt gewesen und hatte sich von trockenem Brot und Wasser ernähren müssen. Wegen mir hatte er 11 Jahre seines Lebens und so auch viele Möglichkeiten verloren, die ihm in dieser Zeit offen gestanden hätten. Oliver schüttelte entschlossen den Kopf.

„Du bist nicht Schuld", versicherte er und sah mich fest mit seinen warmen, blauen Augen an. „Du hast diese Gabe, was auch immer sie genau für uns bedeutet. Eine Gabe, die unsere Seite retten oder für immer zerstören wird. Das kann nur bedeuten, dass Creeves auch Nutzen aus deiner Gabe ziehen und unsere Seite damit zerstören könnte. Wenn wir nur mehr darüber wüssten."

„Flora Coppersteen weiß etwas", sagte Narius. „Sie ist die einzige von uns, die sich damals mit der Prophezeiung beschäftigt hat, nachdem unsere gemeinsamen Forschungen abgeschlossen waren."

„In ihrem Brief erwähnte meine Großmutter, dass Creeves sie auf einer Insel ausgesetzt hat", sagte ich. „Ich kann nicht sagen, wann es gewesen ist, denn auf Aquanta läuft die Zeit nicht weiter. Aber wenn Aquanta der einzige Ort ist, an dem die Zeit angehalten wurde, welches Jahr haben wir dann hier?"

„Immer noch 1715", antwortete Narius mit besorgter Stimme und stellte seine leere Tasse zurück aufs Tablett. Und das ist es, was mich beunruhigt. In drei Tagen endet das elfte Jahr, seitdem die Zeit auf Aquanta angehalten wurde. In drei Tagen beginnt das zwölfte Jahr, durch das die Macht des verlorenen Herrschers für immer zurückkommen könnt. Und bevor ihr mich fragt, genau so steht es in dem Buch, aus dem ich euch gerade die Prophezeiung vorgelesen habe."

„In der Prophezeiung; da stand doch, dass es zwei Gegenstände gibt, ohne die wir nicht gegen Creeves siegen können", überlegte ich laut.

„Und eine verlorene Seele, ohne die die von der Menschheit verborgene Herrschaft nie verhindert werden kann. Was, wenn mit der Seele die von Creeves selbst gemeint ist? Es wird einen Grund gehabt haben, warum er die des echten Creeves damals gestohlen hat. Und eines der Gegenstände könnte ohne weiteres der Ring sein, den er Oliver in der Höhle abgenommen hat, bevor er ihn vor fast 12 Jahren in die Zukunft schickte."

„Wir haben kaum Anhaltspunkte", sagte Oliver und ich sah die tiefen Sorgenfalten, die sich auf seiner Stirn gebildet hatten. „Ein Schattenwesen nahm vor vielen Jahrzehnten die Seele des Menschen Leroy Edward Creeves und raubte ihm eine Weile später seine Tochter, die er dann an meinen

Großvater Linus Silverstone weitergab. Wir wissen von Charles, dass die Zeit kurz nach seiner Ankunft in Aquanta am 22. Dezember 1715 angehalten wurde, also wenige Tage nach meiner Reise in die Zukunft. Wir kennen Creeves nur als den Kapitän der Inkeye, der in Wirklichkeit eine schwache Kopie des Echten ist, von dem wir nicht wissen, was mit ihm geschehen ist. Das Wesen, dass damals Creeves Seele nahm, ist laut seiner Erzählung ein düsterer, schwarzer Schatten, also unserer Sicht nach ein Inkeye. Er oder besser gesagt es plant bereits seit Jahrzehnten ein Ereignis, dass sich in drei Tagen ereignen wird, wenn wir nichts dagegen tun. Es gibt vier Menschen mit besonderen Gaben, die nur gemeinsam gegen den Untergang kämpfen können. Diese Vier sind Flora Coppersteen, Narius, Lucy und... Noch jemand. Über die Gegenstände wissen wir nichts genaueres aber wie du bereits gesagt hast Lucy, kann es gut sein, dass der Ring einer davon ist.“ Oliver endete mit einem erschöpften Seufzer und ließ sich wieder zurück in den Sessel sinken. In meinem Kopf wirbelten währenddessen so viele Gedanken herum, dass ich mich fragte, ob die ganze Sache noch komplizierter werden konnte, als sie ohnehin schon war.

„Ihr seht müde aus“, brummte Narius und rappelte sich auf, so, als wäre das Gespräch hiermit beendet. „Ihr solltet euch schlafen legen, denn in den nächsten paar Tagen wird so einiges auf euch zukommen. Vielleicht auch auf mich, wer weiß. Oben im 1. Stock habe ich zwei Betten für euch vorbereitet und ein großes Kissen, auf dem Phönix schlafen kann. Dritte Tür von rechts. Ich wünsche euch eine angenehme Nachtruhe.“ Mit diesen Worten nahm der alte Mann das Tablett in seine knochigen Hände und hinkte aus dem Raum, ohne sich noch einmal umzusehen. Es war beinahe so, als hatte auch er genug von den hunderten Informationen, die auf einen einprasselten und tat einfach so, als würde ihm das alles nichts ausmachen. Aber vermutlich hatte er Recht. Ich stand mit schmerzenden Gliedern auf und humpelte herüber zum Fenster, hinter dem weiße, schimmernde Schneeflocken durch die Luft segelten. Es war der zweite Schnee in diesem Jahr und während meine Gedanken wie die Schneeflocken im Himmel durch meinen Kopf wirbelten, sprang Phönix mit einem eleganten Satz aufs Fensterbrett.

„Es ist seltsam, wie viel er über alles weiß", maunzte er und fixierte mich mit einem merkwürdig leeren Blick, den er immer dann hatte, wenn er gerade über etwas besonders nachdachte. „Er wusste, dass wir kommen würden. Er wusste alles von Anfang bis Ende und ich glaube, er hat uns nicht alles erzählt, was er weiß." Das Gefühl hatte ich auch, aber wusste nicht, was ich davon halten sollte. Ich war mir sicher, dass Narius auf unserer Seite war, aber warum verschwieg er uns dann etwas? Und vor allem, was?

21. Kapitel: Ein Kater auf Abwegen

Phönix sprang mit großen Sätzen die Stufen der alten Holztreppe herauf, die bei jedem unserer Schritte unruhig knarzte. Meine Beine waren schwer und fühlten sich an, als würden sie mit jedem Schritt von tonnenschweren Bleikugeln nach unten gezogen werden, während ich mich mit zusammengebissenen Zähnen die Stufen hinauf kämpfte. Auch Oliver keuchte angestrengt vor sich hin und atmete erleichtert aus, als das Ende der Treppe in sein Sichtfeld rückte. Mit letzter Kraft hievte ich mich die oberste Stufe hinauf und taumelte in den schmalen, dunklen Flur, der rechts und links zu mehreren Türen führte. Es roch muffig und ein wenig wie in dem alten Antiquitätenladen, in dem mich die alte Ladenbesitzerin vor nun fast einer Woche empfangen hatte.

„Dritte Tür von rechts", grummelte ich gähnend und öffnete die dritte Tür auf der anderen Seite des Flures. Dahinter lag ein kleiner, dunkler Raum mit zwei aus dunklem Holz geschnitzten Himmelbetten, die von burgunderroten Vorhängen mit gestrickten, goldenen Verzierungen überhangen waren. An der Wand stand ein großer Kleiderschrank mit einem runden, üppig verzierten Spiegel und ein kleiner Schreibtisch, auf dem sich einige leere Papierseiten und eine weiße Feder in einem Tintenglas befanden. Die floral gemusterte Tapete, die in einem warmen Petrolton erstrahlte, wurde ab und zu von kleinen Holzuhren und vereinzelten Ölgemälden abgewechselt, die sich in den gleichen, warmen Farben hielten. Über den Boden erstreckte sich ein samtiger Teppich, der vor den beiden

Himmelbetten endete und bis zur Tür ausgebreitet war, in der wir gerade standen. Wie Narius versprochen hatte, lag für Phönix ein großes Stoffkissen auf dem breiten Fensterbrett bereit, hinter dem man durch die klobigen Glasscheiben den Schnee sehen konnte, der immer heftiger gegen das Glas geweht wurde. Während meine Augen schon beinahe zufielen, öffnete Oliver eine Tür am anderen Ende des Raumes, aus der ein warmer, blumiger Duft in das Zimmer strömte.

„Ein Badezimmer", lächelte Oliver und betrachtete sehnsüchtig die hölzerne Badewanne, die einem übergroßen Waschtrog glich. Sie war bis oben mit blass violettem, nach Lavendel und Rosmarin duftendem Wasser gefüllt, das in warmen Dampfschwaden durch den Raum wehte. Neben der Badewanne lagen ein Stapel weißer Leinentücher und ein altmodischer, beigefarbener Schlafanzug, in dessen Stoff kitschige Blüten gestickt worden waren.

„Geh ruhig", sagte ich. „Du hast schon länger kein Bad gehabt als ich. Wenn es morgen noch möglich ist, werde ich mich frühs waschen." Dankbar lächelte Oliver und reichte mir ein weißes Leinengewand mit altmodisch nach unten gewölbten Ärmeln, dass nach Seife duftete und aus einem rauen, aber trotzdem gemütlichen Stoff bestand.

„Gute Nacht, Lucy." Oliver schloss lächelnd die Badezimmertür hinter sich. Wenige Sekunden später hörte ich ein Platschen und freute mich, dass mein Vater nach einer so langen Zeit endlich ein Bad nehmen konnte. Ich schlüpfte eilig in das Nachthemd und kuschelte mich in die weiche Daunendecke, die wie alles im Raum roch, als stamme sie aus einer anderen Zeit. Was im gewissen Sinne auch stimmte, ich befand mich im 18. Jahrhundert, genauer gesagt im goldenen Zeitalter der Piraterie. Und trotzdem sah es so aus, als gehörte Narius im Gegensatz zu vielen einfachen Bürgern zum höheren Stand; denn damals hatte nur der Adel solche edlen

Einrichtungen und Möbel besessen. Phönix war währenddessen auf das Fensterbrett gesprungen und hatte es sich auf dem großen Kissen gemütlich gemacht, das Narius für ihn bereitgelegt hatte.

„Gute Nacht, Prinzessin", schnurrte er und schob seine rosa Stupsnase in das Kissen.

„Gute Nacht, Phönix", antwortete ich und schloss mit einem glücklichen Lächeln die Augen.

Als ich aufwachte, fegte ein kühler Wind durch das Zimmer und rüttelte an den alten Fenstern, von deren hölzernen Rahmen die weiße Farbe bereits abblätterte. Ich rollte mich gähnend über das Bett und tapste schlaftrunken zum Fenster, auf dem noch immer das große, weiche Stoffkissen lag. Allerdings ohne den halb durchsichtigen Kater, der am vorherigen Abend darauf eingeschlafen war.

„Guten Morgen", ertönte in diesem Moment eine Stimme hinter mir und mein Vater rückte in das warme Licht der Morgensonne, die hinter den hohen, schneebedeckten Bergen aufgegangenen war. Er trug noch immer den beigefarbenen, mit kitschigen Blumen bestickten Schlafanzug und seine langen Haare kräuselten sich wild um seinen Kopf.

„Morgen", erwiderte ich und lehnte mich über den Fenstersims, um die kalte, frische Winterluft einzuatmen. „Ist Phönix schon früher aufgestanden?" Oliver zuckte ratlos mit den Schultern und schlurfte ins Badezimmer, während ich mit sorgenvollem Blick nach draußen blickte. Unter mir begann der dunkle, tiefe Nadelwald, der sich über hunderte Kilometer erstreckte und im Gebirge endete, das aussah wie ein Meer aus vereisten Steinpfählen, die in die gefrorene Erde gebohrt worden waren. Glitzernde Schneeflocken taumelten durch den Himmel und fielen auf die weißen Schneedecken, die sich über die Bäume, den Boden und die ganze Insel gelegt hatten.

Soweit das Auge reichte, glänzte und glitzerte es. Die Luft war kalt und trüb und der eisige Wind, der um die Hausecken schlich, jagte mir einen ungemütlichen Schauer über den Rücken. Während meine Nase den Duft von Tannennadeln und Baumharz erschnupperte, fragte ich mich, wo der Kater nur steckte. Ob er bereits heute Morgen aufgebrochen war, um einen kleinen Winterspaziergang durch den Wald zu machen? Nein, dann hätte er Oliver und mir doch sicherlich Bescheid gegeben, oder etwa nicht? Die Badezimmertür öffnete sich mit einem leisen Quietschen und Oliver trat in den Raum, aus dem der parfümierte Seifengeruch durch die frische Morgenluft entwichen war. Er trug eine helle Leinenhose, ein Hemd mit überkreuzten Bändern an der Seite und spitz zulaufende Lederschuhe, die einen merkwürdigen Kontrast zu seinen langen Haaren bildeten, die ihm in unordentlichen Bündeln über die Schultern fielen.

„Ist Phönix immer noch nicht aufgetaucht?", fragte er sorgenvoll. Nun ja, vielleicht sehen wir ihn gleich unten bei Narius. Unser Gastgeber ist übrigens sehr fürsorglich."
Oliver sah zufrieden an sich herab. „Er hat mir frische Kleidung bereitgelegt. Ich habe sogar darüber nachgedacht, mir meine Haare zu schneiden. Aber nun, ich habe mich so daran gewöhnt, dass ich sie dann doch lieber behalten werde.
Ich gehe schon einmal nach unten, kommst du dann nach, wenn du im Bad fertig bist?" Ich nickte und betrat den kleinen Raum, der ganz in dunkles Holz gekleidet war. Neben der ovalen Holzbadewanne, über deren Rand einige bestickte Handtücher baumelten, stand ein hoher Tisch mit einem Waschbecken aus perlweißem Porzellan, das mit klarem Wasser gefüllt war. Ein weicher, rot-goldener Teppich erstreckte sich über den Raum, der mit zahlreichen vergoldeten Spiegeln ausgestattet war. In der Ecke stand ein hellbrauner Holzschrank mit eleganten, himmelblauen Bemalungen, die sich bis zum

Boden rankten. Bestimmt war das einer dieser alten Toilettenschränke, von denen Mum immer sprach, wenn sie ihre Geschichtszeitschriften las und sich nebenbei darüber beschwerte, warum nicht alle so geschichtsinteressiert waren wie sie. Na ja, ich würde gerne ihren Gesichtsausdruck sehen, wenn ihr jemand sagte, dass sie für den Rest ihres Lebens in einen Holzkasten pinkeln musste. Ich grinste still in mich hinein und wandte mich dem kleinen Badezimmer zu, das vor mir lag und beinahe darauf wartete, von mir genutzt zu werden. Zuerst wusch ich mir das Gesicht in der Waschschüssel und tupfte meine Haut mit den weichen Handtüchern ab, die in einem ordentlichen Stapel auf dem Boden lagen. Dann entknotete ich sorgsam meine langen, wild gelockten Haare und steckte sie zu einem unordentlichen Dutt nach hinten, sodass mir die glänzenden, roten Locken locker über die Stirn fielen. Ich wollte den Raum schon wieder verlassen, als mir auffiel, dass ich immer noch das bettlakenähnliche Nachthemd trug, das mir einige Nummern zu groß war. So konnte ich bestimmt nicht weiterreisen. Meine eigene Kleidung von gestern konnte ich aber ebenfalls vergessen. Sie war viel zu dünn und völlig von hartem, unansehnlichen Schlamm verkrustet, den ich auf unserem Weg durch den Wald mitgenommen hatte. Unfreiwillig mitgenommen, um genau zu sein. Mein Blick schweifte unruhig durch den Raum.
Vielleicht hatte Narius auch mir ein paar Kleidungsstücke hinterlassen. Und tatsächlich: Auf einem kleinen Hocker neben dem schmalen, von gelben Vorhängen verdecktem Fenster lag ein Stapel mit Kleidungsstücken.
Als ich mich durch den weichen Stoffberg wühlte und jedes Teil einzeln betrachtete, war ich mir sicher, dass jedes dieser Stücke ein Highlight in einem Museum des 21. Jahrhunderts sein würde. Eilig schlüpfte ich aus dem Nachthemd und zog mir umständlich die Kleidung an, die mir tatsächlich wie

angegossen passte. Nervös trat ich vor den großen, rechteckigen Spiegel, der am Boden lehnte und begutachtete mich von oben bis unten. Ich trug eine weite, gemütliche Stoffhose in einem warmen Nussbraun, in deren Bund ich das weiße Leinenhemd gestopft hatte. Dazu besaß ich eine rustikal aussehende Jacke mit verzierten, goldenen Knöpfen und ein Paar Schnürschuhe, die mich an die plumpen, rattenähnlichen Hausschuhe von Grace erinnerten. Ein wenig sah ich aus wie eine Piratenprinzessin, die sich tapfer und furchtlos für das einsetzte, was sie für richtig hielt und in schier endlosen Kämpfen trotzdem einen kühlen Kopf behielt. Aber so furchtlos fühlte ich mich nicht, auch wenn ich eine Gabe hatte, die sonst niemand besaß. Eine Gabe, die „unsere Seite retten oder für immer zerstören wird", wie es der unbekannte Autor in seinem Buch vermerkt hatte. Ich fragte mich, was er mit „unserer" Seite meinte und vor allem was es bedeutete, wenn sie für immer zerstört werden würden. Mit einem müden Seufzer verließ ich das Badezimmer und machte mich auf den Weg nach unten, wo Oliver und Narius sicherlich schon auf mich warteten. Während ich die knarzenden Treppenstufen herunter stapfte, dachte ich über den seltsamen Traum von letzter Nacht nach, der von Minute zu Minute immer verschwommener wurde. Es war ein Traum, den ich schon einmal gehabt hatte. Eine Welle - ein Schiff, dass in einem tosenden Sturm trieb und von gewaltigen Wellen in die Tiefen des Ozeans gerissen wurde - ein schäbiges, altmodisch eingerichtetes Geschäft, in dem eine Frau mit hochgesteckten Haaren auf einem Sessel saß und in einem Buch blätterte. Der Raum kam mir irgendwie bekannt vor; der große, rote Ledersessel, die hohen Bücheregale und die Seidenvorhänge, die durch das Zimmer flatterten, hatte ich vor Kurzem erst gesehen. Die Frau, die meine Anwesenheit zu spüren schien, drehte sich langsam zu mir um und fixierte mich mit einem stechenden Blick, der sich tief in mein Inneres bohrte. Sie hatte Augen, denen ich schon einmal begegnet war. Augen aus Tinte und Eis. Und da fiel mir wieder ein, warum mir diese Bilder so bekannt vorkamen. Es war in dem Moment geschehen, als ich in den Kellerräumen des Palastes das Symbol an der Wand berührt hatte. Während meine Finger über den kalten, glatten Stein fuhren, war auf einmal eine zweite Stimme in meinem Kopf aufgetaucht, die in meinen Gedanken nach irgendetwas gesucht hatte. Mit einem merkwürdigen Gefühl im Magen übersprang ich die letzte Treppenstufe und bog in den Raum ab, in dem wir gestern Abend gemeinsam gesessen und heißen Tee getrunken hatten. Am Tisch saßen Oliver und Narius eng zusammengedrängt um einen Stapel Papiere herum, die sich zwischen halb leeren Teetassen und Tellern auftürmten.

„Lucy, Narius weiß vermutlich, warum Phönix verschwunden ist“, ereiferte sich Oliver und deutete auf den dritten Sessel gegenüber von ihm. „Äh, setz dich erstmal. Tee ist noch genug da, aber wenn du Brot möchtest, musst du dir welches aus der Küche nehmen.“

„Ich esse später“, erwiderte ich eilig und schaute über Olivers Rücken auf das Buch, das vor ihm aufgeschlagen lag und nicht den Eindruck machte, als hätte man in den letzten paar Minuten den Blick von ihm abgewendet.

„Das hier ist ein weiterer Auszug aus Creeves Buch“, erklärte Narius. Nach seiner Biographie hat er noch ein paar Auffälligkeiten Creeves notiert. Außerdem habe ich selbst noch einige Erfahrungen und Erinnerungen, die mich zu dem Schluss gebracht haben, dass Phönix zu Creeves gerufen wurde.“ Verwirrt sah ich zwischen Narius und meinem Vater hin und her.

„Was meinst du mit gerufen?“, fragte ich und erhaschte die ersten drei Zeilen der aufgeschlagenen Seite.

„Creeves ist ein Mensch, der nicht gerne alleine handelt. Er hat Verbündete. Verbündete, ohne die er diesen Kampf nicht gewinnen wird.“

„Aber Phönix ist doch nicht einer seiner Verbündeten, oder?“ Ich ließ mich nachdenklich auf den freien Sessel sinken. „Sein Doppelgänger allerdings war einer, aber der hat sich damals in den Kellerräumen in Luft aufgelöst, nachdem wir ihn erkannt hatten.“ Narius nickte geduldig.

„Ich gehe davon aus, dass es Creeves in irgendeiner Weise geschafft hat, Phönix Körper unter seine Kontrolle zu bringen. In zwei Tagen ist der Tag, an dem er wieder zu seiner vollen Macht gelangen kann. Flora weiß, was genau er vorhat und wie wir ihn aufhalten können, was einer der Gründe ist, warum wir sie finden müssen. Ich habe übrigens noch eine andere Vermutung bezüglich der Menschen, deren Seelen er geraubt hat.“ Narius hielt kurz inne und fixierte für einen Moment einen Punkt einige Meter entfernt von ihm, bevor er mit merkwürdig gedrückter Stimme weitersprach.

„Nach dem Verschwinden der Inkeye am 20. Dezember 1715 vor fast 12 Jahren fand man nie heraus, was mit der Mannschaft des Schiffes geschehen war. Wenn wir davon ausgehen, dass der Untergang des Schiffes sich nicht wirklich ereignet hat, wird Creeves seine Männer doch sicherlich genutzt haben. Lucy, dir ist doch bestimmt etwas seltsames an den Inkeyes aufgefallen, oder?“

Ja klar, mir war aufgefallen, dass sie unheimliche und ziemlich gefährliche Wesen waren, die einem die Seele rauben und in irgendeinem Zusammenhang die Welt zerstören konnten. Nein, aber sonst fiel mir an ihnen nicht sonderlich viel auf.

„Ähm... Sie sehen aus wie riesige Schatten, die sich beim Näherkommen in Menschen verwandeln“, antwortete ich. Also nicht, dass sie so aussehen wie Menschen, aber irgendwie...“

„Irgendwie haben sie auch eine menschliche Erscheinung“, vollendete Oliver meinen Satz und Narius senkte den Kopf. „So ist es. Meine Vermutung ist, dass Creeves den Menschen seiner Mannschaft wie bei Phönix einen Teil der Seele gestohlen hat und diese von den anderen Inkeyes übernommen wurden. Das würde erklären, warum sie zu manchen Zeitpunkten eine menschenähnliche Form annehmen.“

„Moment“, flüsterte ich und dachte zurück an die Worte meines Großvaters. „Charles hat mir von allem erzählt. Von dieser Zeitkapsel, die sich am Tag seiner Ankunft in Aquanta über die Insel gelegt hat und das danach, am nächsten Tag, alle Bewohner der Stadt verschwunden waren. Zurück blieben nur er und die seltsamen Wesen, denen wir auf Aquanta begegnet sind...“ Für einige Momente herrschte eine Stille wie nach einem Blitzeinschlag, nachdem alle wie elektrisiert auf das Buch starrten, das noch immer aufgeschlagen auf dem Tisch lag.

„Die Kreaturen auf Aquanta sind gleichzeitig auch die damaligen Bewohner“, sagte Narius in die Stille hinein. „Und vielleicht sind darunter auch die Seeleute, die gemeinsam mit Creeves zur See gefahren sind. Ich glaube, dass Creeves die Menschen in diese bösartigen Kreaturen verwandelt hat, nachdem er ihre Seele auf die Inkeyes übertragen hat. Und wie es in so manchen Büchern heißt, die von den wenigen Leuten verfasst wurden, die das Geheimnis von Aquanta kennen: Die Kreaturen, die sich dort herumtreiben, beschützen die Insel und Creeves war der letzte, der unversehrt von der Insel zurückkehrte.“

Ein eiskalter Schauer lief meinen Rücken hinunter. All diese Minuten, Stunden, Tage, hatten wir uns auf einem Weg des Ungewissen befunden, der mir das Gefühl gegeben hatte, dass unsere Reise beinahe schon in die Leere führte.

Aber jetzt wussten wir etwas; zumindest einen Teil der ganzen

Geschichte, in der wir die Rollen der Helden spielten, die hoffentlich am Ende siegen würden.

„Er sammelt alle seiner Verbündeten und alle, deren Leben er in irgendeiner Weise verändert hat." Ich spürte, wie sich meine Fingernägel in die weichen Sessellehnen bohrten, während ich sprach. Er bereitet sich auf etwas vor. Wir müssen Flora Coppersteen finden." Narius erhob sich mit einem Ächzen.

„Aber zuerst solltest du etwas essen", richtete er sich an mich und humpelte zur Tür, die das Wohnzimmer mit dem langen, düsteren Hausflur verband. „Egal, was wir erleben werden, es ist wichtig, dass du nicht hungerst."

Ich folgte dem alten Mann in die kleine, altmodische Küche, deren hölzerne Möbel in warmen Petrol- und Cremefarben gestrichen worden waren. Neben der schmalen Küchenzeile, auf dem sich Berge aus elegant verziertem Porzellangeschirr und schimmernden Kristallgläsern stapelten, die im warmen Sonnenlicht geheimnisvoll glitzerten, stand einer dieser alten Öfen, von denen meine Mutter immer schwärmte. Es war ein kleiner, weißer Kasten mit schubladenähnlichen Türchen und einer grauen Metallplatte, die die Oberseite des Ofens bedeckte. Daneben türmte sich ein Stapel aus Feuerholz, das man in den unteren Bereich des Ofens legen und anzünden musste, um die Hitze des Feuers fürs Kochen zu nutzen.

Mein Blick wanderte weiter über den hohen Vorratsschrank, der von einem der perlweißen Vorhänge verdeckt war, die auch vor den Fenstern hingen. Dahinter konnte ich eine Ansammlung verschieden förmiger Einmachgläsern erkennen, in denen bunte, merkwürdig aussehende Lebensmittel herum schwammen.

„Brot?", erkundigte sich Narius in diesem Moment und deutete auf die Küchenzeile, auf der ein großer Laib Brot und ein kleines Gläschen Marmelade standen.

„Nimm dir so viel du willst", brummte er, ohne meine Antwort abzuwarten und schlurfte mit einer vollen Teekanne in der Hand aus dem Raum. Ich schnitt mir drei Scheiben Brot vom Leib ab, verteilte auf jedem eine ordentliche Portion Marmelade und legte mein Frühstück auf einen mit Veilchen und goldenen Blättern verzierten Porzellanteller, der mir auf dem Weg zurück ins Esszimmer beinahe aus der Hand fiel. Eigentlich hatte ich keinen Hunger, aber Narius und Oliver hatten Recht. Ich konnte nicht mit leerem Magen und ohne Kraft die Reise antreten, die kurz vor uns lag. Mit müden Beinen stolperte ich zurück ins Esszimmer, setzte mich in den Sessel und verspeiste hastig mein Frühstück, während Oliver und Narius gemeinsam den ganzen Papierkram und die Bücher vom Tisch räumten.

„Wo glaubst du, könnte Flora sein?", fragte Oliver und reckte sich, um ein Buch in ein hohes Regal zu stellen. Wenn sie damals, vor vielen Jahren, ausgesetzt wurde, dann ist sie doch sicherlich nicht mehr dort, oder?" Narius zuckte mit den Schultern.

„Sie könnte überall sein", grummelte er nachdenklich. „An jedem Ort, in jeder Zeitepoche. Aber irgendetwas sagt mir, dass sie sich wie wir im Jahr 1715 befindet, nur nicht hier. Weder auf Merida, noch auf Aquanta." Seine Stimme war mit jedem Wort immer leiser geworden, bis Narius schließlich völlig verstummte. Es schien so, als wäre ihm gerade etwas eingefallen, dass schon lange in seinen tiefsten Gedanken gefangen gewesen war. Er stand auf, ging an einem der Bücherregale entlang und fuhr mit den Fingerkuppen über die ledernen Bände, bis er schließlich fündig wurde. Es war ein dünnes, schäbiges Büchlein, aus dem einzelne beschriftete Seiten und Zeichnungen herausschauten.

„Das ist mein altes Notizbuch", erklärte er. „Ich hatte es damals auf meinen Forschungsreisen mit Flora dabei und habe alles aufgeschrieben, was wir erlebt haben oder was sie mir erzählt hat. Und soweit ich mich erinnern kann, sprach sie von einem gewissen Ort, an den sie in späteren Zeiten zurückkehren würde." Narius blätterte mit zusammengekniffenen Augen durch die Seiten und nickte schließlich.

„So sagte sie mir, zu welchem Ort sie in späteren Zeiten zurückkehren würde. Flora Coppersteen, die so manchen einfachen Satz in ein unlösbares Rätsel verwandelt, gab mir auch hier eines, dessen Bedeutung ich noch immer nicht entschlüsselt habe. Ihre Worte waren: An Bord, doch auch nicht, du kennst es, du kennst es nicht, dort wo er, den du nicht kennst, noch immer sucht, vergebens." Der Wissenschaftler ließ das Buch sinken und sah zwischen mir und Oliver hin und her. Es schien fast so, als wüsste er die Antwort nicht und erhoffte sich, dass einer von uns damit herausrücken würde, bevor wir ihn danach fragten. Ich tat ihm den Gefallen, denn im gleichen Moment, in dem Narius geendet hatte, war eine Erinnerung in meinem Kopf erschienen.

„Die Inkeye", sagte ich und bemerkte sofort Narius' überraschten Gesichtsausdruck. „An Bord. Das weißt schon auf ein Schiff hin und dort wo er, den du nicht kennst, noch immer sucht, vergebens." Ich wartete kurz ab. Aber Narius und Oliver blickten mich immer noch an, als hätte ich gerade deklariert, dass die Erde eine Scheibe war.

„Sie meint Creeves", fuhr ich geduldig fort und spürte gleichzeitig die Anspannung, die in der Luft lag. „Er suchte damals nach dem Ring, aber vergebens, da Oliver ihn schon Ewigkeiten zuvor an Bord der Inkeye gefunden hatte.
Dann, in der Höhle Aquantas, nahm Creeves ihm den Ring wieder ab und schickte Oliver ins Jahr 2000, von dem unsere gesamte Geschichte ausgeht. Versteht ihr nicht?
Flora Coppersteens Wunsch war es, an Bord der Inkeye zu

gelangen, bevor jemand anders dort den Ring findet!
Sie wusste, das er von hoher Bedeutung war und dass es wichtig war, dass Creeves ihn nicht bekam.“ Zum ersten Mal in den vergangenen Tagen war ich mir einer Sache sicher. Es war, als hätte ich es schon lange gewusst und hatte nur abwarten müssen, bis die richtige Zeit gekommen war.

„Die Frage ist, wo sie sich jetzt befindet“, überlegte Oliver. „Die Inkeye mag zwar jetzt am Hafen von Aquanta liegen, aber zu der Zeit, als noch niemand den Ring hatte? Narius, von wann ist der Eintrag in deinem Notizbuch?“
Narius, der das Buch bereits wieder zugeklappt hatte, blätterte eilig durch die vergilbten Seiten.

„8. September 1710“, antwortete er und ich sah, wie sich ein schwaches Lächeln über seinem runzligen Gesicht ausbreitete. „Damals waren wir unterwegs in der Antarktis, um die mystischen Meereskreaturen zu untersuchen, von denen Flora glaubte, sie würden dort in den kalten Gewässern leben.
Ich erinnere mich noch an die hohen Eisberge, die im warmen Licht der Sonne gefunkelt haben wie Berge aus tausenden kristallenen Edelsteinen. Aber das ist schon lange her.
Flora könnte überall sein. “

„Wenn wir annehmen, dass sie noch auf der Insel ist, auf der sie vor Jahren ausgesetzt wurde“, überlegte ich laut. „Ist es nicht möglich, dass sie wie mein Großvater dort festgehalten wird? Narius, ist Merida so wie Aquanta den anderen Menschen dieser Welt verborgen?“

„Nein, das hat einen anderen Grund“, erwiderte er und verzog unschlüssig sein Gesicht. „Aquanta ist mit einem Bann, einer ewigen Zeitkapsel versehen, die es anderen Menschen unmöglich macht, sie zu sehen oder gar zu betreten.
Über Merida gehen seit Jahrtausenden merkwürdige Geschichten und Gerüchte einher und nachdem durch Zufall bekannt wurde, dass ich dort mein Zuhause gefunden hatte,

wollte niemand mehr dorthin. Hier ist ja ohnehin nichts außer ewigen Wäldern und steinigen Stränden, die zu keiner Jahreszeit Besucher locken würde."

„Hm." Ich versuchte wie so oft das fehlende Puzzleteil zu finden, von dem ich noch nicht einmal wusste, ob ich es bereits kannte.

„Vielleicht meinte Flora das, was Narius gerade vorgelesen hat, auch nur im übertragenen Sinne. Was, wenn es einen Ort gibt, der einen Bezug zu sowohl dem Schiff und dem Ring hat." Auf einmal sah Oliver überrascht auf, so, als hätte ich ihn gerade aus einem langen, stummen Traum geweckt.

„Es gibt einen", sagte er. „Lavanda. Die Handelsinsel."

22. Kapitel: Die drei Inseln

„Lavanda", wiederholte Oliver und schaute mit starrem Blick aus dem Fenster, hinter dem die Schneeflocken durch die Luft stoben und hin und wieder an der Außenseite der Glasscheibe hängen blieben. „Es gab einige Schiffe, die auf Lavanda gebaut wurden. Genauer gesagt eine Handelsflotte von einem Dutzend Segelschiffe, unter denen auch die Inkeye war, die im Jahre 1695 von hunderten Arbeitern und Konstrukteuren angefertigt wurde. Als ich damals als Karthograph bei Creeves auf dem Schiff arbeitete, erzählte er mir oft von der Insel, die den meisten Menschen unbekannt war. Er sagte, es gäbe Orte auf dieser Welt, die zwar existierten, aber die nur bestimmte Gruppen von Menschen kannten. So auch Lavanda, eine Insel, die zur damaligen Zeit der Mittelpunkt des Handels war.
Es ging hierbei aber nicht um typische Handelswaren wie teure Stoffe, Vieh und Nahrungsmittel, sondern um die Dinge, die die wenigsten begehren. Es schien damals auch ein Ort zu sein, der des öfteren von seltsamen Gruppierungen und Piraten heimgesucht wurde, weshalb sie für die Öffentlichkeit weiter in Vergessenheit geriet. Und da wir sie in der Zukunft auch nicht kennen, könnte das bedeuten, dass es sie schon bald nicht mehr geben wird."

„Also, wenn ich das richtig verstanden habe", unterbrach ich Oliver. „Dann ist Flora Coppersteen auf der Insel Lavanda, wo auch die Inkeye gebaut wurde. Und was ist mit dem Ring?"

„Ich weiß es nicht", erwiderte mein Vater, auf dessen Stirn sich tiefe Sorgenfalten gebildet hatten.

„Aber alles hängt zusammen. Die Zeitkapsel über Aquanta und gleichzeitig die Vorgeschichte der Inkeyes, die in den Höhlen dieser Insel vor Jahrhunderten begonnen hat, Merida, ein Ort, zu dem sich niemand hingezogen fühlt und Lavanda, eine alte, sagenumwobene Handelsinsel, auf der die Inkeye gebaut wurde. Flora Coppersteen kann uns alles erklären, wenn wir sie nur finden könnten. Narius, hast du eine Karte auf der neben Aquanta und Merida auch Lavanda zu sehen ist?“ Narius nickte wortlos und griff nach einer vergilbten Karte, die direkt neben ihm im unteren Fach des Bücherregals gelegen hatte. Er faltete sie mit bebenden Händen auseinander und breitete sie auf dem kleinen Tisch aus.

„Hier“, ächzte Narius und beugte sich ein wenig nach vorne, um mit seinem knochigen Finger auf eine kleine Insel zu deuten, die etwa so weit von Merida entfernt war, wie die Insel selbst von Aquanta. „Das ist Lavanda.“ Er strich über die braunen Linien, die eine sichelförmige Form ergaben.
Nach hinten wurde die Sichel immer breiter und war von kleinen Kreuzen und Punkten übersät, die alle in der Legende beschrieben worden waren. Nur, dass die Legende völlig unlesbar war. Auf dem rauen, gelb-grauen Papier zeichneten sich zahlreiche seegrüne Flecken ab, die einer nach dem anderen die in Tinte verfassten Buchstaben verdeckten.

„Da muss mir wohl mein Grüntee übergeschwappt sein“, bemerkte Narius und brachte ein schwaches Lächeln über seine Lippen, die er in den letzten Minuten fest zusammengebissen hatte. „Laut der Karte liegt Lavanda nicht weit entfernt von hier. Allerdings würde ich euch nicht raten, mit einem Boot dorthin zu fahren.“ Als er meine hochgezogene Augenbraue bemerkte, musste der alte Mann noch mehr schmunzeln.

„Nun ja, laut Flora treiben sich nicht allzu nette Gesellen in den Tiefen des Ozeans herum“, fuhr Narius fort und seufzte. „Vor allem diese Strecke sollte man nur mit einem befestigten

und sicheren Schiff bestreiten, dass aus gutem, stabilen Holze und metallenen Streben gebaut wurde. Nichts mit altem Stopfmaterial und Sägespänen, nein, damit wird man diese Reise mit Sicherheit nicht überleben."
Großartig. Mal abgesehen davon, dass uns Narius gerade unseren sicheren Tod hervor gesagt hatte, war ich mir nicht sicher, was er uns denn stattdessen vorschlagen würde.
In 1715 hatte es noch nicht allzu viele Verkehrsmittel gegeben und um über den Ozean zu reisen, hatte man bisweilen immer ein Schiff genommen.

„Nun ja", begann Narius langsam. „Nur weil ich im Jahr 1715 lebe, heißt das nicht, dass mir nicht auch Verkehrsmittel aus späteren Epochen bekannt sind. Wisst ihr, was 1783 erfunden wurde?"

„Der Heißluftballon." Ich erinnerte mich an die schwarzen Tintenzeichnungen in den Büchern meiner Mutter über die historische Luftfahrt, deren Ballone in etwa diesem Zeitraum eingeordnet worden waren. „Der erste mit menschlichen Passagieren bemannte Heißluftballon ist 1783 in Frankreich in die Luft gestiegen."

„So ist es". Narius stand auf. „Ich bin ein interessierter Wissenschaftler, der zwischen den Zeiten forscht und wenn ich so sagen kann, auch ein ziemlich begnadeter Bastler.
So habe ich unten in meinen Kellerräumen ebenfalls ein Schiff." Verdutzt hob ich den Kopf und fragte mich für einen Moment, ob ich mich verhört hatte. Ein Schiff? Ein großes, hölzernes Schiff passte sicherlich nicht in den Keller eines so kleinen Hauses.

„Folgt mir", kommandierte Narius in diesem Moment und humpelte aus dem Raum. Er wirkte zerbrechlich und bei jedem Schritt schleifte sein linkes Bein über den Boden, sodass er nur mit Mühe laufen konnte. Narius tat mir leid. Er lebte alleine auf einer verlassenen Insel und war die meiste Zeit einsam, weil er weder Freunde, noch Familie hatte, die ihn besuchten. Sobald Oliver und ich Merida verließen, würde er für sein restliches Leben alleine sein. Ich folgte Narius mit langsamen Schritten und strich mit den Händen an der rauen Tapete entlang, die in meergrünen und fliederfarbenen Tönen gehalten war.

„Hier entlang“, krächzte er und öffnete eine Tür am anderen Ende des Flurs, hinter der ein finsterer Treppengang in das Untergeschoss führte. Narius bückte sich, griff mit der rechten Hand nach dem Geländer und stapfte Stufe für Stufe nach unten. Als ich meinen Fuß nach ihm auf die erste Treppenstufe setzte, schlug mir ein kalter, feuchter Luftzug entgegen und meine Finger ertasteten eine grob verputzte Wand, die alle paar Meter von metallenen Haken und Fackelhaltern unterbrochen wurde. Vorsichtig tastete ich mich durch die Dunkelheit und klammerte mich mit schweißnassen Händen an das Geländer, das uns immer tiefer in den Untergrund führte. Die Luft wurde immer stickiger und für einen Moment fühlte es sich so an, als hätten wir einen Punkt erreicht, an dem es gar keinen Sauerstoff mehr gab. Aber dann wehte mir ein kühler Lufthauch ins Gesicht und ich hörte, wie Narius' Schritte vor mir verstummten. Es flackerte ein greller Feuerschein auf, welcher das runzlige Gesicht des Mannes in ein warmes, rotgoldenes Licht tauchte. Seine ausgeprägten, knochigen Augenhöhlen, in denen die Augen lagen wie braune Murmeln, waren von tiefen Altersfalten umgeben. Narius' Lippen waren schmal und ebenfalls von feinen Fältchen durchzogen, die sich durch seine ganze Haut fortsetzten. Und trotz des hohen Alters, das der alte Mann in sich trug, umspielte immer noch ein aufgeregtes, glückliches Lächeln seine Lippen.

„Wir sind da“, flüsterte er und sah sich ertappt um, so, als erwartete er, dass außer uns noch jemand im Keller war. „Da drüben in der großen Kiste ist es.“ Er schwenkte die flackernde Fackel nach rechts und der helle Feuerschein fiel auf den Kellerraum, der einem Krempelladen im Kleinformat glich. Überall türmten sich hölzerne Kisten, Schriftrollen, alte Möbel und Vorhänge, auf denen sich wieder rum zahlreiche Bücher und kleinere Gegenstände wie verrostetes Besteck und verstaubte Porzellantassen stapelten. Es roch muffig und ich war mir sicher, dass Phönix einen heftigen Niesanfall bekommen hätte, wenn er hier gewesen wäre. Narius deutete auf eine riesige Holztruhe in der rechten Ecke des Raumes, über die jemand vor langer Zeit seidene Stofftücher gelegt hatte, die jetzt von dicken, grauen Staubteppichen überzogen waren. Jetzt war ich noch verwirrter. Während wir die Treppe hinabgestiegen waren, hatte ich mir zahllose Gedanken über das Schiff gemacht, dass sich laut Narius in seinem eigenen Keller befand. Ich hatte darüber nachgedacht, ob er vielleicht doch ein kleines Ruderboot meinte oder so durchgeknallt war, dass er uns zu einem Spielzeugboot schleppen und prophezeien würde, dass wir überlebten, wenn wir darauf über den Ozean segelten.

„Hat ewig gedauert das anzufertigen", fuhr Narius fort und riss mich aus meinen Überlegungen, die sogar mir zu weit gegangen waren. „Hier..." Mit überraschender Kraft hob Narius den Deckel der Truhe nach oben und holte ein Teil nach dem anderen heraus. Ein zusammengefaltetes Stofftuch in einem matten, dunklen Grünton, ein seltsamer, kaminähnlicher Kasten, vier eiserne Stangen, fünf grob gestrickte Säcke, aus denen an manchen Stellen goldener Sand rieselte und einige andere merkwürdige Gerätschaften, die Narius eifrig begutachtete.

„Jetzt nur noch den Korb", grummelte er vor sich hin und hechtete halb rennend, halb humpelnd zurück zur Treppe, „Könntet ihr den ganzen Kram nach oben tragen? Ich suche in der zwischen Zeit nach unserem Transportkorb, der muss doch da irgendwo…“ Nach einigen Sekunden waren Narius’ Worte verstummt und seine Schritte klangen nur noch schwach zu uns herunter.

„Jetzt weiß ich was er meint“, sprach ich den Gedanken laut aus, der gerade in meinem Kopf aufgetaucht war. Es war so offensichtlich, dass ich mich fragte, warum ich nicht schon oben auf die Idee gekommen war.

„Ein Luftschiff“, nickte Oliver und klemmte sich die Metallstangen unter den Arm. „Ein riesiger Heißluftballon. Lucy, nimmst du bitte die Ballonhülle?“ Er deutete mit dem Fuß auf das dicke, zusammengefaltete Stofftuch.
„Danach können wir noch die anderen Teile hochtragen. Interessant wie Narius den Heißluftballon Jahrzehnte vor der eigentlichen Entdeckung so gebaut hat. Es scheint aber kein gewöhnliches Modell zu sein, ich habe noch nie einen Ballon gesehen, der mit einer Art kleinem Kamin beheizt wird. Und vielleicht steckt dahinter auch ein wenig Magie, meinst du nicht?“ Ich zuckte unschlüssig mit den Schultern und hob vorsichtig die Decke hoch, die eine gewaltige Staubwolke verursachte. Keuchend schleppte ich sie die Treppen hinauf, legte sie neben die Tür und hastete wieder nach unten, um gemeinsam mit Oliver das kleine, kaminähnliche Konstrukt nach oben zu schaffen. Nach und nach wurde der Berg im Flur immer größer und der unten im Keller immer kleiner, genauso wie meine Kraft, die von Sekunde zu Sekunde immer weiter schwand. Endlich, nach einer gefühlten Ewigkeit, während der ich mich selbst dafür hasste, dass ich nie Sport trieb, waren endlich alle Bauteile oben. Narius, der uns von der Küchentür aus mit ruhigem Gesichtsausdruck zugesehen hatte, nickte zufrieden.

„Den Zusammenbau solltet ihr lieber mir überlassen“, stellte er fest, als er unsere erschöpften Blicke bemerkte.
„Ich werde mich darum kümmern und euch gleich im Garten

alles erklären. Nehmt euch ordentlich Proviant und Handtücher mit; ihr wisst ja, wo ihr alles findet." Mit diesen Worten griff Narius nach einer der Metallröhren und begann, sie umständlich über den Teppich zu schleifen. Als Oliver Anstalten machte, ihm zu helfen, schüttelte Narius hastig den Kopf.

„Nein nein, ich bin dazu in der Lage, meinen eigenen Ballon aufzubauen", sagte er und ich sah, wie sehr er mit sich kämpfte, Oliver doch um Hilfe zu bitten. Doch dann siegte sein Stolz und der Wissenschaftler bog mit verzogenem Gesicht um die Ecke.

„Na, dann los", sagte ich tonlos und stolperte wie im Tunnel in die Küche, in der ich erst vor wenigen Minuten mein Marmeladenbrot geschmiert hatte. „Narius hat Recht, wir sollten genügend Lebensmittel und Wasser mitnehmen. Seltsam nicht, dass..."

„Das was?", fragte Oliver und blieb stehen. Seine blauen Augen durchsuchten mich mit einem stechenden Blick, den ich schon des öfteren bei ihm bemerkt hatte.

„Das alles hier", raunte ich. „Die ganze Geschichte. All die Menschen, die ich kennengelernt habe. Das ist alles so, als gäbe es sie und doch auch nicht. Hier geschehen Dinge, die eigentlich nicht geschehen können und trotzdem passieren sie immer wieder." Ich endete mit bebender Stimme und schüttelte den Kopf. „Nein...wir müssen jetzt packen." Oliver, der in den letzten paar Sekunden den Blick nicht von mir gelöst hatte, nickte verständnisvoll. „Ich weiß, ich weiß."

Es vergingen lange Sekunden, Minuten, vielleicht sogar Stunden, in denen wir uns auf unsere bevorstehende Reise vorbereiteten. Das Problem war, dass wir nicht wussten und auch nicht wissen konnten, was als Nächstes passieren würde. In meinem Kopf klang immer wieder diese zweite Stimme, die mir das Gefühl gab, als würde sie seit meiner Berührung mit dem Stein in den Kellerräumen des Palasts durch meine

Gedanken schleichen. Listig wie eine Giftschlange, die man erst bemerkte, wenn es zu spät war. Ich schluckte und sah von der großen, grauen Stofftasche auf, in die Oliver und ich nach und nach Lebensmittel, Wasser und Kleidung gestopft hatten.
Im Vorratsschrank waren einige Flaschen mit eingelegtem Gemüse und Obst gewesen, die ich danach geordnet hatte, ob sie noch einigermaßen essbar aussahen. Zusätzlich hatte ich einen halben Laib Brot und zwei große, gläserne Flaschen mit Wasser in den Beutel gelegt, den Oliver vorhin in einem der vielen Schränke voll Krimskrams gefunden hatte. Gerade kam er wieder ins Zimmer gelaufen, einen Stapel mit Klamotten in seinen Armen.

„Die hat Narius uns bereitgelegt", erklärte er beiläufig und begann, den unordentlichen Haufen in einen ansehnlichen Stapel zu verwandeln. „Jeder von uns hat ein Hemd, ein Paar Socken, eine Hose und diese altmodische Unterwäsche, die aussieht, als hätte man sie aus einer historischen Austellung geklaut."

„Wann warst du denn auf einer historischen Unterwäschenausstellung?", fragte ich grinsend und faltete das Paar Socken zusammen, bevor das Bündel gemeinsam mit der übrigen Kleidung im Beutel landete. Als wir wenige Minuten später fertig waren, war der Beutel so voll, dass wir noch einen zweiten aus dem Regal stibitzen mussten, damit alles hineinpasste. Jeder von uns schnallte sich einer der Taschen um die Schulter und gemeinsam trabten wir die Treppe herunter zum Hauptflur, durch den das ganze Haus verbunden war. Ich sah noch ein letztes Mal zurück auf den düsteren Flur mit den vielen Türen, durch die ich in den letzten paar Stunden in das Leben von Narius Sealberg eingetaucht war und schlüpfte dann hinter meinem Vater durch die Tür.

„Leb Wohl, altes Haus. Bis auf irgendwann, in der Zukunft."

Kapitel 23: Die Erfindung des Wissenschaftlers

Es hatte wieder angefangen zu schneien. Die samtigen, weißen Schneeflocken segelten durch die kühle Winterluft und verfingen sich wie glitzernde Perlen in meinen Haaren, während ich neben Oliver her durch den Garten lief. Dort hockte Narius zwischen zwei kleinen Tannen und war gerade dabei, zwei der löchrigen Sandsäcke an einem großen, gestrickten Korb zu befestigen. „Ah, da seid ihr ja." Er rappelte sich ächzend auf. „Es freut mich, dass meine Erfindung endlich einen sinnvollen Zweck erfüllen kann. Es ist ein ganz besonderes Konstrukt, dass es so bestimmt nicht in der Zukunft gibt, stimmt's?" Ich ließ meinen Blick über den Heißluftballon schweifen und musste seinem Erfinder Recht geben. An jeder Ecke des Korbes waren dicke, metallene Stangen befestigt, die in einigen Meter Höhe einen hohen, kupferfarbenen Kamin stützten. Genauer gesagt war es eine Art unförmiger Ofen mit einem nach oben immer weiter werdendem Trichter, aus dem graue Dampfwolken pufften. Der samtgrüne, von sämtlichen geflickten Stellen übersäte Ballon warf einen schützenden Schatten über den Korb, an dem 5 Sandsäcke angebracht worden waren.

„In der Zukunft haben sie nur diese unpraktischen Gasballons", fuhr Narius unbeirrt fort und umrundete sein Werk immer wieder. „Aber ich will auch erwähnen, dass dieser Heißluftballon ohne Einfluss gewisser, nun ja, sagen wir mal übermenschlichen Bauteile nie funktioniert hätte. Kommen wir nun zur Steuerung. Es ist eigentlich sehr einfach. Der Ofen ist

mit Kohle beheizt und der Ballon wird für etwa zwei Stunden in der Luft bleiben, bevor ihr landen müsst. Das dürfte allerdings kein Problem sein, da die Strecke laut meinen Berechnungen der vergangenen Nacht nicht mehr als eine Stunde dauern sollte.
Wenn ihr landen wollt, müsst ihr den Trichter mithilfe dieses Mechanismus wieder schließen, damit kein heißer Dampf mehr für den Auftrieb des Ballons sorgen kann. Außerdem solltet ihr die Sandsäcke einen nach dem anderen abwerfen, damit ihr an Gewicht verliert und so sicher landen könnt. In Ordnung?"
Ich nickte, obwohl ich noch hundert andere Fragen zum Ballon hatte, die ich aber nicht stellen konnte. Warum? Weil wir keine Zeit hatten. Zeit war eine Sache, die ich noch nie ganz verstanden hatte und es vermutlich auch nie tun würde.

„Lucy, hilfst du mir bitte mit den Taschen?", bat mich Oliver in dem Moment und während ich gemeinsam mit ihm unser Gepäck in den Korb beförderte, beschloss ich tief in meinem Inneren, dass ich mich ab jetzt nur noch auf das konzentrieren würde, was wichtig war. Auf Phönix, Creeves und die Bewohner von Aquanta, deren Seelen vor langer Zeit gestohlen worden waren, auf das Geheimnis, dessen Lösung Tag für Tag immer näher rückte und auf den finalen Kampf, dessen Grund noch niemand kannte.
Oliver war bereits in den Korb gestiegen, als mich ein kalter Windstoß aus den Gedanken riss. Ich kletterte vorsichtig über den Korbrand und plumpste wie ein Sack in den Korb, der gefährlich hin und her schaukelte.

„Danke für euren Besuch", richtete sich Narius an uns und ging noch einmal in die Hocke, um den festen Knoten zu lösen, mit dem der Heißluftballon an einem Haken im Boden befestigt war. „Ich werde mich noch lange an euch erinnern und ihr doch hoffentlich auch an mich." Mit diesen Worten ließ er das Seil los und ich spürte, wie sich die Unterseite des Korbes vom

Boden löste und langsam in die Luft stieg. Während wir Meter für Meter weiter in den Himmel getrieben wurden, winkte Narius noch ein letztes Mal und warf mir ein ermutigendes Lächeln zu.

„Auf Wiedersehen“, rief ich, aber wir waren mittlerweile so hoch gestiegen, dass Narius nur noch ein kleiner Punkt inmitten des düsteren Waldes war und meine Antwort sicherlich nicht mehr hören konnte. Er verschwand zwischen den hohen, schneebedeckten Tannen und bald auch sein Haus, dass man zwischen den vielen Bäumen nicht mehr erkennen konnte. Ich richtete mich vorsichtig auf und klammerte mich an an eine der metallenen Stangen, die wie ein fein geschliffener Eiszapfen in meinen Händen lag. Über meine Arme rannen frostige Wassertropfen und meine Hand färbte sich langsam rot, während ich die Stange immer fester mit meinen Fingern umschloss. Über mir hörte ich das Knistern der brennenden Kohle und spürte die leichten Hitzewellen, die vom Ofen aus zu uns hinab geweht wurden und mir warme Schauer über den Rücken jagten, während mir von den anderen Seiten der eisige Wind ins Gesicht schlug. Immer höher stieg der Ballon in den bewölkten Himmel und der Tannenwald, der sich bis zu den weiten, vereisten Sandstränden zog, wurde immer kleiner, bis er hinter einer dichten Schneewolke verschwand.
Immer wieder erhaschte ich einen Blick auf das tosende Meer, das durch den Nebel in schwachen Blau- und Grüntönen schimmerte und dessen Wellen gegen die hohen Felsen an der Küste krachten

„Wir können nur hoffen, dass kein Sturm aufzieht“, sagte Oliver hoffnungsvoll und lehnte sich ein wenig über den Korbrand. „Ich glaube, Narius hatte Recht. Mit einem Schiff, egal welcher Größe, wären wir nicht weit gekommen.“

„Was meinst du?“, fragte ich und klammerte mich noch fester an die Metallstange, während der Ballon vom Wind gefährlich hin und her geworfen wurde.

„Das Meer“, erwiderte Oliver nachdenklich. „Es wurden bis zu diesem Zeitpunkt etwas mehr als 5% des gesamten Ozeans erforscht. Ich stelle mir manchmal die Frage, ob es die Menschen mit ihrem derzeitigen Stand der Technik nicht schaffen, die anderen 95% zu erkunden oder ob sie es nicht wollen, weil sie wissen, auf was sie am Meeresgrund stoßen würden. Ich kann es nicht wissen, aber ich ahne es schon seit vielen Jahren. Die Wesen, die Narius Sealberg und Flora Coppersteen in ihren Büchern beschrieben haben, gibt es wirklich.“ Ich wusste nicht, was ich darauf antworten sollte und ließ mich schweigend auf den Boden des Korbes sinken.
Die kühle Morgenluft fuhr mir durch die Haare und verursachte ein unangenehmes Kribbeln in meinem Nacken, das mich fröstelnd zusammenzucken ließ. Ich zog die Beine fest an meinen Körper, schloss die Augen und stellte mir das Meer vor, das so viele Geheimnisse und Rätsel bereithielt.
Ich dachte an die hübschen, violetten Octarellen, an die seltenen Turquamarinen, die von meergrünen, glänzenden Schuppen bedeckt waren und an den Kroktus, eine gekreuzte Art aus Krebs und Oktopus, der mit seinen langen Armen durch das Wasser peitschte und Wolken aus goldener Tinte aufwirbelte.
Minute für Minute verstrich, während der Heißluftballon immer höher in den Himmel stieg und gelegentlich von heftigen Windböen zur Seite gerissen wurde.
Ich kauerte am Boden des Korbes und spielte mit den dunkel gemusterten Knöpfen meiner Jacke, deren muffiger Geruch sich mit dem holzigen Duft des gestrickten Weidenkorbes mischte.
Die Schneeflocken tanzten durch die Luft und schmolzen langsam vor sich hin, wenn sich eine davon auf die Außenseite des Kamins verirrte. Oliver, der die Arme fröstelnd um seinen zitternden Körper geschlungen hatte, summte leise ein Lied vor

sich hin, das aus lauter aneinander hängenden Rätseln zu bestehen schien.

„The secret lies in the eyes of dark ink and ice, they play with your life like you play with dice, the riddle to solve, might even involve, the loss of your soul alone."

Ich verstand jedes Wort und wusste dennoch nicht, was sie bedeuten mussten.

„Das Geheimnis liegt in den Augen aus dunkler Tinte und Eis, sie spielen mit deinem Leben, wie du mit Würfeln spielst, das zu lösende Rätsel, wird vielleicht sogar umfassen, dass deine Seele verloren geht."

Es klang nach einem der alten, englischen Volkslieder, die in manchen mittelalterlichen Filmen von den Bewohnern der heruntergekommenen Dörfer gesungen wurden, um ein bestimmtes Problem in der Gesellschaft darzustellen.

Nur das dieses Stück eine ganz andere Bedeutung hatte.

„Meine Mutter hat mir dieses Lied immer vorgesungen", sagte Oliver in diesem Moment und warf mir einen liebevollen Blick zu. „Damals habe ich dessen Inhalt noch nicht verstanden, aber jetzt ist mir jedes Rätsel klar. Creeves und die Inkeyes besitzen außerordentlich dunkle Augen, die einen fast zu dem Gedanken kommen lassen, sie bestünden aus schwarzen Tintenflecken. Die Wahrheit, die sich hinter ihren düsteren Fassaden verbirgt, bleibt uns verborgen und sie spielen mit unserem Leben, ohne dass wir davon etwas mitbekommen. Es ist uns nicht bewusst und trotzdem ist es genau so, wie es im Lied heißt. Das Rätsel, dass wir gemeinsam lösen müssen, um gegen die andere Seite zu siegen, kann uns etwas nehmen, dass noch wertvoller als das Leben an sich ist. Die Inkeyes können uns unsere Seelen aus dem Leib reißen und für sich selbst verwenden, wie wir es in den vergangenen Tagen erlebt haben." Oliver ging in die Hocke und wühlte durch die große, ausgebeulte Stofftasche, in der sich neben verschiedenen Einmachgläsern auch einige in Servierten gehüllte Sandwiches befanden. Es waren helle Weisbrotscheiben mit einigen Gurkenscheiben und Frischkäse, dessen Herkunft wohl für immer ein Rätsel bleiben würde. Immerhin hielt sich Narius keine Kühe und sonst gab es auch niemanden anderen auf der Insel, der ihm Frischkäse oder sonstige Milchprodukte liefern konnte. Ich wickelte vorsichtig eines der Sandwiches aus der Serviette und biss hungrig hinein. Es schmeckte frisch und die vielen Gurkenscheiben platzen wie kleine Wasserkugeln in meinem Mund auf, während ich verträumt in den bewölkten Himmel starrte.

„Siehst du schon etwas?", fragte ich Oliver zwischen zwei Bissen vom Sandwich, das besser schmeckte als ich es zunächst erwartet hatte. „Kann man Merida von hier aus noch erkennen?" Oliver, der sich ebenfalls ein Sandwich genommen hatte, schüttelte den Kopf und fuhr sich zeternd durch die Haare, in denen sich durch den Wind kleine Frischkäseflocken verfangen hatten.

„Man sieht nur das große, weite Meer", antwortete er und wagte einen weiteren Blick nach unten.
„Merida ist...Agh...mist." Ich sah auf und musste grinsen, als ich sah, was geschehen war. Beim Herüber beugen hatte Oliver seinen Arm mit dem Sandwich so weit ausgestreckt, dass es ins Blickfeld eines kleinen, frechen Vogels gefallen war. Genauer gesagt war es eine grau - weiß gesprenkelte Möwe und noch genauer dieselbe, die uns vor einigen Tagen am Palastshafen Aquantas eine Nachricht meiner Großmutter überbracht hatte. Sie landete mit ausgebreiteten Flügeln auf meinem Knie, legte ihre Beute auf eine der Taschen ab und begann, genüsslich darauf herumzuhacken. Oliver sah ihr mit einem tadelnden, fast schon enttäuschten Blick zu, der mich unweigerlich an ein kleines Kind erinnerte, dem man das Eis weggenommen hatte.

„Na du", lächelte ich das Tier an, das den Schnabel gierig in

die Brotscheibe schlug und mit kleinen Gurkenstückchen im Mund wieder aufsah. „Hat Flora dich gebeten, uns zu folgen?" Die Möwe drehte unsicher den Kopf zur Seite und ein leichtes Zucken fuhr durch ihre schmalen Schultern, als sie ihren Kopf wieder im Sandwich versinken ließ.
„Ich glaube, das war ein Ja", grinste Oliver und ließ sich neben mich an den Boden des Korbes sinken, in dem es langsam ziemlich eng wurde. „Vielleicht wollte meine Mutter, dass ihre kleine Freundin ein Auge auf uns wirft, wenn sie nicht mehr da ist." Für die nächsten Minuten sahen wir der Möwe schweigend zu, wie sie das belegte Brot mit ihren Krallen zerrupfte und Stück für Stück verschlang, bis nur noch einige Brotkrümel auf der Tasche lagen. Dann hopste sie auf den Korbrand, sah sich noch ein letztes Mal nach uns um und flatterte dann hastig davon. „Sie hat uns die ganze Zeit verfolgt." Oliver sah dem gesprenkelten Vogel nach, der im Sturzflug nach unten raste und zwischen den dichten Nebelwolken verschwand. „Aber ich bin mir sicher, dass sie auf unserer Seite ist. Sonst hätte sie uns nicht Elizabeths Nachricht überbracht, ohne die wir jetzt nicht hier wären." Während sich Oliver ein zweites Sandwich nahm und immer wieder in den Himmel blickte, um sicher zu gehen, dass sich uns kein zweiter Sandwichdieb näherte, rappelte ich mich vorsichtig auf. Der Wind, der uns immer weiter über den offenen Ozean trieb, war in den vergangenen Minuten immer stärker geworden und fegte den Ballon mal hierhin, mal dorthin. Unter uns krachten meterhohe Wellen aneinander, auf denen glänzende Schaumkronen wie tausende kleine Perlen tanzten und von immer größeren Wellen verschluckt wurden, die über das tosende Meer rollten. Meine Haare flatterten um meinen Kopf und wickelten sich um die metallenen Stangen, die den dampfenden Ofen über uns fest stützten.
Gedankenverloren blickte ich in den Himmel, der von dichten, grauen Wolken bedeckt war, aus denen der Schnee in großen

Massen auf uns hinabfiel. Die glitzernden Flocken segelten durch die kalte Morgenluft und setzten sich wie gefrorene Insekten auf die mokkabraunen Stofftaschen, bevor sie langsam zerflossen und nach und nach dunkle Flecken auf dem Material hinterließen. Seit unserem Reisebeginn mit dem Heißluftballon war schon weit über eine halbe Stunde vergangen und ich wartete jede Minute darauf, dass Lavanda bald zwischen den grauen Nebelwolken auftauchte.

„Hast du schon eine Idee, wie wir Flora Coppersteen ausfindig machen können?", fragte ich in die Stille hinein und spielte nachdenklich mit einer glänzenden, roten Locke, die mir der Wind ins Gesicht gepustet hatte. „Wir wissen nicht viel über ihr Aussehen und über ihren genauen Standort, aber Vielleicht können uns die Inselbewohner weiterhelfen, falls es überhaupt welche gibt."

„Und genau das ist der Punkt", erwiderte Oliver, der sich eben noch ein drittes Sandwich aus der Tasche geangelt hatte, „Aquanta können Außenstehende nicht sehen und Merida wird von allen gemieden, da dort ein umstrittener, verrückter Wissenschaftler mitten im Nirgendwo lebt. Es muss einen Grund geben, warum Lavanda, die dritte Insel, unter den normalen Bürgern nicht bekannt ist."

„Narius hat doch gesagt, dass auf Lavanda zu seiner Zeit eine Flotte von einem Dutzend Schiffe gebaut wurde", überlegte ich laut. „Und das sich dort auch piratenähnliche Gruppierungen und düstere Gestalten herumtrieben, weswegen die Insel für die Öffentlichkeit immer weiter in Vergessenheit geriet."

„Ja, das stimmt", nickte Oliver und betrachtete mich mit einem nachdenklichen Blick. „Vielleicht gibt es auch einen Zusammenhang. Weißt du, was ich mich noch frage?" Oliver hielt für einen kurzen Moment inne, als erwartete er, dass ich wie Phönix seine Gedanken lesen konnte. Dann fuhr er mit rauer Stimme fort. „Neben den hunderten Fragen zu den Inkeyes, deren Antworten noch weit in der Ferne liegen, wissen wir noch immer nicht, gegen was wir eigentlich kämpfen müssen. Gegen Schattenwesen, die einem die Seele aus dem Leib reißen und so dein Leben für immer zerstören können? Ich fürchte, dass uns auf der anderen Seite noch ganz andere Dinge erwarten werden."

Ich wandte mich nachdenklich ab und ließ die Gedanken durch meinen Kopf rattern, der aus lauter losen Zahnrädern und Schrauben zu bestehen schien. Die Sonne wanderte hinter den dichten Schneewolken langsam über den fliederfarbenen Himmel und spiegelte sich in den tausenden, gar Millionen Schneeflocken, die in den schönsten Smaragd- und Saphirtönen schimmerte. Mein Blick schweifte über das Meer unter uns, dass in himmelblau und veilchenfarben begann und von den hohen, tosenden Wellen in tiefe Töne aus einem dunklem, edlen Blauton getaucht wurde, das dem Wasser den Anschein gab, als bestünde es aus verflüssigter Tinte, die aus einem übergroßen Fass in den Ozean gelaufen war. Der Ballon wurde von den kalten Windströmungen, die aus dem Nord - Westen zu uns herüber wehten, mal nach oben, mal nach unten getrieben und die eisige Luft schlug mir ins Gesicht, während ich gedankenverloren an einem Sandwich knabberte. Es war schon seltsam, nach einer so langen Zeit, in der ich vermutet hatte, dass mein Vater tot war, nun neben ihm in einem Heißluftballon im Jahre 1715 zu sitzen und zu wissen, dass ich eine der wenigen war, die etwas gegen die Inkeyes ausrichten konnte. Und doch...

„Lavanda." Oliver rappelte sich hastig auf, wodurch der Korb ruckartig zur Seite kippte und die Taschen zu mir herüber rutschten, während der Korb immer schräger wurde.

Ich krallte mich mit klopfendem Herzen an den gestrickten Streben fest und sah nach oben zu Oliver, der hektisch versuchte, den Ballon wieder in die richtige Position zu rücken.

„Lavanda liegt nur wenige hundert Meter entfernt“, informierte er mich und warf sich auf die andere Seite, sodass der Korb wieder heftig in die andere Richtung kippte.

Ich wurde an die entgegengesetzte Wand geworfen und konnte aus dem Augenwinkel erkennen, dass Oliver Recht hatte. Zwischen den grauen Wattewolken waren die Umrisse einer Insel erschienen, deren Form der eines Sichelmondes ähnelte.

„Wir müssen an Gewicht verlieren, um abzusinken“, erklärte Oliver und half mir eilig auf, während er mit der anderen Hand bereits die Sandsäcke löste, die an allen vier Ecken des Korbs befestigt worden waren. „Lucy, du musst den Trichter des Kamins schließen, so wie Narius es gesagt hat. Wenn wir nicht gleich absteigen, fliegen wir an Lavanda vorbei und haben so gut wie keine Chance mehr, dorthin zurückzukommen.“

Mehr musste Oliver nicht sagen. Ich stellte mich auf die Zehenspitzen und drückte den verrosteten Hebel herunter, durch den sich wenige Sekunden später der Trichter schloss. Aber im gleichen Moment fiel mir etwas auf, was Oliver und ich nicht beachtet hatten. Der Ballon fiel ohne die heiße Luft, die zuvor aus dem metallenen Trichter gekommen war, langsam in sich zusammen und ich spürte, wie der Korb mit jedem Meter immer schneller nach unten sackte.

„Wir müssen die Klappe immer zwischendurch öffnen, damit wir nicht ungebremst nach unten rasen“, rief ich Oliver zu, der mich durch den tosenden Wind vermutlich nicht verstehen konnte. Während er weitere Sandsäcke von der Außenseite des Korbs löste, versuchte ich verzweifelt, den Hebel wieder nach oben zu schieben, aber das Material war so verrostet, dass er sich keinen Millimeter bewegte. Ganz im Gegensatz zum Ballon, der völlig ins ich zusammengefallen war und sich wie eine riesige, dicke Stoffdecke über uns legte, sodass alles um mich herum dunkel wurde.

„Oliver, wir müssen den Hebel nach oben bewegen", stieß ich zwischen zusammengepressten Zähnen hervor.
Mein Vater, der die Situation endlich verstanden hatte, schob sich fluchend an mir vorbei und drückte den Hebel mit aller Kraft nach oben. Ich kauerte mich an den Boden, verbarg meinen Kopf in meinen Händen und wartete mit klopfendem Herzen auf den Aufprall, von dem ich nicht wusste, ob wir ihn überleben würden. In diesen wenigen Sekunden, in denen ich durch den freien Fall ein unangenehmes Ziehen im Bauch vernahm, fürchtete ich, dass alles umsonst gewesen war und wir wie Steine in dem Ozean aus Tinte versinken würden. Plötzlich fuhr ein heftiges Ruckeln durch den Korb und als ich meinen Kopf vorsichtig hob, sah ich, dass Oliver es geschafft hatte, den Hebel ein kleines Stückchen nach oben zu schieben. Aber es war zu spät. Die Unterseite des Korbs traf die Wasseroberfläche mit einem ohrenbetäubenden Rauschen und ich spürte, wie sich die einzelnen, hölzernen Streben unter mir auflösten, während der Ballon uns wieder von allen Seiten einschloss. Panisch griff ich nach den Taschen und hielt sie mit beiden Händen über meinen Kopf, während das kalte Wasser bereits meine Beine umspülte und im zerfallenen Korb immer weiter anstieg.

„Wir müssen hier raus", keuchte Oliver, der vergeblich versuchte, den schweren, tannengrünen Stoff vom Korb herunterzuzerren.

„Sonst sind wir Fischfutter." Ich schluckte und stolperte einen Schritt nach vorne.

„Wir müssen vorne überkippen, dann landen wir im Wasser", erwiderte ich. „Aber unser Gepäck darf auf gar keinen Fall nass werden. Es ist unsere einzige Überlebenschance, wenn wir an Land gespült werden." Mittlerweile war das Wasser so hoch angestiegen, dass es mir bereits bis zu den Schultern reichte.

Es war schrecklich kalt und ich nahm ein scharfes Brennen in der Lunge wahr, das mir für einen Augenblick den Atem raubte. Ich wusste, das wir nichts mehr gegen die gewaltigen Wassermassen tun konnten, die von allen Seiten auf uns einstürzten und klammerte mich mit tränenden Augen an Olivers Arm.
Ich war kurz davor, „Leb wohl“ oder „Ich hab dich lieb“ zu säuseln, als sich die schwere, von eisigem Wasser vollgesogene Stoffdecke über uns hob und dahinter ein Gesicht erschien, das mir merkwürdigerweise bekannt vorkam, obwohl ich es zuvor noch nie gesehen hatte.

24. Kapitel: Eine Welle der Erinnerungen

Ich schlug die Augen auf und fand mich auf einem schmalen Bett wieder, dass direkt an der altmodischen, aus alten Holzbrettern gezimmerten Wand lag. Was war passiert? Nur verschleiert erinnerte ich mich an die letzten Minuten im Heißluftballon, der vom Aufprall in tausend Teile zerschmettert worden war. Das eiskalte, tintenfarbene Wasser war von allen Seiten auf uns eingestürzt und hatte mir, und auch meinem Vater, beinahe den Atem geraubt. Ich erinnerte mich noch schwach daran, wie ich mein Gesicht an Olivers bläulich angelaufenen Arm gepresst und darauf gewartet hatte, dass ich das Bewusstsein verlor. Aber dann war über uns ein Gesicht mit warmen, haselnussbraunen Augen aufgetaucht und eine Hand, die sich mir entgegenstreckte, bevor alles um mich herum schwarz geworden war.

„Wir wurden gerettet", ertönte auf einmal eine raue Stimme neben mir. „Geht es dir gut?" Ich rappelte mich auf und sah zur anderen Seite des Raums hinüber, wo Oliver zwischen zahlreichen Decken lag. Sein Gesicht war kreidebleich angelaufen und seine Nase hatte einen besorgniserregenden, dunkelroten Ton angenommen, der im Kontrast mit seiner verblichenen Haut seltsam falsch wirkte.

„Mir geht es gut", stammelte ich verwirrt und setzte mich auf Olivers Bettkante. „Aber was ist mit dir passiert?"

„Die Kälte", krächzte mein Vater und hustete. „Ich habe eine leichte Unterkühlung und unsere Taschen sind... Leider untergegangen." Er deutete mit zitternder Hand auf die beiden

Stoffbeutel, die triefend am Fußende des Bettes lagen.

„Wer hat uns denn gerettet?“, fragte ich mit ruhiger Stimme und durchwühlte die Tasche nach etwas Brauchbarem.

„Mist, hier ist nichts gegen Unterkühlung.“ In diesem Moment ging die Tür auf und eine ältere Frau trat in den Raum. Sie trug ein weißes Leinenhemd, das sie lose in den Bund eines eleganten, mit goldenen Ornamenten verzierten Gürtels gestopft hatte und einen langen, grünen Faltenrock. Die braunen Schnürstiefel, die ihr bis zu den Knien reichten, spiegelten sich in ihren warmen Augen wieder. Ihre blond-grauen Haare hatte sie zu einem unordentlichen Dutt hochgesteckt und an ihren Ohrläppchen baumelten Ohrringe in Form einer kleinen Gabel und eines kleinen Löffels, die beide in verrosteten Kupfertönen schimmerten.

„Wer sind Sie?“, fragte ich in die Stille hinein, obwohl ich bereits eine Vermutung hatte, wer die alte Frau war.

„Flora“, lächelte sie und begutachtete den Berg aus Gegenständen, die ich aus den Taschen heraus gekippt hatte. „Du brauchst dir wirklich keine Sorgen um deinen Vater machen, Lucy, er ist nur etwas unterkühlt. Ich habe ihm einen heißen Tee gekocht und einige Heilkräuter für ihn vorbereitet, die ich während meiner Forschungen entdeckt habe.
In wenigen Stunden wird er wieder auf den Beinen sein. Ihr seid bereits seit gestern Morgen hier und habt lange geschlafen. Kommst du mit mir in die Küche, um den Tee vorbereiten?“ Ich nickte, warf Oliver einen entschuldigenden Blick zu und folgte Flora nach draußen. Auf unserem Weg durch den schmalen, dunklen Korridor, hörte ich das Holz leise Ächzen und spürte, wie sich der Boden unter meinen Füßen bewegte. Das war der Moment, an dem mir klar wurde, dass wir nicht auf Lavanda waren, sondern auf einem Schiff. Am Ende des Flurs lag eine hölzerne, mit einem runden Bullauge versehene Tür, die Flora mit einem Ruck öffnete und einen Schritt zur Seite trat,

sodass auch ich den Raum dahinter erkennen konnte.
Es war eine kleine, eng zugestellte Kombüse, die mich in gewisser Weise an den Antiquitätenladen erinnerte, in dem jeder Quadratzentimeter mit Büchern, antikem Blechspielzeug, zerfallenen Möbeln und Geschirr vollgestopft gewesen war.
In einer Ecke der kleinen Küche türmte sich ein Berg aus verschiedensten Konserven, Dosen und Einmachgläsern, in der anderen befand sich ein alter Ofen mit einer verrosteten Klappe, in die man das Feuerholz stapeln konnte.
Auf einem niedrigen, orangefarbenen Schränkchen mit gelben Schubladen stand eine metallene Wanne, in der einige Töpfe und Gläser im seifigen Wasser herum dümpelten.
Die Tapete war weiß und mit hunderten von Zetteln und Karten zugehängt, die Flora einfach mit Stecknadeln an die Wand gepinnt hatte. In der linken Ecke stand ein runder Tisch mit zwei roten Samtsesseln, die dicht an die Wand gedrängt waren und nicht den Eindruck machten, als hätte jemals jemand darauf gesessen.

„Auch einen Tee?“, erkundigte sich Flora und nahm eine Tasse aus dem Schrank.

„Ähm ja, gerne“, stotterte ich und ließ mich auf einen der Sessel sinken, der ein unzufriedenes Ächzen von sich gab.
„Narius hat uns erzählt, dass du über ein großes Wissen verfügst, dass uns dem Geheimnis von Aquanta und den Inkeyes näherbringen kann. Er meinte, du wärst die einzige, die über Creeves eigentliche Ziele und Pläne Bescheid weiß und hat uns nach Lavanda geschickt.
Danke übrigens für die Rettung vorhin.“
Flora zuckte unmerklich mit den Schultern und zupfte fliederfarbene Kräuter in die Teetasse, in der zuvor ein Löffel mit rötlichem Tee und ein weißlich schimmerndes Pulver gelandet waren, das ich noch nie in meinem Leben gesehen hatte.

„Ihr hattet Glück, dass ich auf meinem Schiff war“, erwiderte sie und ignorierte meine indirekte Frage, was sie über die Inkeyes wusste. „Im Winter bin ich die meiste Zeit an Land und stocke meine Vorräte auf, nur dieses Jahr war mir klar, dass ich das nicht konnte. Wie du bereits sagtest: Ich weiß alles und doch auch nichts, weil das Wissen erst zu mir kommt, wenn es soweit ist.“ Mit einem bedächtigen Blick nahm Flora eine kleine Teekanne aus dem Schrank, füllte sie mit Wasser und stellte sie auf die eiserne Herdplatte, die ein empörtes Zischen von sich gab.

„Werden sie uns auf der Suche nach dem Schlüssel zur Lösung des Rätsels helfen?“, fragte ich. Für einen Moment herrschte im Raum eine seltsame, angespannte Ruhe, in der man nur das brodelnde Blubbern des Wassers hören konnte. Dann drehte sich Flora langsam um. Als ich in ihr Gesicht blickte, fuhr mir ein eiskalter Schauer über den Rücken und ich rutschte panisch noch weiter in die Ecke des Raumes. Ihre Haut war mit einem mal viel bleicher geworden und ihre Umrisse liefen immer weiter ineinander, sodass es beinahe aussah, als wäre sie aus Wasserfarben gemalt worden, die langsam zusammenflossen. Mein Blick wanderte weiter nach oben und blieb in ihrem Gesicht hängen, durch das ein merkwürdiges Zucken ging. Als sie ihre geschlossenen Augen öffnete, vernahm ich ein kaltes Prickeln, das über meine Arme und Beine fuhr und mir das Blut in den Adern gefror. Dort, wo vor wenigen Sekunden ihre warmen, braunen Augen gewesen waren, hatte sich ein verschwommener Spalt in ihrem Gesicht gebildet, in dem nun kalte, blaue Augen lagen, die man nicht hätte von Murmeln unterscheiden können. Auch der Rest von Floras Körper wurde langsam immer verschwommener und dunkle Nebelfäden hatten sich um sie herum geschlungen, während sich im Raum eine plötzliche Kälte ausbreitete.
Da stürzte Oliver atemlos ins Zimmer, hinter ihm eine ältere,

verwirrt aussehende Frau.

„Das ist nicht Flora Coppersteen, Lucy“, sagte er mit ruhiger Stimme und betrachtete die schattenhafte Gestalt, deren menschliche Form immer weiter schwand. „Das ist ein Inkeye.“ Das Wesen, das sich inzwischen in einen schwarzen, in der Luft schwebenden Schatten verwandelte hatte, blinzelte mich mit seinen tiefen, tintenfarbenen Augen an, wie ein Tier, das kurz davor war, seine Beute zu erlegen. Das, was als Nächstes geschah, kann ich noch immer nicht nachvollziehen, weil ich nicht einmal selbst verstand, was ich in diesem Augenblick tat. Ich streckte meine Hand nach dem Wesen aus, riss mit der Hand durch den dunklen Nebel und spürte, wie hunderte, vielleicht tausende Gedanken und Gefühle in meinen Kopf strömten, die aber nicht meine eigenen waren. Es war ein merkwürdiges Gefühl, die verschiedenen Szenen an meinem inneren Auge vorbeifliegen zu sehen und dabei zu wissen, dass es Ausschnitte aus dem Leben eines anderen waren. Und wenn ich mich nicht irrte, waren es Momente aus dem Leben von Flora Coppersteen. Das schattenhafte Wesen vor mir löste sich in einer düsteren Nebelwolke auf, die einen kalten Windzug durch die Küche fegte und die Gläser in der metallenen Wanne leise aneinander klirren ließ. Die Stille, die diesem Ereignis folgte, war kaum auszuhalten. Mein Kopf fühlte sich an, als hätte jemand meine eigenen Gedanken in die hinterste Ecke gedrängt, um Platz für neue Erinnerungen zu machen, die, wenn man länger darüber nachdachte, für mich keine Erinnerungen waren, sondern Einblicke in das Leben von Flora Coppersteen. Durch meinen Kopf flogen Bilder, die ich nie mit meinem eigenen Auge aufgefangen hatte und die sich trotzdem anfühlten, als wären sie schon seit langem in meinen Erinnerungen gefangen gewesen. Ein Mann mit kurzem, erdbraunem Haar, das sich in glänzenden Locken über seine runzlige Stirn kringelte, stand vor mir in einem Raum, der mir sofort bekannt vorkam.

„Es ist äußerst traurig, dass du mir eine Antwort verweigerst, Coppersteen“, brummte der Mann und umrundete das hölzerne Pult, das zwischen mir und ihm lag. „Ich fürchte, dass ich dich in diesem Fall von deiner Arbeit befreien muss. Aber ich werde ein Auge auf dich haben, um sicherzugehen, dass du unser Vorhaben nicht in die Welt ausplauderst. Aber noch ein letztes.“ Er fixierte mich mit einem durchdringenden Blick, der sich wie ein Dolch in mein Inneres bohrte.

„Ich weiß, dass dir die Bedeutungen der beiden Gegenstände bekannt sind. Also - wo ist der Ring, der in der Legende Aquantas vor hunderten von Jahren erwähnt wurde?“ Ich schüttelte stumm den Kopf. Ich war in diesem Moment in Flora Coppersteens Körper, ohne das zu wissen, was sie damals gewusst hatte und dennoch fielen einzelne Worte aus meinem Mund, die mir mit einem Mal in den Sinn gekommen waren.

„Der Lagepunkt des Ringes ist mir nicht bekannt“, sagte ich. „Der andere Gegenstand ist vielleicht keiner, aber der Schein kann einen täuschen.“ Das Bild vor meinen Augen verschwamm in einer Wolke aus schwarzem Nebel, aus dem sich innerhalb weniger Sekunden eine weitere Szene aus dem Leben von Flora Coppersteen bildete. Die nächsten Momente, die an meinem inneren Auge vorbei rauschten, fühlten sich an, als würde ich mir den Trailer eines Mysteryfilms anschauen, der in meiner eigenen Welt spielte. Ich sah ein Schiff, das in einen tosenden Sturm geraten war und von einer riesigen, schwarzen Welle in die Tiefen des Ozeans gerissen wurde. Mein Kopf tauchte ins eiskalte Wasser und ich schnappte nach Luft, aber spürte nur eine unendliche Leere, die sich in meinem Kopf ausbreitete. Einen Bruchteil einer Sekunde später fand ich mich in der kleinen, vollgestopften Schiffskombüse wieder und blickte starr zu meinem Vater und der alten Frau herüber, die, wenn ich darüber nachdachte, die richtige Flora Coppersteen sein musste.

„Was hast du gesehen?“, fragte Oliver und trat einen Schritt nach vorne. „Hat der Inkeye dir Einblicke in Floras Erinnerungen gegeben?“ Ich nickte langsam und versuchte die einzelnen Eindrücke in meinem Kopf zu sortieren, während die Luft um uns herum immer wärmer wurde. Es war beinahe so, als hätten sich die eiskalten Windzüge in den Wänden verkrochen, um erst wieder durch den Raum zu jagen, wenn ein Inkeye darin auftauchte.

„Ich habe einen Mann gesehen“, begann ich nachdenklich. „Ich glaube, dass es Leroy Edward Creeves war, kurz nachdem er die Seele des Echten geraubt hatte. Anscheinend hatte Flora Coppersteen eine seiner Fragen nicht beantwortet und er befreite sie von ihrer Arbeit, versicherte ihr aber, dass er ein Auge auf sie haben würde, um sicherzugehen, dass sie seine Pläne nicht in die Welt ausplauderte. Zuletzt bat Creeves sie, ihm von den übrigen beiden Gegenständen zu erzählen und ihm die Bedeutung des Ringes zu erklären. Am Ende von Floras Erinnerungen habe ich ein Schiff gesehen, das ohne weiteres die Inkeye hätte sein können, wenn sie damals wirklich untergegangen wäre. Flora, weißt du noch einzelne Details von früher? Du hast bei Creeves gearbeitet, oder?“ Die alte Frau, die noch zerbrechlicher wirkte als der Inkeye, der ihre Seele in sich getragen hatte, senkte vorsichtig den Kopf.

„Ja, so ist es“, grummelte sie und sah mich mit leeren, wässrigen Augen an, die mich schmerzlich an Phönix erinnerten. „Leroy Edward Creeves riss mich mitten aus meinem ruhigen, einsamen Leben und versprach mir große Aussichten und Abenteuer, die ich auch erlebt habe, aber nicht so, wie ich es mir vorgestellt hatte. Er wusste von meiner besonderen Gabe, die ich von Geburt an besitze und sagte, dass ihm Leute wie ich fehlten. Dabei wusste noch nicht einmal ich,

was meine Gabe, Visionen von verschiedenen Ereignissen zu erhalten, bedeutete. Um mich kurz zu fassen: Ich berichtete ihm jeden Tag von meinen Visionen, unwissend, warum sie ihm von so großer Bedeutung erschienen. Bis zu jenem Tag, an dem ich erfuhr, was seine eigentlichen Absichten waren. Aber auf die Frage, die er mir damals stellte, konnte ich nicht antworten. Die letzten Worte, die ich jemals von ihm hörte, waren die, die Lucy gerade in meinen Erinnerungen erlebt hat. Er wusste, dass ich mich mit der Prophezeiung der Vier und der Vergangenheit von Aquanta beschäftigt hatte und war sich so sicher, dass ich die beiden fehlenden Gegenstände bereits kannte. Aber dem war nicht so. Mir war nur weniges über die besonderen Gegenstände bekannt und das, was ich Creeves sagen konnte, befriedigte ihn nicht. Er vermutete, dass ich nur einen Teil meines Wissens mit ihm geteilt hatte und setzte mich auf einer verlassenen Insel aus, da er befürchtete, dass ich seine Pläne nicht für mich behalten würde. Das war vor 13 Jahren, eine lange Zeit, wenn man bedenkt, was seitdem alles geschehen ist. Es war eine Insel, die nur wenige Kilometer von unserem Standpunkt entfernt liegt.“ Sie wusste es. Flora Coppersteen wusste von Creeves Plänen und somit auch von seinem Ziel, das uns die ganze Reise über verborgen gewesen war.
Meine Hände begannen zu zittern und ich spürte eine seltsame Furcht, die sich seit Tagen in mir aufgetürmt hatte wie ein Kartenstapel, der jetzt in sich zusammenfiel und die Angst in meinem ganzen Körper ausbreitete. Die ganze Zeit über hatte ich nicht gewusst, nach was wir eigentlich suchten und was wir vollbringen mussten, um die Pläne von Leroy Edward Creeves zu vereiteln. Jetzt war ich kurz davor, es zu erfahren.

„Was steckt hinter dem Geheimnis von Creeves?“, fragte ich und sah wieder zu Flora herüber, deren faltige Haut ganz blass geworden war. Sie öffnete den Mund und stockte, bevor sie mir mit brüchiger Stimme antwortete.

„Der dritte Teil der Prophezeiung, dessen Bedeutung mir lange verborgen war, ist ein Buch, das zusammen mit dem Ring und Lucys Gabe unsere Seite für immer zerstören kann. Lucy, du bist die Nachfolgerin von Creeves. Du wirst es sein, wenn wir es nicht schaffen, die Inkeyes zu besiegen."

25. Kapitel: Die Prophezeiung

„Was meinst du mit Nachfolgerin?“, unterbrach ich sie und wusste bereits während ich die Frage stellte, dass es nichts Gutes sein konnte. Flora Coppersteen bedachte mich mit einem gedankenverlorenen Lächeln und humpelte durch den Raum, um sich auf dem Sessel gegenüber von mir sinken zu lassen. Sie fuhr sich durch ihre dünnen Haare und wickelte eine hellglänzende Strähne um ihren Finger, bevor sie mit heißerer Stimme weitersprach.

„Ich meine nicht die Nachfolgerin von dem uns bekannten Creeves, der in Wirklichkeit ein Inkeye ist, sonder die des echten Menschen, dem seine Seele vor Jahrzehnten aus dem Leib gerissen wurde. Ein Inkeye kann nur überleben, wenn er in Besitz einer menschlichen oder tierischen Seele ist, die er aber alle 50 Jahre wechseln muss, um sich nicht in eine Wolke aus Nichts aufzulösen. Der Inkeye, der damals die Seele von Leroy Edward Creeves raubte, ist der älteste seiner Art und wartet seit Beginn seiner Existenz auf eine Seele, die ihn unsterblich machen wird. Deine Seele.“ Sie sah mir direkt in die Augen und fuhr dann fort, während ich einfach nur dastand und ihr zuhörte, die Angst wie ein loderndes Feuer aus Eis in meinem Inneren. „Das Buch hält seit Jahrtausenden ein Geheimnis, das alles, jeden Menschen, jede Stadt, jedes Land und sogar die ganze Welt verändern könnte. Der Herkunftsort des Buches ist nicht bekannt und auch nicht der Autor, der dieses verfasst hat. Es kann ein Mensch gewesen sein, aber auch ein Tier oder ein magisches Wesen, das ich der Welt in meinen Büchern vorgestellt habe. Aber damals und auch heute wollte niemand meinen Entdeckungen Glauben schenken, was dazu führt, dass die Menschheit genauso unwissend ist wie ihr, die in diesem Moment in meiner Küche steht."

„Wie heißt das Buch?", fragte Oliver. „Und was ist das Besondere daran?" Flora brachte ein schwaches Schmunzeln über die Lippen und genoss sichtlich die beiden Augenpaare, die interessiert auf sie gerichtet waren.

„Das Buch der verlorenen Seelen. Alle Seelen, die in den Inkeyes über die Jahrzehnte hinweg weitergelebt haben, sind darin gefangen. Mit deiner Seele, Lucy, vervollständigt sich die Sammlung und gleichzeitig beginnen die letzten 50 Lebensjahre des Inkeye, der in Besitz von Creeves Seele ist. Diesen Ablauf kann er nur mithilfe der Prophezeiung verhindern, in der neben dem Ring der Inkeye und der Seele von Leroy Edward Creeves auch ein Mädchen erwähnt wird, das eine besondere, verborgene Gabe besitzt.
Dieses Mädchen wird die Prophezeiung erfüllen und sogleich ihrer Bestimmung nachgehen müssen, deren Folgen weit in der Ferne liegen und doch für denselben Augenblick entscheidend sind. Wenn Creeves siegt, wird er unsterblich und durch die Prophezeiung, über die ich leider nur sehr wenig weiß, werden alle noch gefangenen Seelen ausgelöscht und ebenso alle, die deren ursprünglichen Besitzer gewesen waren. Heute Abend wird es sich ereignen, auf einer Insel, die wie alles in der Prophezeihung erwähnt wurde." Flora sah kurz auf und wie so oft in den vergangenen Tagen, hatte ich das Gefühl, als könnten viele in dieser seltsamen, düsteren Welt meine Gedanken lesen.

„Es gibt, wie ihr bereits wisst, eine zweite Prophezeiung", fuhr sie mit langsamer Stimme fort. „Der Bund der Vier.
Vier Lebewesen aus verschiedenen Zeitepochen wurden mit besonderen Gaben geboren, die ihnen schon vor hunderten von

Jahren prophezeit worden waren. Der Grund, warum Lucys Seele Creeves unsterblich machen wird, und ich spreche hierbei von dem Inkeye, ist, dass sie die größte und mächtigste Gabe von allen besitzt. Eine Legende besagt, dass die Vier eines Tages losziehen werden, um gemeinsam gegen die Inkeyes zu kämpfen, die weit mehr sind als Schatten, die einem die Seele rauben können." Mir brannten zahlreiche Fragen auf den Lippen und sobald Flora mit ihrer Erzählung geendet hatte, sprudelten die Worte aus mir heraus.

„Was hat es dann mit der Zeitkuppel über Aquanta auf sich?", fragte ich und sah zu meinem Vater herüber, auf dessen Stirn sich tiefe Sorgenfalten gebildet hatten. „Und was ist das genaue Ziel der Inkeyes?" Flora nickte mir geduldig zu, als hätte sie meine Fragen bereits vorher gewusst, was, wenn ich länger darüber nachdachte, gar nicht so unwahrscheinlich war.

„Alles, was bis zu diesem Tag geschehen ist und was sich in der Zukunft ereignen wird, hat Creeves vorher geplant.
Es ist schwer, den Zusammenhang zwischen Vergangenheit und Zukunft zu erklären, aber es ist so: Wenn wir Creeves und die Inkeyes nicht besiegen, wird es sie auch noch in der Zukunft geben. Das sie im Jahre 2019 noch am Leben sind, liegt daran, dass sie in der Vergangenheit noch nicht von uns aufgehalten wurden und gleichzeitig ist die Zukunft gleichgeblieben.
Es macht keinen Sinn, sich damit zu beschäftigen.
Die Zeitkuppel war ein schlauer Schachzug, wenn ich das so sagen darf, denn nur so konnte Creeves sichergehen, dass sich nicht Menschen aus anderen Zeitepochen in die Geschehnisse dort einmischten. Der Zeitriss brachte einen Fluch mit sich, welcher jeden, der sich noch auf Aquanta aufhielt, für immer an diese Insel fesselte und die Insel vor den normalen Menschen verbarg. Über das wahre Ziel der Inkeyes weiß ich nicht viel, aber es ist mit Sicherheit ein Spiel um Leben und Tod. Es geht nicht nur um ein Wesen, dass sich nach

Unsterblichkeit sehnt, sondern um einen lang geplanten Krieg, der alles verändern kann.“ Flora Coppersteen endete mit einem zufriedenen Grummeln und rappelte sich vorsichtig auf.

„Ich bin schwach“, richtete sie sich an mich und ich hörte das leichte Krächzen, das in ihrer warmen Stimme lag. „Ich werde mich ausruhen müssen, um meine letzte Kraft dem Kampf widmen zu können, den wir gemeinsam durchstehen werden. Die Prophezeihung besagt, dass alles dort enden wird, wo es angefangen hat. Auf Aquanta.“ Flora sah für einen kurzen Augenblick zwischen mir und meinem Vater hin und her und humpelte dann aus dem Raum. Ich wusste nicht, was ich sagen oder denken sollte, aber in diesem Moment schien alles gleichgültig, so, als wäre alles schon verloren. In meinem Inneren breitete sich eine tiefe Leere aus und mein Kopf pochte schmerzlich, wenn ich an Floras Worte zurückdachte.
Alle Seelen, die im Buch gefangen gehalten wurden, würden ausgelöscht werden, wenn die Inkeyes diesen Kampf gewannen. Phönix, Flora Coppersteen und alle anderen wären tot und ich selbst würde mein eigenes Leben geben, durch das die Macht der Inkeye noch stärker werden würde. Mein Herz raste und meine Gedanken kreisten um immer die gleichen Geschehnisse, die weit in der Zukunft lagen, aber sich dennoch in den nächsten Stunden entscheiden würden. Oliver stolperte ein paar Schritte nach vorne, streckte seine Hand nach mir aus und ließ sie wieder sinken, als er sah, wie ich zusammenzuckte.

„Wir haben nur eine Chance“, sagte er mit brüchiger Stimme und ich sah, dass in seinen klaren, blauen Augen Tränen standen. „Wir müssen das Schiff übernehmen und zurück nach Aquanta segeln, solange es Flora Coppersteen nicht besser geht. Das Buch, von dem sie gesprochen hat... Meinst du, dass Creeves es bereits hat?“

„Es ist gut möglich“, erwiderte ich. „Creeves’ Absichten sind offensichtlich. Er will, dass wir kommen, um gegen ihn zu

kämpfen. Er weiß, dass er uns besiegen wird."
Meine Stimme verstummte und ich schluckte. Oliver hatte Recht. Wir hatten nur eine Chance und es machte für mich keinen Unterschied mehr, ob ich sie nutzte oder nicht.

„Wir müssen auf dem Weg nach Aquanta Narius Sealberg mitnehmen", sagte Oliver plötzlich und schüttelte ratlos den Kopf. „Daran habe ich nicht gedacht. Er gehört zum Bund der Vier und wenn ich Flora richtig verstanden habe, müssen wir alle zusammen gegen die Inkeyes kämpfen, um das Schicksal noch zu wenden."

„Ich habe eine andere Vermutung", wandte ich mich an Oliver und stand mühsam auf. „Die Inkeyes, egal wie viele es sind. Sie werden nicht alleine gegen uns kämpfen. Ich glaube, dass sie Verbündete haben."

„Du meinst das, von dem Flora und Narius die ganze Zeit über sprechen, hab ich Recht. Die Kreaturen..."

„Ich meine damit nicht nur die Kreaturen auf Aquanta, die früher einmal die Inselbewohner waren, sondern die Wesen, die in der Lebensgeschichte von Leroy Edward Creeves erwähnt waren", fügte ich hinzu. „Er sprach von Leben in den Tiefen des Ozeans; von Wesen, die unsere gesamte Existenz bestimmen."

„Flora meinte eben, es ginge hierbei nicht nur um ein Wesen, das sich nach Unsterblichkeit sehnt, sondern um einen Krieg", erwiderte er. „Vielleicht hat sie damit auch die Wesen gemeint, die tief unter uns leben. Wir sollten jetzt nach dem Steuerungstrakt des Schiffes suchen. Alle Überlegungen bringen uns nicht weiter, wenn wir nie auf Aquanta ankommen." Ich nickte und lief hinter meinem Vater her durch den dunklen Gang, der nur von kleinen, schimmernden Glühbirnen erleuchtet war, die an kurzen Stricken von der Decke baumelten. Während wir durch düstere Flure und unscheinbare Räume hasteten, wirbelten seltsame Gedanken durch meinen Kopf, die ich, egal, wie sehr ich mich anstrengte,

nicht los wurde. So viele Dinge, die in den vergangenen Tagen geschehen waren, passten einfach nicht zusammen. Ich hatte das Gefühl, dass ich in eine Welt geraten war, in der ich nicht mehr wissen konnte, wer mein Freund und wer mein Feind war. Jeder, sogar mein eigener Vater, konnte ein Verräter sein und ich fühlte mich auf einmal irgendwie verloren; so, als hätte man mir jegliche Orientierung entrissen. Ich stolperte mit zitternden Beinen hinter Oliver her und tastete mich an der rauen, von tiefen Spalten durchbrochenen Holzwand entlang, durch die der eisige Wind in mein Gesicht schlug.
In irgendeiner Weise fürchtete ich mich nicht vor meinem eigenen Untergang, wenn ich im Kampf gegen die Inkeyes starb, sondern vor der Zukunft aller, die alleine zurückblieben. Wenn es weder ich, noch Oliver schafften, zurück ins Jahr 2019 zu gelangen, würde meine Mutter für immer einsam in unsere kleinen Wohnung in London leben müssen. Ich verwarf den Gedanken hastig und richtete meinen Blick nach vorne, wo Oliver vor einer niedrigen Tür stehen geblieben war. Auf einem schmalen, bronzefarbenen Messingschild stand in verschnörkelten Buchstaben: „*Steuerung*“

„Wir sind da“, sagte Oliver erleichtert und obwohl ich sein Gesicht in der Dunkelheit nicht erkennen konnte, war ich mir sicher, dass er lächelte. Ich drückte die Tür vorsichtig auf und trat in den kleinen Raum, der in das warme Licht der Nachmittagssonne getaucht war. Hinter den kuppelförmigen Glasscheiben, die wenige Meter vor uns in die Vorderseite der Kabine eingesetzt worden waren, spiegelten sich die goldenen Sonnenstrahlen im weiten Ozean, der sich bis in die Unendlichkeit zu erstrecken schien. Davor stand ein großes, hölzernes Pult, an dem neben einem grob geschnitzten Steuerrad auch zahlreiche Zahnräder und gestrickte Seile befestigt waren, die im schwachen Wind gemütlich hin und her schaukelten. An den Wänden hingen seltsam geformte Schiffs-

und Navigationsinstrumente, die sich zwischen vergilbten Kartenfetzen und schimmernden Lampen tummelten.

„In welche Richtung müssen wir eigentlich?", fragte ich und betrachtete den Kompass, der auf einem kleinen Tisch neben mir lag. Er war zur Vorderseite der Kabine ausgerichtet und der kleine, goldene Zeiger pendelte zwischen Süden und Westen.

„Hm", brummte Oliver und strich mit den Fingerkuppen über einen der Kartenfetzen. „Hier ist nichts, was uns weiterhelfen könnte. Aber erinnerst du dich noch an die Karte, auf der Aquanta und Merida eingezeichnet waren? Merida lag östlich von Aquanta und wenn ich mich an unsere Reise im Heißluftballon zurückerinnere, sind wir in Richtung Norden geflogen. „Das könnte passen." Ich hielt Oliver den Kompass unter die Nase. „Wenn Flora schon vorher wusste, dass wir zurück nach Merida fahren müssen, um Narius Sealberg mitzunehmen, ist sie vielleicht schon in die richtige Richtung gefahren."

„Süd-westlich". Oliver fuhr die Route mit dem Finger nach. „Ich glaube die Richtung stimmt. Lucy, würdest du bitte nach Flora Coppersteen sehen, während ich das Steuer übernehme? Ich mache mir Sorgen, dass es ihr bis zu unserer Ankunft auf Aquanta nicht besser geht."

„In Ordnung", antwortete ich und schlurfte aus dem Raum, während Oliver nach dem Steuerrad griff. Ich hatte mir den Weg zurück zur Kombüse gemerkt, aber in welches der zahlreichen Zimmer Flora Coppersteen abgebogen war, wusste ich nicht. Weit war sie zumindest nicht gelaufen, denn als Oliver und ich die Kombüse wenige Minuten nach ihr verlassen hatten, war niemand anders unterwegs gewesen. Ich öffnete wahllos eine schmale, von blutroten Vorhängen überhangene Tür, die am Ende des Ganges lag. Es war eine Abstellkammer, in der sich Berge von alten Geschirrtüchern, zerfledderten Büchern und metallenen Eimern auftürmten, die nicht den

Anschein machten, als wären sie in den letzten paar Jahrzehnten in Verwendung gewesen. Ich schlug ich die Tür wieder zu und sah mich aufmerksam im Korridor um, durch den ich eben noch gehastet war. Auf beiden Seiten gab es jeweils drei Türen, die in weitere Teile des Schiffes führten und das Ende des Korridors verzweigte sich in weitere Flure, die ich im schwachen Licht der Glühlampen nicht näher erkennen konnte. Ratlos sah ich zwischen den Türen hin und her und lauschte dem sachten Rauschen der Wellen, die in regelmäßigen Abständen gegen die Außenwände des Schiffes krachten. Die Glühlampen über mir flackerten unruhig, während ich mit zitternden Händen an den Türen entlang strich, so, als könnte ich durch sie hindurch den Raum dahinter sehen.

„Suchst du mich?" Ich zuckte erschrocken zusammen und blickte in ein Paar warme, haselnussbraune Augen, die sich in der goldenen Fassung einer halbmondförmigen Brille wieder spiegelten. Flora Coppersteen hatte sich eine graue Strickjacke um die krummen Schultern gelegt und ihre faltige Haut bebte durch ein ständiges Zittern, das durch ihren zerbrechlichen Körper fuhr.

„Ja." Mit Erschrecken stellte ich fest, dass der Atem der alten Frau immer schwacher wurde. „Alles gut bei Ihnen?" Flora lächelte mich an und hob ihre Hand, um sich eine meiner Locken um den Finger zu wickeln.

„Nichts ist gut, solange es von ewiger Dauer ist", schmunzelte sie und blinzelte mich mit ihren glasigen Augen an, die mir das Gefühl gaben, als wäre sie schon nicht mehr da. „Lucy, ich werde bald sterben. Dieser Kampf wird der letzte sein, den ich in meinem ewigen Leben austragen werde. Ich kann mich nur noch wenige Stunden, vielleicht einen Tag am Leben halten, um mein Schicksal zu erfüllen.
Du bist ein besonderer Mensch. Ein Mensch mit einer

besonderen Gabe, die alles verändern kann. Nun geh zurück zu deinem Vater, er kann alle Unterstützung gebrauchen. Aber tu mir einen Gefallen und berichte ihm nicht von meinem baldigen Tod…“ Flora Coppersteen schenkte mir noch ein kurzes, geheimnisvolles Lächeln und humpelte dann den Korridor entlang, bis ich ihre schemenhaften Umrisse in der Finsternis nicht mehr erkennen konnte. Ich stand einfach nur da und blickte auf den Punkt, wo ich ihre gläsernen, traurig schimmernden Augen zum letzten Mal gesehen hatte. Wenn ihr Schicksal sogleich ihr Tod war, was würde mir widerfahren? Was würde mit meinem Vater, Phoenix, Charles und den Menschen geschehen, die ihre Seele verloren hatten?
Eine plötzliche Verzweiflung, dass ich es nicht schaffen würde, alle zu retten, stach mir mitten ins Herz und ließ hilflose Tränen über meine Wangen fließen. Ich schluckte die Angst herunter und rannte mit zusammengekniffenen Augen den Korridor hinunter, bis ich die Steuerungskabine mit klopfendem Herzen erreicht hatte. Hastig wischte ich mir die Tränen aus den Augen und bemühte mich, dass man die endlose Verzweiflung in meiner Stimme nicht hören konnte.

„Flora… Ihr geht es gut“, stammelte ich und hasste die Lüge, die in diesen Worten mitschwang. Sie ruht sich aus und wird bald wieder bei Kräften sein.“

„Das ist gut“, erwiderte Oliver und ein Teil der Sorge, die er in sich getragen hatte, schien von einem Moment auf den anderen verschwunden zu sein. Und ich verstand, warum Flora nicht gewollt hatte, dass ich ihm von ihrem Tod erzählte.
Er war selbst noch so durcheinander, dass jede weitere schlechte Nachricht seine Hoffnung in tausende Stücke zerreißen würde, bis sie irgendwann gar nicht mehr vorhanden war. Ich ließ mich auf den Boden sinken und drückte mein Gesicht an die kalte Holzwand, während das Schiff gemächlich durch die Wellen glitt. Durch meine Gedanken flogen Bilder

der letzten Weihnachtsfeste, an denen meine Mutter nur bedingt Spaß gehabt hatte und die meiste Zeit tief versunken in alten Fotoalben und Geschichtsbüchern gewesen war, während ich alleine in meinem Zimmer gesessen und darüber nachgedacht hatte, was ich in diesem Moment machen würde, wenn mein Vater damals nicht von der Bildfläche verschwunden wäre. Vielleicht hätte ich gemeinsam mit ihm Kekse gebacken, Spiele gespielt oder den Weihnachtsbaum geschmückt, so, wie es alle anderen normalen Familien taten. Normal. Dieses Wort passte zu nichts, was in den vergangenen Tagen geschehen war und es war fast schon lächerlich, darüber zu rätseln, was hätte passieren können, wenn mein Vater nie verschwunden wäre.

„Wir müssten bald auf Merida ankommen“, meldete sich Oliver in diesem Augenblick. „Die Fahrt mit dem Heißluftballon hat in etwa eine Stunde gedauert und wir sind auch schon einige Zeit lang unterwegs.“

„Hm“, erwiderte ich und rappelte mich auf. „Kann ich dir helfen?“

„Du könntest vielleicht etwas Essen vorbereiten“, schlug Oliver vor und deutete auf unsere Reisetaschen, die er vor dem Wasser gerettet hatte. „Wenn Narius da ist, können wir uns alle zusammen für die Weiterreise stärken. Womöglich findest du in Floras Küche auch noch etwas.“

„Womöglich“, dachte ich und erinnerte mich an die Pyramide aus Einmachgläsern, die sich in der kleinen Kombüse bis zur Decke türmten. Ich warf mir die beiden Taschen über die Schulter und folgte den Reihen aus flackernden, goldenen Glühbirnen durch den düsteren Korridor, bis ich den hellen Lichtschein des Raumes vor mir sah. Ich kippte den Inhalt der Taschen auf den kleinen Küchentisch und wühlte mich durch den Berg aus Glasflaschen und Leinentüchern, in die wir einen halben Brotlaib eingewickelt hatten. In den Flaschen dümpelte

eingelegtes Gemüse und Obst, das man, egal wie lange man durch das verschmierte Glas blickte, nicht identifizieren konnte. Die matschigen, blassroten Kugeln, die in einem flachen Glasbehälter schwammen, sahen aus wie Tomaten. Genauso gut hätten es aber auch zu groß geratene Kirschen sein können, deren Farbe über die Zeit hinweg verblichen war. In Floras Küche, die von oben bis unten mit bunten Keramikschalen und Glasflaschen vollgestopft war, fand ich bis auf ein paar gepökelte Sardellen und ein Glas mit einer Art violetten Marmelade nichts, was ich freiwillig angerührt hätte. Seufzend betrachtete ich die Lebensmittel, die vor mir auf dem Tisch lagen. Wir hatten einige Scheiben frisches Brot, gepökelte Salzsardellen und Marmelade, die im Vergleich mit den anderen Lebensmitteln ziemlich appetitlich aussah.
Abhängig davon, ob man die Marmelade noch essen konnte oder nicht, hatten wir jetzt zumindest eine kleine Brotzeit und zwei große Flaschen Wasser, die wir unter uns aufteilen mussten. Ich warf einen letzten, zufriedenen Blick auf das Essen und kehrte dann zurück in die Steuerungskabine, wo Oliver mal wieder vor sich hin summte.

„The riddle to solve, might even involve, the loss of your soul alone.“ Es war dasselbe Lied, das mein Vater während unserer Reise im Heißluftballon gesungen hatte und ich konnte mich noch daran erinnern, wie mir ein prickelnder Schauer über den Rücken gelaufen war, als ich es zum ersten gehört hatte.

„Ich habe Marmelade und Sardellen gefunden“, informierte ich ihn und betrachtete die klobigen Glasfenster, die von feinen, schimmernden Wassertropfen benetzt waren.
Es hatte angefangen zu regnen.
Durch den dichten Nebel, der nah über der Wasseroberfläche schwebte, zeichneten sich die Umrisse einer Insel ab.

26. Kapitel: Stürmische Aussichten

Der Regen prasselte immer heftiger gegen die Glasfronten, während wir von den heftigen Windböen näher zur Insel getrieben wurden, die still und unberührt in den tintenfarbenen Gewässern lag. Der lange, hölzerne Steg war ins schwache Licht der Sonne getaucht, die von den Regenwolken verdeckt über den basaltgrauen Himmel zog. Auf der einsamen Straßenlaterne, die am Ende des Steges aus dem unebenen Sandboden ragte, saß eine Möwe mit einem grau-weiß gesprenkeltem Gefieder. Es war derselbe Vogel, der bei unserer Ankunft auf Merida vor einigen Tagen auf Phönix' Kopf gelandet war und Oliver auf unserer Weiterreise nach Lavanda das Sandwich aus der Hand stibitzt hatte. Es war genau die Möwe, die uns uns die letzte Nachricht von Olivers Mutter überbracht hatte, als wir auf dem Innenhof des Palasts gewesen waren.

„Seltsam, wie sie uns immer", begann Oliver, als auf einmal ein heftiges Rucken durch den Rumpf des Schiffes ging. Der Boden unter meinen Füßen bebte und die metallenen Instrumente an der Wand schepperten unruhig aneinander, während sich das Schiff langsam zur Seite neigte. Gewaltige, turmalinschwarze Wellen krachten gegen die Glasfronten und inmitten der Finsternis, die sich wie ein kalter Schatten über den Raum gelegt hatte, erblickte ich zwei riesige, smaragdgrüne Lichter, die aus den Tiefen des Meeres zu schienen.

„Was ist das?", rief ich und krallte mich mit zitternden

Händen am Pult fest. Die leuchtenden Lichtkugeln bildeten sich immer deutlicher auf der gekräuselten Wasseroberfläche ab und innerhalb weniger Sekunden hob sich ein glänzender, aquamarinfarbener Panzer aus den eisigen Fluten. Er bestand aus tausenden, kristallen schimmernden Schuppen, die sich über den gesamten Körper des Wesens hinweg zogen und in dem runzligen, terracottabraunen Kopf endeten, welcher von der Helligkeit der spiegelnden Augen in ein unwirkliches, grünes Licht getaucht wurde. Beim genaueren Hinsehen bemerkte ich einen viel kleineren, dunkel gekleideten Menschen, der auf dem Kopf des Wesens saß und uns mit triefenden Haaren entgegen winkte. Es war - Narius Sealberg. Und das Wesen... Das musste eine Turquamarine sein.
Ich dachte zurück an die hübschen, beschuppten Wesen in Floras Buch, die ich mir aber niemals so groß vorgestellt hatte wie die seltene Schildkröte, die wenige Meter vor mir aufgetaucht war.

„Narius." Oliver, der den alten Mann ebenfalls entdeckt hatte, löste die Finger vom Steuerrad. „Lucy, übernimmst du bitte kurz das Steuer? Ich gehe nach draußen und sehe nach, was los ist." Ohne eine Antwort abzuwarten, stürzte mein Vater aus dem Raum und ich griff hastig nach dem Steuerrad, das sich für einen Moment lang selbstständig gemacht hatte.
Die riesige Schildkröte war inzwischen einige Meter zur Seite des Schiffes geschwommen, sodass ich nur noch Teile ihres glänzenden Panzers in der Finsternis erkennen konnte.
Also gab es sie wirklich, die Wesen, von denen Narius Sealberg und Flora Coppersteen in ihren Büchern berichtet hatten.
Da hörte ich Stimmen und wenige Augenblicke später betraten Narius und Oliver den Raum. Narius war von oben bis unten völlig durchnässt und seine dünnen, silbernen Haare klebten in seinem faltigen Gesicht, während er sein triefendes Hemd mit bebenden Händen auswrang.

„Guten Tag“, lächelte er und zog sich eine schleimige Alge aus den Haaren. „Nepomuk war so freundlich, mich zu euch zu bringen. Er hat das Schiff gesehen und nun ja. Ich fürchte, dass er ein anderes Verständnis von einem sicheren Transport hat.“ Narius lehnte sich stöhnend an die Wand und sackte auf den Boden. „Als ihr heute Morgen aufgebrochen seid, wusste ich bereits, dass ich euch noch ein zweites Mal helfen muss. Ich wartete den ganzen Tag über am Strand und hielt Ausschau nach Floras Schiff, als mich Nepomuk darauf aufmerksam gemacht hat.“

„Sie können mit Tieren sprechen?“, fragte ich interessiert und musterte den alten Mann, der vor Kälte zitternd auf dem Boden kauerte.

„Das kann man so sagen“, antwortete Narius und richtete sich mühsam auf. „Jeder von uns hier hat eine besondere Gabe. Aber darüber können wir auf unserer Weiterreise sprechen, ich werde mich zuvor etwas frisch machen.“ Mit diesen Worten verließ Narius den Raum und ich hörte seine schleifenden Schritte, die nach einigen Sekunden verstummten und eine seltsame Ruhe über den Raum legten.

„Woher kann Narius wissen, wo er trockene Kleidung findet?“, wandte ich mich an Oliver. „Es ist seltsam, wie Narius nahezu alles weiß, was seit unserem Aufbruch von Merida heute Morgen geschehen ist, findest du nicht?“
Oliver schüttelte den Kopf.

„Ich habe eine Vermutung“, erwiderte er und blinzelte mich nachdenklich an. „Ich werde es ansprechen, wenn wir gleich alle beisammen sind.“

Wenige Minuten später betrat Flora Coppersteen den Raum, dicht gefolgt von Narius, der genau das gleiche anzuhaben schien wie zuvor, abgesehen davon, dass alles staubtrocken war. Ich setzte mich mit überkreuzten Beinen auf das Holzpult und sah zwischen den beiden hin und her, während Oliver sich räusperte.

„Nun sind wir endlich alle hier versammelt", sagte er mit leiser Stimme, als befürchtete er, dass jedes unserer Worte belauscht wurde. „Wir sind Teil der zweiten Prophezeiung, die unteranderem besagt, dass jeder von uns eine besondere Gabe besitzt. Narius, du kannst mit Tieren sprechen und ihre Handlungen verstehen, stimmt das?"

Narius senkte zustimmend den Kopf.

„Und du wusstest über alle unsere Handlungsschritte Bescheid, weil du kleine, tierische Spione losgeschickt hast, um auf uns Acht zu geben", fuhr Oliver fort und Narius nickte wieder; ein geheimnisvolles Lächeln auf seinen Lippen.

„So ist es", schmunzelte er. „Der Möwe, die mit einer Nachricht an dich geschickt wurde, begegnete ich am Abend eurer Ankunft und wir verständigten uns darauf, dass sie ein Auge auf euch werfen würde."

„Falls du die Möwe nochmals siehst, könntest du ihr bitte ausrichten, dass man nicht stehlen darf?", grinste Oliver. „Was ein Glück, dass wir genug Sandwiches übrig hatten. Flora, welche Gabe besitzt du?"

Flora Coppersteen sah sich unruhig um und seufzte dann schwer. „Es ist sehr schwierig, meine Fähigkeit in Worte zu fassen", begann sie. „Aber ich habe eine besondere Intuition, wie bestimmte Situationen ausgehen werden. Ich kann sie nicht genau hervor sagen, aber in etwa deuten, was sie für die beteiligten Personen bedeuten. Ich kann die Absichten der Menschen aus meinen eigenen Eindrücken und Gefühlen erfassen und so weiß ich auch von den Plänen der Inkeyes, seit ich Creeves während meiner Arbeit näher kennengelernt habe."

„Was bedeutet meine Gabe?", fragte ich und sah herüber zu Flora, die sich gedankenverloren durch ihre glänzenden, grauen Haare fuhr.

„Deine Fähigkeit ist etwas ganz Besonderes“, sagte sie mit bedächtiger Stimme. „In der Familie der Silverstones gab es vor langer Zeit eine Prophezeiung, dass eines Tages ein Mädchen geboren wird, dass durch die Verbindung von zwei Zeitepochen zu einer einzigartigen Gabe gelangen würde. Eine Gabe, die den Ausgang ihres finalen Kampfes besiegeln wird, wenn sie nicht darauf Acht gibt. Dieses Mädchen hätte eine Verbindung zu einer gegenteiligen Welt und ihr Schicksal wäre gleichzeitig das Schicksal von allen, deren Seelen vor langer Zeit von ihrem Ursprungsort genommen wurden.“

„Das mit der Verbindung...“ Ich sah unsicher von einem zum anderen. „Jedes Mal, wenn ich den leuchtenden, mondweißen Stein des Zeichens berührt habe, ist in meinem Kopf eine zweite Stimme erschienen, durch die alte Erinnerungen an meinem inneren Auge vorbeigeflogen sind. Und ich hatte das Gefühl, dass diese Stimme dieselben Erinnerungen gesehen hat wie ich und auf der Suche nach etwas gewesen ist, was sich darin verbergen könnte.“ Narius nickte.

„Deine Gabe bedeutet gleichzeitig nichts Eindeutiges und dennoch alles“, fügte er hinzu und ich sah, wie sich seine Augenbrauen vor Anstrengung nach unten bogen.
„Wir wissen nicht genug darüber, um sie genau definieren zu können. Jetzt bleibt nur noch eine einzige Gabe übrig.“
Narius hob den Kopf und sah an mir vorbei zu meinem Vater, dessen Gesichtsausdruck sich mit einem Mal verfinstert hatte. Sein Blick wanderte erst zu mir und dann in die Runde, bevor er das Wort ergriff.

„Ich habe keine Gabe. Jemand anderes sollte jetzt an meiner Stelle sein, jemand, der sie wirklich besitzt.“
Ich starrte Oliver für einen kurzen Moment an und wusste sofort, dass er Recht hatte. Um genau zu sein hatte ich kaum eine Sekunde darüber nachdenken müssen, weil mir seit dem Anfang unserer Reise etwas aufgefallen war, dass mich schon

vor Tagen zum Überlegen gebracht hatte.

„Es ist Phönix, oder? Er kann Gedanken lesen“, sagte ich unsicher. „Wir haben nie in Betracht gezogen, dass der Vierte im Bund kein Mensch sein muss. Oliver hat keine Gabe und ich bin mir sicher, er wusste es von dem Augenblick an, als er die Prophezeiung der Vier zum ersten Mal gehört hat.“

„Ich habe schon vor vielen Jahren festgestellt, dass Phönix kein gewöhnlicher Kater ist“, gestand Oliver und blickte aus den von Regen verschleierten Fensterfronten, hinter denen die eisigen Wellen über die Reling des Schiffes schwappten und das hölzerne Deck überspülten. „Er konnte Menschen verstehen und hatte einen unerklärlichen, menschlichen Verstand, wodurch es für mich damals sehr einfach war, mich mit ihm zu verständigen. Allerdings war ich auch der einzige, der seine Worte verstehen konnte. Seine Fähigkeit, Gedanken zu lesen, erschien mir immer so normal, weil in der Welt, in die ich vor 19 Jahren geraten bin, nichts normal war.“

„Um zu siegen, brauchen wir alle vier Auserwählten“, fügte Narius hinzu. „Ohne Phönix werden wir alle untergehen.“

Für einige Sekunden herrschte eine betroffene Stille, während der sich keiner traute, etwas zu sagen. Vielleicht wartete aber auch nur jeder darauf, dass irgendjemand anderes etwas sagte, damit man selbst nicht mit leeren Worten dastand.

„Phönix Seele ist gefangen. Sie wird für weitere 50 Jahre in einem Inkeye weiterleben, bevor sie in das Buch der verlorenen Seelen wandert. Es wäre so gewesen, wenn es uns nicht geben würde. Durch unsere Prophezeiung werden Phönix und alle anderen ehemaligen Besitzer der Seelen sterben, wenn wir es nicht schaffen, die Inkeyes zu besiegen. Alles liegt in unseren Händen.“ Ich hatte alles, was vor uns lag, in einige wenige Sätze zusammengefasst, obwohl man in Wirklichkeit hunderte, vielleicht sogar tausende Bücher mit unserer Geschichte füllen konnte, die von Tag zu Tag um neue Kapitel erweitert wurde.

Es waren Kapitel, während derer keiner ahnen konnte, was im darauffolgenden geschehen würde.

„Wir sollten es schaffen." Narius hatte ebenfalls seine Stimme erhoben und blickte von einem zum anderen. „Nein, wir müssen es schaffen. Wir werden es schaffen."

„So ist es", bekräftigte Oliver Narius' Aussage und bedachte Flora, die ununterbrochen zitterte, mit einem besorgten Blick. „Flora, du solltest dich weiterhin ausruhen, damit du in einigen Stunden bei Kräften bist." Flora Coppersteen zwinkerte mir zu, rappelte sich ächzend auf und stolperte aus dem Raum, sodass wir zu dritt in der kleinen Steuerungskabine zurückblieben. Ich sah der alten Frau für einen kurzen Augenblick hinterher und musste wieder an ihre Worte denken. Auch wenn wir siegten, würde ihr Tod für immer eine schmerzliche Erinnerung daran sein, dass man im Leben andere Menschen zurücklassen musste, um selbst zu überleben. Ich verkniff mir die kalten Tränen, die sich wie gefrorene Kristalle in meinen Augen gesammelt hatten und wandte mich Narius Sealberg zu, der neben meinem Vater am Steuerrad stand.

„Narius, wissen Sie, wo wir Creeves und die Inkeyes finden werden? Und wie wir zuvor die Seele von Phönix befreien, ohne den wir diesen Kampf nicht antreten können?" Der Wissenschaftler schüttelte ratlos den Kopf.

„Ich fürchte, das werden wir erst erfahren, wenn es zu spät ist. Eines ist sicher - dort, wo Creeves ist, ist auch das Buch und somit auch Phönix' Seele, die..." Ich hob den Kopf und sah Narius fragend an, dessen Augen auf einmal groß geworden waren.

„Wer hat gesagt, dass Creeves schon in Besitz des Buches ist", fuhr Narius mit angespannter Stimme fort und schob seine kupferne Nickelbrille über einen Hügel auf seiner krummen Nase. „Was, wenn er auch gerade auf dem Weg nach Aquanta ist, um dort das Buch zu suchen? Wir sind davon ausgegangen,

dass er es bereits besitzt, weil das Buch eine direkte Verbindung zwischen den Inkeyes und den verlorenen Seelen bildet.
Aber es kann gut sein, dass er neben den Ring auch das Buch schon lange sucht und wenn er es findet, hat er alles, was er braucht."

„Wenn wir nur wüssten, was genau es mit dem Buch der verlorenen Seelen auf sich hat", meldete sich Oliver neben mir. „Wir haben noch immer keine Ahnung, wie wir weiter vorgehen müssen und wie wir es schaffen, Phönix zu befreien."

„Aber wenn Creeves das Buch noch nicht hat..."
Ich trat einen Schritt nach vorne und starrte aus dem Fenster, über das der Regen in breiten Strömen floss. „Dann haben wir noch eine Chance, das Buch vor ihm zu finden und Phönix Seele daraus zu befreien. Es sei denn, sie befindet sich überhaupt dort, denn wir wissen noch nicht, ob die noch in Inkeyes lebenden Seelen schon in der Sammlung des Buches sind." Für die nächsten paar Minuten sagte niemand etwas und ich konnte nur den Regen hören, der vom Wind gegen die Außenfronten des Schiffes geweht wurde. Oliver starrte mit einem leeren, unbeteiligten Gesichtsausdruck aus dem Fenster und ich war mir sicher, dass er tief in seinen Gedanken versunken war.

„Da", rief er auf einmal und hob den Kopf, der eben noch auf seinen gebeugten Schultern geruht hatte. „Ich kann Aquanta zwischen den Nebelwolken erkennen, aber was..."
Ich rappelte mich ruckartig auf und stürzte zum Fenster, um zu sehen, was Oliver meinte. Durch den verregneten Nebelschleier hindurch fiel mein Blick auf eine Szenerie, die surrealer wirkte als alles, was ich jemals gesehen hatte.
Am Hafen von Aquanta lagen hunderte von Schiffen vor Anker; dort, wo zuvor nichts gewesen war. Es gab heruntergekommene Fischerboote, schmale, mit Rudern versehene Gondeln und mächtige Schiffe, die hohe Masten und

weite, im eisigen Wind flatternde Segel besaßen.

„Meinst du, das sind die ehemaligen Besitzer der verlorenen Seelen?“, fragte ich schaudernd. „Narius meinte, dass Creeves ihre Körper für den finalen Kampf unter seine Kontrolle gebracht hat, so wie Phönix.“

„Möglich“, antwortete Oliver knapp und riss das Steuerrad nach rechts, um einem kleinen, morschen Ruderboot auszuweichen, das vor den Bug des Schiffes getrieben war. In der schäbigen Kabine des Bootes saß eine mittelaltrige Frau mit einem ausladenden, bleichen Leinenkleid und langem, hellbraunen Haar, dass ihr in sachten Wellen über die Schultern fiel. Auf ihrem Kopf ruhte ein breiter Bogart Hut mit einer blau-weißen Feder und einer Reihe perlweißer Knöpfe, die auf der Hinterseite des Hutes angebracht worden waren.

„Penelope“, sagte Oliver mit tonloser Stimme. „Diesen Hut habe ich ihr vor langer, langer Zeit geschenkt. Sie war eine gute Freundin in meiner weiterführenden Schule. Das letzte Mal habe ich sie vor fast 12 Jahren im Jahr 1715 gesehen; sie muss weit über dreißig Jahre alt sein.“ Ich sah an meinem Vater vorbei zu der Frau, die sich mit einem Mal zu uns umdrehte und den Hut nach oben rückte, der zuvor ihr Gesicht verdeckt hatte. Ich schluckte. Ihre Haut war bleich und von tiefen Falten durchzogen, in denen ihre bernsteinfarbenen Augen wie übergroße Murmeln ruhten. Ihre Lippen waren gräulich angelaufen und der Blick, den sie mir entgegenwarf, war so leer, dass mir ein eiskalter Schauer über den Rücken lief. Oliver senkte hastig den Blick.

„Das ist also aus ihr geworden“, sagte er stumm. „Es ist beinahe so, als hätte Creeves gewusst, dass sie eine alte Freundin von mir ist. Durch den Verlust ihrer Seele ist sie so anders geworden.“ Ich drückte meinen Kopf gegen Olivers zitternden Arm. „Wir werden ihre Seele befreien. Genauso wie die aller anderen. Zusammen.“ Narius, der sich in den vergangenen Minuten durch den Haufen aus Papieren auf dem kleinen Holztisch gewühlt hatte, nickte.

„Wer kämpft, kann verlieren“, meinte er und trat neben mich. „Wer vor dem Kampf aufgibt, hat schon verloren.“

27. Kapitel: Drachenreiter

Der Wind trieb unser Schiff immer näher an die Insel heran, die in ein seltsames, fliederfarbenes Licht getaucht war. Umzingelt von hunderten von Schiffen, lag Aquanta im Schein der warmen Mittagssonne und wirkte so friedlich, dass ich beinahe vergaß, was vor uns lag. Es war ein Ort der Gefahren und des Verrats. Ein Ort, der mir mein ganzes Leben lang in Erinnerung bleiben würde, egal, wie lange es noch sein würde.

„Es sind zu viele andere Schiffe hier draußen“, meldete sich in diesem Moment Narius zu Wort. „Wir werden keinen freien Platz mehr finden. Wir können nur den Weg durch den Kanal nehmen.“

„Und vom Palast aus müssen wir es dann irgendwie zu dieser Höhle schaffen“, fügte ich seufzend hinzu. „Laut den Memoaren von Leroy Edward Creeves befindet sie sich in einem Tannenwald auf der nordwestlichen Seite Aquantas, hinter einem Wasserfall.“ Während das Schiff langsam in den Kanal trieb, der mitten durch die dunklen Gassen Aquantas führte, beschlich mich das Gefühl, dass wir nicht die einzigen waren, die diesen Weg gewählt hatten. Immer wieder hörte ich ein gleichmäßiges Plätschern, das neben uns erklang und wenn ich Sekunden später aus dem Fenster blickte, konnte ich kleine Luftblasen erkennen, die sich an der finsteren Wasseroberfläche gesammelt hatten. Ob Narius einen seiner tierischen Freunde gebeten hatte, uns zu begleiten? Die Häuser, die auf beiden Seiten des Kanals an uns vorbeizogen, waren verlassen und schienen nur aus leeren, grauen Wänden zu bestehen, sodass man fast meinen könnte, das es dort niemals Leben gegeben hatte. Aber wenn man der Geschichte von Charles glaubte, wurde man schmerzlich daran erinnert, dass es nicht so gewesen war. Der Palast rückte immer näher und je weiter wir durch den finsteren Kanal trieben, desto abgeschnittener fühlte ich mich von der warmen, schönen Realität, die außerhalb der verlassenen Insel lag. Aber vielleicht war auch das die Realität, vielleicht musste es einfach so geschehen, wie es vor 12 Jahren geschehen war.

„Wohin gehen wir, wenn wir im Hafen angekommen sind?“, fragte ich in die Stille hinein und sah zwischen Narius und Oliver hin und her. Oliver würde noch am ehesten wissen, welchen Weg wir nehmen mussten. Er war ihn vor langer Zeit schon einmal gegangen.

„Ich kann mich nicht mehr daran erinnern.“ Oliver senkte entschuldigend den Kopf. „Es ist so viel seit diesem Tag passiert und ich weiß einfach nicht mehr, wie es damals gewesen ist. Aber wie du bereits gesagt hast, Lucy, wir müssen durch den westlichen Teil des Palastes laufen und dann in Richtung des Tannenwaldes gehen, in dem die Höhle liegt.“

„Vielleicht müssen wir auch gar nicht gehen“, unterbrach ihn Narius und schmunzelte. „Lucy, würdest du den Proviant aus der Kombüse mitbringen, während ich nach Flora sehe? Sie ist noch sehr schwach und ich möchte sie so gut wie mir nur möglich unterstützten.“ Ich nickte verständnisvoll und machte mich auf den Weg durch den schwach belichteten Korridor, um den Stoffbeutel mit Broten zu holen, der auf dem krummen Holztisch in der Ecke des Raumes lag.
Aber anscheinend hatte jemand anderes dieselbe Idee gehabt wie ich. Oder besser gesagt etwas. Es war ein kleines, sanddornfarbenes Wesen mit vielen glänzenden Schuppen und einem Paar kugelrunder Augen, die in einem warmen

Aquamarinblau erstrahlten. Es hatte große, flach gezackte Ohren und einen Schwanz, der mit tausenden von kristallenen Edelsteinen bedeckt zu sein schien. Aus dem runzligen Kopf des Wesens ragten zwei spitze Hörner, die einen schmalen Schatten über dessen gerötete Schnauze warfen.
Seine fledermausartigen Flügel hatte es fest an den Körper gedrückt und hin und wieder klappte es einen davon aus, um ihn wenige Augenblicke später wieder wie einen Fächer zusammenzufalten. Das Tier, dass aussah wie ein zu klein geratener Drache, zog seine Tatze aus dem Brotbeutel und schlabberte genüsslich die Marmelade auf, die dabei auf den hölzernen Tisch tropfte.

„Narius“, rief ich durch den Flur und stolperte ein paar Schritte zurück. „Da ist ein... Drache in der Küche.“ Narius, der gerade eine Tür am Ende des Korridors hinter sich geschlossen hatte, kam mir mit einem erfreuten Gesichtsausdruck entgegen und betrachtete den kleinen Drachen, als wäre er ein besonders schönes Ausstellungsstück in einem Museum.

„Saraphir, schön dich zu sehen.“ Narius verneigte sich höflich vor dem Wesen, dessen Tatze hastig im Beutel verschwand.

„Es freut mich, dass du meiner Bitte nachgekommen bist.“ Narius streckte seine Hand aus und der kleine Drache hopste ungeschickte über den Tisch, um sich auf Narius’ Arm niederzulassen. Er faltete seine Flügel zusammen und rümpfte die Nase, als er mich entdeckte.

„Was...ist es?“, fragte ich interessiert und merkte Sekunden später, dass meine Wortwahl möglicherweise nicht allzu geschickt gewesen war. Das Tier zog seine rundliche, beschuppte Nase nach oben und ließ eine Traube aus eiskalten Wassertropfen auf mich regnen, bevor es seinen Kopf unter seinem Flügel verbarg. „Saraphir gehört zur Gattung der Wasserdrachen.“ Narius strich vorsichtig über die

schimmernden, sandfarbenen Schuppen, die fast jede Körperstelle des kleinen Drachen bedeckten.
„Er ist allerdings auch ein Twontanierdrache, was bedeutet, dass er einerseits unter Wasser und andererseits auf dem Land leben kann. Diese Drachenspezies ist an sich schon sehr selten und Saraphir hat zusätzlich eine besondere Eigenschaft, die es in der Art nur einmal auf dieser Welt gibt." Als Narius meinen fragenden Blick auffing, zwinkerte er mir geheimnisvoll zu und nahm den Beutel vom Tisch, der eine beträchtliche Anzahl an Broten verloren haben musste.

„Das wirst du gleich sehen. Wir haben das Ende des Kanals bereits erreicht und Oliver ist gerade dabei, dass Schiff in einen leeren Hafenabschnitt zu lenken. Du kannst schon einmal an Deck gehen, während ich mich um Flora sorge, einverstanden?"

„Einverstanden", antwortete ich lächelnd und wischte mir das Wasser aus dem Gesicht, während Oliver und der kleine Drache den Raum bereits verließen. Ich dachte an ihn und all die anderen geheimnisvollen Wesen und sofort fiel mir etwas auf. Alle hatten etwas gemeinsam: Beinahe kein Mensch auf dieser Welt glaubte, dass es sie wirklich gab, und vielleicht war es auch gut so. Ich drückte die schmale Holztür vor mir auf und betrat das Oberdeck, dass einen intensiven, feuchten Geruch von Regenwasser verströmte. Die morschen Holzlatten, die das Schiffsdeck zusammenhielten, knirschten unter dem Gewicht meiner Schritte, während ich mich vorsichtig zur eisernen Reling hinüber tastete. Ich streckte meine Hand nach dem verrosteten Metall aus und klammerte mich mit zitternden Fingern daran fest, bevor mein Blick nach oben wanderte. Der Ausblick, der sich mir bot, war so außergewöhnlich, dass mir kein Wort einfiel, womit ich ihn hätte beschreiben können. Ich war schon einmal hier gewesen, aber vom hohen Schiff aus wirkte alles noch unwirklicher als zuvor. Wir hatten den steinernen Torbogen, der den Übergang des Kanals in das Hafenbecken bildete, gerade hinter uns gelassen und das Schiff schaukelte gemächlich durch das schimmernde Meerwasser. Der Hafen besaß sieben elegant geschnitzte Stege mit groben Holzpflöcken, die aus dem dunkel angelaufenen, nach Harz duftendem Holz ragten. Rund um das Hafenbecken erstreckte sich ein gepflasterter Steinweg, der zu einzelnen Türen im Innengebäude des Palastes führte und sich weiter durch den kleinen Hafen schlängelte. Die seesternfarbenen Fassaden der Häuser vor uns waren an manchen Stellen von goldenen Stuckornamenten geschmückt, während sich auf der anderen Seite des Hafens raue, kalte Steinbauten dicht an dicht drängten. Der runde Hof, auf dem wir vor wenigen Tagen die Nachricht von Elizabeth empfangen hatten, lag still und unberührt im Schatten des Palasts. Einige freche Möwen segelten durch den orangeroten Himmel und landeten kreischend auf dem Kiesweg, beinahe so, als würden sie auf uns warten wollen.

„Ein Paradies“, murmelte ich und atmete tief die laue, salzige Meeresluft ein, die mir in warmen Windströmen übers Gesicht strich und meine Haare nach oben wirbelte.

„Da wäre ich mir nicht so sicher.“ Ich fuhr herum und seufzte erleichtert, als ich sah, wer gesprochen hatte. Narius war hinter mir aufgetaucht und richtete einen sorgenvollen Blick auf die Möwen, die uns mit großen, gräulichen Augen betrachteten.

„Das sind Späher“, sagte er verbittert. „Es sind echte, lebende Möwen, die Creeves dazu beschworen hat, uns zu beobachten. Keine Sorge, die Möwe, die euch Elizabeth Nachricht überbracht hat, ist keine von ihnen. Wie gerne würde ich diese Tiere befreien, aber das kann erst geschehen, wenn Creeves tot ist. Und ob das...“

In diesem Moment schlug mir ein eiskalter, atemraubender

Wind entgegen und ich wusste sofort, was es war. Mein Blick schnellte nach vorne und blieb an einer Wolke aus dunklen, vernebelten Schatten hängen, die hinter den Möwen erschienen waren.

„Inkeyes“, hauchte ich. „Sie sind hier.“

„Wie ich erwartet habe“, nickte Narius und hastete zurück zur schmalen Tür, hinter der die Treppe ins Unterdeck führte. „Flora, Oliver, es ist soweit!“, rief er und zum ersten Mal hörte ich eine gewisse Anspannung in seiner Stimme, die ein merkwürdiges Gefühl in mir auslöste. Sekunden später stolperten Flora und Oliver aus der Tür und ich sah herunter zu den Inkeyes, die mit einer gefährlichen Ruhe durch die plötzlich eisige Luft schwebten. Ich spürte ein stechendes Pochen in meiner Lunge und blickte hilfesuchend zu Narius, der ein lockendes Pfeifen von sich gab und sich suchend umsah.

„Saraphir? Würdest du uns einen Gefallen tun und uns von hier wegbringen?“ Der kleine Drache senkte ruhig den Kopf und blieb stehen, während die Gedanken wie in einem Wirbelsturm durch meinen Kopf tosten. Wie sollte uns der Drache retten? Würde er Feuer spucken, um die Inkeyes zu vertreiben? Ich drehte mich unruhig um und stellte mit Schrecken fest, dass die düsteren Schattenwesen nur noch wenige Meter entfernt von mir über den Boden glitten.
Die Kälte nahm immer weiter zu und ich spürte, dass ich das starke Brennen in meiner Lunge nicht viel länger aushalten würde. Und dann geschah etwas, dass ich niemals geglaubt hätte, hätte ich es nicht in diesem Moment mit eigenen Augen gesehen. Saraphir, der vor wenigen Sekunden noch die Größe einer Teekanne gehabt hatte, wurde mit einem Mal immer größer. Sein beschuppter Körper dehnte sich an allen Seiten aus und innerhalb weniger Augenblicke hatten seine wässrigen,

aquamarinblauen Augen die Größe von alten Schallplatten erreicht, in denen sich das schwache Licht der untergehenden Sonne widerspiegelte. Der Drache war nun so groß, dass sein Kopf beinahe die hohen Segel berührte, die in einigen Metern Höhe an den hölzernen Masten befestigt worden waren.
Sein warmer Atem schlug mir wie eine sanfte Windbrise entgegen, die mein Herz noch schneller klopfen ließ.

„Aufsteigen", rief Narius über die verworrenen Stimmen hinweg, die aus dem Inneren der Inkeyes drangen. „Jetzt."
Ich blieb für einen Moment wie festgefroren stehen und schlitterte dann über das schmierige Deck, wobei ich beinahe gestolpert wäre. Verzweifelt versuchte ich, auf Saraphirs glatter, mit flachen Schuppen bedeckter Haut Halt zu finden, aber ich rutschte jedes Mal wieder ab. Der Drache bückte sich und ich krallte mich an seinem Flügel fest, als plötzlich ein Inkeye direkt hinter mir auftauchte. Inmitten des kalten Schattens erschien eine menschliche Hand mit gräulichen, spitzen Fingernägeln, die mir schmerzhaft über den Arm kratzten.

„Oliver", stieß ich mit letzter Kraft aus und reckte meine Hand nach oben, während meine Lunge in einem Meer aus eisernen Flammen aufging. Tausende von Stimmen schlichen sich in meine Gedanken und ich konnte nicht mehr klar denken. Ich wusste nicht, was geschah, aber auf einmal hob sich der Flügel und ich wurde nach oben gezogen.
Warme Hände griffen nach mir und beförderten mich weiter nach oben, bis ich schließlich auf Saraphirs von sanddornfarbenen Zacken übersäten Rücken saß.
Ein merkwürdiges Ziehen fuhr durch meinen Bauch und als ich einen Blick nach unten wagte, musste ich scharf die Luft einziehen. Das Segelschiff schaukelte mehrere Meter unter uns im tintenfarbenen Wasser und die Inkeye, die wie eine schwarze Wolke darüber schwebten, streckten ihre bleichen, knochigen Gliedmaßen nach uns aus. Aber wir stiegen immer

höher in den Himmel auf, bis sich ihre schemenhaften Umrisse schließlich vollkommen auflösten, so, als wären sie nie da gewesen. Die Flügel des Drachen schlugen gleichmäßig auf und ab und ich spürte die unermessliche Kraft unter mir, die durch den Körper des geheimnisvollen Wesens jagte. Nach einigen Minuten verschwand der Hafen Aquantas unter den zuckerwatteartigen Wolken, die sich um uns herum gedrängt hatten und ich verlor einen Teil der Anspannung, die sich gerade in mir aufgetürmt hatte.

„Wie ist so etwas möglich“, flüsterte ich ungläubig und sah herunter zur Insel, die in getrübten Farben unter uns lag, während wir auf Saraphirs Rücken in kreisförmigen Bahnen über die verlassene Stadt mit all ihren alten Häusern und verworrenen Gassen kreisten. „Wie ein einem Märchen.“

„Und Märchen haben ein gutes Ende“, erwiderte Flora hinter mir. „Und unsere Geschichte wird nicht vollkommen gut ausgehen. Es gibt schlimmeres als den Tod, vor dem wir uns alle fürchten.“ Ein heißer Schauer fuhr über meinen Körper, als ich Floras Worte durch den brausenden Wind hörte. Es gab schlimmeres als den Tod. Damit meinte sie mit Sicherheit den Verlust der Seele, die jeden einzelnen Menschen ausmachte. Ihre Gabe bedeutete, dass sie zukünftige Geschehnisse deuten konnte und mich beschlich das Gefühl, dass Flora mehr über den Ausgang unseres finalen Kampfes wusste, als sie uns mitteilen wollte.

„Wohin bringt uns Saraphir?“, fragte ich und legte meinen Kopf an Olivers Rücken, durch den ein nervöses Zittern zuckte. „Zur Tropfsteinhöhle. Dorthin, wo alles begonnen hat.“ Während der Drache über den verdunkelten Tannenwald flog, der im hohen Gebirge Aquantas endete, spürte ich die kaum greifbare Anspannung, die sich in mir breit machte. Mein Blick wanderte über die dürren, nadelgrünen Tannen, die sich dicht aneinander drängten und düstere Schatten über die vielen kleinen Lichtungen warfen, die sich zwischen den Bäumen tummelten. Der Wind frischte auf und ich lockerte meinen Griff von der beschuppten Haut des Wesens, um ein Stück der Freiheit wahrzunehmen, die mir in den letzten Tagen genommen worden war. Saraphir flog immer dichter über die Wipfel der Bäume hinweg und als ich über Olivers Schulter hinweg nach vorne sah, konnte ich das prächtige, elfenbeinfarbene Gebirge erkennen, dass sich vor uns erstreckte. Zwischen den hohen Steingipfeln erblickte ich eine sonnengelbe Wüstenlandschaft, die sich bis hin zum Strand auf der anderen Seite Aquantas zog. Saraphir breitete seine Pranken aus und raste im Sturzflug auf eine kleine Lichtung an der Schwelle zwischen Wald und Gebirge zu, die von üppigen, eisgrünen Tannen gesäumt war. Ich klammerte mich wieder an Saraphirs Rücken fest und nahm den sachten Druck wahr, als seine runzligen, echsenartigen Beine auf dem erdigen Boden aufkamen.

„Alle absteigen", wandte sich Narius an uns, der ganz vorne auf dem Drachenrücken Platz genommen hatte. „Von hier aus müssen wir zu Fuß weiter." Ich drehte mich vorsichtig auf die Seite und rutschte mit den Beinen nach vorne an Saraphirs glatter Haut herab, bis ich endlich wieder festen Boden unter meinen Füßen spürte. Als alle Vier unten waren, schrumpfte Saraphir zurück zu seiner eigentlichen Größe und wenige Sekunden später war er so klein, dass man ihn in einen Brotbeutel hätte stecken können. Was ihm, nach seiner Vorliebe für Marmeladenbrote zu urteilen, sogar gut gefallen hätte.

„In welche Richtung müssen wir gehen?", erkundigte ich mich und ging in die Hocke. „Danke für den Flug Saraphir, tut mir leid, dass ich dich vorhin..." Aber weiter kam ich nicht. Der kleine Drache rümpfte beim ersten Anblick meines Gesichts die Nase und ließ einen kalten Sprühregen über mich ergehen.

„Keine Sorge", grinste Narius. „Nimm es nicht persönlich.

Er fremdelt gerne etwas, wenn er neue Menschen kennenlernt. Wir müssen einige hundert Meter an der Schwelle zwischen Tannenwald und Gebirge entlanglaufen und gelangen dann zum Wasserfall, der auf einer Lichtung zwischen den Bäumen liegt.“ Während ich hinter den anderen her durch den Wald stapfte, rieselten glänzende Schneeflocken vom Himmel herab und wurden vom kalten Wind immer wieder gegen mein Gesicht geweht, auf dem sie sich langsam auflösten und an meinen geröteten Wangen hinabliefen. Morgen war Weinachten, aber die ruhige, weihnachtliche Stimmung, die sich sonst in mir ausbreitete, war dieses Jahr nicht gekommen. Oliver, der wenige Meter vor mir über den gefrorenen Erdboden stapfte, summte leise vor sich hin und ich musste lächeln, als ich hörte, welches Lied er sang.

„Jingle Bells, jingle bells, jingle all the way“, stimmte ich mit ein und zusammen schmetterten wir alle vier Strophen in die eisige Winterluft. Je weiter wir in Richtung Westen gingen, desto hügeliger und steiniger wurde der Weg, der sich durch die Tannenhaine schlängelte. Das Gebirge, dass sich auf unserer rechten Seite erstreckte, schien sich immer weiter in den Wald zu graben und ich spürte nochmals die seltsame Spannung, die in der Luft lag.

„Wir sind bald da“, informierte mich Oliver und schlang die Jacke enger um seinen Körper. „Damals hatte ich einen schönen, warmen Pelz, der mich gewärmt hat und jetzt...“

„Jetzt hast du eine Tochter“, schmunzelte ich und drückte mich dicht an meinen Vater, der mich glücklich anblinzelte.

„Das stimmt. Ich kann mich glücklich schätzten, dass ich dich habe.“ Arm in Arm liefen wir weiter durch den Wald, dessen Tannen von glitzernden Schneekronen bedeckt waren, die mit jedem Windstoß wieder auseinandergerissen wurden und den kalten Schnee auf uns herabstürzen ließen. Narius marschierte mit festen Schritten voran und stützte Flora mit einem Arm; auf dem anderen saß der kleine Drache, der sich hin und wieder abschätzig zu mir umdrehte und drohend seine rot angelaufene Schnauze reckte. In gewisser Weise erinnerte er mich an Phönix, der es ebenfalls nicht leiden konnte, wenn man ihn wie einen Kater behandelte, obwohl er das im Grunde auch war. Er war ein ganz besonderer Kater, der mir so ans Herz gewachsen war, dass ich ihn nicht mehr aus dem Kopf bekam.

„Flora, kannst du dir vorstellen, in welchem Zusammenhang der Ring der Inkeye und das Buch stehen, dass sich laut deiner Vermutung noch auf Aquanta befinden muss?“, fragte ich in die Stille hinein. „Und ob die noch in Inkeyes existierenden Seelen schon in der Sammlung des Buches aufgenommen sind?
Weil wenn Phönix Seele dort noch nicht vertreten ist, können wir ihn nur retten, wenn wir den dafür verantwortlichen Inkeye von seiner Seele trennen, oder?“ Flora gab ein entschuldigendes Brummeln von sich.

„Über das Buch weiß ich nicht genug, um dir eine Antwort auf deine Frage zu geben. Aber ja, ich vermute, dass es einen entscheidenden Unterschied zwischen noch in Inkeyes lebenden und bereits gebrauchten Seelen geben muss. Es ist gut möglich, dass die noch verwendeten Seelen bereits einen Platz in der Sammlung des Buches gefunden haben und erst ein fester Bestandteil dessen werden, wenn sie 50 Jahre lang in einem Inkeye weitergelebt haben.“
Für die nächsten paar Minuten stapften wir wortlos durch den Wald und meine Gedanken ratterten mit einer solchen Wucht durch meinen Kopf, dass ich fast schon befürchtete, die anderen würden sie auch hören.

„Wenn Phönix jetzt da wäre“, dachte ich. „Dann könnte ich keinen Gedanken mehr für mich behalten.“

„Und wenn du dich genau umschaust, wirst du feststellen, dass es auch jetzt nicht mehr so ist“, antwortete eine heisere

Stimme in meinem Kopf, die sich mit einem Mal durch meine Gedanken gezwängt hatte. Ich sah mich ruckartig um. Mein Blick schweifte über die Lichtung und blieb an einem ovalen Stein hängen, auf dem ein fast unsichtbares Tier saß. Es war ein Kater. Und noch genauer der Kater, der mir seit Tagen nicht mehr aus dem Kopf ging. Ich stieß Oliver vorsichtig in die Seite und nickte in Richtung des Tiers, das mit eleganten Schritten durch den Schnee tapste.

„Glaubst du das ist, du weißt schon. Der Echte?"
Ich betrachtete den Kater, der Phönix bis auf jedes kleine Detail glich. Oliver ging in die Hocke und streckte seine Hand aus, aber Phönix wich zurück. Dann strich er um meinen Vater herum und wandte sich von uns ab, um sich kurz danach wieder nach uns umzusehen.

„Er will uns irgendwo hinführen", meldete sich Narius zu Wort, der ebenfalls stehen geblieben war und den Kater misstrauisch beobachtete. „Er wird uns ohne Zweifel zu dem Mann führen, unter dessen Bann er geraten ist. Zu dem Inkeye, der Leroy Edward Creeves Seele in sich trägt."

„Also sollten wir ihm folgen?", fragte ich und biss unruhig auf meine Unterlippe. „Aber was, wenn das eine Falle ist und er uns gar nicht dort hinführt, sondern an einen Ort, von dem wir nicht fliehen können?"

„Wenn man im Leben nichts riskiert, kann man nicht einmal scheitern", brummte Flora, die von Minute zu Minute immer schwächer geworden war und während des Sprechens zitterte. „Wir müssen weitergehen. Wir haben es so weit geschafft. Und jetzt werden wir unser Ziel erstreben, egal, ob wir kurz davor zusammenbrechen oder weit über die Grenze hinausgelangen."
Während wir hinter dem Kater her durch den verschneiten Tannenwald liefen, hallten Floras Worte in meinem Kopf. Wie immer hatte sie Recht und wie jedes Mal, wenn sie sich über so

etwas äußerte, hatte ich das Gefühl, dass sie mehr wusste. Mehr über die Inkeyes, deren Ursprung wohl immer ein Geheimnis bleiben würde, mehr über die Rätsel, die sich ineinander verknoteten, je mehr man versuchte, sie zu lösen und mehr über mein Leben, das nur durch einen Zufall entstanden war, der das Leben vieler Menschen verändert hatte. Ich atmete tief die kalte Winterluft ein und ein merkwürdiges Lächeln breitete sich über meinem Gesicht aus, ein Lächeln, dass aus Anspannung, Trauer, Wut und Unsicherheit entstanden war und für Außenstehende wohl so aussehen musste, als ob ich gerade träumen würde.

„Ein Albtraum", schob sich Phönix' Stimme wieder in meine Gedanken und ich richtete meinen Blick hastig nach vorne, wo der Kater mit gesenktem Kopf durch den Schnee stob.

„Ein Albtraum, der sich in die Unendlichkeit ziehen wird, wenn der Abend nicht im Licht der siegenden Sonne erstrahlt, sondern in der eisernen Kuppel aus Zeit zu versinken scheint." Ich runzelte unruhig die Stirn und beschloss, mir über Phönix' Worte nicht den Kopf zu zerreißen, auch, wenn ich bereits ahnte, was er damit meinte.

„Wir sind fast da", sagte Oliver in diesem Moment und deutete auf die kleine, von geschwungenen Tannen umrandete Lichtung, die zwischen den felsigen Hügeln aufgetaucht war. „Der Wasserfall liegt auf der anderen Seite der Lichtung. Aber hören kann ich ihn nicht. Damals drang das plätschernde Rauschen des Wassers durch den ganzen Wald und nun ist es still. Totenstill." Ich schluckte und beschleunigte meine Schritte, während der Schnee immer heftiger auf uns herab geweht wurde. Durch den Schleier aus glitzernden Eisflocken fiel mein Blick auf einen hohen Steinfelsen, der wenige hundert Meter entfernt zwischen den Tannen lag, deren rot gräulichen Stämme im Licht der Nachmittagssonne nass glitzerten.

„Wir sind gleich da", informierte ich die anderen, die durch

mein angezogenes Tempo zurückgeblieben waren. „Ich sehe schon den Felsen. Aber Oliver, du hast Recht, es ist zu still dafür, dass hier ein Wasserfall sein müsste."
Ich drängte mich mit einem mulmigen Gefühl im Bauch durchs Dickicht und blieb überwältigt vor dem Felsen stehen, der in eine seltsame, dunkle Wolke gehüllt war. Der kleine Kristallsee, der direkt vor uns lag, schillerte in warmen Smaragdtönen und verströmte eine eisige Kälte, die sich über die ganze Lichtung gelegt hatte. Und dann erblickte ich den Wasserfall. Oder zumindest das, was daraus geworden war.

28. Kapitel: Der Anfang vom Ende

„Sind das...Menschen?“, fragte ich in die Stille hinein und stolperte einen Schritt nach vorne, mitten hinein in den schwarzen Nebel, der sich um den Felsen gelegt hatte. Der Wasserfall war eingefroren und erinnerte an einen gewaltigen Eiszapfen, in dem die ehemaligen Strukturen des Wassers abgezeichnet waren. Aber es war nicht der gefrorene Wasserfall, der mir einen kalten Schauer über den Rücken jagte. Auf der spiegelnden Eisoberfläche zeichneten sich die Umrisse von mehreren Gesichtern ab, deren blassen Züge mit dem Eis verschmolzen waren. Ihre bleichen, grauen Augen blinzelten mich aufmerksam an und wanderten dann weiter zu meinem Vater, der sich unruhig umsah.

„Weißt du, wer sie sind?“, wandte ich mich an Oliver, der wenige Meter entfernt von mir stehen geblieben war und langsam den Kopf schüttelte. „Das kann nicht sein. Das ist meine alte Mannschaft. Ich dachte, sie wären wie die anderen in die grausamen Wesen verwandelt worden, die uns auf unserer Reise begegnet sind. Warum sind sie hier?“

„Sie waren die letzten, die Creeves beseitigte, bevor er damals die Zeitkuppel über Aquanta auslöste“, meldete sich Narius hinter uns und legte mir seine Hand auf die Schulter. Egal, was du in ihnen siehst, Lucy, du darfst dich von ihnen nicht beeinflussen lassen. Sie sind eingefroren. Eingefroren wie die Zeit auf Aquanta, die seit fast 12 Jahren nicht weiterläuft. Lass uns weitergehen.“ Er schob sich mir vorbei und stieg auf die erste Stufe der kleinen Steintreppe, die seitlich des Wasserfalls in den Felsen gehauen worden war. Ich sah mich nach meinem Vater um, der den Blick hastig senkte und folgte dann dem alten Mann, der gemeinsam mit Flora Coppersteen an seiner Seite die steinernen Stufen hinaufstieg. Die Wolke aus dunklen Schatten, die sich wie an schwarzer Nebel über den See gelegt hatte, wanderte weiter und umschloss den gefrorenen Wasserstrahl, aus dem mich Dutzende von Augenpaaren müde anfunkelten. Ich sah sie noch ein letztes Mal an und drehte mich dann der Höhle zu, die hinter dem Wasserfall lag und einen feuchten, modrigen Geruch verströmte. Wie es mein Vater beschrieben hatte, ragten hohe Stalagmiten aus dem erdigen Boden und berührten mit ihren Spitzen beinahe die Decke, die von hunderten, tropfenden Stalaktiten gesäumt war. Die schier endlose Dunkelheit, die vor unseren Füßen lag, regte ein merkwürdiges Gefühl in meinem Inneren, das mich in alte Ängste und Befürchtungen zurückwarf.

„Wie weit war es bis zu dem Ort, an dem du von Creeves entdeckt wurdest?“, fragte ich und klammerte mich an einem der Stalagmiten fest, der sich wie ein scharfkantiger Eiszapfen in meine Handfläche bohrte. „Und wie hat er die Zeitkuppel ausgelöst?“

„Ich weiß es nicht. Ich weiß es einfach nicht mehr.“ Oliver hatte die Höhle hinter mir betreten und strich über die feuchte Steinwand, die sich an manchen Stellen tief in die Höhle gezogen hatte.

„Wie Creeves damals die Zeitkuppel auslöste, kann auch ich nicht sagen“, fügte Narius hinzu und setzte den kleinen Drachen vorsichtig auf dem Boden ab. „Aber es ist schon spät. In wenigen Stunden wird sich entscheiden, ob wir unsere Welt, so wie wir sie kennen, für immer verlieren werden.“ Mit diesen Worten wandte er sich von mir ab und stapfte mit

langsamen Schritten in die Finsternis. Der kleine Drache reckte die Flügel und segelte durch die kalte Luft, um Sekunden später auf Narius' Schulter Platz zu nehmen, der ein genervtes Grummeln von sich gab. Ich arbeitete mich an der rauen Steinwand entlang und orientierte mich an Saraphirs leuchtenden, eiswasserfarbenen Augen, die wie glühende Lampen aus der Dunkelheit herausstachen. Je tiefer wir in das Labyrinth aus langen, steinernen Korridoren und schmalen Zwischenräumen eintauchten, die den Weg alle paar Meter unterbrachen, desto mehr setzte sich die Ruhe unter uns durch, die seit Tagen nicht geherrscht hatte. Niemand sprach und auch meine Gedanken, die in den vergangenen Tagen wie von einer unsichtbaren Macht getrieben durch meinen Kopf geschwirrt waren, schienen ihren Antrieb verloren zu haben.
Die Spannung in meinem Inneren stieg, während wir Minute für Minute weiter durch die Höhle hasteten und die dunklen Schatten, die sich vor uns warfen, mit jedem Schritt hinter uns ließen. Nach langen Minuten, die mir vorkamen wie Stunden, in denen ich an nichts gedacht hatte außer an unser Ziel, das so nah und doch so fern war, blieb Narius endlich stehen.
Er drehte sich zu mir um und bedeutete mir mit einem knappen Nicken, voranzugehen, während er selbst zur Seite trat. Ich hob langsam den Kopf. In die gewölbte Steinwand, die uns den Weg versperrte, waren einige verschnörkelte Buchstaben eingraviert worden, über die ein schwaches Licht flackerte.

„Manchmal erkennt man erst am Ende des Wegs, warum man ihn gehen musste."

Ich strich mit den Fingerkuppen vorsichtig über die kalte Steinwand und spürte ein seltsames Kribbeln, das in meinen Händen begann und sich in meinem ganzen Körper verteilte. Die Buchstaben leuchteten nacheinander auf und tauchten die Höhle in ein weißliches Licht, das sich Sekunden später wieder in der Wand zurückzog. Tiefe Risse liefen durch den Stein und während die ersten Gesteinsbrocken herunterprasselten, wurde ich in den dichten Staub gehüllt, der sich wie eine schwere Decke um meine Schultern legte. Ich kniff die Augen fest zusammen und senkte den Kopf. Schutt und Steinsplitter regneten auf mich herab, während ein heftiges Beben durch die Höhle fuhr, das alles um uns herum in Bewegung zu bringen schien.

„Lucy, komm zu uns zurück“, rief mein Vater über das ohrenbetäubende Grollen hinweg. „Geh!“ Ich drehte mich um und stolperte benommen in Richtung seiner Stimme, die in meinem Kopf hallte wie eine Melodie, die sich immer wieder wiederholte und immer lauter wurde.
Mit zusammengekniffenen Augen taumelte ich zu den anderen zurück und blinzelte durch den dichten, grauen Staub hindurch zur Steinwand, die nur noch aus zahllosen Gesteinsbrocken zu bestehen schien, die sich in kleinen Bergen vor dem gerade entstandenen Loch auftürmten.

„Das war ich... Aber wie?“, stammelte ich und drehte mich zu Narius um, über dessen Gesicht ein geheimnisvolles Lächeln wanderte.

„Das weiß nur jener, der dir diese Gabe geschenkt hat. Und wenn er nie zu dir spricht, wirst du die Antwort auf deine Frage nie erhalten.“ Meinte Narius damit, dass die Person, von der ich meine Gabe hatte, vor langer Zeit verstorben war? Oder dass es vielleicht kein Mensch gewesen war, sondern ein Wesen, dass mir keine Antwort geben konnte, weil es eine andere Sprache sprach?

„Darüber solltest du dir keine Gedanken machen“, durchbrach eine raue Stimme die Stille. „Irgendwann wirst du deine Antworten erhalten.“ Ich fuhr herum und blickte direkt in Phönix leuchtende Augen, die mir aus der Finsternis entgegen blitzten.

„Wer bist du?“, flüsterte ich und spürte eine verzweifelte Träne, die meinem Auge entwich. „Du bist Phönix, aber du bist nicht du selbst. Wie kann ich dir helfen, wieder der Kater zu werden, der du einmal warst?“ Phönix zuckte für einen Augenblick zusammen, so, als wenn er aus einem langen Schlaf erwacht wäre, dann sah er mich traurig an und wurde langsam immer blasser, bis sich sein ganzer Körper in einer düsteren, schwarzen Wolke aufgelöst hatte.

„Es tut mir leid“, hauchte er und seine Stimme wurde von den nassen Wänden zurückgeworfen, sodass man sie auch noch hören konnte, als der Kater bereits verschwunden war.

Ich stand einfach nur da und starrte in das ewige Nichts, das sich hinter dem ausgebrochenen Loch bis zu einem Ort erstreckte, den nur mein Vater kannte. Mein Blick schweifte zu den drei Menschen und dem kleinen Drachen, die mich meine ganze Reise über begleitet hatten und ich wusste, dass sie mich nicht im Stich lassen würden, egal, was geschah.

„Wir müssen weiter“, sagte ich in die Runde und ging mit gesenktem Blick voran, während die anderen mir wortlos folgten. Da fiel mir etwas ins Auge, was ich übersehen hätte, wenn ich nicht so bedrückt gewesen wäre. Zwischen dem Geröll lag ein schimmernder, milchig weißer Stein, der wie zufällig nicht von den anderen Steinen überschüttet worden war. Ich ging in die Hocke und nahm ihn vorsichtig hoch.

In dem Augenblick, in dem das kalte, glatt geschliffene Material meine Fingerkuppen berührte, begann der Stein aquamarinblau zu leuchten. Ein merkwürdiges Prickeln fuhr durch meine Hand und als ich den Stein sorgsam in meiner Hosentasche verstaute, spürte ich die unendliche Macht, die von ihm ausging.

„Das ist das Zeichen“, sagte Narius hinter mir. „Zumindest ein Teil davon. Das Symbol kann in den verschiedensten Formen auftreten, etwa als Formel in einer Wand oder als

Schmuckstein in einem Ring." Oliver nickte.

„In dem Ring, den mir Creeves vor fast 12 Jahren genommen hat und der vermutlich dafür verantwortlich war, dass sich mein Leben damals völlig änderte."

Ich wusste nicht, was ich darauf antworten sollte und stapfte weiter durch den dunklen Höhlengang, ohne mich noch einmal nach meinem Vater umzusehen. Es kam mir so vor, als würden wir Stunden, vielleicht sogar ganze Tage ins Ungewisse laufen, aber als ich das Ende der Höhle erreichte, wurde mir klar, dass es nicht länger als ein paar Minuten gewesen waren, in denen wir zu fünft durch die dunklen Gänge gehastet waren. Vor uns lag ein langer, ovalförmiger Raum, der an allen Seiten von hohen Stalagmiten eingerahmt worden war. Am Ende des Raumes stand eine Gestalt inmitten finsterer Schatten, von denen eine unendliche Kälte ausging. Langsam drehte sich die Gestalt um und obwohl ich das fürchtete, was ich gleich sehen würde, riss ich die Augen weit auf und starrte geradewegs auf dessen Gesicht, das sich im selben Moment zu mir drehte.

Ein frostiger Schauer, kälter als alles, was ich je zuvor auf meiner Haut gespürt hatte, lief meinen Rücken herunter, als ich das sah, was mich die ganze Reise über in meinen Träumen verfolgt hatte. Es waren die Augen des Mannes. Augen aus Tinte und Eis.

„Ich habe auf dich gewartet. Von dem Tag an, als ich von dir erfuhr, hoffte ich darauf, dich eines Tages kennenlernen zu dürfen." Creeves Stimme war ruhig, aber ich sah das gefährliche Funkeln in seinen tiefblauen Augen und spürte die unendliche Gier, die sich in seinem kalten Lächeln widerspiegelte.

„Was willst du von mir?", fragte ich. Ich hatte keine Angst. Ich hatte auch keinen Respekt vor dem Mann, der das Leben vieler Menschen zerstört hatte und es war auch kein Hass, der tief in meinem Inneren brodelte. Nein, das Gefühl, das mich seit dem Betreten der Höhle verfolgte, war nichts, was ich je zuvor gespürt hatte.

„Die Frage könnte ich genauso gut dir stellen, Lucy. Immerhin bist du es, die sich unbefugten Zugang zu dieser Höhle verschaffen hat, nicht ich.“ Creeves schenkte mir ein schauerliches Lächeln, wobei seine Mundwinkel in einem merkwürdigen Winkel nach oben standen und ließ seinen Blick dann über Oliver, Flora Coppersteen und Narius Sealberg schweifen, die direkt hinter mir standen.

„Ein verrückter Wissenschaftler, ein alter Mann, eine Verräterin und eine zu klein geratene Echse. Wie ich sehe, hast du genau die Richtigen ausgewählt, um dich bei deinem Untergang zu begleiten.“ Von einer Sekunde auf die andere löste sich ein pulsierender Schatten aus Creeves Körper, der immer größer wurde, je weiter er sich von der menschlichen, sich langsam auflösenden Hülle entfernte. Das war er - der Inkeye, der vor Jahrzehnten den Körper des wahren Leroy Edward Creeves gestohlen hatte. Eine plötzliche Kälte schlug mir entgegen und ich spürte eine stumme Angst, die sich in mir ausbreitete, während der Inkeye wie eine Wolke aus verlaufener Tinte durch die Höhle schwebte. Es war wie vor einigen Tagen, als sich der Inkeye aus Floras Körper gelöst hatte. Das Verlangen, das Wesen zu berühren, nahm von Sekunde zu Sekunde zu und ich streckte meine Finger, ohne darüber nachzudenken, was ich tat, nach dem schwarzen Schatten aus. Ein sachtes Kribbeln fuhr durch meine Hand, als meine Fingerkuppen durch die Luft fuhren, die an manchen Stellen vom Körper des Wesens vernebelt wurde. Ich hörte Stimmen hinter mir, die mich warnten, mir zuriefen, dass ich zurücktreten sollte, aber die seltsame Kraft, die durch meinen Körper floss, riet mir etwas anderes. Ich trat noch einen Schritt nach vorne und nahm die finstere Kälte wahr, die mich von allen Seiten bedeckte, während tausende Bilder und Gedanken

durch meinen Kopf schossen.
Für einen Augenblick stand ich auf einer steinernen Klippe und blickte hinaus auf den Ozean, während mir meine dicken, nussbraunen Locken ins Gesicht fielen, die in Wirklichkeit nicht mir, sondern dem Mann gehörten, durch dessen Erinnerungen ich mich gerade grub. Creeves wahre Gefühle flammten in meinem Inneren auf und für einen Moment bestand ich nur aus Trauer, Frust und Sehnsucht nach etwas, was ich noch nicht einmal kannte. Ich hörte das Schreien eines kleinen Kindes und spürte einen rauen, kalten Wind, der sich mit dem stürmischen Rauschen des Meeres verstrickte. Ich war Creeves. Leroy Edward Creeves. Der Mann, durch den sich alles geändert hatte. Aber in der nächsten Sekunde wurde ich wieder in die Realität geworfen, die im Gegensatz zu dem, was ich in den vergangenen Sekunden erlebt hatte, vollkommen surreal wirkte. Die kalten Augen des Inkeye, die mir in der Dunkelheit vorkamen wie flackernde, eisblaue Laternen, entfernten sich langsam und doch spürte ich immer noch die unmittelbare Nähe des Wesens, das wenige Meter entfernt von mir in der Luft schwebte. Ich drehte mich nach den anderen um und wusste im selben Moment, dass der Inkeye jeden kleinen Augenblick meiner Unaufmerksamkeit ausnutzten würde.
Noch bevor ich mich ihm wieder zuwenden konnte, schlug mir eine eiserne Windböe in den Rücken, die sich beinahe anfühlte, als würde die Luft aus lauter gefrorenen Kristallen bestehen, die sich in meine Haut bohrten und versuchten, bis in mein Herz zu dringen. Ich drehte mich um und hielt mir die Arme schützend vor mein Gesicht, während eine plötzliche Wärme in meinem Gliedern aufflammte, die in meinem Herzen begann und durch meine Arme strömte, der mir ein unbeschreibliches Gefühl von Kraft gab. Ich schloss die Augen und rannte los, nahm die metallene Kälte wahr, die durch meinen Körper stach und versuchte gleichzeitig die seltsame Verbindung zu

verstehen, die ich mit dem Inkeye aufgenommen hatte.

„Oliver? Flora?“, rief ich hinter mich und verharrte für einen Moment an der Stelle, als ich Narius Stimme hinter mir hörte.

„Lucy, du musst weiter“, rief er und ich vernahm den Schmerz in seiner gebrochenen Stimme. Hastig fuhr ich herum. Zwischen Creeves und den anderen war eine durchsichtige Wand entstanden, die bebend darauf wartete, von der geheimnisvollen Macht des Wesens zerbrochen zu werden. Narius presste beide Hände an die Wand, die gleichzeitig kaum sichtbar und trotzdem das Außergewöhnlichste war, was ich je gesehen hatte. Mein Vater stand direkt neben ihm, und da, Flora...

„Nein, bleib zurück!“, keuchte die alte Frau, als sie sah, dass ich stehen geblieben war. Flora schien nur noch aus feinen, silbern schimmernden Fäden zu bestehen, die sich im Wind langsam auflösten und ihre Umrisse immer mehr verschwimmen ließen, während glänzende Tränen über ihr bleiches Gesicht rannen.

„Gehe deinen eigenen Weg, Lucy Silverstone. Und sei gewarnt: Deine Feinde werden immer wieder kommen, sei es auch in einer anderen Art und Weise, als du es erwartest.“ Sie wandte sich an Narius und Oliver und ich sah, wie ihre verweinten Augen besonders lange an Narius hängen blieben.

„Lebt wohl“, hauchte sie. „Und denkt immer daran...die Wahrheit...“ Floras Worte wurden immer leiser, bis sie schließlich ganz verstummten. Ihre schemenhaften Umrisse verliefen ineinander wie Farbtropfen, die an ihrer immer blasser werdenden Hülle herunterliefen und während die erste Träne über meine Wange lief, war von ihr nichts mehr zu sehen.

„Die Wahrheit liegt in den Augen aus Tinte und Eis“, murmelte ich sind starrte auf die Stelle, an der Flora noch vor wenigen Sekunden gestanden hatte. „Leb wohl, Flora Coppersteen.“

29. Kapitel: Der Wächter des Buches

Ich wandte mich langsam ab und starrte in die funkelnden Augen des Wesens, über dessen Gesicht ein schauderhaftes Lächeln fuhr.

„Ich bin es gewohnt, Verräter aus dem Weg zu schaffen, bevor es zu spät ist. Aber der Verrat an dir hat gerade erst begonnen, Silverstone.“ Die Wut, die in meinem Kopf wütete, mischte sich mit einer unendlichen Trauer, die meine Gedanken verschleierte. Flora war tot, so, wie sie es mir vor wenigen Tagen prophezeit hatte. Sie war nicht mehr an unserer Seite und würde es auch nie mehr sein, nicht, weil sie sich selbst aufgegeben hatte, sondern wegen eines einzigen Wesens und eines Schicksals, dass jedem von uns wieder widerfahren würde, wenn wir die Inkeyes nicht besiegten.

„Du musst weiter“, sagte Oliver tonlos.

„Ich? Warum nicht wir?“ Ich drehte mich um, blickte in die Gesichter der anderen und wusste sofort, dass etwas nicht stimmte. Tief in ihren blassen, glasigen Augen flackerte ein schwarzes Licht, das sich immer weiter in ihrem Gesicht ausbreitete und den beiden den Anschein gab, als wüssten sie nicht mehr, wer sie waren. Creeves Worte flogen durch meinen Kopf und während sie sich noch sortierten, drehte ich mich um und rannte mit pochendem Herzen zur Wand, die am anderen Ende des Raumes lag. Ich presste meine Handflächen auf den kalten Stein und schloss die Augen, während hinter meinem Rücken merkwürdige Geräusche durch die Höhle hallten.
Ich wollte nicht wissen was hinter mir passierte. Ich wollte

weiter, weiter den Weg gehen, den es schon lange vor meiner Geburt gegeben hatte und den nur noch niemand hatte gehen können. Als ich die Augen wieder öffnete, hatte sich der Stein unter meinen Fingerkuppen in eine dichte, graue Nebelschwade verwandelt, die wie ein Wolkenfetzen in der Luft hing und sich dann nach und nach auflöste. Der Weg vor mir war viel schmaler als die finsteren Gänge, durch die wir in den vergangenen Minuten gelaufen waren und obwohl ich meine Arme eng gegen meinen Körper drückte, streiften sie die raue, kalte Steinwand, die sich an beiden Seiten von mir in die Finsternis erstreckte.

„Der Verrat an dir hat gerade erst begonnen, Silverstone." Den Grund, warum ich davongelaufen war, kannte ich selbst nicht, aber ich war mir mit einem Mal sicher, was Creeves mit diesen Worten gemeint hatte. Es waren nicht mein Vater und Narius, die sich mir entgegengestellt hatten, sondern ihre Seelen, die Creeves unter seine Kontrolle gebracht haben musste, so, wie es Flora vor Tagen vorausgesagt hatte. Ich war allein...
Da hörte ich ein hektisches Trippeln, dass immer näherkam. Ich blieb für einen kurzen Augenblick stehen und lauschte den leisen Schritten, die sich mir von hinter meinem Rücken genähert hatten und hielt die Luft an, während eine kleine Gestalt mit großen, saphirblauen Augen aus dem Halbdunkeln trat. Es war Saraphir, der kleine Drache. Ich ging in die Hocke und streckte meine Hand vorsichtig nach dem Wesen aus, dass für einen Moment argwöhnisch die Stirn runzelte und dann mit einem unsicheren Grummeln auf meinen Arm hopste.

„Saraphir, kannst du mich verstehen?", flüsterte ich in sein gezacktes Ohr, das im Gegensatz zu seinen sanddornfarbenen Schuppen in einem warmen Purpurrot schimmerte. Der kleine Drache nickte und kraxelte auf meine Schulter.

„Klar kann ich dich verstehen", piepste er und ich zuckte

überrascht zusammen, als ich seine hohe Stimme vernahm. „Du wunderst dich bestimmt auch, warum du mich hören kannst. Du hast eine Gabe und wenn ich mich nicht täusche, kannst du dich durch diese mit allen Tierwesen verständigen, die wie ich eine besondere Fähigkeit besitzen."

„Wir haben keine Zeit, um darüber nachzudenken", erwiderte ich und rappelte mich hastig auf. „Wir müssen das Buch der verlorenen Seelen finden und dann Phönix Seele befreien. Aber wie sollen wir den Kampf gegen die Inkeyes überstehen, wenn Oliver und Narius nicht mehr an unserer Seite sind?"

„Darum kümmern wir uns später", brummte Saraphir und ich bemerkte, wie ein Stückchen seiner Sicherheit und Ruhe in meinen Körper strömte. „Wenn ich du wäre, würde ich jetzt nicht weiter hier herumstehen. Wir haben eine Prophezeiung zu erfüllen."

Ich nickte wortlos und stapfte mit großen Schritten über die Steinberge hinweg, die sich alle paar Meter vor uns auftürmten, während es sich der Drache auf meiner Schulter gemütlich machte. Er klappte seine Flügel zusammen und vergrub seine gerötete Schnauze in meinen Haaren, sodass ich seinen warmen Atem an meinem Hals spüren konnte.

„Gleich sind wir da", raunte er. „Ich kann es spüren."

Ich hob den Kopf. Der Weg war in den vergangenen paar Minuten immer unebener geworden und schlängelte sich zwischen kantigen Felsbrocken und hohen Stalagmiten hindurch, die aussahen wie gläserne Kerzen, die ihre spitz zulaufenden Enden nach der steinernen Höhlendecke ausstreckten. Nach hinten wurde die Höhle immer breiter und endete in einer ovalen Senke, die ich in der Dunkelheit nicht richtig erkennen konnte. Ein Tropfen erklang wenige Meter entfernt von uns und mischte sich mit einem Rauschen, das mich an den tiefen, dunklen Ozean erinnerte. Es roch sogar ein

wenig nach dem Meer, nach Salz, Algen und Seetang. Aber da war noch etwas anderes.
Etwas, dass mir einen eisigen Schauer über den Rücken jagte und für einen langen Augenblick in meinen Gedanken hängen blieb, bevor ich es laut aussprechen konnte.

„Spürst du auch diese merkwürdige Kälte?“, flüsterte ich Saraphir zu. „Sie gibt einem das Gefühl, als würde der Atem in einem gefrieren und bis tief in die Knochen dringen.“
Der kleine Drache nickte und flatterte von meiner Schulter.

„Ich weiß, was du meinst. Die Kälte können wir nur spüren, weil sie von denen ausgeht, mit denen wir durch unser Anliegen verbunden sind.“

„Du meinst, die Inkeyes sind auch hier, um das Buch der verlorenen Seelen zu finden?“, erwiderte ich und sah mich verstohlen um. „Ich frage mich, warum sie das Buch nicht schon vor Jahrzehnten gefunden haben. Wenn es irgendwo in dieser Höhle ist, kann es ja nicht so schwer zu finden sein, oder?“

„Wenn es so wäre, gäbe es mich schon lange nicht mehr.“
Ich wusste sofort, dass es nicht Saraphir gewesen war, der gesprochen hatte. Aber wer war es dann gewesen? Ich fuhr herum und ließ meinen Blick über die Felsen schweifen. Nichts. Hatte ich mir die Stimme nur eingebildet?

„Um einen Gegenstand wie diesen zu erlangen, reicht der Fund alleine nicht. Wenn man einen Schlüssel gefunden hat, aber nicht die Tür, zu der jener Schlüssel passt, so ist es doch das gleiche, als hätte man den Schlüssel erst gar nicht gefunden.“

„Wer spricht da?“, rief ich in die Finsternis und drehte mich nach hinten um. Im selben Moment sah ich aus dem Augenwinkel zwei schillernde, rubinrote Lichter, die direkt neben mir aufgetaucht waren. Das kleine Wesen, das hoch oben auf einem der rauen, wintergrauen Felsen hockte, hatte in etwa die Größe eines Federmäppchens und die Lichter, die ich vor wenigen Sekunden erblickt hatte, waren seine Augen, die mich mit einer seltsamen Ruhe bedachten. Das Tier hatte einen schmalen, wendigen Körper, der von hunderten smaragdgrünen Federn bedeckt war und kurze Beine mit schwarzen Krallen. Der Mund des Wesens war rundlich geformt und die Nase konnte man unter den Federn kaum erkennen, zwischen denen dessen blasse, perlweiße Haut hindurchschimmerte. Es sah aus wie ein Salamander. Nur, dass Salamander kein Gefieder besaßen und auch nicht sprechen konnten.

„Weißt du, wo wir das Buch der verlorenen Seelen finden können?“, fragte ich in die Stille hinein und musterte das kleine Tier gespannt, das mir mit einer überraschend ruhigen Stimme auf meine Frage antwortete.

„Ihr habt es schon gefunden. Nur wie ich bereits sagte: Der Fund alleine reicht nicht, um den Gegenstand eures Begehrs zu erlangen.“

„Weißt du, wo es ist, oder nicht?“ Saraphir, der eben noch vor mir her geflattert war, ließ sich auf den Felsen direkt neben das gefiederte Wesen plumpsen und rümpfte ungeduldig die Nase. „Du weißt es, hab ich Recht?“

Das Tier nickte geduldig und sprach weiter.

„Mal groß, mal klein, mal ganz und mal zerbrochen, alle Menschen besitzen es, aber manche haben es in gewisser Weise nicht, der Anfang vom Ende, ist der letzte Schlag der tickenden Zeituhr.“ Es war wieder eines dieser Rätsel, die auf unserer Reise an allen Ecken auf uns gewartet hatten und wenn ich recht darüber nachdachte, waren sie das, wodurch ich am meisten verunsichert gewesen war. Ich wechselte einen kurzen Blick mit Saraphir, der den Kopf nachdenklich zur Seite gelegt hatte und das Wesen vor sich mit einem misstrauischen Funkeln in den Augen beäugte.

„Wenn ihr dieses Rätsel löst, bekommt ihr das Buch“, fuhr

der Salamander fort. Seine rubinroten Augen schnellten voller Neugier zwischen Saraphir und mir hin und her, so als erwartete er bereits, dass wir ihm die falsche Antwort geben würden.

„Mal groß, mal klein“, wiederholte ich. „Mal ganz und mal zerbrochen, was kann das sein? Manche Menschen besitzen es, aber haben es nicht. Wenn man im Besitz von etwas ist, dann hat man es doch, oder?“ Saraphir zuckte mit den Schultern. „Der letzte Schlag der tickenden Zeituhr“, vielleicht ist mit dem Rätsel die Zeit gemeint, die jeder Mensch hat und doch nicht ganz ausnutzen kann.“

„Könnte sein“, erwiderte ich knapp und starrte angestrengt in die Finsternis, als wäre die Lösung des Rätsels inmitten der schwarzen Schatten verborgen. „Aber ich glaube, es ist etwas anderes gemeint. Zeit kann nicht groß oder klein sein, sondern nur lang oder kurz.“ Die Worte des Salamanders wiederholten sich immer wieder in meinem Kopf und die Sätze verhedderten sich ineinander, bis nichts mehr Sinn ergab. In meinem Herzen breitete sich ein schweres, träges Gefühl aus, während ich immer mehr von dem vergaß, was das geheimnisvolle Wesen gesagt hatte. Moment. Ein warmer Schauer lief meinen Rücken herunter, als die Lösung mit einem Mal da war.

„Das Herz“, sagte ich tonlos. „Das Herz ist je nachdem, wer es in sich trägt, mal klein und mal groß, es ist ganz und wenn man eine geliebte Person verliert, hat man das Gefühl, als würde es in tausende Teile zerspringen, jeder trägt das Herz als Organ im Körper, aber nicht jeder sieht und handelt mit seinem Herzen und wenn es zum letzten Mal schlägt, stirbt man.“
Für einen kurzen Augenblick fuhr ein überraschtes Zucken durch den Körper des Salamanders, dann senkte er den Kopf und löste sich in eine Wolke aus grünem Staub auf, der durch die Luft stob und dann in den Tiefen der Schatten verschwand.

„Er hat uns ausgetrickst“, knurrte Saraphir verärgert und

starrte auf den Punkt, an dem das Tier eben noch gesessen hatte. Oder deine Antwort war falsch.“ Hatte der Drache recht? War es doch nicht die richtige Lösung gewesen, die mir im letzten Moment gekommen war?

„Ich bin mir ziemlich sicher, dass es die richtige Antwort war“, wandte ich mich an ihn. „Und bevor das Wesen verschwunden ist, hat es mir zugenickt.“

„Was heißt das schon“, schnaubte Saraphir und flatterte zurück auf meine Schulter. „Vielleicht wusste die Echse gar nicht, wo...“

„Warte“, flüsterte ich und konnte das Lächeln nicht zurückhalten, dass sich langsam über meinem Gesicht ausbreitete. „Ich weiß jetzt, wie wir das Buch finden können.“ Ich wusste nicht, warum ich nicht sofort darauf gekommen war, wo die Antwort doch zum Greifen nahe lag.

„Das Wesen sagte doch, dass der Fund eines Gegenstandes alleine nicht reicht. Was, wenn es dasselbe mit der Lösung des Rätsels ist, das es uns gestellt hat. Wenn die Lösung wirklich das Herz ist, dann müssen wir unser Herz nutzen, um das Buch zu finden.“ Saraphir runzelte die Stirn.

„Wie meinst du das? Soll ich die Flügel auf die Brust legen und abwarten, ob mir mir mein Herz einen Morsecode der Koordinaten des Buches schickt?“

„Nein, du Quatschkopf“, sagte ich. „Aber so ähnlich. Ich glaube, dass wir während des Laufens mit unserem Herz entscheiden müssen, in welche Richtung wir gehen.“
Ich sah Saraphirs skeptischen Blick und blieb unschlüssig stehen, während die Gedanken in meinem Kopf wie Münzen durch einen Ticketautomaten ratterten, was mich automatisch wieder an den Tag erinnerte, an dem ich gemeinsam mit Phönix die Reise ins Ungewisse begonnen hatte. Aber dann, angetrieben von einer unsichtbaren Kraft, die tief in meinem Inneren angekurbelt worden war, ging ich weiter.

Ich konzentrierte mich ganz auf mich, nahm den kleinen Drachen kaum noch wahr, der auf meiner Schulter hin und her wippte und spürte auf einmal eine wohlige Wärme, die durch meine Adern floss wie flüssiger Sommerwind. Ich tastete mich weiter an der rauen Steinwand entlang und schloss die Augen, um sicherzugehen, dass ich den Weg nur mit meinem Herzen wählte. „Nur mit dem Herzen sieht man gut." Der Spruch aus der Geschichte des kleinen Prinzen flog mir durch den Kopf und ich blieb lächelnd stehen.

„Hier ist es, Saraphir. Ich kann es spüren." Während der Drache bereits von meiner Schulter flatterte, öffnete ich langsam die Augen. Vor uns lag ein etwa zehn Meter langer Raum, der sich an manchen Stellen tief in die Wände der Höhle grub und tiefe Spalten im Stein hinterließ. Direkt vor uns war ein hoher Sockel aus dem Felsen herausgearbeitet worden, der nach oben eine Art Wanne bildete. In einer Wasserpfütze, die sich am Boden der Wanne gesammelt hatte, lag ein Buch mit ledernem Einband und einer bordeauxroten Kordel, die zwischen den vergilbten Seiten herausschaute.

„Meinst du, das ist es?", flüsterte ich und strich mit zitternden Händen über den zerfledderten Buchrücken. „Aber warum haben es Creeves und die Inkeyes dann noch nicht gefunden? Es liegt einfach hier. Und durch längeres Suchen hätten sie es doch sicherlich gefunden, oder nicht?"

„Es erscheint nur dem, der nicht nur das Rätsel löst, sondern auch im Besitz von dessen Lösung ist." Die kratzige Stimme des Salamanders tönte durch die Höhle, aber als ich den Blick wenige Sekunden später über die Felsen schweifen ließ, konnte ich das Wesen nicht entdecken.

„Die Echse hat Recht", brummte Saraphir und fuhr mit der Kralle durch die kleine Pfütze. „Glaubst du, Phönix kehrt zurück, wenn du ihn im Buch findest?" Ich zuckte mit den Schultern und hob den dicken Buchband vorsichtig aus der

Steinwanne heraus. „Das werden wir gleich sehen…“
Ich ließ mich in einen Schneidersitz fallen und fuhr mit zitternden Händen über die lederne Vorderseite des Buches, die seltsamerweise von der Feuchtigkeit nicht durchnässt worden war.
Als die erste vergilbte Seite an meinen Fingerspitzen vorbei strich, konnte ich die dunklen Geheimnisse spüren, die wie schwarze Vögel aus dem Papier heraus flatterten und im immer gleichen Rhythmus durch meinen Kopf flogen, während mein Blick auf die ersten Buchstaben fiel.

„Liber animai“, las ich leise. „Weißt du, was das bedeutet?“
Zu meiner Überraschung senkte Saraphir den Kopf.

„Das Buch der Seelen“, übersetzte er. „Das sie verloren sind, scheint der ursprüngliche Autor des Buches nicht gewusst zu haben.“

„Wie hängt das nur zusammen“, flüsterte ich und zögerte einen kurzen Augenblick, bevor ich die nächste Seite aufschlug. Auf dem gelblich angelaufenen Papier zeichneten sich die Umrisse eines Mannes ab, dessen Gesicht immer deutlicher wurde, je länger ich auf die Seite starrte. Er hatte lockiges, mahagonibraunes Haar, dass ihm in samtigen Wellen über die Stirn fiel und sich bis zu seinen Augen kringelte, die in einem schönen opalgrün erstrahlten. Sie leuchteten wie Smaragde inmitten des blassen Zimtbrauns der Buchseiten, die einen dumpfen, süßlichen Geruch von Vanille und Herbstlaub verströmten. Über dem Bild des Mannes, der aus feinen Strichen gemalt worden war, stand sein Name in schwarzer Tinte geschrieben.

„Leroy Edward Creeves“, raunte Saraphir. „Der Mann, mit dem damals alles begann.“ Ich hörte die Worte des Drachen kaum. Vor meinen Augen spielten sich mehrere Szenen ab, so, als würde in meinem Kopf ein Film ablaufen, den jemand von Sekunde zu Sekunde immer weiter vor spulte. Es waren dieselben Erinnerungen von Creeves, die vor wenigen Minuten in mir aufgetaucht waren, als ich die schattenhafte Gestalt des Inkeyes berührt hatte. Ich kniff die Augen fest zusammen und schaffte es irgendwie, mich aus meinen Gedanken zu befreien, die alles andere ausgeblendet hatten.

„Was ist passiert?" Eine warme Pfote stupste mich an und ich kam langsam wieder zu mir. „Da waren wieder diese Erinnerungen in meinem Kopf, die so echt wirken, obwohl es nicht meine eigenen sind", antwortete ich langsam.

„Also, wenn ich länger darüber nachdenke, muss es doch einen Unterschied zwischen Seelen geben, die noch in Besitz von Inkeyes sind und denen, die nach 50 Jahren in diese Sammlung gewandert sind. Creeves' Seele lebt jetzt schon seit fast 50 Jahren in einem Inkeye, weshalb dieser meine Seele braucht, um weiterzuleben." Saraphir nickte.

„Stimmt, das könnte sein. Glaubst du, dass man nur Seelen befreien kann, die gerade keinen Besitzer haben? Wir wissen nicht, ob Inkeyes die Seelen während der 50 Jahre ablegen können. Wenn nicht, dann müssten wir noch mindestens 49 Jahre warten, um Phönix befreien zu können."

„Wir haben keine Zeit, um darüber zu rätseln", sagte ich entschlossen und schlug ruckartig die nächste Seite auf.

Als mein Blick auf die Buchseite fiel, spürte ich ein seltsames Stechen in meiner Lunge, das wie aus dem Nichts in mir aufgestiegen war. Es fühlte sich an, als hätte jemand einen eisernen Dolch hineingerammt und während ich noch mit der frostigen Kälte kämpfte, die durch meinen Körper wirbelte wie ein tosender Eissturm, wurde ich in eine Schleife von Ereignissen gezogen. Für einen Augenblick war alles um mich herum stockfinster, dann sah ich, wie die Buchseiten eine nach der anderen umgeschlagen wurden. In meinen Gedanken breitete sich wieder das Gefühl aus, das immer dann gekommen war, wenn ich in die Vergangenheit von anderen

Menschen hineingeblickt hatte. Vor meinen Augen setzte sich ein Bild zusammen. Ein kleiner, schwarzer Kater mit zotteligem Fell und tränenden, blauen Augen lief an mir vorbei.
Er stob zwischen langen Reihen von Grabsteinen hindurch und rannte durch Berge von bunten Herbstblättern, die vom Wind durch die Luft gepustet wurden. Einige Meter entfernt saß ein Mann mit lumpiger Kleidung auf einer Bank und keuchte vor sich hin, während der Kater neugierig den Kopf reckte.
Da wurde mir klar, in wessen Erinnerungen ich mich gerade befand. Vor meinen Augen spielte sich das erste Treffen von Phönix und meinem Vater ab, das ich mir schon lange im Kopf vorgestellt, aber nie richtig begriffen hatte, in welch aussichtsloser Lage er damals gewesen war. Er war die ersten Wochen nach seiner Zeitreise obdachlos gewesen, hatte auch während des Winters auf den dunklen Straßen geschlafen und wie er an Essen und Kleidung gekommen war, wollte ich mir erst gar nicht vorstellen. Da verschwamm das Bild vor meinen Augen und ich wurde zurück in die Realität geworfen, beinahe so, als wäre es nur ein Traum gewesen.
Ich blinzelte und senkte meinen Blick auf das Buch, das noch immer aufgeschlagen in meinem Schoß lag. Die in schwarzer Tinte verfassten Buchstaben verliefen langsam ineinander und bildeten einen schwarzen See, der langsam über den Buchrand auf meine Hose tropfte. Durch das Papier liefen feine Risse und als ich vorsichtig mit dem Finger darüberstrich, zerfiel es in einen pulverartigen, sandbraunen Staub.

„Phönix?“, fragte ich leise und wartete. Nichts geschah. Ich wechselte einen Blick mit Saraphir, der wie gebannt auf das Buch starrte, so, als erwartete er, dass gleich etwas geschah. Und tatsächlich. Inmitten des Staubs, der sich in einem kleinen Berg auf der nächsten Seite aufgetürmt hatte, regte sich etwas. Meine Hände begannen zu zittern, als plötzlich eine feuerrote Flamme aus dem Berg hervorstach und sich durch den Staub fraß, der nach und nach verschwand. Die Flamme wuchs immer weiter und mit einem Mal verschwamm das Buch in einem rauschenden Feuermeer, das in warmen purpurfarben leuchtete. Ich ließ das Buch fallen und rutschte einige Meter zurück, aus Angst, dass das ganze Buch in Flammen aufgehen würde.

Aber dann formte sich aus dem plötzlich schwarzen Feuer die Silhouette eines Katers, der wie ein lodernder Schatten in der Luft hing. Aus dem Nichts tauchte Phönix' schemenhafte Hülle auf, die dem Schatten entgegensprang und in das Feuer tauchte, aus dem goldene Funken flogen.

Ein grelles Licht verschleierte meine Sicht und als ich die Augen wieder öffnete, war die Flamme erloschen, genauso wie die Angst, die eben noch in mir gewütet hatte.

30. Kapitel: Die Bewohner von Aquanta

„Phönix? Bist du es?“ Der Kater, der zusammengerollt auf dem Boden lag, stellte sein linkes Ohr auf und schnaufte leise.

„Lucy“, brummelte er und schlug sein Auge mühsam auf. „Ich glaube, meine Seele ist wieder in meinen Körper zurückgekommen. Ich kann mich erinnern. An alles.“

Der Kater rappelte sich langsam auf und seine Augen strahlten voll Freude. Ich erwiderte sein Lächeln und streckte meine Arme nach Phönix aus, der hastig über den Boden humpelte und den Kopf in meinen Haaren vergrub.

„Wenn du dich sehen könntest“, flüsterte ich mit rauer Stimme. „Dein Fell ist wieder schwarz wie die Nacht und du siehst nicht mehr aus wie ein Geist.“

„Ich habe wie ein Geist ausgesehen?“ Phönix blinzelte mich fragend an und ich musste schmunzeln.

„Das erzähle ich dir, wenn alles vorbei ist. Wir müssen Oliver und Narius finden. Sie wurden in den Bann von Creeves gezogen und ich musste vor ihnen fliehen. Es gab noch jemanden, der uns auf unserer Reise begleitet hat, seitdem du verschwunden bist.“

„Gab?“, unterbrach mich Phönix und als ich zum zweiten Mal ansetzte, brach meine Stimme. „Ihr Name war Flora. Flora Coppersteen. Sie war ein toller Mensch, klug, herzlich und mutig, aber im Kampf gegen Creeves ist sie ums Leben gekommen.“

„Lebe wohl, Flora“, sagte Phönix, dessen Lächeln erloschen

war. „Auch wenn ich dich nie kennenlernen durfte, bin ich mir sicher, dass wir uns gut verstanden hätten." Für einen kurzen Augenblick herrschte eine bedrückende Stille, während der ich das Buch vorsichtig vom Boden aufhob und sicher in der Innenseite meiner Jacke verstaute. Dann trat Saraphir einen Schritt nach vorne und verneigte sich höflich vor dem Kater.

„Ich heiße Saraphir", stellte er sich vor und wandte sich dann wieder an mich. „Wir sollten aufbrechen. Die Zeit vergeht schneller, als wir denken."

„Wisst ihr, wohin wir gehen müssen?", fragte Phönix und reckte die Nase. „Alles hier wirkt wie ein riesiges Labyrinth, in dem man Tage, Wochen, vielleicht sogar Jahre herumirren könnte." Ich nickte seufzend.

„Da hast du Recht. Wir werden einfach unserem Bauchgefühl folgen müssen." Ich drehte mich in Richtung des schmalen Weges, der in die Dunkelheit der Höhle führte und atmete für einen kurzen Moment tief die kühle, staubige Luft ein, die durch den Gang strömte.

„Bereit?", fragte ich und sah mich nach Saraphir und Phönix um, die nebeneinander auf dem Boden saßen und mich unschlüssig anblinzelten.

„Bereit, wenn ihr es seid", erwiderte Saraphir und als auch Phönix nickte, lief ich los. Während wir schweigend hintereinander durch die Höhle stolperten und über gewaltige Felsen kraxelten, die aus dem erdigen Boden ragten, machte sich in mir das Gefühl breit, dass uns jemand beobachtete. Ich sah mich immer wieder um, aber die finsteren Gestalten, die ich ab und zu aus dem Augenwinkel aufgeschnappt hatte, waren nur die Schatten eines Katers und eines kleinen Drachens, die mir zum Glück bekannt vorkamen. Der Weg wurde immer schmaler und mündete alle paar Meter in weitere Hohlräume, von denen wiederum verschiedene Gänge tiefer in das Labyrinth aus Stein führten. Durch kleine Spalten in der Decke fielen weißliche Lichtstrahlen auf den Weg, der sich vor uns tief in die Finsternis schlängelte.

„Wie wäre es, wenn Saraphir vor uns läuft?“, schlug Phönix vor, der meinen besorgten Blick erhascht hatte und aufgeregt zwischen mir und Saraphir hin und her sah. „Er hat doch ganz helle Augen, fast schon wie leuchtend rote Lampen, die uns den Weg weisen. Würdest du das machen, Saraphir?“
Der kleine Drache nickte und trippelte eilig an mir vorbei.

„Hier gleich ist ein Felsen“, rief er aus einigen Meter Entfernung. „An genau dem sind wir vorhin vorbeigelaufen. Wir müssen links abbiegen, da wo der Weg...“
Plötzlich verstummte Saraphirs hohe Stimme und wenige Sekunden später nahm ich wieder seine leisen Schritte wahr, die während seiner Wegbeschreibung nicht zu hören gewesen waren. Als er aus den Schatten trat, wusste ich sofort, dass etwas nicht stimmte.

„Was ist passiert?“, fragte ich und ging in die Hocke. „Hast du etwas gesehen?“ Langsam senkte der Drache seinen Kopf. „Sie. Sie kommen“, krächzte er.

„Wer sind sie?“, fragte ich und kam mir im selben Moment dumm vor, weil mir die Antwort sofort in den Kopf geschossen war, ohne, dass ich darüber hatte nachdenken müssen.

„Die Inkeyes“, nickte Phönix, der mal wieder meinen Gedanken erraten hatte und musterte Saraphir sorgenvoll, der unruhig zitterte. „Lucy, du nimmst am besten Saraphir, ich denke nicht, dass er es alleine schafft. Wir müssen Oliver und Narius auf unserem Weg nach draußen finden...ahh.“
Der Kater verzog schmerzhaft sein Gesicht und auch ich spürte die ruckartige Kälte, die sich wie ein alter Feind in meinem Inneren bekannt machte. Ein scharfes Brennen flammte in meiner Lunge auf.

„Sie sind direkt hinter uns“, keuchte ich und stürzte in die

Dunkelheit, weg von der immer größer werdenden Kälte, die sich hinter meinem Rücken aufstaute. Ich drückte Saraphir fest an meine Brust und rannte durch die steinernen Korridore, bog mal links und mal rechts ab, ohne eigentlich zu wissen, wohin ich ging. Phönix hastete neben mir her und verschwand ab und zu für einige Sekunden aus meinem Blickfeld, um dann einen Augenblick später wieder an meiner Seite aufzutauchen. Ich traute mich nicht, mich umzudrehen, aber mein Gefühl sagte mir, dass die Schattenwesen direkt hinter uns waren.

„Wir haben Oliver und Narius kurz nach dem Betreten der Höhle verloren“, stieß ich atemlos hervor. „Als wir auf Creeves getroffen sind, hatten wir höchstens ein Drittel des Wegs hinter uns, das heißt, dass es nicht mehr allzu lange dauern dürfte.“ Ich bog um eine Ecke und erkannte sofort den Pfad wieder, den wir auf dem Hinweg gegangen waren. Hinter dem Labyrinth aus schmalen Gängen, das jetzt folgte, mussten sich die Überreste der Steinwand befinden, die vorhin in sich zusammengestürzt war. In dem Moment jagte eine frostige Windböe an uns vorbei und ich beschleunigte meine Schritte, stürzte durch die Dunkelheit und rannte so schnell wie noch nie zuvor in meinem Leben. Die Höhlenwände flogen an mir vorbei und verbanden sich zu einem grauen Meer, durch das wir dem Ausgang der Höhle immer näher kamen. Phönix, der neben mir her hetzte, wich geschickt den Stalagmiten aus und rief mir irgendetwas zu, was ich aber durch das Rauschen des Windes nicht verstehen konnte. Da vorne! Ich deutete vor mich und wechselte einen hastigen Blick mit Phönix, der es ebenfalls gesehen hatte. Wenige Meter vor uns türmten sich die Gesteinsbrocken der zerfallenen Wand auf und - Was war das? Ich runzelte die Stirn und atmete erleichtert aus, als ich erkannte, wer direkt dahinter stand.

„Phönix, da sind Oliver und Narius“, rief ich und stolperte beinahe über einen Felsen, der urplötzlich vor mir aufgetaucht war.

„Sie sehen wieder normal aus."
Ich verlangsamte meine Schritte und blieb keuchend vor Oliver stehen, dessen Augen wieder einen warmen Blauton angenommen hatten.
„Wir konnten uns befreien", erklärte Oliver. „Ah, ihr habt es geschafft Phön..."

„Wir müssen weiter", stieß ich mit letzter Kraft hervor und stützte die Arme auf meinen Knien ab. „Wir werden verfolgt." Mehr musste ich nicht sagen. Oliver nickte mir zu und nahm meine Hand; die andere hielt er Narius hin. Der nahm sie und zu dritt rannten wir los, während Phönix dicht an unserer Seite den Weg entlang preschte. Mein Herz klopfte immer schneller und ich war mir sicher, dass Saraphir, den ich eng an meine Brust gedrückt hatte, es deutlich spüren konnte. Für einen kurzen Moment schloss ich die Augen, drückte meinen Kopf gegen Olivers Schulter und ließ mich einfach nur nach vorne treiben. Ich fühlte mich wie gefangen in einem Tunnel aus Schatten, der in einer Öffnung endete, die sich immer weiter schloss und schließlich alles in eine seltsame Finsternis tauchte. Langsam schlug ich die Augen wieder auf. Am Ende des Weges, inmitten der ewigen Dunkelheit, die sich seit dem Betreten der Höhle über uns gelegt hatte, sah ich einen Kreis aus hellem Licht. Ich nahm meine letzte Kraft zusammen und stürzte dem Ausgang entgegen, dessen rundliche Öffnung von Schritt zu Schritt größer wurde. Als ich nach draußen trat, hatte ich sofort das Gefühl, dass wir auch im Freien nicht sicher waren. Über dem See schwebten schwarze Nebelwolken und die hügeligen Wiesen, auf denen sich schneebedeckte, weiß - rötliche Tannen tummelten, waren von dichtem Nebel überhangen. Inmitten der dornigen Büsche, die den gefrorenen Kristallsee umrahmten, leuchteten rote Lichter auf, die mir einen eiskalten Schrecken über den Rücken jagten, als ich realisierte, was sie waren.

„Augen", hauchte ich und meine Stimme brach ab.
„Das sind hunderte von Augenpaaren."
„Gut erkannt, Silverstone." Die raue, sarkastische Stimme hallte hinter meinem Rücken durch die Höhle und ich musste mich nicht umdrehen, um zu wissen, von wem sie stammte.
„Du magst vielleicht klug sein, aber deine Gutgläubigkeit wird in einer Welt wie dieser nie belohnt werden." Creeves trat neben uns aus der Höhle, umgeben von schwarzen Schatten, mit denen seine verschwommenen Umrisse verliefen.
Seine Augen strahlten in einem so tiefen Blau, das man für immer hätte darin versinken können, wenn man zu lange in die Finsternis starrte. Ich schaffte es nur mit Mühe, meinen Blick von ihnen loszureißen und stolperte einige Schritte zurück, während Creeves die steinernen Treppenstufen hinab schritt. Oliver, Narius und Phönix wichen ebenfalls zurück und jede Bewegung der Inkeyes trieb uns weiter weg von der Höhle, durch die wir noch eben gerannt waren. Da hörte ich ein leises Knacken und ich spürte sogar durch meine Schuhe hindurch, wie Risse durch den Boden unter mir liefen. Ich wagte einen Blick nach unten und zuckte erschrocken zusammen, als mir klar wurde, warum uns Creeves nach hinten getrieben hatte, ohne ein einziges weiteres Wort zu verlieren. Wir hatten, ohne es zu merken, den gefrorenen See betreten und das Eis brach unter unseren Schritten, während wir immer weiter ins Zentrum des Sees gedrängt wurden.

„Wir müssen uns aufteilen", flüsterte ich. „Das ist unsere einzige Chance. Wenn wir alle zusammen über das Eis laufen, bricht es irgendwann ein und dann..." Mein Vater nickte und wir wechselten noch einen letzten Blick, bevor ich mich von den anderen abwandte. Gemeinsam mit Phönix lief ich in Richtung Osten und tastete mich langsam über die gebrechliche Eisplatte, die an manchen Stellen bereits zu tiefen Pfützen geschmolzen war und gefrorene Wasserpflanzen

offenbarte, die an der Oberfläche schwammen.
Plötzlich fuhr ein heftiges Zittern über das Eis. Ich fuhr herum und entdeckte sofort meinen Vater, der laut prustend nach Luft schnappte. Er war in das Eis eingebrochen und klammerte sich krampfhaft an der Kante der Eisplatte fest, die langsam von ihm wegtrieb. Olivers Gesicht lief bläulich an und seine Stimme war nur noch ein leises Krächzen, dass immer wieder unterbrochen wurde, wenn sein Kopf ins Wasser eintauchte. Am liebsten wäre ich zu ihm herüber gerannt, um ihn aus dem Wasser zu ziehen, aber ich stand auf der anderen Hälfte der Eisplatte und würde nicht an ihn herankommen, ohne selbst ins Wasser springen zu müssen. Während ich noch verbissen vor mich hin rätselte, näherte sich ein Inkeye, der sich zu meinem Vater herunterbeugte und seine vernebelten Hände nach ihm ausstreckte. Das Wesen umschloss Olivers Arm und zog ihn mit einem Ruck aus dem Wasser.

„Sie haben ihn gerettet“, murmelte ich verwirrt. „Er ist kein Teil der Prophezeiung. So hart wie das klingt, wenn ihnen nichts an ihm liegt, hätten sie ihn ertrinken lassen. Was wollen sie nur mit ihm?“

„Ähm Lucy“, maunzte Phönix. „Ich unterbreche deine Überlegungen wirklich nur ungern, aber ich befürchte, wir bekommen Besuch auf dem Eis.“ Die rot funkelnden Augenpaare, die ich zuvor nur zwischen den Ästen der Büsche gesehen hatte, hatten den See von allen Seiten aus eingeschlossen und jetzt, wo sie so nah waren, konnte ich erkennen, wem, oder besser gesagt was sie gehörten.

„Die Bewohner von Aquanta“, schluckte ich und warf einen Blick herüber zu Narius, der am anderen Ende des Sees stand und die Inkeyes beobachtete, die Oliver vorsichtig über das Eis trugen.

„Das ist einer dieser Momente, in denen ich sagen muss, dass es Dinge gibt, die es eigentlich gar nicht geben kann“,

stimmte mir Phönix zu und drückte sich eng an mein Bein. „Und wenn ich ehrlich bin, auch nicht geben sollte."
Die Bewohner von Aquanta waren so, wie ich sie mir vorgestellt hatte und doch konnte ich kaum glauben, dass es sie wirklich gab. Einige der Wesen waren klein und runzelig, andere besaßen lange, froschähnliche Beine und seltsam geformte Köpfe, die von schwarzen Schuppen bedeckt waren. Es gab plumpe Trolle mit spitzen Ohren, deren lumpige Kleidung von dunklem Schlamm verkrustet waren und feingliedrige Kreaturen mit untertellergroßen, brilliantroten Augen, die wie Feuerkugeln in der Dunkelheit aufflammten. Manche Wesen sahen aus wie übergroße Fledermäuse, die auf dürren Beinen über das Eis staksten und mit ihren silbernen Schnäbeln laut klapperten. Vögel mit Gefiedern in den seltsamsten Grün- und Gelbtönen kreisten über uns und von unten konnte man nur ihre Krallen erkennen, die wie messerscharfe Klingen unter den Federn hervor blitzten.
Und dann, dann waren da noch all die Menschen, deren gestohlene Seelen Creeves gerufen hatte. Sie sahen aus wie gewöhnliche Menschen, aber je näher sie kamen, desto deutlicher wurde, dass sie alles andere als normal waren. Ihre Augen waren leer und abwesend und ihre blassen Gestalten schienen über das Eis zu schweben, ohne den Boden zu berühren.

„Ich will ja nichts sagen, aber", begann Phönix und zog die Schultern unruhig zusammen. „Wir könnten tatsächlich ein kleines Problem haben." Nun ja, wenn man bedachte, dass wir uns gerade in Lebensgefahr befanden und von hunderten, nicht gerade freundlich aussehenden Kreaturen eingekreist worden waren, konnte man wirklich sagen, dass wir ein klitzekleines Problem hatten. Ich warf einen hastigen Blick herüber zu Oliver. Er stand inmitten der Inkeyes und regte sich nicht.

„Meinst du, er ist noch am Leben?", hauchte ich in Saraphirs

Ohr und wartete. Der Drache antwortete nicht. Er hatte die Augen geschlossen und schien versunken in eine Welt, die so weit weg von hier war, dass er mich nicht hörte.

„Wenn wir noch länger hier herumstehen, werden wir es in unserem Leben nicht mehr herausfinden“, meldete sich Phönix wieder zu Wort und ich nickte. „Aber wohin?“

Die Wesen umkreisten den See von allen Seiten und einige von ihnen betraten bereits das Eis, das durch das Gewicht ihrer hunderten Füße, Pranken, Pfoten und Krallen von dünnen Rissen durchfahren wurde. Nur wenige Meter entfernt von uns kroch ein Tier über das Eis, das aussah wie eine Kreuzung aus Schnecke und Grizzlybär, was, der Tatsache entsprechend, alles andere als einfach zu beschreiben war.

„Das ist ein Weregwalder“, kommentierte Phönix. „Das ist eines der Tiere, die schon zuvor in Büchern über Fabelwesen vertreten waren. Jeder, der in Kontakt mit dem Schleim dieser Spezies kommt, verliert die Fähigkeit, sich zu bewegen.“

„So weit sollten wir es besser nicht kommen lassen.“

Ich dachte zurück an den Sikle, den wir vor wenigen Tagen im Leuchtturm begegnet waren und spürte immer mehr die Panik, die in mir hochkochte.

„Es gibt keinen Ausweg“, stellte ich tonlos fest. „Es müsste schon ein Wunder passieren.“ Und genau dieses Wunder, so unwahrscheinlich, wie es doch gewesen war, kam. Um genau zu sein, flog es.

31. Kapitel: Drachenreiter

Vom Himmel sausten vier große Gestalten herab, die mit starken Flügelschlägen durch die kalte Winterluft segelten. Ihre kurzen, kräftigen Beine streiften die Wipfel der Tannen und ihre riesigen Schwingen wirbelten den Schnee auf, der in glitzernden Eisflocken auf uns hinabfiel.

„Auf Freunde kann man sich eben verlassen." Saraphir schob schmunzelnd den Kopf unter meiner Jacke hervor und im selben Moment verstand ich, was geschehen war.

„Sind das...Drachen?", fragte ich und betrachtete die vier Wesen, die über unsere Köpfe kreisten.

„Für Geschichten ist später noch genug Zeit", versicherte Saraphir. „Seid ihr bereit?"

„Bereit für was?", sagten Phönix und ich gleichzeitig, aber der kleine Drache, der jetzt auf meiner Handfläche saß, antwortete nicht. Er starrte nach oben und es sah fast so aus, als würde er mit einem der Drachen kommunizieren, obwohl sich sein Mund kein bisschen bewegte.

„Auf mein Kommando rennt ihr ins Zentrum des Sees", raunte Saraphir. „Macht euch auf den Abflug gefasst, meine Freunde sind es nicht gewohnt, Lasten zu transportieren."

Ich spürte die Anspannung in mir, die von Sekunde zu Sekunde zunahm, während ich meinen Blick über die Wesen wandern ließ, die in den Schatten der Bäume gelandet waren. Einer von ihnen, er schien der Anführer zu sein, hatte etwas kleinere, fledermausartige Flügel und eine pergamentfarbene Haut, die von weitem an rauen Sandstein erinnerte. Aus dem Rücken des Drachens ragten bläulich angelaufene Zacken und zwischen seinen spitzen, beschuppten Ohren konnte ich zwei gebogene Hörner erkennen. Die tellergroßen Augen, von denen eine solche Helligkeit ausging, dass man aus der Ferne denken könnte, es wären die Scheinwerfer eines Autos, leuchteten in einem warmen Bersteinorange.

„Jetzt!“ Saraphirs Ruf riss mich aus meinen Gedanken. Ich rannte los und stürmte so schnell ich konnte über das Eis, während die Drachen über den See kreisten. Sie flatterten jetzt so dicht über der Oberfläche, dass ich die Windstöße wahrnahm, die ihre kräftigen Flügelschläge auslösten. Die Bewohner von Aquanta wurden Stück für Stück zurückgedrängt, wobei die gewaltigen Geschöpfe darauf achteten, dass niemand von den Wesen zu Schaden kam. Vermutlich hatte Saraphir sie gebeten, keine Gewalt anzuwenden, da er wusste, dass sie eigentlich unschuldige Menschen und Tiere waren. Ich blieb stehen und sah mich nach Oliver um, der sich noch immer nicht von der Stelle bewegte und immer weiter in die Mitte der schwarzen Schatten getrieben wurde, die sich wie Nebelschleier um seinen Körper wickelten. In dem Moment fuhr ein heftiger Bruch durch das Eis und als ich mich zur Seite drehte, konnte ich sehen, wodurch er verursacht worden war.
Ein beschuppter, fliederfarbener Drache mit turmalinfarbenen Augen hatte den gefrorenen See betreten und bewegte sich langsam zum Zentrum fort, wo Phönix und ich dicht aneinander kauerten.

„Wenn er da ist, klettert ihr auf seinen Rücken“, ordnete Saraphir an. „Ich werde mich den anderen Drachen anschließen, um euch in der Luft zu beschützten.“
Er löste sich aus meinem Griff, tapste einige Schritte über das Eis und hob dann ab.

„Was ist mit Oliver?“, rief ich ihm hinterher, aber der kleine Drache war bereits zwischen den Tannen verschwunden.

„Wir können ihn jetzt nicht befreien“, erwiderte Phönix und seine Stimme hatte eine Endgültigkeit, die ich zuvor nie wahrgenommen hatte. „Tu einfach, was Saraphir gesagt hat, es bringt uns allen nichts, wenn du stirbst.“

Seine Aussage traf mich tief ins Herz. Er hatte Recht, egal, wie übertrieben es klang. Der Versuch, Oliver zu befreien, würde nicht nur mich, sondern auch alle anderen in Gefahr bringen.

„Da oben!“, rief Phönix und deutete mit der Pfote auf eine dunkle Gestalt, die zwischen den perlmutfarbenen Zacken auf dem Rücken des Drachens saß, der nur noch wenige Meter von uns entfernt war. „Da ist Narius.“ Der Drache ließ sich vor uns auf das Eis sinken und neigte seinen Kopf höflich nach unten, als er uns erblickte. Ich schloss meine Hände um einen der Zacken und zog mich mit schmerzenden Arme nach oben, während Phönix hinter mir leichtfüßig auf den Rücken des Drachens sprang.

„Keine Sorge, wir werden Aquanta nicht ohne Oliver verlassen“, flüsterte mir der Kater zu, der direkt vor mir Platz genommen hatte. „Am Ende wird alles gut, und wenn es nicht gut ist, ist es noch nicht das Ende.“

Der Drachenkörper unter mir bewegte sich langsam nach oben und ich schlang meine Arme fest um seinen langen Hals, während er mit gleichmäßigen Flügelschlägen vom Boden abhob. Während wir immer höher in den Himmel aufstiegen, ließ ich meinen Blick ein letztes Mal über die Szene wandern, die wie ein gemaltes Bild wirkte.

Die Bewohner von Aquanta waren zurückgewichen und strichen unruhig um den See herum, einige zogen sich langsam wieder in den Wald zurück, ohne sich nochmal umzusehen. Noch bevor ich bei meinem Vater angelangt war, schoben sich dichte Nebelwolken unter uns und das Bild wurde immer undeutlicher, bevor es schließlich ganz verblasste.

„Wohin fliegen wir?“, fragte ich und drehte mich zu Narius um, der zwischen den beiden hinteren Zacken auf dem Rücken des Drachens saß.

„Ich weiß es nicht. Aber schau, da drüben sind die anderen.“ Narius strich vorsichtig über die glänzenden Schuppen des Tieres, das uns durch den Himmel trug.

„Sie heißt Fliederherz“, sagte er nachdenklich. „Der große Drache mit den kleinen Flügeln trägt den Namen Bernsteinauge, der mit den smaragdgrünen Schuppen und schwarz angesengten Pranken ist Tannenkralle und der letzte Kristallglanz.“ Er deutete auf einen etwas kleineren Drachen mit matten, schwarzen Schuppen und kristallklaren Augen, die im Licht der Nachmittagssonne geheimnisvoll schimmerten. Ich drehte mich vorsichtig zur Seite und betrachtete gedankenverloren die vier Drachen, die dicht neben uns durch die Luft glitten, unter ihnen auch Saraphir, der sich immer wieder nervös nach hinten umsah.

„Wir werden verfolgt“, knurrte Phönix in diesem Moment und als ich einen Blick hinter uns warf, musste ich feststellen, dass er Recht hatte. Eine schwarze Wolke schwebte unschuldig neben den Drachen her und hätte ich nicht gewusst, dass es die Inkeyes waren, hätte ich sie sicherlich für eine gewöhnliche Wolke gehalten.

„Du Phönix, ich wollte dich schon immer etwas fragen.“

„Ja?“ Der Kater drehte sich umständlich zu mir um und sah mir von unten in die Augen.

„Wenn alles vorbei ist, kommst du dann mit uns in die Zukunft?“ Phönix schwieg für einen Augenblick und schüttelte dann langsam den Kopf.

„Ich werde hier bleiben. Ich bin zwar in der Zukunft geboren, aber ich bin ein Streuner und werde es auch immer bleiben. Im 21. Jahrhundert würde ich mit all den neuen

Technologien, Modernisierungen und Menschen nie zur Ruhe kommen. Aber eines Tages, das verspreche ich dir, werden wir uns wiedersehen. Ich weiß noch nicht wo und auch nicht wann, aber dieses Versprechen werde ich halten.“ In meinem Inneren breitete sich eine seltsame Schwere aus. Phönix würde hier bleiben. Im Jahr 1715. Und so würde ich neben meinem Großvater Charles, den ich erst vor wenigen Tagen kennengelernt hatte, noch eine geliebte Person zurücklassen.

„Das heißt, wenn wir das hier überleben“, sagte ich leise. „Wenn nicht, dann werden wir alle in der Vergangenheit bleiben. Für immer.“ Die Wolken, die uns in den vergangenen Sekunden umgeben hatten wie Fäden aus grauer Zuckerwatte, die sich um die Flügel der Drachen legten und uns die Sicht auf die Welt unterhalb des Wolkenmeers versperrten, lösten sich nach und nach auf. Zwischen den Tannen, die im matten Glanz des Schnees aussahen wie die einzelnen Figuren eines Zauberwaldes, tauchten helle Lichtungen und vertrocknete, farblose Wiesenflächen auf. Ich spürte das kalte Rauschen des Windes in meinen Ohren und atmete die harzige Waldluft ein, die von unten zu uns herauf strömte.

„Macht euch bereit zur Landung.“ Narius nickte mir zu und ich drückte mich gehorsam noch enger an dem warmen Drachenkörper. Im Sturzflug schossen wir dem Boden entgegen und für einige Sekunde befürchtete ich, wie würden geradewegs auf den harten Erdboden stürzen.

Ich klammerte mich fest an den perlmutfarbenen Zacken vor mir, presste Phönix an mich und nahm wenige Augenblicke später schon den sachten Widerstand wahr, als die Pranken des Drachen den Boden berührten.

„Und was jetzt?“ Ich rutschte von der Seite des Tieres herab und sah mich um. Wir standen auf einer großen Lichtung, die von vertrockneten Pflanzen und Steinen geprägt war.

Der Drache, der uns hierhin gebracht hatte, hob wieder ab und verschwand gemeinsam mit den anderen über den Wolken.

„Jetzt, jetzt sind wir auf uns allein gestellt."
Narius tauchte hinter mir auf und legte seine runzlige Hand auf meine Schulter. „Unsere Freunde haben uns den Kampf erleichtert, da wir hier nicht mehr von den Bewohnern Aquantas bedroht werden. Nun gibt es nur noch uns. Und die Inkeyes." Er deutete nach oben. Die schwarze Wolke, die uns auf unserem kurzen Flug über Aquanta nicht von der Seite gewichen war, zerfiel in die einzelnen Schattenwesen. Oliver schwebte in deren Zentrum, sein Körper war starr und sein Gesicht kreidebleich, sodass er wirkte wie eine Leiche, die wie von einer unsichtbaren Kraft getragen in der Luft hing. Ich schluckte und konnte meinen Blick nicht mehr von meinem Vater lösen, der langsam zu Boden sank und dort totenstill liegen blieb. Die Inkeyes schwebten jetzt direkt neben uns und nach und nach lösten sich ihre menschlichen Körper aus den Schatten, so auch der von Leroy Edward Creeves, der sich direkt vor mir in einen Menschen verwandelte.

„Das Flucht nicht immer die Lösung ist, solltest du langsam gemerkt haben." Mit jedem Wort, dass er sprach, wurde auch die unantastbare Kälte stärker, die von seinem verlaufenden Körper ausging. „Von dem Tag an, an dem ich erfahren habe, dass mein Leben von deinem abhängt, habe ich dich beobachtet. Ich habe deinen zukünftigen Vater auf mein Schiff geholt, um auch ihn zu beobachten. Um sicher zu gehen, dass alles so geschieht, wie es nun geschehen ist. Alles hat seine Gründe, Lucy. Dein Leben hat mich schon immer an meines erinnert. Niemand, der für mich da war, niemand, der sich dafür interessierte, wie es mir ging und niemand, für den ich etwas Gutes tun konnte. Ich biete dir deshalb einen Handel an, der deinen Tod nicht ändert, aber das Gefühl, was du haben wist, bevor du stirbst. Du gibst mir das Buch der verlorenen Seelen und dafür lasse ich deinen Vater gehen. Deine Seele ist

es nicht wert, sie in meinen Handel miteinzubeziehen, denn du bist schon dort, wo ich dich haben will."
Creeves trat einige Schritte zurück und drehte Oliver, der auf dem Bauch gelegen hatte, mit dem Fuß um.
Ein Gefühl von Übelkeit stieg in mir hoch, als ich sah, dass sein Gesicht zu verlaufen schien wie Wasserfarbe.
Sein Gesichtsausdruck war schmerzverzerrt und doch bewegte er sich nicht, so, als wären seine Bewegungen eingefroren.
Mein Blick schnellte verzweifelt zu Narius und Phönix, aber in ihren Gesichtern regte sich ebenfalls nichts. Die Entscheidung lag einzig und allein bei mir. Hätte es Phönix, Narius, meinen Großvater und die Bewohner von Aquanta nie gegeben, wäre ich sofort auf Creeves' Angebot eingegangen, aber jetzt hing das Schicksal aller nur von mir ab.

„Du wirst das Buch nicht bekommen." Ich schluckte die Tränen herunter, die mir in die Augen schossen.
„Ich spüre, dass die Vergangenheit des Schattens vor mir das Wesen beeinflusst hat, das daraus geworden ist. Das dahinter eines Tages jemand anderes war, verletzt und innerlich zerbrochen. Aber selbst das kann niemals rechtfertigen, das Leben anderer Menschen in einer solchen Weise zu verändern, nur aus Neid darauf, weil es ihnen besser geht. Ich habe immer und werde meine Entscheidungen immer mit dem Herzen machen, aber wenn mein Verstand nicht in meine Entscheidungen mit einfließt, werde ich immer die Falschen treffen." Ich erkannte sofort, dass Creeves mit dieser Antwort nicht gerechnet hatte, aber er fing sich schnell wieder.

„Die Auserwählte", murmelte er und ein kaum deutbares Lächeln wanderte über seine verblassten Lippen. „Entscheidet sich für den Tod ihres eigenen Vaters. Aber nun gut, das wird er dir verzeihen können." Mein Herz brannte tief in meiner Brust. Ich hatte meinem eigenen Vater das Schicksal zugeteilt, dass er bald sterben würde. Meine Tränen liefen in kalten, nassen

Strömen über meine Wangen und tropften auf das Buch, das ich fest in meinen Händen hielt.

„Gib es mir." Creeves streckte seine Hand nach dem ledernen Buch aus und sah mir direkt in die Augen. Aber ich schüttelte den Kopf, ohne genau zu wissen, warum ich es tat.

„Nein“, sagte ich, ohne auch nur eine Miene zu verziehen. „Ich werde es dir nicht geben, auch, wenn es die letzte Entscheidung ist, die ich in meinem Leben treffen muss.“
Creeves schüttelte lächelnd den Kopf und bewegte seinen Arm in Richtung des Buches, das ich immer fester an meinen Körper drückte. Da geschah etwas Merkwürdiges.
Das Buch fühlte sich mit einem Mal ganz seltsam an, ein leises Zittern fuhr durch die vergilbten Pergamentseiten und der Buchdeckel klappte hoch. Eine Seite nach der anderen wurde wie von Geisterhand umgeschlagen, bis sich das Papier wieder legte und eine Doppelseite aufgeschlagen liegen blieb.

„*Die Prophezeiung von Aquanta*“ stand dort in kleinen, in Tinte geschriebenen Worten.

„Das Rätsel, das niemand lösen kann, ohne sich selbst zu verlieren, liegt in der Einfachheit, dass es gleichzeitig alles und doch auch nichts bedeutet. Auch wenn du es in dir trägst, mag es auf einer anderen Seite sein, und um dem Schicksal zu entrinnen, musst du herausfinden, zu welcher Seite du wirklich gehörst.“

Ich las die Worte mehrmals und konnte sie trotzdem nicht verstehen, nicht, weil die Schrift unlesbar oder verlaufen war, sondern weil das, was dort stand, keinen Sinn ergab.
Nie würde ich anzweifeln, auf welcher Seite ich stand, aber vielleicht meinte der Schreiber des Buches damit auch etwas ganz anderes. Vielleicht war es meine Gabe, die sich für eine Seite entscheiden musste, und wenn sie die falsche Wahl traf, würde mein vor langer Zeit prophezeites Schicksal eintreten.

Niemand sprach. Das Buch lag nun ruhig in meinen Händen und Creeves nahm es mir ab, ohne, dass ich mich dagegegen wehrte. In mir hatte sich das Gefühl geregt, dass ein Schicksal ein Schicksal bleiben sollte und das man es nicht verändern konnte, egal, wie sehr man es wollte.

„Lucy." Narius heißere Stimme ertönte neben mir. „Ich weiß jetzt, was es mit der Prophezeiung der Vier auf sich hat." Langsam wandte ich mich von Leroy Edward Creeves ab, der das Buch hastig durchblätterte, so, als suchte er nach etwas bestimmten. Narius starrte mich für einen Augenblick mit einem undefinierbaren, leeren Gesichtsausdruck an und räusperte sich dann erneut. „Die Lösung des Rätsels liegt in den Augen aus Tinte und Eis. Lucy. Es sind die Augen von Leroy Edward Creeves. Die Augen, die in Wirklichkeit keine sind..."

Kapitel 32: Die Prophezeiung von Aquanta

„Was meinst du?“, fragte ich und sah dem alten Mann direkt an, dass ihn das, was er gerade gesagt hatte, viel Kraft gekostet hatte.

„Augen. Creeves, er ist das Buch. Er ist die Tinte, mit der das Buch geschrieben wurde und deswegen ist es das Buch, das dein Schicksal entscheiden wird. Du bist Teil davon und dieses Werk, dieser literarische Band, hat die Fähigkeit zu denken und zu entscheiden, welcher Seite es helfen wird. Der Bund der Vier, Phönix, Flora, du und ich; wir sind alle eingeschrieben in den Zeilen und unsere Gaben sind alleine von der Entscheidung des Buches abhängig.“

„Aber... Flora ist doch tot“, brachte ich mit zitternder Stimme hervor. „Ihr Tod muss doch dann bedeuten, dass ein Teil des Buches ausgelöscht wurde.“

„Genauso ist es.“ Creeves blätterte mit seinen knochigen, bleichen Fingern durch die Seiten und hielt kurz inne, damit ich es sehen konnte. Die aufgeschlagene Seite war blank, aber ich war mir sicher, dass dort zuvor Worte gewesen waren. Mein Blick wanderte weiter zu Creeves finsteren, tintenfarbenen Augen und ich verstand es.

„Durch ihre Gabe hatte sie eine besondere Intuition, wie bestimmte Situationen ausgehen und konnte deuten, was sie für die beteiligten Personen bedeuten“, flüsterte ich. „Wenn unsere Gaben im Buch vertreten sind wie einzelne Kapitel, die bis in die Realität verankert sind...“

„Wenn sich das Buch für unsere Seite entscheidet, wird

Creeves sterben“, nickte Narius. „Aber wenn es sich für seine Seite entscheidet, wird er alle unsere Gaben, die im Buch verewigt sind, an sich reißen, da das Buch dann ein Teil von ihm wird. Unsere Kapitel würden ausgelöscht werden. Unser Tod wäre erst der Anfang.“

„Und der Ring?“ Meine Frage hallte leise über die Lichtung und wurde von allen Seiten zurückgeworfen, während der Wind um uns herum immer stärker und kälter wurde. Creeves entwich ein verächtliches Schnauben.

„Er ist ein alter, magischer Gegenstand, der es einem ermöglicht, Zeitrisse zu entfachen. Erst durch ihn war es mir möglich, den Fluch zur richtigen Zeit über Aquanta zu legen.“

„Warum verrätst du uns das alles?“, fragte ich und spürte, wie meine Stimme in meinem Hals stecken blieb, während Creeves stumm in den Himmel starrte, über den dichte, schwarze Gewitterwolken zogen.

„Verrat geht nur von Lebenden aus. Nach eurem Tod wird sich niemand mehr an euch erinnern und alles, was ihr in euren letzten Minuten erfahrt, wird für die Nachwelt ein Geheimnis bleiben.“ Creeves hob seine Hand und streckte sie nach den Wolken aus, die eine immer schwerere Last und Finsternis über die Lichtung warfen. Der Himmel verdunkelte sich und für einen Moment war ich mir sicher, dass wir uns in einer Art Zeitraffer befinden mussten. Innerhalb von wenigen Sekunden war die Sonne hinter dem Horizont verschwunden und den finsteren Wolken gewichen, die sich tief und erdrückend über uns legten. Es konnte nicht später als 16 Uhr sein, aber mein Gefühl, dass es in Wirklichkeit schon viel später war, schien von allem um uns herum bestätigt zu werden.

„Jetzt liegt die Entscheidung nicht mehr bei uns“, sagte Phönix und reckte seinen majestätischen Körper, der wie eine einzelne schwarze Flamme in der plötzlichen Dunkelheit erschien. „Wir sind gemeinsam diesen Weg gegangen und ob er jetzt aufhört oder weitergeht, liegt nicht mehr in unserer Macht." Eine geisterhafte Stille breitete sich aus und man hörte nur noch den Wind, der durch die vertrockneten Gräser wehte und ein leises Rauschen und Rascheln verursachte. Wir standen da wie zu einem Schwur bereit, Phönix, Narius und ich nur wenige Meter entfernt von Creeves und den Inkeyes, die stumm hinter dessem Rücken warteten. So wie wir. Creeves reckte den Arm in den Himmel, an dessen Ringfinger der Ring steckte, den ich schon seit Tagen in meinen Träumen gesehen hatte. Und dann geschah es. Ein Blitz, so grell, dass ich mir die Hand vor meine Augen halten musste, um nicht geblendet zu werden, durchriss den Himmel und traf auf den milchig weißen Stein des Rings. Die Verbindung hatte eine solche Kraft, dass sogar ich die prickelnde Spannung wahrnehmen konnte, die vom Blitz ausging.

„Schau, dort oben!", stieß Phönix hervor, dessen Nackenhaare sich unruhig aufgestellt hatten und sprang auf meine Schulter. „Die Zeitkuppel..." Es war so, wie ich sie mir nach der Erzählung von Charles vorgestellt hatte.
Vom oberen Ende des Blitzes, dessen Ursprung in den schwarzen Schattenwolken verlief, breitete sich eine Kuppel aus elfenbeinweißem Licht aus, dass den Himmel durchbrach, als bestünde er aus schwarzem Glas. Die Lichtbänder wurden dunkler und falteten sich immer weiter aus, bis sie schließlich aus meinem Sichtfeld verschwanden. Riesige, turmalinfarbene Wasserfontänen schossen in den Himmel und obwohl wir mehrere hundert Meter von den Stränden Aquantas entfernt waren, konnte ich das Brausen des Wassers hören, als die Kuppel durch das Wasser brach.

„Was geschieht jetzt?", rief ich über das gewaltige Rauschen des Meeres hinweg, das alles andere um uns herum übertönte. Es war beinahe so, als befänden wir uns immer noch auf dem geheimnisvollen Schiff der Inkeyes, das inmitten des tosenden

Sturms über das Meer gesegelt war, während Phönix und ich uns durch die hunderten schmalen Gänge und Räume gearbeitet hatten.

„Vor 11 Jahren habe ich die Zeitkuppel über Aquanta gelegt“, erwiderte Creeves, über dessen Gesicht ein kaltes, siegessicheres Lachen zuckte. „Und der Beginn des zwölften Jahres ist zugleich der Beginn einer neuen Ära, die von den ältesten Wesen der Meere prophezeit wurden.“

Die Verzweiflung, die sich eben noch in mir geregt hatte, verwandelte sich in eine plötzliche Gewissheit, was ich tun musste. Ich nahm das Buch, dass Creeves neben sich auf den Boden gelegt hatte und blätterte hastig durch die Seiten. Als er mich bemerkte, streckte er wortlos seine Hand danach aus und seine schimmernden Augen flackerten mich drohend an. Ich drehte mich zu Narius und Phönix und nickte ihnen hilfesuchend zu, während Creeves den Blick nicht von dem Buch löste, dass ich mit immer größerer Hektik durchblätterte.

„Verstanden“, sagte Phönix. „Beeil dich, Lucy. Jetzt hängt alles von dir ab.“ Mit klopfendem Herzen wandte ich mich von den anderen ab und stürmte orientierungslos in die Finsternis. Hinter meinem Rücken hörte ich hunderte von hallenden Stimmen und spürte die drückende Kälte der Inkeyes, die mich auf einmal von überall einkreisten. Ich suchte eine Seite, die mir in meinen Träumen schon so oft begegnet war. Genauer die Seite, auf der die rätselhaften Hinweise gewesen waren, die zum innersten Kern der Prophezeiung führten. Meine Augen flogen über die verschnörkelten Buchstaben und ich verstand mit einem Mal, was zu tun war.

„Nur der, der auch Opfer bringt, kann siegen. Der Anfang vom Ende ist zugleich das einzige, was einen noch vom Sieg des Kampfes trennt, der dann gewonnen ist, wenn die Entscheidung auf der eigenen Seite liegt.“ Nach all dem, was ich in den vergangenen Tagen erlebt und gehört hatte, war ich mir sicher, dass diese Aussage nur eines bedeuten konnte. Ich musste dem Schattenwesen meine Seele von mir selbst aus überliefern, um ein Teil von ihm zu sein. Denn wenn ich zu ihm gehörte, konnte das Buch keine Entscheidung mehr treffen, die nur für ihn von Vorteil war. Das Buch glitt aus meinen Händen und fiel dumpf in die von Raureif bedeckten Farngräser, wo es regungslos liegen blieb. Ich kehrte wieder zu den anderen zurück und blieb neben Phönix stehen, der Creeves mit zusammengezogenen Augenbrauen musterte.

„Was hast du vor?“, zischte er. „Nach was hast du im Buch gesucht?“

„Ich habe nichts gesucht, ich habe es schon längst vorher gefunden.“ Ein trauriges Lächeln entwich mir und ich ging in die Hocke, um über Phönix’ seidiges Fell zu streichen. „Wenn ich nicht mehr zurückkomme, versprichst du mir dann, dass du der Kater bleibst, der du bist? Es gibt nichts Schöneres, als dich als Freund zu haben, Phönix.“ Ich stand wieder auf und wandte mich Creeves zu.

„Du hast die richtige Entscheidung getroffen“, sagte er und mir lief ein eiskalter Schauer über den Rücken, nicht aus Angst, sondern aus blankem Hass, der sich gegen das Wesen richtete, das direkt vor mir stand. Creeves schemenhafte Gestalt verlief und verwandelte sich wieder in den Inkeye, wodurch der elektrisierende Lichtstrahl zwischen dem Ring und den Wolken noch immer nicht abbrach. Dessen schattenhafte Silhouette bestand aus feinen, nebelartigen Fäden, die ihre Enden nach mir ausstreckten und sich um meine Arme wickelten. Mein Bewusstsein schwand von Sekunde zu Sekunde, während in meinem Körper ein Feuer aus Eis entfacht wurde, das sich bis in meinen Kopf ausbreitete und meine Gedanken in Asche zerfallen ließ.
In meinem Hinterkopf dröhnten verzweifelte Rufe und ein lautes Pochen, aber ich bewegte mich nicht und ließ mich von

der Kälte überwältigen, die wie eine Welle aus Eiswasser durch meinen Körper schwappte. Für einen kurzen Augenblick erhaschte ich das aufgeschlagene Buch, dass jetzt nur noch wenige Meter von mir entfernt im Gras lag. Ich streckte meine zitternde Hand danach aus, fuhr mit den Fingerkuppen über die rauen Seiten und schloss die Augen wieder, während ich tiefer und tiefer in mir selbst versank.

„Lucy, du schaffst es." Phönix Stimme schlich sich leise in meinen Kopf und ich dachte mit aller Kraft an den Kater, den ich in so kurzer Zeit so lieb gewonnen hatte. Er durfte nicht sterben, genauso wie alle anderen, deren Schicksal von mir abhing. Überwältigt von Trauer, Wut und einem warmen Gefühl von Liebe, das die Kälte mit einem Mal verschwinden ließ, atmete ich tief ein und schlug die Augen wieder auf.

Ich lag am Boden, der Inkeye hatte sich von mir gelöst und wirbelte wie ein Sturm in sich selbst. Ohne zu überlegen, rollte ich mich zur Seite und griff nach dem Buch, das urplötzlich neben mir lag.

„Bitte...", flüsterte ich und blätterte durch die Seiten.

„Es ist mir egal, ob ich dafür sterben muss, aber bitte entscheide dich für die Seite, durch die alle anderen am Leben bleiben. Die Bewohner von Aquanta, Narius, Phönix, Oliver und seine Mannschaft haben es verdient zu leben...bitte." Meine Stimme erstarb in einem Schluchzen. Tränen liefen über mein Gesicht und tropften auf die Buchseiten, auf denen dunkle Flecken zurückblieben.

„Es gibt schlimmeres als den Tod, vor dem wir uns alle fürchten". Floras Worte kamen mir in den Sinn und ich wusste, dass sie Recht hatte. Selbst, wenn Oliver nicht mehr lebte, würde ich immer alles für die geben, die ich liebte.

Da geschah etwas Unerwartetes, beinahe schon magisches. Die schwarzen, in Tinte verfassten Worte zerliefen ineinander, wie vorhin in der Höhle, als sich Phönix aus den Seiten des Buches gelöst hatte. Eine Seite nach der anderen wurde umgeschlagen und die Tinte, deren Farbe der von Creeves Augen bis auf die kleinste Farbnuance glich, löste sich vom Papier und bildete zusammen eine Kugel aus schwarzem Licht, das sich langsam zur Gestalt des Inkeye bewegte. Als die schleierhaften Fäden des Schattenwesens in Berührung mit der Kugel kamen, fuhr ein merkwürdiges Zittern durch den Inkeye, der jetzt abwechselnd zwischen seiner eigentlichen Gestalt und der meines Körpers wechselte. Ich stolperte einige Schritte zurück und duckte mich auf den Boden, während aus den beiden Gestalten eine einzige wurde, die in einem Wirbel aus schwarzem Licht über die Erde stob. Dann, langsam, als geschähe alles in Zeitlupe, wurde die Gestalt immer kleiner und war bald ein Meer aus flüssiger, schwarzer Tinte, die hoch in den Himmel stieg und wieder größer wurde, bis sie schließlich in tausende Tropfen zerbarst. Ein Gefühl von Schwindel regte sich in meinem Kopf und das Bild verschwamm vor meinen Augen, während die schwarzen Tropfen wie Regen durch die eisige Winterluft segelten. Das letzte, an was ich mich erinnern konnte, war eine Stimme, die sich zum letzten Mal für eine lange Zeit in meine Gedanken schlich.

„Wir werden uns wiedersehen, egal ob in der Zukunft oder Vergangenheit. Aber das, was hier und jetzt geschehen ist, wirst du niemals ändern können, Lucy Silverstone."

„Lucy." Ich stöhnte leise und spürte die Schmerzen in meinem Rücken und in meinen Händen, die sich anfühlten, als würden kiloschwere Gewichte an ihnen hängen. „Es ist vorbei."
Die Stimme wurde in meinem Kopf lauter und ich öffnete erschöpft die Augen. Phönix stand neben mir, seinen Kopf hatte er eng an meine Seite gedrückt und sein Fell zitterte unruhig, während ich mich langsam aufrappelte. Wir lagen im zerdrückten, trockenen Farn der Lichtung und von Creeves und den Inkeyes war weit und breit nichts zu sehen. Mein Blick schnellte nach oben in den Himmel. Die Zeitkuppel war gebrochen und zog sich langsam in den Ozean zurück, dessen seichtes Rauschen wie eine längst verklungene Melodie durch meine Gedanken strich. In der Luft über uns tanzten hunderte, vielleicht sogar tausende tintenfarbene Tropfen, in denen sich das goldene Licht der Abendsonne spiegelte. Das Buch lag aufgeschlagen neben mir. „Sind das?"

„Die verlorenen Seelen", nickte Phönix, der meinen Blick aufgefangen hatte. „Jeder Tropfen ist eine Seele, die aus den Seiten des Buches befreit wurde. Creeves und die Inkeyes sind mit ihnen verschwunden, was bedeuten muss, dass sie nicht mehr am Leben sind."

„Aber... Wie werden sie wieder zu Menschen?"
Ich arbeitete mich mühsam aus dem Gras und schritt über die Lichtung, die sich nach der schier endlosen Finsternis wieder aufgehellt hatte. Zwischen den hohen, ockerbraunen Gräsern, die beim Laufen an meinen Armen vorbei strichen, lag eine zusammengerollte Gestalt.

„Oliver!" Ich ließ mich auf den Boden direkt neben meinen Vater fallen, dessen Gesicht halb in der trockenen Erde versunken war. Meine Finger zitterten, als ich seinen Kopf vorsichtig zur Seite drehte. Seine Augen waren leer, seine Haut bleich wie vergilbtes Papier und sein Gesicht war kalt, als wenn alles Leben daraus gewichen wäre.

„Nein, bitte nicht..." Ich schluchzte verzweifelt und strich über seine Stirn, die in tiefe Falten gelegt war. Phönix drückte seinen Kopf an Olivers Arm.

„Ich kann nichts spüren", miaute er und legte seine Tatze auf Olivers Handgelenk. „Ich höre seinen Herzschlag nicht."

„Er ist nicht mehr auf dieser Welt." Narius Sealberg stand auf einmal direkt neben mir, seine wirren Haare fielen ihm bis in seine traurigen, erdbraunen Augen. „Menschen sind wie Pflanzen, die sterben, wenn sich niemand um sie kümmert. Wenn ich das so sagen darf, war ich mir schon länger sicher, dass Oliver sich seiner Schwäche bewusst war. Er hat immer weiter gekämpft und seine letzten Kräfte genommen, um die Person zu schützen, die ihm in seinem Leben am wichtigsten ist. Dich, Lucy Silverstone."

Fassungslos starrte ich in Olivers saphirblaue Augen, deren Wärme verschwunden war.

„Ich...habe ihn..."

„Nein, du hast ihn nicht umgebracht", sagte Phönix traurig und schmiegte sich eng an Olivers Körper, der wie versteinert im Gras lag. „Er hat sich für das geopfert, was er für richtig hält. Du trägst keine Schuld, Lucy." Mein Kopf zersprang fast von den Gefühlen, die in mir hochstiegen und doch verstand ich sofort, was Narius meinte.

„Warum...warum hat er nie etwas gesagt?", brachte ich unter Tränen hervor und ließ mich neben Oliver ins Gras fallen, um so nah wie möglich bei ihm zu sein.

„Er wollte dich beschützen", sagte Narius und ging ebenfalls in die Hocke. „Deine Sorgen wären noch größer geworden, wenn du gewusst hättest, dass es ihm nicht gut geht. Und ohne dich wären so viele Menschen gestorben, so viele Leben zerstört worden und du selbst wärst daran zerbrochen."

Ich wusste tief in meinem Inneren, dass meine Entscheidung, Creeves das Buch nicht zu überreichen, richtig gewesen war, aber dennoch plagten mich Schuldgefühle, die ich nie loswerden würde. Ich legte meinen Kopf auf Olivers Brust und lauschte, hoffte beinahe schon darauf, dass sein Herz wieder anfangen würde zu schlagen. Aber bis auf das leise Pfeifen des Windes konnte ich nichts hören. Da spürte ich einen kalten Tropfen in meinem Nacken und hob den Kopf. Um uns herum flogen die tintenfarbenen Tropfen durch die Luft, die sich aus dem Inkeye und den Worten des Buches gebildet hatten. Einer nach dem anderen fielen sie zu Boden und nach wenigen Sekunden war aus der Wiese ein Meer aus Tinte und Eis geworden, das sich in Form von kleinen Frostkristallen an den hohen Farnen hochrankte. Und dann geschah etwas, was mich für einen kurzen Augenblick alles vergessen ließ und in einen Bann zog, der mir heiße Schauer durch den Körper jagte. Aus der flüssigen Tinte stiegen hunderte von blassen, menschenartigen Gestalten empor, die immer deutlicher wurden, je länger ich sie betrachtete. Frauen in altmodischen Leinenkleidern, Männer mit ledernen Schuhen und plumpen Stoffhosen, die ihnen weit über die Hüfte reichten, Kinder, die wie halb sichtbare Geister über die Lichtung stoben, Katzen mit hübschen, goldenen Halsbändern und Hunde mit langen Segelohren. Die Bewohner von Aquanta, egal ob Mensch oder Tier, standen alle beisammen und ich konnte das Gefühl nicht in Worte fassen, das ich in diesem Moment wahrnahm.

„Du hast sie gerettet", staunte Phönix ehrfürchtig und in seinen verweinten Augen regte sich ein kleiner Hoffnungsschimmer. „11 Jahre lang lag ein Fluch über Aquanta. Und jetzt ist alles vorbei." Über mein Gesicht strömten Tränen aus Trauer und Glück und ich wusste gar nicht mehr, was ich noch fühlen oder denken sollte. Die Menschen vor uns rappelten sich langsam auf und sahen einander erstaunt an, als hätten sie noch nie etwas Vergleichbares gesehen. Ein kleines Mädchen mit langen, schwarzen Haaren rannte über die Wiese und fiel ihrer Mutter in die Arme, die zitternd im nassen Gras saß.

„Ich habe dich vermisst“, sagte sie und vergrub ihre kleinen Fäuste in den Haaren ihrer Mutter. „Ist jetzt alles vorbei?“

„Ja.“ Die Mutter stand auf und drückte ihr Kind fest an sich. „Jetzt ist alles vorbei.“ Auch die anderen Bewohner Aquantas fielen sich verwirrt in die Arme, redeten und weinten und während ich all die glücklichen Familien dabei beobachtete, wie sie sich gemeinsam auf den Weg in die Stadt machten, liefen Tränen über mein Gesicht. Eine Gruppe von Kindern tobte zwischen den Beinen der Eltern und das fröhliche Gelächter pochte leise in meinem Kopf, sodass ich für einen Moment das Gefühl von Zeit verlor.

„Ihre Zeit als Tierwesen ist vorbei“, sagte Narius auf einmal. „Meint ihr, wir sollten uns ihnen anschließen?“

„Ich weiß nicht.“ Mein Blick wanderte über die Menschen und Tiere, die nach und nach von der Lichtung strömten und hinter den hohen Tannen verschwanden. Ihre Gespräche mischten sich mit dem leisen Rauschen des Windes, das die feinen, silbernen Strähnen in Olivers Gesicht aufwirbeln ließ, so, als würde sein Körper noch ein letztes Mal zum Leben erwecken. Aber dennoch war er tot, und die Stimme, die eben durch meinen Kopf gehallt war, hatte Recht. Das, was passiert war, konnte ich nicht rückgängig machen, aber das, was erst kam, lag in meiner Hand.

„Eigentlich dürfen sie uns nicht kennen. Wäre es nicht besser, wenn sie einfach so weiterleben wie damals? Es ist nur ein Gefühl...“

„Ich kann dich verstehen“, erwiderte Narius und folgte mit den Augen den letzten Kindern, die hinter den Hunden her über die Wiese rannten. „Wisst ihr, ich habe das Gefühl, dass das hier noch nicht das Ende ist.“ Als er unsere fragenden Blicke sah, senkte er nachdenklich den Blick.

„Die Inkeyes sind vielleicht verschwunden, aber wer sagt uns, dass sie wirklich weg sind. Was, wenn sie in der Zukunft wieder auftauchen?“ Phönix räusperte sich.

„Wir sollten uns keine Gedanken über die Zukunft machen. Sie kommt früh genug und wenn es soweit ist, werden wir merken, ob unsere Sorgen berechtigt waren.“

Für einige Sekunden standen wir einfach nur da. Der Wind strich sanft über meine Haut und ließ warme Schauer über meinen Körper streichen, während die Sonne hinter dem Horizont verschwand. Die letzten goldenen Lichtstrahlen wanderten über die Lichtung und fielen in unsere Gesichter, die tränenüberströmt und gerötet waren.

„Wie konnte das alles passieren“, flüsterte ich und erneut liefen Tränen über mein Gesicht, während sich Phönix auf Olivers Bauch niederließ und seinen Kopf gegen dessen blasses Gesicht drückte. „Wer weiß das schon.“ Narius und blickte starr auf die Stadt Aquantas herab, die jetzt in völliger Dunkelheit unter uns lag. Es war beinahe so, als wäre ein Meer aus Tinte durch die engen Straße und alten Gassen gerollt und hätte alles unter sich begraben.

„Die Zeit hält so manche Geheimnisse bereit“, fuhr Narius fort. „Und dies ist vielleicht eines der größten.“

„Gibt es mich in der Zukunft?“ Endlich konnte ich die Frage stellen, die mir schon seit Minuten auf den Lippen gelegen hatte.

„Wenn Oliver damals nicht von Creeves in die Zukunft geschickt wird, wird er meine Mutter doch niemals kennenlernen, oder?“ Narius wickelte sich nachdenklich eine graue Locke um den Finger. „Man kann die Zukunft nicht verändern. Ich weiß, dass ist alles schwer zu begreifen und zu verstehen, aber das, was in der Zukunft bereits geschehen ist, lässt sich nicht mehr ändern. Eigentlich macht es keinen Sinn und ich kann verstehen, warum du dir diese Frage stellst.

Wir haben die Inkeyes besiegt und so dürfte eigentlich nichts mehr passieren. Dein Vater würde nie in die Zukunft gelangen und deine Mutter kennenlerne. Aber die Zeit auf Aquanta läuft nicht weiter. Es ist immer das gleiche Jahr, aber in jedem geschieht etwas anderes. Dein Vater ist also schon vor 12 Jahren in die Zukunft gereist und nichts, was jetzt geschieht, auch sein Tod, ändert etwas daran." In meinem Kopf wirbelten die Gedanken umher und ich hatte das Gefühl, als würde er gleich unter der Last von all dem, was Narius gerade gesagt hatte, zerbrechen.

„Sagen wir es mal so, egal was passiert, das Schicksal führt Menschen immer zusammen, egal, auf welche Art und Weise."

„Du meinst..." Narius nickte. „Du wurdest geboren, Lucy Silverstone. Und alles, was sich durch uns in der Zukunft verändert hat, ändert doch auch nichts daran. Dein Vater bleibt verschwunden und deine Mutter wird nie wissen, was alles in der Vergangenheit geschehen ist. Es ist für sie so, als wärst du nie hier gewesen. Na ja, was heißt hier? Wann."

Ich betrachtete die Gestalt meines Vaters, die langsam verblasste und nach einigen Sekunden ganz verschwunden war.

„Heißt das, das unsere ganze Reise umsonst war?", sagte ich tonlos und starrte auf den zerdrückten Grasflecken, auf dem Oliver eben noch gelegen hatte. „Ich bin damals losgezogen, um meinen Vater zu retten und zurück in die Zukunft zu bringen. Gemeinsam waren wir als blinde Passagiere auf einem Schiff, wir sind in eine andere Zeitepoche gereist, haben neue Orte entdeckt, Menschen und Tiere kennengelernt und es so weit geschafft.

Und doch werde ich mit leeren Händen nachhause zurückkehren. Es ist alles so, wie es vorher war."

Narius schüttelte den Kopf und Phönix, der unserem Gespräch in den letzten Minuten wortlos gefolgt war, seufzte leise.

„Ganz so ist es nicht", maunzte er und strich um meine

Beine, die von tiefen Schrammen zerkratzt waren.
„Unabhängig davon, was man tut, ändert jede Handlung und Nichthandlung im Leben die Zukunft. Gemeinsam haben wir das Leben vieler Menschen gerettet und Creeves daran gehindert, noch mächtiger zu werden. Ohne das alles, hätten wir uns niemals kennengelernt.“ Phönix drückte seinen Kopf vorsichtig in meine Handfläche. „Und wir haben auch etwas ganz anderes gelernt.“ Als er meinen fragenden Blick auffing, wurden Phönix Augen groß und Tränen tropften wie glitzernde Perlen auf meinen Arm. „Man kann niemals alle retten. Wir sind nur Menschen und Tiere, auch, wenn wir diese Gaben besitzen und auch wir haben haben zwei ganz besondere Menschen verloren, deren letzten Worte uns für immer im Gedächtnis bleiben werden.“ Phönix reckte sich und tapste einige Schritte weiter zum Abgrund der kleinen Klippe, die das Ende der Waldlichtung bildete.

„Leb wohl, Flora Coppersteen. Leb wohl, Oliver, ich werde nie vergessen, was du für mich getan hast.“
Ich trat neben den Kater und auch Narius, dessen Blick stumpf und leer geworden war, gesellte sich zu uns.

„Leb wohl, Flora“, setzte Narius an und in mir regte sich eine Vermutung, die ich schon lange gehabt hatte und die sich jetzt, mit einem mal, bestätigte. „Ich habe dich geliebt und ich wünschte, es wäre alles wie früher, aber selbst das lässt sich jetzt nicht mehr ändern. Du warst eine wundervolle Freundin und ich würde nichts lieber tun als dich wieder in meine Arme schließen zu können...“ Narius‘ Stimme verstummte und er nickte mir leise zu.

„Ich habe dich zwar erst vor wenigen Tagen zum ersten mal gesehen, aber seitdem bedeutest du mir alles“, sagte ich und starrte in den Himmel, weil ich nicht wusste, wohin ich meinen Blick sonst richten sollte. „Du hast dein Leben für uns alle geopfert. Es gibt nichts schlimmeres, als einen geliebten

Menschen wie dich zu verlieren, aber ich möchte genau so zuversichtlich in die Zukunft schauen wie du es immer getan hast und daran festhalten, was für einen tollen Vater ich habe. Du wirst nie in Vergessenheit geraten, Oliver."

33. Kapitel: Die Heimkehr

Es war kälter geworden und genauso kalt fühlte sich mein Herz an, dass wie leergefegt von Gefühlen war. Wir standen gemeinsam am Rand der Klippe und ich war mir sicher, dass auch die Blicke der anderen über die verlassene Stadt Aquantas wanderten, in der sich langsam Leben regte. Aus der Ferne konnte man nicht viel erkennen, aber die winzigen Gestalten, die wie Insekten durch die Straßen der Stadt huschten, waren ein gutes Zeichen. Hier und dort flackerte ein Licht auf, an anderen Stellen erklang in der Ferne Musik.

„Morgen ist Weinachten", sagte Phönix. „Du solltest bald aufbrechen, Lucy."

„Du...kommst nicht mit?" Phönix senkte den Kopf und wich meinen Blicken aus, während ich mich langsam aufrichtete. Für einen Moment brachte ich kein Wort heraus. Dann ging ich in die Hocke, nahm Phönix in den Arm und drückte meine Wange eng gegen sein weiches, nach Erde duftendes Fell.

„Danke für alles", flüsterte ich in sein spitzes Katzenohr und nahm seine Pfote. „Danke für deinen Humor und deine Witze, egal, was wir gemeinsam durchgestanden haben. Ich hoffe du findest hier dein Glück, Phönix." Ich verkniff mir die Tränen, die sich wieder in meinen Augen gesammelt hatten und stand auf, um Narius zu umarmen. „Danke für deine Hilfe. Ohne dich wären wir nie so weit gekommen." Über Narius Gesicht fuhr ein trauriges Lächeln.

„Ich muss mich bei dir bedanken, Lucy", sagte er und löste sich vorsichtig aus der Umarmung. „Dank dir konnte ich noch ein letztes Mal mit Flora auf eine Reise gehen, die unvergesslich bleiben wird, bis in alle Ewigkeit."

„Bis in alle Ewigkeit", wiederholte ich seine Worte leise und sah zwischen den beiden Freunden hin und her.
„Ich werde euch nicht vergessen. Wenn ihr Saraphir begegnet, oder meinem Großvater. Sagt ihnen, dass ich ihnen unendlich dankbar bin." Ich drehte mich um und blickte über die Lichtung, deren Ende zwischen den schneebedeckten Tannen verschwand. Dahinter, nur wenige hundert Meter von hier, lag das Meer.

„Ich sollte jetzt aufbrechen", sagte ich mit fester Stimme. „Auf Wiedersehen..." Ich hatte mich bereits umgedreht, als Phönix' Stimme über die Lichtung hallte.

„Ich weiß, wie es dir gerade geht. Aber es wird besser, glaub mir. Schau nicht hinter dich, sonst fällst du vielleicht über etwas, dass direkt vor dir liegt. Und ich komme mit dir." Überrascht blieb ich stehen.

„Ich dachte, du" stotterte ich und sah zu dem feuerfarbenen Kater herab, der mit gemächlichen Schritten zu mir herüberlief. „Warum..." Phönix sprang auf meine Schulter und leckte mir die Tränen aus dem Gesicht.

„Ich kann dich nicht alleine lassen. Ich werde ein Streuner bleiben, aber ein Streuner in deiner Zeit. Wenn du mich brauchst, werde ich immer für dich da sein."

„Danke", flüsterte ich ungläubig und drückte meine Nase in Phönix' duftendes Fell. Als ich mich umdrehte, um Narius zu winken, war der schon längst nicht mehr da. Aber sein warmes, trauriges Lächeln würde noch Tage, Wochen, vielleicht sogar für alle Zeiten in meinem Gedächtnis bleiben.
Während wir schweigend über die Lichtung stapften, regte sich in mir das Gefühl, dass alles, was in der letzten Woche geschehen war, gar nicht real sein konnte. Aber es war real und mit jedem Schritt, mit dem ich mich weiter vom Todesort

meines Vaters entfernte, fiel eine unendliche Last von meinen Schultern. Es war vorbei. Alles war vorbei. Und auch wenn wir der anderen Seite irgendwann wieder gegenüberstehen würden, so, wie es Narius und Flora prophezeit hatten, bis dahin war es hoffentlich noch lange hin. Hinter den Tannen tauchte der Ozean auf, hinter dem die Sonne eben untergegangen war. Am Horizont wartete sie auf uns.
Sie? Die andere Seite.

Epilog:

-Januar 2001-

„Wieder nichts. Wenn das so weiter geht, können wir bald in ein Antiquitätengeschäft einziehen." Phönix huschte durch die Tür des alten Antiquitätengeschäfts, die ihm Oliver aufhielt und rollte genervt mit den Augen. „Also wirklich, Oliver. Denkst du, der Ladenbesitzer nimmt dich ernst, wenn du ihn darum bittest, nach jahrhundertealten Meereskarten zu schauen, mit denen du über einen unbekannten Wasserstrudel recherchieren kannst?" Oliver musste grinsen und wollte dem Kater eine Antwort geben, als der schon wieder anfing zu sprechen. „Und das, weil du angeblich einen Vortrag für die Universität vorbereiten musst, über, ich zitiere, „Die unbekannten Phänomene des Ozeans"."

„Also erstens", unterbrach ihn Oliver und stopfte das schmuddelige, schwarze Notizbuch in seine Jackentasche, dass er in einer kostenlosen Bücherkiste vor dem Laden entdeckt hatte. „Erstens ist das, wie ich finde, ein äußerst logischer Grund und selbst wenn nicht, ich glaube, es fragt sich ohnehin niemand mehr etwas, wenn wir den Laden betreten."

„Lass mich raten, es liegt an mir?" Phönix rümpfte die Nase, als ihm ein kalter Wassertropfen von der Regenrinne auf die Schnauze fiel. Vielleicht lag es aber auch daran, dass er sich in seiner Persönlichkeit beleidigt fühlte, was, zumindest kam das Oliver so vor, nichts Seltenes war.

„Nun ja, Kater sind nun mal nicht die typischen Kunden von Antiquitätengeschäften", sagte Oliver und warf einen vorsichtigen Blick hinunter auf den Kater, der abrupt stehen geblieben war und ihn erwartungsvoll anstarrte.

„Schau mich doch nicht so an, Phönix. Man könnte meinen, ich hätte dir deinen Thunfisch stibitzt."

Phönix' Mimik hellte sich etwas auf, als er das Wort seines Lieblingsessens hörte und er konzentrierte sich wieder auf den Weg vor ihm, was gut war, weil er sonst beinahe in eine große Pfütze gelaufen wäre. Und wie Oliver ihn kannte, hätte das nicht nur das Ende des heutigen Stadtrundgangs bedeutet, sondern auch eine triefend nasse Jacke und Krallenspuren in seinem Pullover.

„Das erinnert mich daran, dass du mir noch Thunfisch kaufen wolltest", sagte Phönix tadelnd. „Und du selbst hast heute auch noch nichts gegessen. Dumm nur, dass man vom Bücher- und Kartenlesen nicht satt wird."

„Das stimmt wohl, Phönix." Ein trauriges Lächeln wanderte über Olivers Gesicht. „Ich wünschte auch, es wäre anders." Er kramte in seiner Jackentasche und zog ein paar Münzen hervor. „Ich habe noch genug Geld, um dir eine Büchse Thunfisch zu kaufen und mir… Vielleicht ein belegtes Sandwich."

„Warum gehen wir nicht einfach zu Grace?", fragte Phönix und übersprang geschickt eine weitere Pfütze. „Sie hat doch gesagt, dass wir immer zu ihr kommen können, wenn wir etwas brauchen. Aber seit dem Tag, an dem wir sie das erste Mal getroffen haben, haben wir sie nicht wiedergesehen. Warum?"

Ganz egal, wie sehr Oliver es wollte, er wusste, dass er sich nie dazu überwinden würde, bei Grace nach Essen oder Geld zu fragen. Alleine die Vorstellung, Grace anzubetteln, verursachte ein merkwürdiges Gefühl in ihm. Es war kein Gefühl, was er sich oder Phönix so einfach erklären konnte, aber es war schon seit jenem Tag im vergangenen Dezember da, an dem sie Grace kennengelernt hatten.

„Das macht man einfach nicht“, erwiderte er knapp und steuerte geradewegs auf den kleinen Supermarkt auf der anderen Straßenseite zu, der, wie immer zu dieser Uhrzeit, sehr stark besucht war. „Bleibst du bitte kurz draußen? Nicht, dass du unter den ganzen Menschen noch untergehst.“
Schon war der junge Mann im altmodischen Mantel, den er wie fast alles, was er besaß, umsonst bekommen hatte, im Getümmel verschwunden. Phönix seufzte tief in sich hinein und rollte sich auf dem Boden zusammen. Mal wieder fragte er sich, warum Oliver alles komplizierter machte als es ohnehin schon war. Grace wollte ihm doch nur helfen…

Eiskalte Regentropfen rannen über Phönix' Fell und er schlug die Augen auf, die ihm, und das war nach diesem langen Tag wirklich nicht verwunderlich, wie von selbst zugefallen waren. Er lag noch immer vor dem Eingang des Supermarktes und als er um die Ecke spitzte, konnte er Olivers langes, braunes Haar hinter dem Gesicht einer anderen Kundin erkennen. Er stand in einer langen Warteschlange und knetete unruhig das eingepackte Sandwich in seinen Händen, was vielleicht für seinen Stressablass gut war, aber vermutlich eher weniger für das Sandwich. Phönix drängte sich dichter an das Schaufenster des kleinen Ladens, um dem starken Regen auszuweichen, der von Minute zu Minute zugenommen hatte und beobachtete die Menschen, die neben Oliver in der Warteschlange standen. Manche hatten es eilig und traten nervös von einem Fuß auf den anderen, während ihr Getränk oder Snack über das Kassenband transportiert wurden. Obwohl Phönix fand, dass man es eigentlich schon fast nicht Transport nennen konnte. Transport hatte meistens nichts damit zu tun, dass sich die Waren bereits derartig auf dem Band auftürmten, dass gelegentlich Produkte vom Rand abstürzten und auf dem Boden landeten.

Ein paar andere Leute schienen es nicht so eilig zu haben und hielten ihren Einkauf geduldig in den Händen, um sich vor der Gefahr zu schützen, dass sich ihr Essen zu der ausgelaufenen Saftflasche auf dem Boden gesellte.
Manche Leute waren fröhlich und gut gelaunt, andere schauten drein, als wären gerade sieben Wochen Regenwetter verkündet worden. Was Phönix verstehen konnte, denn der Wind schlug den Regen in sein Gesicht und scherte sich wenig darum, dass der Kater sich eng an die Glaswand des Ladens gedrückt hatte.

„Na du." Endlich. Oliver war neben ihm aus der Tür getreten und verstaute den kleinen Einkauf sorgsam in seinem Rucksack. „Oh, verstehe, es hat wieder angefangen zu regnen. Puh, schau dir mal diese finsteren Wolken an. Wir sollten uns beeilen, nachhause zu kommen." Er öffnete den Rucksack ein Stückchen weiter und hob ihn zu Phönix herüber. „Genug Platz für eure Hoheit", meinte er schmunzelnd. „Nicht, dass Ihr seidenes Fell von unansehnlichen Wassertropfen benetzt wird."

„Jaja, tu dir bloß keinen Zwang an." Phönix sprang mit einem wackligen Hopser in den Rucksack und zog den Kopf ein. „Ich bin hier nicht der, der aus einem Jahrhundert stammt, in dem man noch keine Grammatik beherrscht hat."
Oliver schulterte den Rucksack und trat den Rückweg mit langsamen Schritten an, während der Regen weiter durch die frostige Winterluft stob. Er fror unter dem dünnen Wintermantel, den er vor wenigen Wochen bei einem Flohmarkt geschenkt bekommen hatte, aber er war glücklich darüber, dass er jetzt überhaupt etwas hatte, was ihn wärmte. Und auf seinem Rücken konnte er immer Phönix' warmen Körper spüren, der sich eng an ihn drückte.

„Danke, Phönix", murmelte er vor sich hin und war überrascht, als der Kater ihm antwortete. Er war sich für einen Augenblick gar nicht mehr sicher gewesen, ob er die beiden Worte wirklich ausgesprochen, oder nur gedacht hatte.

„Gern geschehen“, flötete der Kater. „Auch, wenn ich nicht weiß für was, aber du sagst ja immer: Wenn sich jemand bedankt, muss man „Gern geschehen“ sagen, also so quasi als Dank dafür, dass sich die andere Person bedankt hat. Irgendwie komisch.“ Oliver schwieg. Er schätzte die Gesellschaft des Katers so sehr, dass er sich nicht vorstellen konnte, jemals wieder ohne Phönix durch die geheimnisvollen Gassen Londons zu streunen und jeden Tag etwas neues zu erleben. Auch, wenn es nur das Lesen von hunderten Büchern war, die sie jeden Tag gemeinsam in Antiquariaten und Buchhandlungen durchstöberten.

„The truth lies in the eyes of dark ink and ice“, stimmte er schließlich das Lied an, was ihm seine Mutter früher immer vorgesungen hatte. Phönix schob seinen Kopf ein Stückchen aus dem Rucksack.

„They play with your life like you play with dice“, fuhr er fort und wippte im Rhythmus seines eigenen Gesangs hin und her.

„The riddle to solve, might… Phönix, würdest du eventuell aufhören, so zu schaukeln, sonst landen wir gleich beide in einer Pfütze.“ Oliver wankte für einen Moment auf der Stelle und fing sich dann wieder, als Phönix seine Bewegungseinlage beendete und stattdessen weiter das Lied vor sich hin trällerte.

„Might even involve, the loss of your soul alone… Du, Oliver?“

„Ja?“

„Was wäre, wenn ich eines Tages nicht da wäre? Also ich weiß nicht wie oder warum, aber wenn ich einfach nicht mehr bei dir sein könnte?“

Oliver runzelte verwundert dir Stirn.

„Wie kommst du denn jetzt darauf, Phönix? Das ist mir eben auch durch den Kopf gegangen. Als hättest du meine Gedanken gelesen.“

Für einige Sekunden herrschte Stille, während der der Wind richtig Fahrt aufnahm und Oliver tief Luft schnappen ließ. Er war bereits bis auf die Knochen durchnässt und erzitterte fürchterlich unter dem Gewicht seiner nasskalten Kleidung.

„Wer weiß“, erwiderte Phönix. Seine Stimme drang dumpf aus dem Inneren des Rucksacks. „Nach allem, was dir passiert ist, dürfte dich das doch nicht aus der Bahn werfen. Also ich würde nicht sagen, dass ich Gedanken lesen kann, aber du hast Recht, ich wusste, über was du gerade nachgedacht hast.“
In Oliver breitete sich das seltsame Gefühl aus, dass der Kater sich mit diesem Satz keinen Spaß erlaubt hatte, sondern es ausnahmsweise mal ernst meinte.

„Aber wie? Also ich meine, wie soll das funktionieren?“ Oliver hustete tief und wischte sich hastig über die Augen, die vor Kälte angefangen hatten zu tränen.

„Das weiß ich nicht“, gab Phönix ehrlich zu und schob seinen Kopf erneut aus dem Rucksack, um einen Blick auf seinen Freund zu werfen. Durch die dünne Wand des Rucksacks hatte er das regelmäßige Zittern auch gespürt, dass durch Olivers zerbrechlichen Körper gekrochen war und er wusste, dass das nur der Anfang von einer Erkältung oder Schlimmeren war. „Du brauchst etwas Warmes zum anziehen“, maunzte er erschrocken und stupste das Gesicht seines Freundes vorsichtig mit der Pfote an. „Du bist kälter als die tiefgekühltesten Thunfischfilets.“
Trotz der Kälte musste Oliver wieder lächeln, als er diesen Vergleich hörte.

„Ich beschwere mich an dieser Stelle mal nicht darüber, dass ich mit Thunfischfilets verglichen werde, aber du hast Recht. Wir müssen so schnell wie möglich zurück zur Laube.“

„Aber da zieht es“, widersprach Phönix und zog sich wieder ein Stück in die Tasche zurück. Sein Fell war schon ganz nass und ließ einen ungemütlichen Schauer über seine Haut kriechen.

„Ich möchte zu Grace. Bitte stell deine Selbstzweifel heute einmal hinten an und lass uns zu ihr gehen. Sie wird warme Decken haben und vielleicht einen Tee…“

„Ich habe doch überhaupt keine Selbstzweifel.“ Oliver blieb stehen und lehnte sich müde an einen Laternenposten. „Es ist nur, ich will bei ihr nicht wie ein absolut hilfloser, armer junger Mann rüberkommen, der, wie sie bestimmt denkt, aus der Schule geflogen ist und jetzt keinen Beruf findet. Wenn sie nur wüsste, dass ich damals sogar fast angefangen hätte zu studieren…“

„Warum sollte sie das denken? Es gibt so viele verschiedene Gründe, warum du hier auf der Straße leben könntest, obwohl das eigentlich auch ganz nebensächlich ist. Sie mag dich, Oliver. Nicht für deinen Wohnort, deine Kleidung oder dein Geld, sondern weil du du bist.“

„Weil ich ich bin? Was bin ich denn?“

„Du bist eben du“, stellte Phönix fest. „Und das „du“ in dir gefällt mir und ihr auch. Du bist höflich, freundlich, herzlich und humorvoll, wenn auch, das musst du mir entschuldigen, manchmal etwas tollpatschig.“

„Ach, wer ist letzte Woche fast gegen eine Parkbank gerannt, weil…“ Oliver stockte. „Moment mal. Waren das davor gerade Komplimente?“

„Ja klar, was denn sonst“, sagte Phönix frech. „Und das mit der Parkbank lag schon mal gar nicht an mir, dass…“

„Weißt du was, du hast Recht“, unterbrach ihn Oliver und klemmte seine Daumen unter die Riemen seines Rucksacks. „Vielleicht sehe ich nicht alle Eigenschaften an mir, die du gerade gesagt hast, aber es geht hierbei ja nicht nur um mich. Wie egoistisch ich manchmal sein kann… Dir ist bestimmt auch kalt, oder?“

„Ein isschen“, nuschelte Phönix, der seinen Kopf noch tiefer im Inneren des Rucksacks vergraben hatte. „Aber ich meine das wirklich so, was ich eben gesagt habe. Du bist du und es kann für Grace nichts Besseres geben, als einen Mann, der so ist wie du."

„Jetzt müssen wir ja nicht übertreiben." Oliver lief wieder los und diesmal spürte er, wie ihn seine kalten Füße wie von selbst trugen. Er hatte von Grace einen Zettel mit ihrer Adresse bekommen, aber den brauchte er schon lange nicht mehr. Schon wenige Tage nach dem ersten Treffen war er diesem Zettel gefolgt, um wenigstens von außen zu sehen, wie die nette, junge Frau wohnte, die gerade mal 1 Jahr älter war als er. Sie lebte in einer Wohnung eines großen, fliederfarbenen Hauses mit weißen Stuckelementen und kleinen, elegant geschwungenen Balkonen, die gerade mal groß genug für einige Blumenkübel waren. Grace wohnte im dritten Stock und hatte eine goldene Lichterkette über den Balkon gehangen, auf dem sich einige kleine Pflanzentöpfe mit winterlichen Pflanzen tummelten. Schon stand Oliver vor dem Haus und starrte geradewegs nach oben. Im dritten Stock brannte Licht, Grace war also zuhause. Auf einmal war er sich nicht mehr so sicher.

„Denkst du wirklich, es ist eine gute Idee, bei Grace zu klingeln? Ich meine, schau mal, wie wir aussehen."

Phönix befreite sich aus dem Rucksack und sprang vor die gläserne Haustür, in der sie ihre Reflexion in verschwommenen Umrissen erkennen konnten. Olivers dünne, braune Haare hingen wirr in seinem Gesicht und seine blauen Lippen waren an manchen Stellen eingerissen und bluteten etwas.

Der Rest seiner sichtbaren Haut war tiefrot vor Kälte und die Ringe unter seinen klaren, blauen Augen ließen ihn noch müder und trauriger wirken. Phönix' Fell war etwas struppiger als sonst und triefte vom Regenwasser, aber sein Blick war weit aus optimistischer als der seines Freundes.

„Deswegen sind wir ja hier", erwiderte er und ging auf die Hinterpfoten, um die zahlreichen Namen auf den

Namensschildern besser lesen zu können. „Tilberman, Miller, Kambort… Hm, wie heißt Grace denn mit Nachnamen?“ Olivers Blick wanderte ratlos über die Namen. Keiner kam ihm bekannt vor. Erleichtert drehte er sich um und machte sich wieder auf den Weg zum Gartenzaun, als auf einmal der Türsummer ertönte.

„Ich glaube, sie hat uns gesehen“, freute sich Phönix und drückte mit aller Kraft gegen die Tür, die sich aber keinen Millimeter bewegte. „Hilf mir doch mal.“ Oliver blies leise Luft durch die Lippen und wandte sich dann dem Kater zu.

„Das machen wir jetzt nur wegen dir, in Ordnung?“ Er drückte die Tür auf und schon standen die beiden im Treppenhaus, von dem man über eine alte Steintreppe mit goldenem Geländer in die oberen Etagen gelangte. Phönix sprang leichtfüßig von einer Stufe auf die andere, während sich Oliver nur schleppend fortbewegen konnte. Die Schwere der nassen Kleidung lastete auf ihm, also schlüpfte er aus seinem Mantel und trug ihn in der Hand weiter nach oben. Nach einigen kurzen Minuten, die Oliver wie eine Ewigkeit vorkamen, setzte er endlich den Fuß auf den Boden der 3. Etage. Und das, obwohl er am liebsten sofort wieder umgekehrt wäre.

„Aufrecht hinstellen“, flüsterte ihm Phönix zu und Oliver schob hastig die Schultern nach hinten. „Ich glaube, sie wohnt in der Wohnung rechts, da höre ich gerade von weitem Fußstapfen.“ Langsam trat Oliver einen Schritt näher und las den Namen, der auf dem altmodischen Klingelschild stand.

„Grace Tilberman“ stand dort in verschnörkelten Buchstaben, die einer nach dem anderen vor Olivers Augen verschwammen, je länger er die beiden Worte anstarrte.

„Ist was?“ Phönix folgte Olivers Blick. „Das ist doch nur ihr Klingelschild.“

„Ich weiß, es erinnert mich nur…“

In dem Moment öffnete sich die Tür und Graces roter Lockenkopf tauchte dahinter auf. Sie musterte die beiden von oben nach unten und öffnete die Tür dann noch ein bisschen weiter. Weit genug, dass Phönix ohne einen weiteren Kommentar an Graces Beinen vorbei in die Wohnung spazierte.

„Hallo Oliver." Erleichtert stellte Oliver fest, dass sie ihn freundlich anlächelte und wenn er es richtig wahrnahm, war es auch kein elendiges Mitleid, was in ihrer Stimme lag. Sie schien sich einfach... Einfach zu freuen, dass er da war, ein Gefühl, was er neben Phönix in den letzten Wochen selten gespürt hatte.

„Guten Tag, Grace", erwiderte er hastig und wickelte den Mantel unruhig um seinen Arm. Dann wurde ihm klar, was er gerade machte und ließ den Mantel wieder sinken, während ihm das Blut in die Wangen schoss. „Es tut mir leid, dass wir jetzt hier einfach so aufkreuzen, aber nun ja, es hat draußen so stark geregnet und Phönix..."

„Jaja, immer auf die Kleinen schieben", tönte Phönix' gekünstelt empörte Stimme aus der Wohnung. „Jetzt red nicht über mich, Grace weiß ohnehin nicht, dass ich überhaupt mit dir sprechen kann."

Stimmt, da hatte der Kater mal wieder Recht.

„Also eigentlich", setzte Oliver an. „Eigentlich wollte ich dich mal wiedersehen. Ich weiß, ich bin jetzt nicht gerade passend gekleidet, aber wie gesagt, es regnet draußen und..."

„Was redest du denn da?" Grace öffnete die Tür jetzt ganz und trat einen Schritt nach vorne. Dann lehnte sie sich nach vorne und umarmte Oliver vorsichtig, der von der netten Geste so überrascht war, dass er sich keinen Millimeter bewegte.

„Dann komm rein, du Eiszapfen", sagte sie und manövrierte Oliver in die Wohnung, bevor sie die Tür hinter sich schloss. „Möchtest du einen Tee?"

Oliver ließ erschöpft die Schultern sacken. Ihm war klar

geworden, dass es unmöglich war, unberührt und stolz zu wirken, wenn man in seiner Situation war. Und endlich ließ er es zu, dass ihm jemand half.

„Das wäre sehr nett, vielen Dank. Und wenn du vielleicht eine kleine, leere Schüssel für Phönix' Katzenfutter hättest?"

„Na klar, wird gemacht. Ihr könnt euch schonmal ins Wohnzimmer setzten, da ist es schön warm. Ich suche dir gleich etwas Warmes zum Anziehen, ich bin mir sicher, ich habe noch einen gemütlichen Jogginganzug, den ich mir einige Größen zu groß gekauft habe."

Schon war Grace in der Küche verschwunden und Oliver hörte nur das Gluckern von Wasser und das Klappern von Geschirr, als Grace begann, den Tee vorzubereiten.

„Eiszapfen, pfff." Phönix tappte zu Oliver herüber und rieb den Kopf an seinem Bein. „Also du musst schon zugeben, sie ist zwar nett, aber meine Sprüche sind besser."

„Das war doch gar kein..."

„Oh doch, dass war ein Kältevergleich. Und du, du bist einfach eher so ein tiefgefrorener Thunfisch."

„Und weiß du was du bist?" Oliver ging in die Hocke und blickte in Phönix' freche, bernsteinfarbene Augen.

„Du bist mein bester Freund und wirst es immer sein. Falls ich eines Tages mal eigene Kinder haben sollte, wirst du für sie sein wie ein Bruder, so, wie du es für mich bist." Phönix schnurrte belustigt.

„Scheinst ja dein Selbstvertrauen schnell gewonnen zu haben, du Tiefkühlthunfisch. Davon, dass du eigentlich gar nicht hier hinkommen wolltest, bist du jetzt schon in der Kinderplanung."

„Nein, also das hast du jetzt wieder falsch verstanden", grinste Oliver. „Ich meine ja nur, falls ich..."

„Jaja, ich versteh schon." Phönix flitze davon und sah Oliver

liebevoll an. „Übrigens, du Thunfischmann, du bist mir wichtiger als all der Thunfisch in der Welt, nur damit du's weist."
Schon war der Kater im Wohnzimmer verschwunden und Oliver sah, wie er sich auf einem der gemütliche, roten Ohrensessel zusammenrollte. Oliver lächelte in sich hinein. Was für ein sonderbares Leben er doch hatte. Und wie sehr er es liebte.

The end.

Rezepte

FLORAS WINTERZAUBERMARMELADE

- Leckere Fruchtkonfitüre-

Beschreibung:

In ihrem Regal hat Flora Coppersteen immer allerlei Marmeladen stehen, die sie selber frisch kocht. Dieses Rezept beinhaltet Pflaumen und Zimt und passt daher perfekt in die Weinachtszeit…

Zutaten:

- 1kg Pflaumen
- 500g Gelier Zucker (2:1)
- 4 TL Zitronensaft
- 1,5 TL Zimt

Zubereitung:

1. Pflaumen waschen, entkernen und ganz fein würfeln.
2. Lasse die Pflaumenwürfel mit Zitronensaft, Zimt und etwas Wasser etwa 10 Minuten einkochen. Rühre dann den Gelierzucker unter und lasse alles 4 Minuten einkochen.
3. Fülle die Marmelade in Gläser und stelle sie für 10 Minuten mit dem Deckel nach unten stehen lassen, dann abkühlen lassen!

NARIUS GURKENSANDWICHES

-Ein englischer Klassiker-

Beschreibung:

Narius backt sein Brot selber, deswegen zeige ich dir heute auch, wie man Weißbrot macht. Gefüllt werden die Brotscheiben anschließend mit Frischkäse und Gurkenscheiben. Das scheint auch frechen Möwen zu gefallen? :)

Zutaten:

- **Für das Weißbrot:**

- 500g Mehl
- 70g weiche Butter
- 270ml Milch
- 2 TL Zucker
- 2 TL Salz
- 1/2 Würfel frische Hefe

- **Für die Fertigstellung:**

Frischkäse (nach Belieben auch verfeinert mit Kräutern)
Salatgurke, in dünne Scheiben geschnitten

Zubereitung:

1. Erwärme die Milch mit Butter in einem Topf, bis die Butter geschmolzen ist. Vermische Mehl, Salz und Zucker in einer Schüssel, zerbröckele die Hefe und füge sie ebenfalls hinzu.
2. Gieße die lauwarme!!! (nicht zu heiße) Milchmischung darüber und verknete die Masse für etwa 5 Minuten zu einem glatten Teig. Lasse den Teig dann abgedeckt für 35 Minuten ruhen. Fette deine Kastenform (10x32cm) mit etwas Butter ein. Rolle den Teig zu einer langen Rolle und lege sie in die Kastenform. 1 Stunde ruhen lassen.
3. Heize den Ofen auf 185 Grad Ober-/Unterhitze vor und bestreiche den teig oben mit etwas Wasser. Backe das Brot dann für etwa 30- 35 Minuten und lasse es dann komplett erkalten.

Die Gurkensandwiches kannst du nach Belieben zusammensetzen. Am besten schneidest du zuerst dein fertiges Brot in Scheiben. Nimm dir für ein Sandwich eine Scheibe Brot und halbiere sie diagonal, sodass 2 Dreiecke entstehen. Bestreiche eine Hälfte mit Frischkäse, belege sie mit Gurken und würze sie nach Belieben mit Salz und Pfeffer. Lege dann die andere Hälfte oben auf voila - schon hast du Narius hausgemachte Gurkensandwiches! Guten Appetit :)

LUCYS LIEBLINGSSCHOKOKUCHEN

-Für alle, die Schokolade lieben-

Beschreibung:

Lucy liebt alles, was Schokolade enthält. Vielleicht hast du gelegentlich in der Geschichte gelesen, wie Lucy Schokokuchen nascht… Dieser hier ist mit einer köstlichen Schokoladencreme, die man am liebsten direkt aus der Schüssel löffeln will :)

Zutaten:

- **Für den Kuchen:**

- 120g Butter
- 100g Zucker
- 3 Eier
- 160g Mehl
- 40g Backkakao
- 2 TL Backpulver
- 120g lauwarme Milch

- **Für die Creme:**

- 200g Schlagsahne
- 50g Zartbitterschokolade
- 50g Vollmilchschokolade

Zubereitung:

1. Schlage die Butter mit dem Zucker schaumig auf und gebe dann langsam ein Ei nach dem anderen hinzu.
2. Vermische in einer separaten Schüssel Mehl, Kakao und Backpulver und gebe die Mischung abwechselnd mit der Milch in die Teigmasse.
3. Fülle den Teig in eine runde Backform mit 18cm Durchmesser und backe den Kuchen bei 175 Grad Ober-/ Unterhitze für etwa 30 Minuten, bis der Kuchen vollständig durchgebacken ist.
4. Koche für die Creme die Sahne auf, ziehe sie vom Herd und rühre vorsichtig die Schokolade unter. Fülle die Masse dann um und stelle sie für mindestens 2 Stunden kalt. Schlage sie dann mit einem Handrührgerät steif und serviere sie zu dem abgekühlten Kuchen.

Lucy und ich wünschen euch ganz viel Spaß beim Nachmachen! Unser Tipp: Wenn ihr wollt, könnt ihr den Teig auch mit gehackten Nüssen oder Schokodrops verfeinern, dann wird es noch schokoladiger :)

ÜBRIGENS:

Fotos und Reels zu den Rezepten findet ihr auf meinem Instagramaccount @inkeye_sea und auf meinem Instagrambackblog unter @limi_backt! Viel Spaß beim Nachmachen :)

Danksagung:

Ich möchte mich bei allen bedanken, die diesen Traum zusammen mit mir gelebt haben. Danke. An meine Eltern Chris und Jerry, ohne die eine Veröffentlichung von „Inkeye“ nie möglich gewesen wäre.
An meine wundervollen Freunde, die mich jeden Tag aufs neue motiviert und inspiriert haben; dabei geht besonderer Dank an Nora, die immer an mich geglaubt hat. Du bringst mir jeden Tag neue Lebensfreude und Inspiration, ohne die ich echt nicht klar käme und die mich täglich dazu motiviert, meine Fantasie in Geschichten zu verwandeln. Danke auch an Raffaela, Oliver, Caro, Daniel, Amelie, Nellie und Sara-Marie für eure tolle Freundschaft und die schöne gemeinsame Zeit. Danke auch an Talia, einfach so. Danke an Marc, Sven, Ela und Laura, aber auch großen Dank an meine Nichte und meine Neffen, die mich mit ihrer jungen Kreativität und Aufgeschlossenheit gegenüber der Welt inspiriert haben. Danke Oma Marlene und Opa Rolando, für eure tolle Unterstützung. Danke an meine ehemaligen Azubikollegen für die wundervolle Zeit mit euch! Danke auch an alle meine Freunde von Social Media, die mich unterstützt haben, danke an Mia, Ayisha, Tai und alle anderen! Letzter Dank geht an meine wundervolle Coverdesignerin Juliane Buser, die meine Träume und Gedanken in ein zauberhaftes Cover verwandelt hat, was man nicht so schnell vergisst. Auch danke an meine Tassen- und Trailerdesignerin Vinachia Burke und an meine Druckerei :)
Ob Inkeye 2 wohl bald kommt… Das liegt ganz daran, wie gut es mit diesem Buch läuft und wie oft es gekauft wird. Schließlich muss es sich ja auch lohnen…
Aber hier trotzdem schon mal der Titel von Band 2 :

- *„Inkeye - Ein Meer aus Schatten“* -